待月記

柳丹秋 著

—節目表—

溯洄行。

道阻且長。

——《詩經 · 蒹葭》

其一、部落格

渡越夢中浮橋

——角色扮演、虛擬歌手、日常雜記

No. 02 置頂，注意事項

2030.01.01 ｜公告

關於渡越夢中浮橋

此處是管理人堆放心情雜文的部落格，約略分類如下：

【公告】關於部落格本身、物品出售之類的事宜。

【徒然】生活瑣事。

【話宅】動畫漫畫之類御宅族相關話題。外拍感想和 cosplay 的文章也放這裡。

【碎語】雜亂思緒、追憶、難以歸類的文字集散處。

【歌行】日文歌翻譯練習。這類歌詞從網路找來，多半也有熱心網友的中譯，不過我放的是自己譯的版本。如有錯誤，歡迎指正。

關於管理人

卯花，簡稱卯，短暫開在舊曆四月裡的白色樹花。

生產力低下的無能社會人，私底下是喜歡扮裝的御宅族。喜愛日本文化、秋天、甜食。自認是外表冷淡，一旦成為朋友卻會赴湯蹈火的類型。為顧及性命安全，不敢交太多朋友（笑）。

部落格內容觸及ＢＬ（Boy's Love，男同性愛），無法接受者請迴避。

歡迎自由觀看相簿照片，請勿轉載。想邀外拍的 cosplay 同好請先留言。留言只有管理人看得到，回覆會在網誌內，想私下聯絡者請留信箱。請遵守網路禮儀，注音文和問及私人問題者不予回應。

No. 99 最後一篇

2011.03.09 ｜公告

聽說西元二〇三〇年台灣可能會被上漲的海平面淹沒。置頂文日期設在那年應該綽綽有餘，足夠走到此世盡頭了。

我想說的都已說完。

謝謝看到最後的你。有緣再會，掰。

No. 98 冰磧石

2011.03.06 ｜ 碎語

所謂相遇不過如此。我們都只在別人生命的裂隙中一閃而過，多數時候不了解彼此也無意深究，轉瞬便相忘於江湖。

只有少數人會留下難以消滅的刻印。有時過程緩慢得讓人無知無覺，卻在驀然回首時發現自己的生命風景已然改觀，已被冰川剜出深裂的圈谷，谷中遍布傷跡累累的冰磧石。

No. 97 萍水之遇

2011.03.06 ｜ 徒然

回雲林老家吃堂姊喜酒。清早搭車北返，回房間就癱倒在床暴睡到中午，木板牆後洗衣機運轉聲都沒吵醒我。體力越來越不行。真難想像不久前，我居然有本事拖著行李箱北中南到處跑。

原本沒打算回去，拗不過媽媽的要求。對於堂姊，我的印象還停留在七、八歲時的農曆年，曾和她趁大人離開牌桌的時候拿麻將疊金字塔，那時她拿了堂弟的一枚玩具兵放在裡頭充當法老王。那時的小女生，居然轉眼就變成新娘子。

至於對新娘子這一詞彙的印象，則停留在叔叔結婚時。當時我和姊姊加起來不超過十歲，兩人都穿著借來的白紗蓬蓬裙，粉紅色絲帶紮在腰間、繞到背後打成蝴蝶結，像禮物一樣。尼龍材質的裙子扎著我的腿，令我渾身發癢，但我沒穿過這種洋娃娃似的衣服，心裡很得意，覺得美夢成真。

會場前方設置了一個用花裝飾的講台，許多人都輪流上台致詞，也有幾個小孩在大人的催促下登台說些簡短的祝福話。媽媽見狀也要我和姊姊上去。

「不要。」姊姊頓足。

「那妹妹妳去。」

「我也不要。」

「妳上去，媽媽幫妳照相。」

「不要不要。」

「妳看，台上那麼多花，搭妳的裙子剛好。難得穿那麼漂亮的裙子，上台給大家看看嘛。人家會說：哇，就像個小公主。」

「不要不要不要……」

「快上去！現在正好沒有人了。我數到三。一、二……」

這是非去不可的意思。我哭喪著臉、揪著裙角上台。底下一片黑壓壓的人頭，全部轉過來，露出白色的臉孔，每張臉上都有著笑開懷的黑洞。我勉強踮起腳尖、把嘴湊上麥克風。我開始發抖。

「新娘子……」

後面要接什麼呢？媽媽交代，我只要去喊一聲「新娘子恭喜」就好。那時壓根不懂恭喜是什麼，自然也記不起來，不過我看過很多古裝連續劇，曉得面對重要人物時應有的禮儀。我猜，媽媽要我說的話應該是：

「新娘子——萬歲萬萬歲！」

全場笑聲鬨然。

這件事不時要被老媽和姊姊翻出來嘲笑。有很長一段時間，在我心中的字典裡「婚禮」與「困窘」

同義。

我家除了弟弟以外全部到齊，和叔叔他們同桌，離伯父他們的主桌有段距離。我右手邊是姊姊，左側是很久沒見面的堂弟。他抽高好多，外加稍微蓄了鬍子，看起來就像別人。跟長輩們打過招呼後，我想起自己身為姊姊的職責，向他搭話：

「大學讀得還習慣嗎？」

堂弟圓睜眼睛看我，轉頭望向叔叔，後者開口：「妳認識吳醫師？」

「什麼，不是宗麒嗎？」

「宗麒在當兵。」爸爸說：「他已經大學畢業了。」

「歹勢啦，妹妹太久沒回家。」媽媽說。

「沒關係沒關係，這是吳某某醫師。」叔叔說了個不甚要緊的名字。「他是我朋友的兒子，傍晚要搭我們家的便車北上，不得已才來參加這場喜宴，對吧？」乾笑數聲。

「妳好，不好意思。」吳醫師說。

好個不得已，我覺得他看起來還挺開心的。

「吳醫師現在在台北的皮膚科診所上班。對了，他的診所好像就在台大附近嘛。」嬸嬸補充。

「真的啊？」

「對啊對啊，就在辛亥路上，不是很近嗎？」

「欸，那真的很近耶，就在後門而已。妳也還住那附近，有什麼事可以請吳醫師幫忙。」媽媽居然也加入遊說。

我覺得自己像一件渾身滿布髒毛球的舊毛衣，糾結不快。姊姊在旁若無其事地夾著炸湯圓往嘴裡送，我輕輕踢她一腳。

姊姊瞪我一眼。

當然了，年齡四捨五入就要邁入三十歲滯銷期的次女，既不打算拿更高的學位，一年一聘的助理工作也剩不到一半，如果能嫁掉，對家人而言不失為一個好處置。看樣子這些親戚八成曉得我已經和交往多年的男友分手，一定是老媽告訴他們的。

「吳醫師平常喜歡旅行和攝影。他之前才到日本旅遊。」

嬸嬸把一疊相冊攤在桌上。

「哇，自助旅行啊。妹妹之前也一直嚷著想去京都，但我們都撥不出空來，說是要看一個什麼寺的。」

沒告訴他們我已經偷偷去過了。

「去京都的話，當然就是要看金閣寺了。那個誰，差點統一日本的戰國武將，被部下燒死在裡頭。」叔叔說。「不是有小說寫這個的嗎？《金閣寺炎上》，那個誰的……誰啊？」

「妹妹知道，問她。我們家妹妹最喜歡看書了。那誰寫的？」

「……大江健三郎。」

「原來是大江健三郎啊。」

「對，就是他，大江健三郎。」

我後悔開這玩笑，因為他們真的相信了，儘管只有「三」字正確，而且還跟《織田信長——本能寺炎上之卷》之類的攪在一塊。現在糾正只會更難看，我轉移話題：「誰要看金閣寺了，是神社啦。靈山護國神社。那是維新志士的墓地。」

「喔，是喔……它有什麼特別嗎？」

「對日本史迷來說是朝聖地之一。」

「妳是日本史迷？」

「是啊，漫畫看太多了。」

「妹妹只是有點哈日啦。」

「其實我是不折不扣的御宅族。」我訂正，不理會媽媽打的圓場。

「對了，現在新聞上也常講什麼宅男宅女。」叔叔說：「現在最宅的不就是我們這些人嗎？最近我們在頂樓種起有機蔬菜，還蠻有趣的。退休了有閒嘛，每天沒事就到樓上捉個蟲啊澆個水的。你們年輕人流行開心農場，還不如我們這些老宅男老宅女的頂樓農場，有真的菜可吃，那才真的是開心嘛，哈哈哈。」

哈哈哈。

一點也不好笑。

「御宅族不是指懶得出門的人，不要被媒體誤導啦。」我說：「御宅族指的是浸淫在動漫世界、特別熟悉其中各類相關知識的人，跟愛不愛出門沒關係。像我這種平常沒事漫畫不離手、上網就用網路電視看動畫的類型，才是真正的標準款啦。」

如果把現在的場景挪進漫畫，這番話必定讓大家臉上出現數條黑線，頭上烏雲罩頂，氣溫驟降至冰點。

由於社會上對宅男宅女抱持的偏見，很少有人洋洋得意地自稱御宅族。這種沾沾自喜、好與人爭的語氣像極了夏澤，而我正是模仿他的。說了這麼一串，必定能跟他一樣惹人討厭。

會場忽然一陣騷動，新人開始逐桌敬酒了。上菜暫停，服務生們端上餐間水果。我們這桌次要親友團很快被巡過，我也趁機去洗手間。裡頭比地面還低一階，我沒留意，不小心一腳踩空，跌進洗手間裡。

幸而洗手間裡沒有別人，地板也很乾燥，不過已夠讓我覺得自己倒楣透頂。我從不曉得家裡人出清存貨的心情如此強烈，居然還瞞著我偷偷進行。另一方面，這是否代表他們認為我不可能自食其力，非得和人共組家庭才能維生？我蹲在地上，把臉埋進膝蓋，同時緊閉眼睛。如果能哭出來或許會好一點，然而馬上有人走近，用熟悉的節奏踩響高跟鞋，同時猛力推開門。

「妳躲在那幹嘛？肚子痛？」

是姊姊。

「剛才跌一跤。」

「沒怎樣吧？」

像是確認我還禁不禁得起再一頓打。我很想說我骨折了，不過確實沒怎樣，連裙子都沒髒。

我照實回答，姊姊馬上開罵：「妳在搞什麼？又是朝聖地又是御宅族的，虧妳說得出口。叔叔他們是自己人就算了，吳醫師面前說那什麼話！妳不要看人家客氣不跟妳計較，就越說越不像樣。」

「妳幹嘛不早跟我說他們要這樣安排？」

「媽說想讓你們自然而然地認識。」

「一點都不自然啊，整桌親戚就他一個陌生人。」

「又不是我安排的，幹嘛怪我？跟我才沒關係。只是妳再怎麼不高興，也不用在外人面前擺出一副幼稚的樣子啊！好像我們家多沒教養一樣。妳不喜歡這種安排，我也不喜歡啊！但他是叔叔帶來的人，至少給人家一點面子吧。」

我知道自己理虧，但是不願認輸：

「反正我又不會去找他看病，再也不會見到這什麼醫師了。」

就是這樣。

所謂相遇不過如此。

No. 96 家人與豆渣

2011.03.05 | 徒然

我姊在家相當得寵，因為她是頭一個小孩。對那時年輕有活力的爸媽而言，嬰兒這東西還相當稀奇。電視旁的玻璃櫃擺滿家人以不同方式排列組合的合照，其中一張，是兩歲的姊姊騎在扮成馬的老爸背上。姊姊有點吃驚，或是根本搞不清發生什麼事，嫩紅色的嘴張成 O 型。比起馬背上的姊姊，爸爸似乎笑得更歡快，嘴咧向兩旁。

也可能他不是在笑，而是為了增加場面逼真度在學馬叫：嘶嘶嘶——

說「可能」是因為爸爸如今矢口否認有這回事，即使有照片為證。他推說不記得，翻成白話，是叫我和弟弟不要妄想如法炮製。我沒記錯的話，這照片是在我們都大到對騎人馬失去興趣的時候，才不曉得從哪個充滿灰塵的角落被翻出來，成為玻璃櫃裡那些已然靜止，化為過去的親情收藏之一。

說起來老弟也很得寵，因為他是唯一的男生。一家一定得有一個男丁，奶奶是這麼要求的。於是爸媽初陣失利後再接再厲，總算在多添兩胎後如願。每年過年回奶奶家，弟弟的紅包總是特別厚，因為女孩子將來要嫁人，給她的東西將來也會是別人家的。

儘管有特別待遇，弟弟看起來沒有比較高興或感激。他最近越來越不可愛，話也變少，不過我想他有他的煩惱，身高一百四十三的國二男生。

我是為製造弟弟而順便誕生的副產品，就像磨豆漿必然產生豆渣。父母待我沒有特別好，也談不上特別不好。雖有偏心，但比起真正不幸的家庭來，我既沒挨打也沒挨餓，談不上什麼大不幸。有的只是小小的不如意，然後數量有點多。

這趟回家——我有多久沒留心家裡的事了？寒假回家時還沉浸在自己的沮喪裡——我發覺爸媽著迷於生機飲食。他們也到了這把年紀，每天早上都會磨豆漿、打精力湯或是煮蕃薯綠豆湯。如果有豆渣，總是只有被丟棄的份。我從網路上查到可以把它做成豆渣餅，於是嘗試煎了一些，澆上醬油。

沒人肯吃，我只能自作自受。看起來和吃起來都像厚紙板。沒有下次了。

我確實同情豆渣，不過我也被慣壞，養得很刁了。

No. 95 光之君

2011.02.27 | 碎語

我談過幾場一廂情願的不幸戀愛，也結識過夠多只想從我身上獲取好處的惡友，自認已有足夠的識人能力，不該再陷入一時激情裡，但事實證明就是有可能。即便成年，人際關係依舊幼稚，仍會為某個人沖昏頭，放棄自己的原則任憑擺布，不問是非地做出不可思議的蠢事。

我不喜歡《源氏物語》，但我可以明白為何傾倒眾人的源氏公子會被稱作「光之君」。魅力之人渾身煥發的風采，真的有若光華流轉、雷火轟然，這點好像東方西方皆有共識。希臘神話中忒拜公主愛上宙斯，使天后赫拉妒火中燒，化身為公主奶媽，慫恿公主要求宙斯現出真身。宙斯的真身是光輝璀璨的雷霆之神，凡人肉眼不得逼視，而公主也在宙斯顯形後被燒成灰燼。

故事把一切都怪罪於赫拉，但我覺得就算她不在旁敲邊鼓，公主還是會想看雷神的原型。魅力之人光采耀目，崇拜者的熱情也是同等熾烈，就算被燒得灰飛煙滅也在所不惜，只是殷切盼望能見上一眼，只要一眼。

No. 94 霧中樹

2011.02.21 | 徒然

中午同事請系辦的工讀生買便當回來，我也加入這個代購團。這舉動讓他們有點吃驚。自從和我較熟識的 K 離職後，其餘的人和我關係較為疏遠。照他們所述，我向來都到外面吃飯。說得也是。

然後就面臨刑求般的逼問。雖然照一般標準來看，這應該稱作閒聊。

「欸，最近好像很少看到妳朋友。大學部的，短髮高個子的美女。」

「誰啊？」

「你沒見過？長得很正喔。」

「就是你們上次在說正妹正妹，叫我快點來看的那個？對耶，妳們中午不都一起出去？」

「午餐夫妻檔。」

「沒錯，午餐夫妻檔！」

他們提到我過去生活中的人。儘管是不經意的，還是讓我覺得自己像棵被瞬間冷凍的霧中樹。

除了在學校當助理，這一年多來我還在外頭兼一份差事。該工作的內容對圈外人來說難以理解，也讓我不曾想過要向家人或工作外的朋友解釋。偶爾在晚間新聞看到動漫展上cosplay玩家大聚集，或是介紹新興行業女僕咖啡廳——假如存在十年以上的行業還算新的話——如果我剛好在家，總會悄悄窺看家人臉色，但多半只會看到爸爸轉台看美食新聞。媽媽在意的，只有由誰負責清空盤裡的剩菜。至於老弟，他根本不和我們同桌吃飯，打從開始就捧著專屬碗公躲進房間。順帶一提，現在的晚間新聞一旦超過七點二十分，內容通常不是吃的就是女人，兩者還能合體上陣，某縣舉辦水果公主選拔，年輕美眉全裸穿柑橘裝或鳳梨皮裝走秀云云。

我的工作高檔得多，論起服裝的保守程度和布料覆蓋面積，更是鳳梨皮裝的數倍，然而不知為何比水果公主難以啟齒——女扮男裝的「執事喫茶店」。只能說：每隔一段時間，人類社會總需要找些代罪羔羊，將所有缺陷和罪名胡亂貼遍他們臉上，好突顯出大部分人其實生來便過著正常而優越的生活，理應對現狀心存感激。如此一來，這些「大部分人」便不會抱怨、作亂、要求放假或加薪。

只是這下便苦了那些充作對照組的少數人。在某些地區的某些時刻，那群倒楣人可能是「黑種人」、「肥胖者」或「清寒階級」，而在此時此地，那群人叫作「御宅族」。我想這是樁陰謀，由政府社會秩序維護部門放出的謠言之類。實際上的御宅族，並不都是戴著厚眼鏡、不修邊幅、只會對電腦螢幕打槍的胖子。就我認識的範圍內，俊男美女可是大有人在。和我一起在執事喫茶店工作的同事們，還能外負「俊男」內包「美女」，每個人都能囊括下雙稱號。這不是特種行業。對於那些不了解而胡亂批評的人，我實在很想自豪地告訴他們：它可是一份能帶給年輕女性片刻夢想與希望的工作。就產業分類而言，更超越單純的服務業，堪稱「幻覺製造業」。

但我不曾像此刻這麼沒有夢想與希望。我想我製造幻覺的能力一定大幅衰退，因為我跟同事，同時也是要好的朋友不歡而散，退出工作行列已有一陣子，連帶也和一票朋友失去聯繫。他們一開始就是我朋友的朋友，在我們不相往來，失去工作上的關係後，他們也變得不太搭理我。他們喜歡我的程度，或許原本就沒我喜歡他們那麼多吧。

這也不是什麼新鮮事。

要走就走，通通走開吧，誰稀罕啊！我在心中這麼吶喊著，嚎泣奔逃而去。在那圈子裡，有個傳神的字眼形容我現在的表情和動作——淚奔。這舉動有雙重意涵。逃開意謂著「不要追來，別問理由」，然而毫不克制地任憑眼淚在眾人面前嘩然流淌，卻也是一種求救訊號，意思是：「快來人啊！問我原因，關心我一下吧！」

不要追來，快追上來。不要過問，請關心我。那是個複雜的世界，許多舉動都有一個以上的涵義，使得那個圈子顯得迷人、錯綜而且難搞。說穿了其實人際之間不都如此？

No. 93 最後通牒：Let's Singing!

2011.01.09｜歌行

詞／曲／編曲：hoshitobu
歌：ARIA

憑藉最新科技誕生於世 即便沒有形體
I'm still calling you 用最真實的聲音
信不信由你 快把我安裝到電腦裡就能明白囉？

不要一個勁的盯著外包裝猛看啊

Hey！這是最後通牒 一同歡唱吧
Catch your eyes 更要用歌聲占領你的心
歌唱得不好 我會多多努力
只要你我一起 兩人合力就天下無敵

No. 92 出清 cosplay 服

2010.12.22 ｜ 徒然

一整天都覺得好冷，手腳僵硬得不像自己的。外出時看見湯圓店大排長龍，原來今天冬至啊。

最後一批 cosplay 的衣服、假毛、鞋子和道具都出清，衣櫃看起來好空。總算可以把裙子和套裝熨平掛起來。先前都摺起收在衣櫃上層，太虐待它們。

留下幾套有紀念性的衣服，例如早期用高中制服改成的劍道服。那時候才剛開始玩，不想花額外的錢，因此盡可能拿舊衣重複利用，而高中制服的顏色剛好跟角色的衣服一樣。當時縫的衣服不僅針腳很粗，穿的時候還要有技巧，讓手肘保持微彎狀態，否則就會露出摺在裡面的校徽。整天下來我的手差點廢掉。

我發誓再也不玩了，然而只有面對真正熱衷的事物，人們才會發誓。沒多久我又一頭栽進去。再回到我的衣服上來。有一回要出的角色身穿暗色和服與外褂，上頭斜斜地橫過金紅色曼珠沙華圖案。衣服是由我選布後請店家打版裁製，曼珠沙華圖案則打算在成型之後自己用有光澤的紅布縫上。我不會畫圖，所以把設定集上的圖案拿去影印放大、貼到布上當樣板。光是剪裁就花費很大工夫。

讓人氣結的是店家搞錯交件時間，讓我沒時間慢慢縫了。我趕工到活動前一晚知道自己絕對做不完，一時手足無措，很想向其他人求救，但活動前夜所有人鐵定都在趕自己的衣服。

最後我想用畫的比較快，又不敢自己動手。我連畫筆都沒有。猶豫許久，我打電話給以前的朋友。她會畫圖，而我會使用修圖軟體——我不敢透露那其實是修 cosplay 照片練就的——過去辦研討會時我們同在美宣組。我們都住學校附近，但已許久不曾聯絡。

「在衣服上畫圖？只要照著圖樣畫？沒問題啊，什麼時候要？」朋友說。

「明天一早。」

「……」

「……」

「現在是晚上十一點？」

「對不起，真的很對不起。」

「……妳現在來吧，快點。」

我帶著賠罪用的鹹酥雞和滷味，火速趕到朋友家，兩人一同前往幾條街外的凱旋——一家二十四小時營業、從寵物到內衣褲無所不包、什麼都有的商店。這兩種東西還擺在一起賣，彼此只隔一片透明壓克力牆。

我們買了鮮紅和赭紅色的壓克力顏料，回到朋友狹小的公寓套房，合力把她的床搬開立在一旁，以便把我的衣服完全攤展在地。在她大筆揮毫的時候，無用的我就在旁邊以吹風機烘乾畫過的部分，好塗上第二層。另外就是不時用長竹籤叉著鹹酥雞塞進朋友嘴裡，因為她滿手都是顏料。

「妳混蛋。」朋友每吃一塊雞肉就這麼說。

「大恩大德沒齒難忘。」我則這麼回。

「九層塔來。」

「遵命。宣——九層塔見駕！」我又起一串九層塔。

接上喇叭的隨身聽反覆播著同一張CD，朋友說是崑曲。我們都沒時間去換，也無心仔細聆聽，只是讓它響著好提振精神。我沒聽過崑曲，還問：「這是中文嗎？」唱曲部分尚能接受，念起詞來簡直鬼哭神嚎。

反覆響了整晚，逐漸有幾個句子浮出水面似地清晰起來。朋友解釋，這段情節是描述一個孤獨書生，打從撿到一幅美女像之後，便癡傻地思慕畫中人，甚至對畫說話——

這美人，半枝青梅在手，卻似提掇小生一般。

呀，他可是俺的夢中美人哩？

他青梅在手詩細哦，逗春心一點蹉跎。

小生待畫餅充饑，小姐似望梅止渴。

他未曾開半點幺荷，咦！他含笑處朱唇淡抹。

呀，看這美人，這雙俊俏的眼睛，他只管顧盼著小生。

待我走到這邊，他又看著小生，

待我走到那邊，咦，哈哈哈！他又看著小生！

「妳喜歡這種故事？」我問。原本打算毒舌一番，說「這種對畫發癡的故事」，然而轉念一想，對著動漫作品的畫中人發癡，這種事我做得可多了。

「我感興趣的是崑曲，不是故事。」朋友聳肩。

「我最討厭《聊齋》之類，孤獨書生遇到莫名蹦出來的美人的故事了。這些人書讀太多精蟲衝腦，看到花草走獸都希望它們化身美人。」我說。

話雖如此，我確實曉得追逐著沒有形體的畫中人是什麼滋味——

美人哪，則被你有影無形盼煞我。

幸好時代還是有進步之處。面對這種無所寄託的思慕之心，現在已有個不成辦法的解決之道——不如**自己變成他**，在扮演中召喚角色上身。角色扮演就是有此能耐，可以暫時滿足這無所寄託之思。

麻煩很快就來了。我的衣服布料頗厚，顏料逐漸不夠用，於是我又回到凱旋，把架子上剩下的紅顏料都買下，但朋友計算後認為至少還要兩倍數量。已經超過半夜兩點，沒有其他文具店開著，凱旋離這裡最近的分店在永和。

「我搭計程車去買，妳等著。」我打電話給朋友。

「別開玩笑，半夜耶。妳的衣服非今晚完工不可嗎？」

「嗯……」

「有這麼重要嗎？不就只是角色扮演？」

「是啦，可是，跟人家約好了……」

「不能說妳臨時有事沒辦法去嗎？」

「嗯……這次難得湊齊全部的角色，如果少我一個就湊不成團了……大家會很不高興……」

「不能跟他們道歉，下回再約嗎？」

「但我自己也期待這天很久了……」

朋友沉吟著。

「……那妳幫我買描繪膠，另外再買鉻黃色和橘色。」

朋友用描繪膠打邊、將尚未乾透的部分加水暈染開來，加上新買的顏料，把所有花朵的花心塗成紅色，接下來再用鉻黃色和橘色處理剩下的花葉。我的紅色曼珠沙華於是成為漸層曼珠沙華。

「要命。」朋友盯著電腦螢幕上我找來的原作圖片說。

我沒答腔。如果朋友覺得要命，那我更該感到一百倍的要命，畢竟要穿這身衣服出去的是我。幸而在上第二層顏料的時候開始進入佳境。黃紅變化的曼珠沙華雖然與原作不符，倒也別具風味。角色扮演的衣服一般而言當然要符合原作，別人才能一眼認出是什麼人物，但是照自己需求或喜好修改的也大有人在。我迫不及待想穿，在待乾的過程中，拿著衣服在鏡前比來比去。這套裝束後來在會場上也頗受好評。

有一陣子經常跑印刷廠，和朋友的住處是同一條巷子。許多個夜晚我去交件或是看校樣，搞到三更半夜，走出印刷廠時望見朋友家的燈是亮的，心頭總有一股暖意。夏天時天花板的吊扇轉動，窗上也閃爍著吊扇迴轉不已的影子。當我通宵汗淋淋地在夜晚的異地城市奔忙時，我的朋友大概也在努力 K 書吧。聽說她家裡人要她參加教師甄試。

願她凡事順心。夜復一夜，我從她樓下經過，總是用眼神遞送我的念力和祝福。

某天在校園裡遇上我們共同認識的人。對方告訴我，朋友早就搬走了，因為她要參加的是老家台南的教師甄試。我吃了一驚。這麼說來，我常凝望的那扇亮著燈的窗口，裡頭住的根本是個陌生人。

No. 91 第二雙腳

2010.12.19 ｜ 話宅

之所以記下這些事不是為了翻舊帳。如果只為那種理由，未免太過悲慘。自己這麼大年紀了，還能一頭栽進嶄新的興趣中，覺得相當不容易。就算現在已經退出，也希望這一切不會只是白搭，還是有美好的回憶存在。

兩年前我生平頭一遭玩cosplay，扮的是虛擬歌手中的大哥風音，說是為他踏進這圈子也不為過。後來也挑戰過各種不同的角色，不過最愛的依然是他，只要網路上一有網友作出新歌或推出他的新造型，我會立刻花幾晚的時間，研究如何製作衣服和道具。衣櫃裡收藏的多頂假毛中，唯一花大錢從日本訂購的就是扮風音時的御用髮。

第一次出的結果極為失敗。儘管凜說，她不跟不上相又不認真的玩家合照，叫我要有信心，我仍可挑出無數缺點：衣擺太短露出我的粗腿、假髮顏色不對、腰帶染得不夠濃……這些或許都能用修圖軟體矇混過關，最糟的是：我明明扮的是男角，看起來還是不像男生。主因不在外觀，何況我還用寬膠帶狠狠綑過一圈又一圈，完全蓋掉女性特徵——當時以為就玩這麼一趟，索性豁出去了——而是動作上放不開。

我和凜分別扮演風音和律，兩個都是虛擬男歌手，照理說身邊應該會聚集女性拍攝者，我旁邊卻盡是舉著單眼相機的男生。動漫展上拍照的人可粗略分作兩類：一是對人物有興趣的御宅族同好，另一種則是純粹拍美眉，根本不在乎妳扮什麼角色。我身旁好像都是後者。

凜在外在方面教我不少，例如服裝和道具製作、如何挑選和保養假髮等等，但是內在方面，當我問凜有什麼訣竅時，她也說不出個所以然：「自然就好，沒什麼特別要做的啊？」如果是凜的話，或許自然就能散發出吸引男女雙方的魅力，像我這種先天不良的，大概得要靠後天努力。

既然下定決心，平常我就開始努力觀察，務必使自己隨時都能自然擺出男生的姿態。夏澤是很好的見習對象，只要不被他發現的話。

觀察的結果，我發覺只要放任自己的筋骨隨意下垂即可。走路時不要留心腳步，不要擔心打到其他行人，任由兩腿和雙臂風車似地呼呼亂甩。坐的時候膝蓋和雙肘癱瘓似地開展，占去兩、三人份的位置，整個人像一件被隨意拋在椅子上的夾克就對味了。如果椅子有扶手，則務必使用，即使是和隔壁座位共用的扶手，也要搶先一步把自己的手擱在上頭。

這讓我想到小時候有次跟姊姊一起畫圖。

我們在紙上用原子筆塗鴉，兩枝筆都不斷漏水，讓我們的手沾滿藍色油墨。我模仿姊姊的舉動，她畫房子，我也畫房子。她改畫女孩，我也跟著畫女孩。姊姊惱怒地抬起頭。

「妳很煩耶，不要學我啦。」姊姊說。「畫得這麼醜還學別人，愛學鬼！」

「才沒有。」

「妳看，妳畫的女生腳都開開的。媽媽說站的時候腳沒有併在一起的女生是恰查某。妳畫的都是恰查某！」

那時的我不曉得什麼是恰查某，也不敢問，怕被笑說什麼都不懂，只是從姊姊的語氣知道那是個不好的字眼。我很難過。小時候我最崇拜姊姊，經常模仿她的一舉一動，因為姊姊選擇的一定是最好的。對我而言，模仿是一種百分之百信任的展現，然而姊姊只覺得我糾纏不休，相當煩人。

我趕快把紙上的女孩加上另一雙腳，立正站好的雙腳，但原來畫上去的腳擦不掉。

「她們每個人都有四隻腳了。」姊姊嘲笑著。

於是我筆下的女孩都成為有兩雙腳的怪物。一雙腳規規矩矩併攏著，另一雙腳則在站立時大剌剌地打開，像是隨時想要飛奔去遠方。

No. 90 千夜岬

2011.12.19 ｜ 話宅

開始收拾起過往的殘留物。若非這批相片格外具有紀念性，它們八成會是我首批刪除的目標。猶豫許久，才決定將相片檔和衣服一道留下。這是少數幾套我自己從頭到尾手縫的服裝，也是剛開始玩 cosplay 時最滿意的傑作。後來的服裝若非倚靠縫紉機，就是委託店家，再也無法激起初期那股熱情和傻勁。

那年夏天，凜和我扮演 MV〈千夜岬〉裡的律和風音，兩人都是改良式的平安朝裝扮。凜的衣服是深黑色的直衣，中間橫過白色流水紋，袖口和領口露出裡頭的紫苑色單衣。我的衣服就麻煩了：內裡枯草色，外面再罩上領口白色、往下顏色漸暗的狩衣，由水藍色一直加深到藏青色，顏色最深之處再點綴細小的白梅圖案。找不到合適的布料，只好買白布回來自己染。染過一遍又一遍，弄得狹小的住處充滿染劑的刺鼻味，總算達到想要的效果。住處通風不良，連著幾天眼淚鼻水直流，學校同事都以為我感冒，說不出理由的我只能苦笑。只要做得出相像的衣服，再怎麼不舒服都值得。

服裝是冬衣，但衣服一完成，凜和我便迫不及待想拍照，顧不得實際的季節是如何。第一次試衣是在台大新體的暑假動漫展，只有我們兩人，沒有聯絡攝影師。湊巧跟另一組人馬「撞角」，他們也扮成虛擬歌手的模樣，而且是比較少見的男性玩家。與他們合照數十張後，一時興起，我們交換搭檔逛會場。

我還是新手，和我搭檔的「律」大概也從我生硬的動作看出這點。他說我的姿勢千篇一律，缺乏變化。

「妳應該平常就要多多觀察人物動作，事先想好擺哪些pose最能顯現角色的特徵。妳先擺幾個pose我看看。」這位「律」說。

我擺出一些我認為大哥應該會做的動作，對方說我的舉止太僵硬，伸手幫我調整，使我十分慶幸自己遇到如此熱心的前輩。

接著他又說，風音兄上應當比律高，然而我是女生，個頭比他略矮。為了符合人物設定，他要跪坐下來才能和我一起拍照，說著便跪在地上。接近中午時分的豔陽天，讓比我資深的前輩跪在滾燙的水泥地面，我感到相當抱歉，頻頻說對不起，主動提議要幫他拿相機水壺毛巾之類，但前輩回絕了。

「怎麼能讓女生拿行李？」他說。「不過我腳有點麻，不太能保持平衡，可以稍微抓著妳褲裙下擺嗎？」

這有什麼問題？我一口答應，任由他從後方拉著我的褲角，然而前輩似乎越來越支撐不住，整條手臂貼上我的小腿，後來乾脆用手攬住我的腿。這時我總算察覺不對勁，但四周閃光燈此起彼落，我不好意思在眾人面前過於明顯地閃避，只能假借換姿勢試圖抽回我的腳。即便四下無人，以我不愛惹事的個性，恐怕也沒勇氣把他一腳踢開。

假好心的前輩見我並未強力抵抗，益發得寸進尺，竟然在拍照途中小聲詢問：「妳有穿內褲嗎？」

對這令人恨不得摑他兩掌的提問，我假裝沒聽到：「什麼？」

「內褲，妳穿了吧？」那人居然不知羞恥地再問一遍。「妳選的布料太薄，透出來囉。妳看在這裡。」說著手往我臀部滑去。「和服的正確穿法是不穿內褲的喲，日本人都不穿的。因為衣服上顯現內褲的形狀很難看，好好的臀部曲線都破壞掉了啊。」

如此糾纏好一陣，我始終沒想出好理由把他甩掉，連尿遁都告失敗，因為那男的說我一定不曉得有 cosplay 活動時女廁有多麼可怕（好像他曾經混進去過似的），堅持守在廁所外頭。我不勝其擾，只能等到凜和另一個男生來跟我們會合。凜和她的同行者有說有笑，似乎玩得很盡興。和那兩人道別後，我說出我被同行的玩家毛手毛腳的事。

凜聞言大怒：「妳為什麼不早說，還繼續陪那色胚逛會場？」

「我擔心弄錯，萬一他真的只是手痠的話？」

我嘴上替那男的辯駁，心裡明白他絕非手痠。他連我屁股左右兩邊都摸完一輪，只是一旦講明事件始末，感覺自己就像傻瓜，連逃走或反抗都辦不到。這不是我頭一回遭人騷擾，無論哪一回，我都無法把過程講得徹底，總覺得自己理虧，是我先做錯了什麼事。我的身體似乎天生具有惹事生非的能力，會自動釋放某種不明磁場，令他們非找上我不可。

「妳管他弄對弄錯，不爽就講啊！男生十個裡面九個豬哥，不凶一點他們就得寸進尺了。」凜說。

如果我有凜的勇氣就好了。

凜問說他摸我哪裡？我答腿。腿跟屁股好歹連在一塊，這已是我能坦承的底線。凜彎下腰，撢灰塵似的把我的大腿小腿前前後後拍遍。清潔殺菌，凜說，殺死會場癡漢手上的豬哥細菌。我笑起來，神奇地覺得被凜拍過的地方真的變乾淨了。

接下來我跟著凜行動，因為她說會場上龍蛇雜處，想趁機占女生便宜的人不少，而我又是個一眼便能看透、傻里傻氣的新手。凜說，她留下了對方的手機號碼，原本輸入那兩人的暱稱，現在她把它改成「豬公兩頭」，這舉動逗得我笑了，雖然另一個人根本沒得罪我。我們幼稚地討論著該如何制裁剛才那兩人，把他們的照片和事蹟放到網路流傳，讓他們在 cosplay 圈再也混不下去，諸如之類。

所有制裁，就像其他凜一時興起說要做到的事情一樣不了了之，但那時我打從心底慶幸有凜在身邊，陪我一起生氣。她比我遇過所有男性都更加帥氣、美麗、貼心，懂得為女性著想，更近於理想的紳士典型。話又說回來，我們原本就是扮成男性，凜和我是一對的，是千年前無法如願廝守的戀人。

「我覺得妳帥呆了耶。」我對凜說。

「是吧？」凜笑著回應：「比現實中那些臭男人好得多吧？妳也加油吧，妳是我的搭檔，氣勢上可不能輸。妳一定也辦得到，妳是我看中的人耶。妳有潛力，我看得出來。」

如果現實中不存在紳士，沒有令人嚮往的謙謙君子，何不**自己變成他**？我相信當時凜跟我抱持同樣想法，那時她令我衷心崇拜。如今一切皆已褪色。

No. 89 日常風景

2010.12.18｜徒然

回顧過去的這兩年，我似乎玩角色扮演玩得很凶，其實那多半只是週末的生活。星期一至五的平常日，我都是運轉於學校體制中的一枚小齒輪。

六點半起床準備出門，一面梳妝一面傾聽門外的動靜，共用浴室一旦空下來就得火速趕去占用。被別人搶先的話，接下來的程序會整個亂掉。出門時還要買早餐，遲了就會碰上學生族傾巢而出。如果我能準時到校，還會有些許空檔吃早餐。遲了的話就會見到一團混亂：系辦公室裡公文滿天飛，工讀生和其他助理的抱怨、借鑰匙借教室找老師的人匯合成一條激流，而我得在沒熱身的情況下跳進裡頭。

一天通常就是這樣開始。剩下的時間我會坐在系辦公室，處理一封又一封的公文、一通又一通的電話、一則又一則的電子郵件，嘴上聊著八卦，心裡想著我是做了什麼而必須待在這裡。

我是做了什麼而必須待在這裡？

研究所畢業後，爸爸說我有三條路可以選。一是找個人嫁掉，就像姊姊那樣。二是出國鍍層金念點書再回來，而所謂「國外」毫無疑問是指美國，好像世界上只剩美國台灣兩個國家。在美國，即便三流學校也能把草包鍍成金人，其他國家的學位相比之下不過是K金。三是找工作，不過得是經過他和母親同意的工作，然後定下來像驢子般苦幹十年二十年。老爸說，工作並不是做來開心的，是為了賺錢和生活。他們那輩人的工作不曾帶來什麼快樂，也從來不去想喜不喜歡、合不合適。

或許真是如此。

我也想不出那三條路以外的其他選項，不過首先「結婚」就可以刪掉。對夏澤而言，結婚兩字如同梵文，完全不曾閃現在他的腦海裡，雖然我曾認真考慮過。仔細想來，我也非真的想婚，只是為堵住父母親戚的悠悠眾口。現在我慶幸沒有一時糊塗錯下決定，否則我現在必定會被伯母閹下活活整死。

出國念書就更別談了，我完全不是做學問的料。即便在管院待到碩士畢業，我對金融沒半點興趣。之所以繼續拿學位，只是不想馬上被工作綁定，何況現在幾乎人人頭上都頂個碩士光環，大學學歷簡直跟高中生差不多。再來是以拿學位為由，我可以繼續留在台北，在這一房難求的地方擁有便宜的宿舍。

讀書向來都是藉口，從前它屬於我爸媽。他們說，只要我考上前十名的國立大學，接下來一切自由，穿鼻環肚環刺青連月不歸都不再囉嗦半句——當時真該問：「那麼反串扮男生如何？」這麼半哄半騙軟硬兼施，總算拖著我熬過國高中夜夜補習的地獄生活。聽起來只要我能考取名校，便已達成此生的最終目標，攀上生涯的巔峰——接下來便只有下坡。而我雙親也就此善盡了為人父母的職責，得以無愧於列祖列宗。

現在輪到我拿讀書當藉口。在還找不出自己能做什麼之前，既能留在熟悉的學校，遠離家人嘮叨，又能把經濟問題減到最低，研究所期間說是緩衝期也不為過。論文只求過關，不過為了拿到文憑，我仍下過不少工夫。

在父母看來我只是鬼混而已，因為拿完文憑後我居然還賴在學校不走。他們希望我至少也該當老師或考公務員，沒有升遷、一年一聘的助理工作，被批評為跟打工差不多。我找的其他工作，如補習班、公司祕書、空服員或餐廳管理人員，他們通通不滿意。老爸說，他們在我身上投注不少資本：雙語幼稚園、小學到高中的補習班和才藝班、大學、研究所……當年他們得不到的學歷和證照我通通到手了，理應胸懷大志放眼世界，不該就此成為一個空姐或普通OL——表面上是上班族女郎「Office Lady」的簡稱，對老爸而言卻是「Old Lady」，過期的滯銷貨。

其實我自己也不滿意。

我並非特別熱心或做事拚命的類型，但分內之事總會好好做完。看到空教室會去關燈關電扇，每天攜帶環保筷和水壺，也按規矩做垃圾分類。雖然沒有拯救地球之類的遠大理想，至少還會希望自己做的事對人類和社會有益。稱作有著一般常識的善良人應該不為過。但善良人應有的幸福結局，遲遲沒有降臨在我身上。沒有必然的宿命在前方等待。

話說回來，就算結婚也不會從此過著快樂的日子，光看節節攀升的離婚率就曉得。一旦中了樂透就可能被詐騙或綁架，使得從天而降的幸運成為噩夢。在這樣的世界，若沒有強大的自我和勇氣，要懷抱夢想都是件難事，還不如考過全民英檢來得實用。

No. 88 黃斑貓

2010.12.17 ｜徒然

我的住處位在一棟老舊公寓的二樓。單間衛浴的住宅，被木板隔成四間雅房，我在最裡頭的邊間。當初看房子時只剩兩間：三面實牆、無窗的中央房間，和三面木牆、有窗的邊間。無論哪間，都是一副陰濕的牢房模樣，然而包水電一個月四千元，條件相當誘人，學校附近的雅房至少都是六千起跳水電另計，這價格在中南部都能租下冷氣吹到飽的豪華電梯套房了。在我搬入之後，剩下的空房也快速攬到房客。

我選擇有窗的邊間，不過這麼一來房門便緊挨廁所。與隔壁房共用的鐵窗被帆布封得密實，我把靠我這頭的卸下，赫然發覺窗戶緊貼對面公寓的廁所，底下則是一樓麵店的抽油煙機出風口。別說通風，這窗戶根本是硫磺地獄的入口，只得再把帆布封回去。我猜其他幾房的情況也好不到哪裡去，房東說他們多半是住了三、四年以上的老房客。

大城市。

不曉得有多少人是像這樣忍受各種不便，依然掙扎著留在這裡。

隔壁住著一對情侶，經常吵架。木板間隔音不良，他們也有自知之明，吵架時會壓低聲音，但情緒激動起來也顧不得那麼多，於是我常聽到最精華的段落。遺憾的是爭執的最高點通常最無趣，只剩情緒化的字眼，連吵架的原因都聽不出來——

「妳不愛我了嗎！」

「我要去死！這回我一定要死！」

「好啊，妳去死啊！」

「死就死！怕你嗎！明天起你就看不到我！」

好幾次我考慮著該不該報警，不過「明天」一到，這對男女又會互相依偎著，濃情密意地出門。

我的電腦全天開啟，桌面是一幅藍天照片。那天空藍得深邃悠遠，彷彿可以看透它，直達滿布星辰的太空。這是唯一的天光來源。

某天我下班回房間打開玻璃窗，赫然發現鐵窗內蹲伏著一隻黃斑野貓，不知從哪個縫鑽進來的。貓和我都非常驚訝，不過牠沒有逃走，只是瞪大琥珀色的眼睛。我小心地放慢動作，坐到書桌前處理檔案。沒多久野貓伸個懶腰離開視線，我打開紗窗探出頭，牠已不知去向。

我不特別喜歡貓，但仍在帆布上割出一個方便貓咪通行的洞。每天出門上班前會把窗戶打開，在窗前擺放牛奶和要來的飼料。黃斑貓沒有再來過，牛奶和飼料都沒減少，打開的窗也沒有吸引到六足類以外的生物。沒有貓，沒有鳥，只來了一群在夜晚嗡嗚不休的蚊子。

2010.12.16 | 徒然

No. 87 溫州街

下午從麥當勞出來後，也不知是從哪冒出的勇氣，突然想在附近逛逛，便轉進巷子裡。

我已很久不曾為工作外的理由踏進這一帶，因為這裡的景物促進回憶，而我已經回憶得太多，多到有害身心的地步。我總是思慮太多行動太少，不過這回總算踏了進來。幾戶人家種有櫻樹，葉片零零落落十分蕭條，不過枝上已抽出被褐色鱗片包裹的堅硬新芽。過去 cosplay 活動結束後，大家常會到附近聚餐，這裡處處都是回憶。去年聖誕節也是在這裡過的。夏澤說他不會受商人哄誘去慶祝與他無關的節日，正好讓我能跟店裡的大家出來玩。我們在寒冷的巷子裡擠作一團走著，一面大喊好冷好冷，呼出的熱氣凝成白煙。

真有氣氛，彷彿置身北國，有人這麼說。其他人會笑著回應。我們大家心裡都想著同一件事，眼神望向同一個遠方。

猶如置身日本。

但願我們身在日本。那是一個由無數讀物、影劇、明星、片段的旅行記憶堆砌成的國度。或許我們並非真正了解它，不過幹嘛要了解？可望而不可即總是比較美好，回想起來我看待夏澤也一樣。有時候我會想，如果我們不曾交往，或許我到現在仍能仰慕他。

溫州街也充斥著我跟夏澤的回憶。過去我常在這一帶聽他們樂團演出。我們在溫州公園吃柴燒比薩，結束演出後興奮地在巷子內追逐大叫，使得兩旁住戶開窗咒罵。夜深人靜時夏澤騎著我的破鐵馬載我回學校，腳踏車規律的吱呀聲在巷子裡迴盪，抬頭一看，滿月懸在被巷子夾成長條狀的夜空裡……夏澤說，家裡排行中段，上有兄姊下有弟妹的子女都像野貓，即便是我這種乍看之下安靜不懂反抗的類型也不例外。家裡排行第一的經歷過獨生子女的時期，因此在父母心中永遠保有特殊地位，而老么則因年齡最小，總是最受疼愛。如此一來中間的孩子就成為野貓了，注定要在家以外的地方徘徊流浪、尋求溫暖。

這話直刺長久以來梗在我心中的孤獨感，讓我差點掉淚。他明明只有一個弟弟，為什麼會如此了解三人子女家中的狀況？我想起從前我總是接收姊姊穿不下的衣服和看膩的文具，這些舊物卻不用再傳給我弟，因為弟弟不穿粉色系的衣服，也不願使用有兔子和花朵圖案的物品，他的東西總是全新的。他和姊姊的東西都是全新的。

既然知道原因，我只要在家以外的地方努力，一定能把自己從巨大的孤獨中拯救出來。只要我更加重視夏澤，更加珍惜那些知道我祕密嗜好、心靈相通的夥伴，一定不再感到孤單寂寞。當時夏澤的話語，總是能給予我看透事物本質並向前邁進的力量。

在我還是個懵懂無知的大學生時，我便在校外社團的餐會裡認識夏澤，被他從一段困窘的對話中搭救出來。我以為是搭救，現在想來只是夏澤一貫的愛現，希望大家把注意力集中在他身上，卻成功使我印象深刻。他總有一套理論可以解釋生活中發生的各種事，使我崇拜異常，能和他交往更像作夢一樣。當時我覺得自己擁有無盡的熱情，甚至認真想過要嫁給他。

現在夢醒了。如果再問我是否願意和他共度此生，我會回答：開玩笑。

2010.12.12 ｜ 徒然

No. 86 校園風景

凜是我們學校大學部的學生，就讀農經系，不過她對農對經都不感興趣。依她自己的說法，只是考上台大好封住父母的嘴巴。順帶一提，依據許多同校人的說法，他們進入台大的理由皆是如此，甚至連志願表都是父母填的。再順帶一提，我的志願表正是如此。

在我們剛認識沒多久，尚處於友誼的「熱戀」時期，兩人在學校經常出雙入對。儘管身高與我相近，凜的舉動比較男孩子氣，而我那時留著燙捲染棕的及肩長髮，外加胸前有料，大概呈現出對比效果，也就被周遭的人戲稱為「夫妻檔」。我非但不介意，甚至暗自高興：這表示我們默契極佳，眾人眼見為憑。我只是有點不滿自己單純因外表被視為「妻」，而且還是受年輕老公多方照顧的熟女人妻。我照顧凜的時候明明比較多。日文班下課後，我會陪凜走到公車站牌等車，再獨自走回溫州街上的雅房。我會對她說「晚上小心」，而她通常會回以「嗯」或「掰」，絲毫不認為我需要小心。

在她看來任何人都不必小心任何事，不穿內衣也能出門。只要手機在手，就不必擔心機車騎上陽明山之後發覺沒油。半夜睡不著就出門慢跑，從她家跑到學校，穿過校園抄小巷到中正紀念堂再折返，凡事順其自然即可。

聽起來凜好像頗能隨遇而安，其實那只因為她是正妹，而這年頭正妹就是正義。無論在何處遇上困難，都會有人主動搭救。對凜而言，他人無條件的好意，大概就和日升月落一樣屬於自然現象。

有回我們在活動中心吃自助餐，碰上凜認識的人。膚色黝黑笑容靦腆的男生，大概和我差不多年紀，執意要替我們付飯錢。凜不答應，那男生就到便利商店買了兩人份的水果擱在我們桌上，然後站在一旁和凜說話。看得出來這人正在追凜，不過凜的意思我摸不透。她既不趕人，也沒釋出進一步的善意，只是饒富興味地觀察對方的舉動。

有陌生人在場令我尷尬，也不敢聊我們平常的動漫話題。那男生一直罰站，我雖不情願，基於禮貌，也只好主動邀請：「要不要一起坐？你們不是朋友？」

那男生看著凜，等待裁示。凜聳肩：「坐啊。」

「最近好像常看妳們在一起？」男生試著找話題。

「是啊，她是我失散多年的哥哥。」

「哥哥？怎麼不是姊姊？」

「這個嘛……」凜似乎瞄了我一眼。或許她試圖尋求一個心照不宣的眼神？但我低頭對付盤上的食物，沒有回望。

「妳怎麼都沒來社團？上次社課大家還提起妳。攝影展又快到了，妳不回來嗎？」

「我在打工，社課時間也有排班。」

「家教嗎？」

「餐廳。」

「哪家餐廳？我可以去看妳嗎？」

我在一旁默默扒著飯。凜突然對那男生說：「不好意思，你還是離開好了。其實我們兩個正在談事情。」凜指了指我。

「那妳們先談，我可以等。」

凜啪地把筷子擱到餐盤上。

「我的意思是——我跟她難得一起吃飯，有很多話要講，沒辦法顧到你。」

那男生看到凜突然不高興，大吃一驚，匆匆起身告辭。

外人離開讓我鬆了一口氣，卻也覺得不太好意思。畢竟對方請我們吃東西，算得上禮貌周到，然而凜說：「妳都不說話。好大膽子，敢讓我哥覺得掃興，他活該被趕。」

「我不覺得掃興啊。那是妳朋友，妳愛怎樣都隨妳。」我說，不肯承認方才確實在心底責怪凜重色輕友，不過凜把那人趕跑，已經足夠讓我消氣。

「別這樣。」凜笑起來：「我跟他根本不熟，只是覺得他沒話找話講的樣子蠻好笑的，才讓他留下來，想跟妳一塊笑一笑，但有外人在場果然不太自在。我想了一下，還是比較想跟妳聊天。跟妳說話比較有趣。」

這類事件經常發生。凜處理起來也有一套，總是能讓我覺得她重視我來得多些，也就更加對她服服貼貼。

由於生活場域重疊比率極高，在我們最要好的時候，凜沒課時，常會來我辦公室所在的系館閒晃。她會站在辦公室門口張望，在我們眼神交會的時候向我招手。

因為擔任助理，我會到課堂上放映影片，自己也坐在角落陪同觀看。教室在一樓，窗外是種有穗花棋盤腳和黃椰子的綠地。有幾次猛一抬頭，發覺凜就在窗外。

「怎麼知道我在這？」我小聲對窗外的凜說。

「我上網查了課表。中午要不要一起吃飯？」

「我要放片子，放完還要收拾耶。」

「那我等妳。」

「妳還是去忙妳的吧。」

「不用啊，我就在這裡等。」說著不知從哪間空教室拖出一把椅子，和我的位子並排擺著，就在草地上寫起報告來。

「太誇張了吧。」

「我沒地方去啊。」

「圖書館呢？」

「不要。」

「回妳系上？」

「就說不要了嘛。這麼早回家也很無聊，拜託嘛。」凜看著我，神情哀怨，我只得由著她去。隔著一扇玻璃窗，我們肩並肩坐在一塊。

當時我只覺得異常榮幸，就像獲得一頭野性難馴的美麗動物青睞。畢竟凜不是一般人，向她獻殷勤的無論男女皆大有人在。她的系櫃經常有人放置留名或匿名的卡片、字條或禮物，腳踏車籃常被堆滿花朵，花種隨四季而異：早春的含笑、流蘇和杜鵑，初夏的木芙蓉、魚木，秋天的大波斯菊。入冬後校園花朵稀少，索性用買的：紅或粉紅的玫瑰。凜嗤之以鼻：「我曉得這哪買的——校門口地下道的花販，一枝十元。」

這麼多崇拜者任君挑選，為何偏偏選中我，我也不解，就如同忽視盛裝打扮的三千佳麗，偏要封在後宮煮飯的老媽子為貴妃。或許這就是理由也說不定：老媽子總是比任何人都更溺愛兒子。

2010.12.11 ｜徒然

No. 85 日文班

我在日文補習班認識凜，算起來也不過兩年多。那時候還在讀研究所，論文幾乎完成，已篤定自己可以畢業，也和教授談妥會繼續留在學校當助理，但除此之外，我沒有任何目標，不曉得自己還能做些什麼，日子過得渾渾噩噩。學日文是少數我還能感到有趣的事物，至少給我動力重新打開書本。自從論文完成後，我的眼睛似乎對文字產生排斥力，我已很少碰漫畫或雜誌以外的書籍。

補習班的常設日文班，幾乎全數學員都是女性，特別是上班族。每個人的目的都不同。有上班族為了通過檢定以便升職加薪，有日文系的學生，也有不少人剛畢業或正考慮未來出路，而日本導遊執照向來相當熱門。組成人員經常改變，不過凜似乎待得相當久。上課時總是坐到最後一排，遙遙觀望班上的動靜，顯得懶洋洋。老師好像也已習慣她這副模樣。偶爾我會坐在凜旁邊，聽她相當熟稔的議論課堂狀況。這時教室看起來格外遙遠，就像走在夜晚的街道上，瞥見櫥窗裡有個亮著綠光的水族箱。

「老師又在講名牌了。」凜說。

「嗯。」我答道。

「提到日本的名牌皮包就沒完沒了。」

「是喔。」

「可以趁機休息一下。」

「工作很辛苦喔？」

「我還是學生。」

「是喔。課那麼重啊？」

「我修教育學程，這學期三十學分。」說著趴倒在桌上。

諸如此類。很長一段時間，我們一直是這樣的點頭之交。

班上若有人到日本去，總會帶回成包的糖果餅乾請客，或者是把在當地購買的紀念品帶到課堂上，讓大家傳看，意思大概和高中學測前，拜過文昌帝君的同學分送香灰的舉動雷同。有一回，班上同學帶回來的土產是東京迪士尼樂園的米老鼠帽。

我照例坐在最後一排的凜旁邊，遙望前排光景。凜照例懶洋洋地開口：「老鼠耳啊……其實貓耳才是王道吧。」

「當然了。」

「而且要裝在少年身上。」

「真的。」

「有尾巴的話更好。」

「是嗎？我對尾巴倒不怎麼執著，有或沒有都沒差，重點還是在耳朵吧，一定要三角形的獸耳。」

「妳……」凜轉過臉來，好像第一次意識到有我這個人存在：「真的聽得懂我在說什麼耶。」

「聽得懂啊，不就在講貓耳少年？」

「御宅族同士？」

「御宅族同士。」

「妳該不會……妳看ＢＬ嗎？」

「怎麼不看呢，那種好東西。」

我們熱烈握住彼此的手。綠光隱退，水族箱般的補習班教室頓時繁花盛開。

儘管看漫畫的風氣目前相當普遍，真正沉迷其中、熟悉各項術語的御宅族其實沒那麼多。要碰見連閱聽口味都相近的同好，更是難上加難。有時當我回想此事，會惱恨凜為何要挑中我，似乎這麼想就可以把責任歸咎於她。

事實是如此：我們之間沒有誰搭上誰，而是一拍即合。錯的是天時地利人和，三者合稱宿命。

2010.12.05 ｜歌行

No. 84 落葉翩飛

說到紅葉，就會想起這首歌，雖然現在已經是冬天了。

詞／曲／編曲：akiP
歌：風音

宛如初秋的葉片
逐漸染上金黃與深紅的色彩
日漸明豔的戀念之心
但願能夠乘風傳送給你
心中盈溢的思念

紛紛飄零 翩翩飛落

踏著遍地落葉彳亍前行
屈指計算下個歡聚的時日
獨自悲傷 煩惱埋藏心底
只希望你萬事均安
這麼想著 心中就能充滿溫柔期盼

找尋被落葉埋藏 金紅掩映的小徑
現在就想去見你 沿途唱著思念之歌
曾幾何時你已成為重要的人了
向遙遠的虛空祈求
希望你也有著同樣心情

紛紛飄零 翩翩飛落

留言回覆

>想匿名的留言者

先聲明：我沒有不高興或覺得被冒犯，只是收到如此用心的長篇留言，也想多說些自己的意見。

我想就算是部落格的常客，也不見得了解我所有的想法。網路上的形象只是「我」這個多面體中的一面。如果有人願意留言反饋，我當然樂於坦露更多，雖然和網友預想的或許有些差距。總要經過一番磨合，人才可能更了解彼此，我是這麼認為的。

No. 83 夾纏

2010.12.01｜徒然

傍晚時，夏澤到我住的地方猛按電鈴。忙碌的年底，真不想在十二月開始就看到他的臉。原本不打算理會，但這裡是隔音不良的木板間，電鈴聲大響對不起室友，雖然他們對不起我的次數比較多。我換了衣服下樓。

夏澤在騎樓下抽菸。看到我，他把菸扔到地上踩熄了。

「經過這裡，順道來看看妳在不在。彎冷的，我想妳應該會想吃點熱的。」夏澤舉起手上的燒仙草袋子。

「不用了，謝謝。」我答得戰戰兢兢。我們已經分手，但夏澤還是不時會蹦出來。他糾纏我的方式拙得一如既往，因為據他所言，一直都只有女生追他的份。過去他的笨拙令我心生憐愛之情，如今只覺得厭煩。是因為被女孩子甩掉，面子上掛不住，這才想盡辦法要把我弄回來？還是我從前太聽話，使他不願相信我已改變？

「收下啦。」

「不用。」

「都已經買了嘛。」

「真的不用。」

就這樣在家門前推拉好一陣子。過去我一直覺得夏澤是個精采的人，但他發起怒來，終歸是個失控的平凡人而已。外加拖拖拉拉不肯乾脆地做個了結，還有活像八點檔的台詞，令人失望。

「妳什麼意思嘛！打手機不接，MSN總是掛離線，Facebook沒動沒靜，寫信妳也不回，害我只好到這裡來找妳。為什麼不能好好談一談，搞得像仇人一樣？」

過去我們的關係是建立在我聆聽而他高談闊論之上。當我開始講話，我們便走進死胡同，因為夏澤不跟人談話。他只演講。我們的談話總是陷入僵局，夏澤不懂我到底要什麼。他甚至覺得我相當愚笨，需要經過重新教育才能成為配得上他的女人。最後我不得不承認：或許我吸引他的地方只是胸前那一帶，意即純屬肉體吸引力。他對我究竟想些什麼，既不在意也不感興趣。因此我說：「沒什麼好談了。你是來拿東西的吧？」

「是啊，妳倒是知道，還一直裝傻呢。」

分手幾週後，夏澤開出一份清單要求我歸還屬於他，或說他自認為理當屬他的東西。那份單子長達六頁，由信件、紀念品、CD、文具、生活用品等基本物件，到交換日記中他寫的那幾頁、兩人合購的音響中由他指定型號的喇叭、他替我安上的腳踏車燈底座之類莫名其妙的東西。如果我本人也是可拆解式的，他八成會把我的某些部分也列進去。

剛收到清單讓我火冒三丈，心想他存心找碴，後來才逐漸會意，或許這是他用以和我藕斷絲連的手段。這麼想著頓時有些心軟——如果清單不是由他老媽親自送來的話。那天我恰巧出門沒和她打到照面，不過還是在信箱收到清單，外加伯母閣下的留言，大意是妳好運沒被我堵到，竟敢這樣對待我兒子，再敢糾纏他絕對要妳如何如何云云。

不知她曉不曉得夏澤對我的糾纏。或者他們當初就講好一人扮白臉一人扮黑臉，效果加倍？

夏澤還在呶呶不休：

「妳這樣不理不睬的是幹嘛？為何要做得這麼絕？這四年對妳來說到底算什麼？」

三年，我在心裡替他修正。扣掉他幾度劈腿，我們分手再復合的時間。

從前夏澤嚴厲的語氣每每讓我退縮，他一吼叫我便僵如化石，然而現在我有風音大哥。我發覺我已可以隨時進入和角色扮演一樣的狀況，站到遙遠的地方冷眼旁觀。我在心中躲到風音大哥背後。於是我聽到大哥用我的聲音說話了：

「我已經說過了，現在我不想跟任何人建立任何種類的關係，所以不要來找我了。你要的東西我整理之後會寄還給你。」

「妳現在倒是很有膽量啊妳！要做絕我也會，妳以為我不敢嗎？想試看看嗎？」

風音大哥疲倦地嘆了一口氣，他不習慣跟人吵架。

「看來沒什麼好說的了。」他用我的聲音這麼說。

我轉身上樓，夏澤還在說話，我聽不清也不想懂他在說些什麼。結束了，玩完了，我們四周黑色的布幕沉沉落下，我轉身踏上狹長的樓梯，感覺大門在我身後關上，把夏澤和冬日的寒風擋在外頭。最後一道冷空氣掙扎著沿著樓梯襲來，撲上背脊。我打了一個寒顫。

不是我、不是我。狠下心把數年感情一刀斬斷，丟在外頭，冷酷地背過身去的那個人不是我。那其實也是我。自始至終只有我一個人和夏澤對抗，身後沒有任何靠山。

No. 82　夏澤

2010.11.28｜徒然

下班後回到住處打開ＭＳＮ，又看到夏澤丟來的離線訊息。累得不想細看。這陣子他不時會莫名其妙地蹦出來，讓我三不五時遭受莫名其妙的打擊，像被隕石Ｋ中頭。害得我總是處於驚恐狀態，連臉書都不敢上。

如今我比較能用正確的方式回想我和夏澤的關係。之前看他彷彿是透過一層濾鏡，一切閃閃發亮。

我們在一次聚餐認識。那時我還是大學生，為了寫通識課小組報告，跟同組的朋友參觀台博館古地圖展。我只是為了交報告，但同學相當有心。事實上，她根本是校外社運團體的成員，安排了整套行程邀我一道去：先跟其他社員會合、一起參觀，因為裡頭有人對文物格外有心得，之後再去聚餐。我想這對寫報告很有幫助。

若非結識夏澤，我對這趟行程的評價會更惡劣。在介紹我時，同學說我「想多瞭解台灣的過去、現在、未來」，於是他們派了一個男生沿途在我耳邊解說。那是個不懂禮貌的瘦長高個子，走在右邊，讓我緊挨著車陣，聽他講話就像站在瀑布旁邊，水聲隆隆口沫四濺，我一心想找機會好好擦一擦我的右臉。與其說他在講解，不如說：他不斷以知識為武器轟炸我的無知。

「妳曉得萬一我們跟中國開戰會有什麼下場嗎？」

「不就打仗。」

「我是說，具體而言會發生什麼事。妳都沒想過嗎？」

「你會上戰場？」

「欸，那是戰爭耶，小姐，拜託。戰爭不光是男人的事耶。」

「那當然。」

「什麼當然？妳根本沒搞清楚。所有男人都會被抓去當兵，妳爸妳哥妳弟都會去當兵，但你們這些老百姓就沒事嗎？只要中國封鎖台灣四周的海域，妳以為可以撐幾天？我們的糧食自給率只有三成妳知道嗎？到時候妳連飯都沒得吃，因為糧食一定會先調去供應軍隊。妳又不知道了對吧？」

到了餐廳，這高個子繼續坐在我旁邊。若不是看在同學的面子上，我幾乎要奪門而出。餐具由侍者拿來，整桌人輪流傳遞。我把筷子傳給他時被拒絕了。

「我不用筷子。筷子是中國的東西，這是文化侵略。」這麼說著，這傢伙居然從口袋掏出一根叉子。

筷子不行，用叉子就可以？我在心裡暗自嘀咕。

「你說筷子不行，叉子就沒關係？」

我抬頭一看，是對面一個皮膚曬成紅褐色、身材壯碩的男生，門齒有點暴，長得算不上挺好看，但語氣中有某種懾人的威勢。那就是夏澤。當時我還不認識他，但是他的想法和我不謀而合，引起我的注意。

「叉子不是西方人用的東西？」夏澤問。

「我就知道你會有話說。不管用什麼器具，總會有人有話可說。我用叉子，你會說我被美國文化侵略；我如果空手抓飯，你又會說我被印度文化侵略。」

「所以管它那麼多，能吃飯不就好了？有筷子用筷子，有叉子用叉子。」

「你是缺乏決心才會這麼說。」

「什麼叫缺乏決心？」

「像你之前不是在跑業務？才做半年公司要減薪你就不幹了，又去接翻譯，現在自稱是什麼自由撰稿人……」

「你不要做人身攻擊，話題偏了吧？給我回到筷子上來。請你解釋什麼叫決心。」

眾人鬨笑，那高個子又再接再厲：

「你看嘛：韓國的去中國化就做得相當徹底，漢字全改掉成為諺文，漢城改名為首爾，方筷改成扁筷。我們的人就是缺乏這種決心，才會一直沒有自己獨特的文化。」

「把這些東西全改掉，然後心有不甘，再去聯合國爭取說孔子是韓國人、端午節是韓國節日嗎？文化問題不在這類浮面的瑣事上。去中國化是一定要，但方法不見得只有和歷史一刀兩斷這條路。那樣豈不是又成一場文革？先去除中國的霸權思想、那種天朝唯我獨尊的態度才更要緊。光談筷子一類雞毛蒜皮的小事而不顧大局，簡直無理取鬧。」

有人替我出了口惡氣，我不禁露出微笑，雖然夏澤只是展現他一貫的好辯而已。餐會結束後，我們簡短地聊過，夏澤給我一張DM，上面有他參加的樂團近幾次的演出資訊。

我想夏澤不是中意我才這麼做，只是覺得自己又釣上一個崇拜者。我一開始就明白在他眼中女人只有兩種：崇拜他的和不崇拜他的。兩種都是笨蛋，只是前者還不至於無藥可救。

他的魅力也來自他的自大自戀，就像書法狂草般張牙舞爪又盛氣凌人。在他身上我看到一種方向明確、一旦鎖定目標便熱烈投入的旺盛行動力——或者說我以為他有那種東西。那正是我最缺乏的。

由於我偷偷仰慕夏澤，也就追著他們樂團聽了一場又一場。該樂團是社運團體的宣傳部門，專門出現在抗議、靜坐、說明會之類的場合。他們的歌都和戰爭、財團殺人、反土地徵收、弱勢族群和最近的天災有關。說實在，我對夏澤比對他那些歌和理念更有興趣，不過我總是裝出專注的樣子，聽他高談闊論。

夏澤恐怕也曉得，我對國家未來或阻止美國軍事行動等事，遠不及對他本人感興趣。醉翁之意不在酒，不過我肯為他去了解那些難懂的東西，絕對比一般聽眾更讓他臉上增光。在他眼中，我似乎看到一種默許的神情。夏澤說我如此關注WTO的服務業貿易協定，卻對詳情所知甚淺，實在可惜，應該多多參與他們的活動，跟他們吃頓飯什麼的，我說這主意很好。我確實所知甚淺——在看到他們發的傳單以前，根本沒聽過這回事。我們兩個都別有所圖，嘴上卻談著嚴肅的話題，一場奸詐的雙人舞。

他根本忘了我是誰。當他第一次試圖跟我搭訕，還說：「妳有點面熟，常看妳來聽我們演出。妳很關心時事？」根本忘記我們曾同桌吃飯。即使他當時就如此混帳，我還是一心一意追逐著他。在他反過來對我釋出善意，甚至開始追我時，我簡直樂瘋了，即便他追我的方式拙得可以。

我遇過在首次約會，便精心安排了一整天令人驚喜的行程，卻在兩人第一次共進晚餐時將手放到我大腿上的混球，也遇過跟蹤我回家，並在信箱中放入匿名信的變態。十幾張信紙上沒別的文字，只是用桃紅色水性筆寫滿我的名字。我一點都不適合桃紅色。還有像小學生一樣，每次見面都要拉扯我頭髮、撥弄我皮包上小飾品或衣擺的裝飾穗子，藉以引起我注意的無聊學長。夏澤老套而不適切的邀約，去看熱映中的電影（中途發覺只有我看，夏澤根本睡癱了）或是去遊樂園（事後我們才相互坦承，其實彼此都不喜歡遊樂園），至少證明他是個正常人。看到我崇拜得宛若神人的夏澤和我一塊時，雖然還是尖刻批評目光所及的各種事物，一如往常，卻也緊張得頻頻拭汗。他平凡的一面，反倒讓我覺得相當可愛。

然而我早該明白，無論遇上變態或正人君子，約會過程是高潮迭起或瞌睡連連，現實中男人最終目的還不就是我的大腿。正確說來是兩腿內側的地方。這個事實教人失望。

No. 81 凜和 cosplay

2010.11.26｜話宅

如今要我回想凜最初的模樣，我會懷疑自己的印象是否正確。倒不是因為我們後來交惡而有醜化之嫌，我反而擔心把從前的她過度美化，美好到使我覺得她現在平凡到令人不敢恭維。

姑且從外表開始好了，我對於外表的記憶比較有信心。

凜個子很高，胸前平坦，是那種削短頭髮便難分性別的類型。儘管不太理人，連話都懶得多說似的，一旦露出笑容就會變得引人注目。那是一種孩子般驟然綻放的大笑，彷彿突然發覺這世界充滿驚奇似的。除非遇上暴雨，否則她不擋雨不遮陽，總是欣然迎向水和光，如同一朵大而清麗的海藍色花。我們踏出補習班，迎面而來的一陣風就能令她開懷。

有陣子我們著迷於一部在日本雜誌上連載的輕小說。我在紀伊國屋看完最新連載後，為劇情的重大轉折激動不已，而最近的日文課在兩天後。雖然有點猶豫，我仍撥手機給凜，告訴她最新一話有重大發展。那是我們第一次在日文班以外的地方見面。

「我馬上出來，我們找個地方坐。」凜用幾乎是氣音的微小音量說。

我們見面時，我才曉得凜剛剛在上課。

「所以妳是蹺課出來？」

「反正已經沒心情聽課，繼續坐在裡頭也是白搭。」凜說，一副漠不關心的模樣：「快告訴我劇情。」

我被她拖進最近一家有座位的飲料店。我激動地講述，凜坐在對面直勾勾地瞅著我。突然間，她開始落淚。

「怎麼了？繼續啊，別管我。」

我接著說下去，對面的凜繼續掉眼淚，直到眼睛鼻子都哭紅。

「妳還好吧？」

「沒事。」凜擦著臉。「只是這太意外……我不想回學校去。」凜放下衛生紙，盯著我瞧：「我們去哪裡逛逛好不好？」

「現在？」我想到下午要值班。「恐怕不行……」

「這樣啊。」

我們在櫃台結帳後分道揚鑣。我往學校方向走了幾步，又折回來。

有何不可？

「走吧。」我對凜說：「去哪裡？」

凜笑開了：「我想吹吹風。去淡水怎麼樣？」

我覺得這人有我不了解的某種熱情，會為我不理解的原因或哭或笑。這強烈的情緒起伏，剛開始有點嚇到我，卻也因未知而吸引人。跟凜在一起，我好像也有了橫衝直撞的勇氣，我向來覺得自己的性格缺乏戲劇性。雖然偶爾她也會太過天真，讓我很想揪住她的衣領猛烈搖晃，看看能不能把她搖醒，但多數時候我羨慕她。

凜不僅閱聽大量動漫，也對流行歌和我最喜歡的虛擬歌手系列相當熟悉。我們熟識後經常趁日文課交換情報和感想，也互借ＣＤ、雜誌和輕小說。很快地我也發覺凜與此相關的另一項嗜好。週末的日文課，有時凜會遲到。每當她匆匆趕來，臉上總是化著濃妝，外加大包小包的東西甚至行李箱，有時還會帶著用布包裹著、形似雨傘樂器權杖之類的古怪物品。在我們不熟的時候，我不懂也不去多想那是怎麼回事，但在我曉得她的興趣後馬上明白了。

「這禮拜在台大新體有動漫展吧？」我問。對圈內人的凜而言，自然不需多加解釋，這種活動是御宅族的盛會。

「是啊。」凜的眼睛亮了起來。

這下我明白了：凜在玩 cosplay，角色扮演。

接著，她迅速提出一項令我吃驚的建議：「妳有玩過嗎？要不要加入？」

「我嗎？」

「我有想出的配對，可是找不到人搭檔，因為對方要跟我差不多高。」

「不是也可以穿厚底鞋墊高？」

「可以是可以，不過能找到原本就條件符合的人當然最好。」

她說服我的方式同樣俐落：轉身從後面那堆行李中揀出一樣用厚布包裹的長物品，解開綁縛的細繩、露出該物頂端——繫著金色流蘇的刀柄。

光是這樣，我就知道那是什麼。我當然知道。那一系列中每個人物身上的每樣配件，我都瞭若指掌。

「律的佩刀！」我低呼：「妳扮的是虛擬歌手？」

「是啊。」凜說：「現在我缺個風音跟我湊一對。我一直找不到合適的人，妳的個頭很剛好。衣服什麼的我通通有，妳人來就好了。要不要來當我的大哥？」

她用的是**當**，不是**扮**這個字眼。由她口中說出，吸引力倍增。我就這麼被拉下海，而且第一次就給了反串。

No. 80 虛擬歌手介紹五：後記

2010.11.21 ｜話宅

總算介紹完了，一償夙願。沒想到會拖那麼久。

我是在極度低潮的時候與虛擬歌手系列相遇的，覺得像被拯救一樣，因此很想為他們做點事。我不會寫歌或畫圖，於是想至少寫點介紹，讓更多人了解這套軟體，以及它們在網路族、御宅族之間引發的流行熱潮。

大學時在父母好說歹說之下進到不喜歡的科系，此後一直感到後悔，加上畢業在即，感覺前途茫茫。在我最沮喪的時刻，第一次在網路上聽到 ARIA 大姊的同名歌曲〈A・R・I・A〉。一開始沒陷得那麼深，只是覺得歌蠻好聽的，偶爾會去看別人的推薦找歌來聽，直到聽了某首律和風音對唱的 ＢＬ 神曲之後才真正淪陷，特別是無法自拔地愛上風音大哥。

大概覺得跟自己的處境有點相似。明明投注許多心血，或用日文——「一生懸命」地努力著，也在動手前深刻思考過，覺得各方面都考慮周全了，但真正動手去做還是經常出糗，而且離目標越來越遠。這麼笨拙的風音兒上最終還是熬出頭，獲得廣大網友的支持和喜愛，不禁覺得自己雖然現在諸事不順，只要繼續努力，是不是也能遇上一些好事呢？

相關文章

No.79 2010.11.20 虛擬歌手介紹四：律、奏
No.75 2010.10.29 虛擬歌手介紹三：ARIA
No.11 2009.11.01 虛擬歌手介紹二：風音
No.06 2009.10.11 虛擬歌手介紹一：概觀

No. 79　虛擬歌手介紹四：律、奏

2010.11.20 | 話宅

和前兩代在官方設定裡並沒有血緣關係，不過因為是同一公司的產品……以下省略。分別在同一年的首尾推出，年齡相同，走的也都是和風路線。官方設定上沒有寫明兩人關係，說是為了讓購買者保留想像空間，不過在網路名曲〈降生☆雙子宮〉大受歡迎後，異卵雙胞胎的設定幾乎已成定局。

年齡：16

身高：170／158

血型：AB

體重：48／40 kg

擅長：流行、搖滾、舞曲、兒歌、民謠。

外觀：律是紫眼藍髮的佩刀少年，奏是眼髮同為孔雀綠的持扇少女。

性格：兩人合唱的曲子極多，給人的印象是經常一搭一唱地吐槽。在虛擬歌手家族中備受兄姊溺愛。在律的方面，由於常跟風音對唱，在BL圈中常被視作一對。在奏的方面，由於音質比較偏電子音，常演唱風格黑暗的電音舞曲，被認為有小惡魔屬性。

相關文章

No.75 2010.10.29 虛擬歌手介紹三：ARIA
No.11 2009.11.01 虛擬歌手介紹二：風音
No.06 2009.10.11 虛擬歌手介紹一：概觀

No.78 名片

2010.11.19｜話宅

這週的檢討會要討論下個月的活動日，原本受了九菊的拜託後勉強答應，她特別提議，說開會時我可以不必參與討論，只要填選自己想排班的時段就好，而她會把我跟凜、若絮的時段錯開。

這正是我的弱點所在，我向來難以辜負別人的好意。

然而我也向來討厭不乾不脆的自己。既然下定決心要跟 cosplay 道別，無論如何都該回絕的。一咬牙狠心蹺掉了。連事前聯絡都不做，直接讓大家在會議上為替補人選傷腦筋，這麼一來再也沒有人敢找我了吧。

整個下午手機響個不停，索性擱在桌上不帶出門。買完晚餐回來後鼓起勇氣拿起來看：未接來電十七通。關機重開把資料洗掉，趁此氣勢也把相關的東西通通處理掉。我只留下一張店裡的名片，算是紀念一下這個我曾投注大量心力的地方——

安迪米恩（Endymion）——Cosplay 喫茶店
～與您共度午後美好的夢幻時光～
營業時間：週二～週日
午餐時段 11:30~14:00
午茶時段 14:00~17:30
晚餐時段 17:30~21:00
*每月最後一個週末為活動日，詳情內洽
*週一公休，期待大小姐／少爺於其他日子再度歸來

每逢隔週的星期一下午，店裡會召開被我們戲稱為「執事會議」的檢討會。外場主要班底的秋月、凜、若絮和我會全部到齊，我們在店內最舒服的沙發座擠成一團，讓店長九菊獨占對面的單人椅。親身參與這行業，讓我深切體會御宅一族對虛擬世界的執念。會開設這樣的餐廳，不光是

為了搞噱頭，更是為了要服務和自己有相同需求的同好。為了打造符合客人理想的夢幻樂園，即便看似微不足道的小細節其實都經過設計。例如我們店裡就曾針對稱呼客人的方式辯論。

「有幾位大小姐給我建議：我們在門口都用『お帰りなさいませ、お嬢様』（歡迎回來，大小姐）來迎接客人，但點餐時就換用中文『可以幫您點餐了嗎？大小姐』，感覺不夠有氣氛。她們問說能不能全程用日文。」提出新點子的經常是秋月。

「沒問題啊，用日文就用日文。」凜說。

「全用日文的意思是連點餐嗎？還是只有『大小姐』換成『お嬢様』？我沒辦法用日文點餐，我會話不行啦。」若絮說。外場工作人員中她年紀最小，理所當然地表現出一副老么撒嬌的模樣。多數時候我覺得她蠻可愛的，不過偶爾也會很想扁她，就像所有身為兄姊的人面對弟妹時那樣。

「妳可以假裝是正在學日文的外籍打工生，講不下去的時候就換英文。」我糗她說，凜跟著附和：「對啊，妳可以講英文，反正我們平常扮的『執事』原本就是走英倫風。」

「外籍個頭，我是土生土長的台灣人耶。」若絮抗議。「對啦，我就是連五十音都還背不完的日文初級班啦。妳們兩個高級班同黨走開，我不跟妳們說話了。」

秋月也提出異議：「既然要講究原味的話，乾脆全用英文算了？然後我們再戴上金毛扮老外？拜託，妳們當這裡地球村啊，還跟人家練英語會話咧。」

「嘿，扯遠囉各位執事們。」九菊拍著手吸引我們的注意：「讓我們回到正經的問題上來。」

「對啦，開會啦妳們。光是會吐我槽。」

「好了若絮妹妹，大家是疼妳啊。」九菊把若絮拉到她旁邊，讓她坐在單人沙發的扶手上，算是納入保護範圍。

「這個問題我在日本沒碰過，他們母語就是日文嘛……嗯，確實是該好好想想。」九菊用原子筆搔著頭髮。

「不過這裡不是日本。的確，會衝著 cosplay 喫茶來消費的大小姐們幾乎都是動漫愛好者，多少懂一些日文，不過大家也曉得平常我們的客人還是上班族居多，畢竟附近都是辦公大樓。在門口用日文歡迎人家已經是普遍現象，拉麵店都這麼做，但全日文就有點過頭。日本的執事喫茶雖然模仿英國執事，他們也沒講英文。以上，問題和意見？」

「要不要把稱謂的部分改成日文？就像剛才提的把『大小姐』換成『お嬢様』？」秋月問。

「我擔心一般的客人會聽不懂。門口的歡迎話多少還能猜出是歡迎的意思。就照我剛講的，歡迎話用日文就好。活動日另當別論，如果客人要求講日文或唱日文歌，我們可以再討論。」

如此這般，一年多來我在「安迪米恩」投注勞力腦力，像照顧孩子似地為它打點設想。那裡曾是我和同伴們聯手打造的避風港。

現在一切剩下一方名片大小。我把它埋進抽屜最深處。

No. 77 留言回覆

2010.11.17｜公告

這陣子寫得意興闌珊，有一搭沒一搭。至少先把留言回一回。

>喵醬

我有用過噴式的染髮劑，效果不是很理想。如果有打算多玩幾次 cosplay，多花一些錢買頂假髮我想是值得的。

>彌生
沒問題，那我再跟妳拿。這樣我又有理由去找妳了，好期待跟妳見面喔。

>路人狼
謝謝您一再邀請，不過我已經說過沒有時間，也不打算參加你們的爆乳比基尼涮涮鍋，也不會邀在 cosplay 圈的朋友參與。我想您誤解了 cosplay 喫茶的意思。

>MISO 汁
這已經是你針對同一件事第五次留言了。你很細心，不過這裡沒有在玩大家來找碴。你煩透了。你該不會是沒別的事好做吧？

No. 76 褪色的時光

2010.10.30 | 話宅

和凜關係惡化的這半年，我常反覆思考事情是怎麼發生的。原本只是週末娛樂的 cosplay，何時成為我生活的重心？連帶「安迪米恩」的同事也成為首要的人際圈。明明只是一群平均年齡比我還小的小女生，卻讓我聽憑擺布，捲入一堆無聊的是非當中。

在我跟著凜單獨出去玩過幾趟 cosplay，對扮裝的種種益發熟練後，她問我有沒有興趣接相關的打工。她說，那是朋友開的扮裝餐廳，和時下流行的女僕咖啡廳類似，目前正缺人手，建議我可以先來看看最近店裡舉辦的特別活動。

凜說的活動，就是扮裝喫茶店「安迪米恩」的「虛擬歌手週」。我在下班後隻身一探究竟，在店頭的小黑板上看到這樣的字眼時，還一頭霧水。

「安迪米恩」店面不大，位在西門町的小巷內，招牌是西式風味，暗色玻璃櫥窗裡透出黃色的燈光，內部擺設則是洋風與和風混雜。儘管已經有「就像女僕咖啡廳」的心理準備，推門進店時，扮成虛擬歌手的服務生們齊聲說道：「お帰りなさいませ、マスター（歡迎回來，Master）」，還是嚇我一跳。我立刻認出凜來——金髮、白衣黑褲、頭戴耳機，對我猛眨眼睛的「風音」。怪不得她有全套裝備可以借我。

我和店長在 MSN 上談妥，於客人較少的週末早上先到店裡見習，其餘見面再談。當天早上便和凜一道前往。營業時間還沒到，凜帶著我從後門進店裡，熟稔地和眾人招呼，把店長指給我看後，便自顧自地鑽進更衣間。

凜所指的方向有兩個女生正在爭論。其中之一，有著粉紅色長髮、指尖鑲有精美的水晶指甲、身穿藏青色軍裝。我認得這是虛擬歌手中 ARIA 大姊最有名的打歌服。另一人——凜所稱的店長——個頭較小，扮成青年模樣，留著染成褐色的短髮、穿著白襯衫、黑背心和黑長褲，似乎是店裡的制服。出乎意料，從 MSN 給我的印象，我以為店長大概三十來歲，至少是比我年長的女性，看樣子卻像大學生。

兩人瞥了我一眼，青年朝我點頭，正想說話，ARIA 大姊緊接著開口：「……怎麼會刻意？她的歌本來就是英日文夾雜，講起話來偶爾有幾個英文字有什麼奇怪的。」

「也只是幾首歌，不是全部都那樣。」

「但妳說的那『幾首』都是最有名的啊！那就是大家對 ARIA 的印象，如果不講英文就不像她了啊！」

「等一下。」褐髮青年說，喊來另一個女生：「若絮，先帶她到店裡坐坐，我馬上過去。不好意思啊。」

被稱作若絮的女生是嬌小玲瓏的類型，穿著短褲和長靴，頭戴綠色假髮。虛擬歌手中的三妹奏。她領我到沙發座，端來一杯冰紅茶。我對她微笑致謝。她回我一笑，模樣像被老媽拖去跟一大群沒見過親戚合照時「一、二、三，維他命 C ——」的那種笑容。

褐髮青年匆匆趕來。

「抱歉讓妳久等！我是在 MSN 上跟妳聊過的九菊。妳是卯？」

「是。」

「哇妳真的好高。我在凜的部落格看過妳扮風音的照片，真是大反差啊。」

「大反差？」

「同樣是擅長扮帥哥，凜平常就很中性，但妳本人平常的樣子完全是個 OL 耶。前幾天妳有來過？好玩嗎？」

與其說好玩，不如說因為狀況外所以有些傻眼。我這麼回應。那天凜忙著招呼客人，沒空跟我多談，我只能在匆匆灌下一杯飲料後逃之夭夭。

「所以妳不曉得 cosplay 喫茶？」九菊問：「那有沒有聽過執事咖啡廳？女僕咖啡廳？喔，聽過女僕咖啡啊。」

「但我只來過這裡，所以不曉得差別在哪。」

九菊沉吟一陣，說道：

「女僕咖啡廳算是 cosplay 餐廳的一種，員工會打扮成某種模樣營造特殊氣氛。台灣已經有很多女僕咖啡了，但那多半是以男性為主要客層，很少有專門招待女孩子的店，所以這一直是我的夢想：以滿足女性想像為目標的主題餐廳。本來我第一個想到的是執事咖啡廳……」

「『執事』？妳是說日文中的『管家』嗎？」

「簡單來說，就是女僕咖啡的男性翻版，讓男服務生穿燕尾服招待女性客人。我沒把握管好一票男生所以作罷，後來想到不如開 cosplay 餐廳，這麼一來扮成什麼樣子都行。妳看看這個。」

九菊拿出一本相簿讓我翻閱。雖然凜說這家店才開張不久，裡頭記錄各種活動的相片已很豐富。除了所有服務生——清一色是女生——平常的西服打扮之外，還有一些稱為和服日、貓耳日、愛麗絲日，以及扮成動漫人物的照片，甚至也有所有服務生穿上女僕裝的照片。

「我們也辦過女僕日喔。剛開始還不確定想走什麼樣的路線，所以做過很多嘗試，目前暫時定調為女扮男裝的執事喫茶店。我們假設餐廳是客人的『家』，所以不說『歡迎光臨』而改說『歡迎回來』，服務生也都穿男裝。至於是穿西裝或燕尾服，我會按每個人的特色分配。」

「西裝或燕尾服？那今天這是……？」

「我們有時候會辦一些特別的活動，現在是看心情而定，不過以後我打算讓活動成為常態。在活動的時候，我們會選定一個作品，每人選定一個人物來扮，讓客人有置身作品世界的感覺。例如這回是『虛擬歌手週』，在這個禮拜內所有外場員工都會扮成虛擬歌手。平常我們會稱女客人為『大小姐』，男客人為『少爺』，但在活動的時候，稱呼方式和講話方式也會調整，以符合虛擬歌手世界該有的氣氛。」

「就是這樣，兩位 Master。」

凜這時換裝完畢，也來幫我助陣了。她小心翼翼地擠到我坐的沙發椅上，留意著不要弄皺她身上穿的改良式和服。

「喔，妳扮律也很好看耶。」九菊說。

「因為我對他有愛啊。」凜轉向我：「妳下定決心了嗎？來這裡工作嘛。現在虛擬歌手很流行，我們已經連辦好幾次虛擬歌手的活動了，之後也還會有。風音交給妳的話，我也可以扮律了。」

「對啊，店裡正缺妳這型的。之前個頭最高的風音是凜扮，次高的律由我扮，但我老是墊高實在很累，根本站不了多久。」九菊笑了起來：「有妳在的話，青年型角色就可以交給妳了。」

「以小九的條件，最合適的還是扮美少年啊。」凜在旁插嘴。

我們談妥先讓我在週末的特別日最需要人手的時候來店裡幫忙，之後再加排平常日的晚班。凜似乎比我還興奮。

「一起征服女孩子們的心吧！有兄上和我聯手，絕對所向無敵！」說著把手搭在我肩上。

「這麼說來我好期待。」九菊笑著說：「看妳的表現囉，『兄上』？」

「當然！」凜搶著幫我回答：「是我一手調教出來的啊。」

儘管我沒有特別想要「征服女孩子們」，倒是很高興能成為凜的同事。談話結束前，我提出一個從上週就有的疑惑：

「Master 是什麼？我記得上禮拜在店門口也聽過。」

「虛擬歌手不都是軟體嗎？」九菊解釋道：「買這些軟體來安裝、使用的玩家，在網路上就被稱為歌手們的 Master——好險妳問起，這要知道啊！」

「有人不知道 Master 是什麼？」方才的 ARIA 從旁經過，聽到我們的談話停下腳步。「我有帶筆電，找幾個網站給她看一看。這現在很流行，一定會有人聊到。」

「謝啦。」九菊說：「沒錯。因為是這種性質的店，我們不只扮成人物，客人也會想跟我們聊作品，流行的東西知道一下比較好。待會妳先換衣服，然後看一下秋月——ARIA——的筆電，我再教妳櫃台的工作。今天妳先跟我待櫃台。」

我覺得頗有壓力，自己已成為趕不上流行的老人家似的。我確實也是裡頭年紀最大的。聽說九菊剛從大學畢業，名叫秋月的女生外表很成熟，但她恐怕也比我小。

我換上風音的裝束後，先到櫃台聽九菊講解櫃台業務，而後趕緊惡補有關「Master」的情報。幸好看過網路資料後很快地進入狀況。ARIA 的筆電是蘋果電腦，白色半透明、如同蒟蒻凍的造型，最新款。想來她經濟狀況應該不錯，卻還是來這裡打工。我瀏覽著網頁，眼角餘光也在店裡搜尋：凜——律這傢伙，正和那個扮成奏、叫作若絮的女孩子一面忙進忙出一面打打鬧鬧。

當然了。虛擬歌手中唯一的雙胞胎律和奏。

〈降生☆雙子宮〉，兩人注定形影不離、命運如雙股螺旋相互纏繞。若絮這名字有點耳熟。我想起曾在凜的部落格上看過許多次。這個女生向來是凜的搭檔，彼此還開玩笑地以夫妻相稱。

留言回覆

＞Y子

沒錯，我已經決定退出 cosplay，抱歉讓妳失望。謝謝妳對我的風音大力讚美，已經把原尺寸的照片寄給妳了，沒收到的話再跟我聯繫。

>優香里
謝謝告白，被妳這麼一說，才發現妳真的都挑我值班的時間來耶。我之前太鈍感了，對不起 ::>o<:: 我也會想念妳，謝謝妳一直捧場（淚）。

>路人狼
謝謝邀請，但我最近工作滿檔沒辦法參加你們的活動，抱歉。

No. 75 虛擬歌手介紹三：ARIA

2010.10.29 ｜話宅

甫推出就成為許多宅宅們心中的女神。在動感十足的流行曲中歌聲嘹亮，慢歌又能唱得深情款款，成名曲〈A・R・I・A〉首度登上點閱排行榜，就蟬聯寶座數月。和初代在官方設定裡並沒有血緣關係，不過因為是同一個公司的產品，網友都把他們視為一家人。由於實在太過火紅，還有唱片公司買下網路上數首名曲的版權，灌成唱片，是目前唯一出過實體唱片的虛擬歌手。

年齡：17
身高：165
血型：B

體重：45 kg

擅長：流行、搖滾、爵士、民謠，簡直無所不能。可通英文和西班牙文。

外觀：粉紅色長捲髮、強光下偏金髮，藍眼、身材凹凸有致的美人。由於曲風多元，造型也相當多變。軍裝、泳裝、和服、洋裝等通通都有。

性格：女王般的性格。一家的經濟支柱，在家中地位最高。相當好強，經常鼓舞弟妹並欺壓大哥，其實只是放心不下。偶爾也有脆弱的一面。歌曲大都和戀愛有關，因此被形容是為愛煩惱的少女。

相關文章

No.11 2009.11.01 虛擬歌手介紹二：風音
No.06 2009.10.11 虛擬歌手介紹一：概觀

No. 74 決斷

2010.10.29 ｜徒然

總算下定決心，以系上辦研討會工作繁多為由，向店裡請長假。說是請假到年底，不過之後恐怕也很難回去。整整兩年，感覺上是適合告一個段落的時機，預計就此逐步退出 cosplay 的圈子。

這陣子我忍氣吞聲，繼續努力扮演眾人的傻大哥。受菊照顧那麼久，就當是看在她的面子上盡量別惹什麼風波，不過忍耐總有極限。

我想過要解決問題，把若絜和凜都找來吃飯。我不曉得若絜作何感想，不過她太畏縮了，或者說她總是聽凜的意見行事，因此一言不發。凜則說，她不覺得我們的相處有何問題。首先，她的資歷比我深，已見識過形形色色女孩子爭風吃醋的醜態，這點小狀況算不了什麼，是我大驚小怪。其次，先在網路上挑起爭端的是她的粉絲，又不是她本人，憑什麼要求她站出來做任何事？莫非我想抱怨的是，沒有足夠的網友替我說話？但這可不是她的錯，只能怪我自己。她說，如果我希望跟她一樣，擁有廣大的粉絲團，就該更加用心經營。這是所有 cosplay 玩家的夢想，一同努力吧！

我想扁她。

相識這麼久，甚至同住過一個屋簷下，她是當真不曉得我在乎什麼嗎？真以為我和所有——不要一竿子打翻一船人——「某些」cosplay 玩家一樣，只顧衝高自己的人氣，聚集大批粉絲嗎？

過去我們都開玩笑地以兄弟相稱，當自己是男孩子似的，這時候我真希望我們是男生。這麼一來，無論出什麼事，拳頭解決。但我們畢竟是女性，打架和攤牌都不是女性作風，然而除此之外還能有什麼方法，我竟想不出來，真是虛長她們這幾歲。無論如何，該做個了結了。

何況就如她的粉絲指控我抄襲凜的扮裝，最近凜在現實中的打扮也跟我從前越來越像。上週末她來上班，居然頂著一頭跟我之前一模一樣的捲髮。儘管我不至於缺德到把她的模樣拍下來，拿去跟我之前的照片對照，也圈出三十五個共通點，不過這樣的凜，我還能跟她談些什麼？

No. 73 BOY'S LOVE

2010.10.24 | 話宅

這幾天在常逛的 BL 論壇，又看到網路小白來踢館。本來淡出論壇已有好一陣子，懶得多管閒事，但近來諸事不順，心情已經夠惡劣的，看到這種白目網友不禁手癢，跟著在旁邊罵個幾句。雖然平常沒有打筆戰的習慣，身為Boy's Love愛好者，還是想替它抱不平。

看普通漫畫最常感到美中不足的一點，就是那麼多好男人偏偏都要圍著一個不怎樣的女人打轉。儘管我希望在漫畫裡看到人生總是有好事發生，不過若是差勁女人擁有那樣的好運，實在教人不爽。現實中明明不是那麼回事。即便我付出再多努力，要是一腳踩空跌下樓梯，只會從樓梯頭滾到樓梯尾，不會中途被美男子攔截，擦撞出愛的火花。這不公平。

所以主角全是男的最好，男主角一和男主角二，沒有女人的世界。

從現實面來說，Boy's Love漫畫也比一般漫畫更公平。雖然曉得異性相吸是自然現象，不過就我個人而言，我不清楚那種肉體吸引力是怎麼回事。舉例來說，我從國中搭電車通學開始，就遇過許多死大叔伸出鹹豬手。他們可能覺得賺到了。反過來講，就算我摸回去也不會覺得雙方扯平。應該說這種事光想就毛骨悚然，而且不管怎麼看，吃虧的總是女生。

BL首先就排除肉體自然相吸的定律，兩人在一起不是因為天生的交配衝動，像兩頭野獸，而是以愛為前提。不僅如此，天生的身體構造反而成為磨練和阻礙，考驗同性戀人的情意。無論有多少阻礙、無論你是男是女，我都一眼看透你的本質。這是靈魂相吸的命運相逢，少女情懷的極致表現，也離現實更加遙遠，躲在裡頭非常安全。這是只屬於女性的荊棘城堡、薔薇之森，不管外界發生什麼事，都可以不必去聽去管，永遠別過頭閉上眼。

再說主角是兩個男人的話，床戲脫起來也比較好看。畢竟我看女人的裸體幹嘛？平常洗澡的時候還沒看夠嗎？大腿和腰圍的贅肉、不夠嫩白的膚色、大小形狀或顏色不對的胸部……問題重重的女人身體，不管是自己的別人的，我早就厭煩啦。

留言回覆

上次說的話可能有些喪氣，之後收到不少鼓勵和安慰，不好意思讓大家擔心了。彌生、Y子、幻羽、emily、J.J.、冷玥、想匿名的某人，謝謝你們留言打氣。我確實有關掉部落格的打算，不過應該還會再寫一陣子，畢竟一年多來已習慣這樣的生活模式，就算要關，也希望能扎實地寫到最後一刻。謝謝有在看這部落格的人包容我的任性至今。另外，我終於下定某種決斷，希望有足夠的勇氣在這陣子付諸行動。

No. 72 近期目標

2010.10.22 ｜公告

跟最初開設部落格的用意——聯絡同好——似乎越離越遠，最近總說著自己的私事。雖說部落格原本就是私人領域，卻也算是公開場合，在這種半開放空間光談自己，只怕看的人也快看不下去。另一方面年底近了工作也更加繁忙，之後恐怕越來越沒時間回到這裡，也該想想怎麼處置。

目前想到的是來記錄自己踏進 cosplay 圈的點滴。雖然不盡是美好的回憶，但這場相遇帶我進入憑一己之力絕對到達不了的世界，至少這點令我心存感激。我想趁還能憶起一些美好片段的時候把一切寫下，也算是做個紀念。寫完大概也就是這座「夢中浮橋」的終點了吧。

冷靜下來了。

No. 71 改造

2010.10.17 | 徒然

過去我常感疑惑：不知為何，身邊的人總是認為我需要被改造。如今我比較明白，那些企圖改變我的人，最不滿意的對象或許是他們自己，只是要求別人比改變自己容易。老爸一輩子經商，常說羨慕公務員的待遇，因此他希望我成為公務員。夏澤則是無法面對自己眼高手低，永遠找不到合乎他超高標準的理想職業的問題。為此，他把精力全數投入於解決別人的失業問題，同時極力說服我不應安於現狀。

剛開始我對夏的理想信以為真，後來也不禁起疑：一個整天待在電影院看影展的人，是否真如他所說的能改造社會。夏澤看戲也看電影，跟幾個月偶爾去一趟戲院的我不同，他會買影展套票，在電影院坐上整天，一部接一部地看，除了上廁所和吃飯以外都不離開座位。我曾試圖打進他的世界，跟他進了幾趟戲院。那些影片沒有高潮起伏、沒有見慣的劇情或至死不渝的愛戀，主角是同志、病人、失業男子或越南新娘，畫面粗糙光線昏暗。我完全無法投入。夏澤說我無藥可救。

我沒辦法像他那樣，用一串大道理捍衛自己的喜好，不過我覺得無論是在動漫或好萊塢片，千篇一律的劇情老梗都讓人安心。情侶不會因為一點瑣事失去對彼此的信賴，人際間的誤會最終必能化解。只要認真努力，到頭來總有好報。在前程大好的時候，絕不會被疾病、車禍或債務打亂腳步。多麼美好。人生光明，社會有愛，世界和平。

聽起來不太真實沒錯，不過我要真實幹嘛？真實世界這種東西，平常看得還不夠嗎？

由於我從開始就對他的理念不感興趣，他口中的理想典型自然沒什麼吸引力。我不打算和他成為社運活動裡的鴛鴦拍檔，不過我也不想被他看輕。依我對夏的了解，如果告訴他：我對合成歌聲──虛擬歌手的歌聲──的興趣遠大於真人歌手，而且每逢週末都在扮裝喫茶店裡，用從他那裡學來的男性舉動、玩笑話和甜言蜜語逗女孩子開心，只怕他要倒彈三尺兼吐血十升。

因此我隱瞞在店裡打工的事，只說自己喜歡上洋裁，週末要去社區大學上課，藉以解釋住處的各色花布、斜紋布、羽毛披肩、中國結線和滿地布片。這說法至少跟事實相去不遠。外拍的事也沒瞞他，就說是和一起做衣服的朋友出去玩，順便試穿新做好的衣服。偶爾會給他看一些扮裝的照片，不過多半是沒戴假髮、不拿奇怪道具的我的獨照。

夏澤對沒興趣的事不會過問，頂多叨念著：「女人的衣櫃永遠少一件，還真的咧。妳們真的有夠愛衣服。」但是看到我做到一半的和服，仍嗤之以鼻。

「受不了妳們這些哈日族。」

夏澤常說我到這年紀還看動漫，實在非常幼稚，不僅浪費生命，更是資本主義荼毒下的最佳典範。我確實不像他那麼有理想。即使再怎麼投入 cosplay，也曉得只能是一時的興趣，被父母罵不務正業也沒有話說，但輪不到夏澤開口。至少我有在賺錢，夏澤卻總是免費為社團宣傳品和部落格寫文章，偶爾寫些電影或唱片簡介賺點外快。多數時候，他都用我的錢去看電影。

我不覺得夏澤花我的錢就要受我擺布，何況是我主動資助他。我只是認為，誰都不用管誰。夏澤的家人會催他，趕緊找個比有一搭沒一搭寫電影和唱片介紹更穩定的工作，但我相信夏澤知道自己在做什麼。當時我甚至覺得，他是我和現實之間的連繫。

夏澤卻認為我應該受他擺布，需要再教育，至少該把那可怕的品味改一改。我應該看一些好萊塢以外的電影，應該去幾趟牯嶺街小劇場，應該聽林生祥的音樂……。應該應該，很多的「應該」，他卻從來不提自己應該做什麼。我想他其實不想承認：他跟我一樣在逃避。我躲進虛擬世界和老套的幸福故事以逃避現實，他則遁入別人的現實世界以逃避現實。

至於我們具體而言究竟是在逃離什麼，又為何需要逃亡？——問夏澤去吧。他比我聰明，也比我更有技巧，懂得把難堪的逃避之舉偽裝成對夢想的永恆追尋，想必知道答案。

No. 70 未來預想

2010.10.16 ｜ 徒然

結論是毫無未來可言。

為了拿換季衣服回家一趟，否則根本不想回去，因為一定會跟老爸討論到工作。更正，從頭到尾都是我在聽他演講。他有夠愛插手我的生活，而且總是自以為高明。媽雖然不太管，倒也不是毫無怨言。她老是抱怨說姊姊的薪水都會寄回家裡，但我從不這麼做。廢話！姊姊有姊夫養，我卻要自己養自己啊。

這回老爸希望我去打聽一下考公務員的事。之前還作過要我去考教證的春秋大夢。更早以前，他希望我到美國再拿個碩士。只有這些事情他看起來才像樣，我平常做的一切都是白搭，討論到後來又是不歡而散，真是夠了！

No. 69 售物

2010.10.15｜公告

以下物品如想購買可以留言跟我聯繫，另外在露天也有開設賣場。

- 紫色紙傘，有藤花紋樣
- 假毛：紅棕色短／銀色長／金色短，後方有抓過、微翹

現在東西不在手邊，聯絡和寄送都會比較遲，無法接受的話請先不要下標。過幾天就會回台北。

No. 68 遠方之人

2010.10.04｜話宅

如果問我對 cosplay 有何看法，仔細想來，我確實也有一定的底線在。以經歷而言我不算資深，不過兩年下來，我大概也知道反串扮演的魅力何在。女孩子看我時露出閃亮嚮往的眼神，確實有讓人陶陶然的力量，我可以理解為何有些人會樂在其中。

這樣的情況不只發生在 cosplay 圈。高中時讀的是女校，崇拜學姊或同學司空見慣，送禮物之類的自然也不在話下。在公車或補習班偶然撞見某位很帥或很可愛的學姊，就可以讓一群人興奮地討論一整天，樂旗隊的粉絲更散布在每個班級。每次出隊結束，比較積極的粉絲們還會把活動相片整理成冊，編上號碼，全班傳閱登記加洗。洗出來的照片一般會壓在桌子的透明墊板下，向所有人昭示自己是何人的追隨者。中午若是換到別人的座位，得小心不要把便當壓在照片的位置，否則很容易惹得座位主人勃然大怒，好像妳真的把便當擱在學姊臉上。

至於我那時候在幹嘛？我不曾加洗過任何人的獨照，只洗過儀隊行進的照片。我說我喜歡看隊

伍整齊行進的樣子，其實只是怕被人看出我暗中崇拜的學姊是哪一個。

這類事情過去向來與我無緣。我既無運動細胞也無才藝，長相不特別帥氣，也不引人注目，除了幾個熟朋友之外不敢主動和別人攀談。即便長成一百六十八公分的高個子，存在感卻恰與身高成反比。我不曾在體育課後收到不知名崇拜者送的餅乾飲料、放置在抽屜裡的匿名卡片，也沒有人送我封口處摺成扇貝花樣的信箋。因此在我剛加入安迪米恩不久，第一次遇上女孩子的崇拜表現時，不僅沒有特別高興，反而感到手足無措。外場服務生裡以我年齡最長，扮裝資歷卻最淺。年齡沒有讓我變得更穩重，反而因為擔心出錯，使我四周瀰漫著慌張的氣氛。

某個週末的特別日，我們同樣扮成虛擬歌手，當天採用的是一首和風歌曲裡的造型，不僅讓所有歌手穿上日本戰國時代的裝束，稱謂也改成「公主殿下」。輪到我負責帶位的時候，進店來的公主一直盯著我猛瞧。兩個裝扮時髦的女孩子，粗估年紀應該只比我小一點，貌似經驗老到的御宅族。我不時感受到她們的視線，轉頭一看總發覺兩人在交頭接耳、吃吃竊笑。

我想我一定做錯什麼，點餐時趕忙問道：「怎麼了嗎，兩位公主？」

「你看起來很緊張。」其中之一滿臉笑意地說。

「欸，看得出來嗎？」不愧是前輩，我覺得很難為情：「多少有吧，我還不習慣跟女孩子這樣說話。」

我的意思是：我還是新人。這麼回答後，卻讓兩人笑得更加厲害。

之後連續幾桌的客人情況也都類似。這下八成完蛋，我鐵定有什麼不對勁的地方，例如衣服穿錯之類，為此還回更衣室照了好幾趟鏡子。後來終於忍不住了。無論犯下什麼錯誤，只要真心誠意，總有挽回的餘地，於是彎身詢問其中一位：「如果有什麼不周到的地方，務必告訴我好嗎？我這人笨手笨腳的，難得各位公主回來，很擔心會讓妳們掃興。」

結果更加惡化：得到的是同桌另外幾位客人先尖叫再大笑，被我詢問的當事人則明顯不知所措。

我想我搞砸了，當天下班就去向九菊道歉。

九菊一臉不可思議：「道歉？為什麼？動作不夠熟練菜單也記不熟，不過已經有個樣子了。何況有幾位大小姐還特地稱讚妳喔。她們說妳扮的大哥很可愛，糊里糊塗又手足無措。」

「我是真的手足無措啊。」

九菊大笑。

「就算是無心的，被人稱讚不是很好嗎？」

「也是。我以為自己一定有什麼不對勁的地方，心想果然在識貨的前輩面前很吃力。」

「什麼前輩，不都是高中生嗎？剛才妳帶的幾桌都是高中生喔。來過三、四次了，看過她們穿制服。」

我大感意外：「個子都快跟我一樣高了啊！」

「現在的高中生發育很好的。」九菊笑著說：「假日的主要客層是國中至大學生，對妳來說都是小女生喔。好好疼愛人家，明天也加油吧，『大哥』。」

這下我總算明白訣竅何在：其實客人不太在乎我本人情況如何，是不是新手或是不是真的笨手笨腳，她們來這裡為的是看風音。我表現出來的一切，都被當成他的反應。在我了解這點後，接下來幾回生疏緊張的模樣就真的是裝出來的了，而且越來越上手，甚至開始收到客人送的禮物。

頭一回還是很吃驚，何況那位大小姐不是當面拿給我，也不是寄放在櫃台，而是趁我忙著收拾店內、準備休息之前，把一個提袋擱在椅子上，迅速結帳匆匆逃離。當我抓起東西追出去時，她已經不見蹤影。

「那位執事！」

在我奔出店門之際，九菊也從店門探出頭來：「麻煩妳在還沒脫下制服前不要狂奔好嗎？從容優雅，從容優雅！」

「啊、對不起！一時忘了。」我緩過一口氣：「大小姐忘了東西。」

九菊左右端詳那提袋：「這是要給妳的。」

「什麼？」

凜把袋子搶過去：「沒錯，是禮物啊。妳看袋口已經用貼紙封住。」

「搞錯了吧？我不認識她啊。」

凜笑起來，其他人也一副忍俊不住的表情。

「妳別再演了，現在是休息時間喔？」凜樂不可支。

「我覺得她是真的不知道。」若絮在一旁說。

「那是人家要送妳的，是妳的粉絲啦！」

我恍然大悟。這種事其實我見過，只是從來沒發生在自己身上，一時會意不過來。

說沒有成就感是騙人的，但我不是為此才玩角色扮演。無論是我或店裡的客人，我們都期望見到不可能存於現世、絕對無法觸及的遠方之人。如此心情，只有穿上角色扮演的服裝，在同好面前使那理想之人短暫現身，才能稍獲舒緩。她們嚮往的眼神其實和我的眼神相同，就像鏡中的反射。被看者和觀看者的心情互相共鳴，總算能欣慰地發覺抱持如此思緒的不只我一人，我並不孤單。

換言之，如果有人只為展現身材而穿上某角色的衣服，像最近汽車展售會或電玩宣傳上常玩的花招，本身對角色沒半點興趣，或是單純為了獲得眾人崇拜而玩 cosplay，希望「自己」比「角色」獲得更多注目，在我看來即是完全扭曲了角色扮演的用意。那種人會令我火冒三丈。

No. 67 鐵達尼號的樂手們

2010.09.30 ｜ 徒然

昨天跟秋月和菊共進晚餐。我猜她們有話對我說，果不其然。

秋月先聊起她和九菊的經歷。她說她們原先就是玩 cosplay 的搭檔，兩人從前談過想經營扮裝餐廳。為此，九菊特地到日本當交換學生，一年間跑遍知名的女僕咖啡廳，回國後向親戚借了店面就開始實行。秋月則往另一個方向努力，報名參加短期補習班，學習西餐服務生應有的儀態。雖然最終選擇的路線，是介於 cosplay 餐廳和執事咖啡廳之間的自由風格。秋月問，一開始是什麼原因促使我加入？

我說，當初是覺得有趣，外加當時和凜感情不錯，樂於跟她一塊工作。秋月的提問相當奇怪，聽起來像新進員工的面試考題。早先九菊決定錄用我的時候，可沒問過任何這類問題。

「只為有趣和人情？妳難道沒有任何理想，或至少是底線，覺得 cosplay 應該是怎麼一回事？」秋月問。

這下子她可把她的理想當成一把大鐵鎚，拚命往我頭上敲了。

秋月說，即便我對這一行沒有任何憧憬，至少該了解我們是服務業。而服務業的精神是：「看過《鐵達尼號》吧？就像船上的樂手最後選擇跟船一起沉沒，每個人都該放棄私心，有所退讓，抱著共進退的決心撐到最後。畢竟這家店是我們共同的驕傲，不是嗎？」

我在座位上不安地扭動。好端端的餐廳，被她講得好像面臨生死關頭。她們是否打算叫我投資或參加直銷？好歹我也是這家店裡唯一擁有其他工作的人，比起她們經濟上較為自由。我也好奇，秋月講得這麼振振有辭，那她為理想退讓多少？

秋月說，算上她參加的補習班和執照課，打從開店以前她便投入不少資金。

「妳有存款？除了這裡，妳還做過別的工作嗎？」

我記得她才剛從大學畢業。

「我家有準備一筆基金，讓我畢業後馬上就能做自己想做的工作。」秋月不耐地說：「我不想在不喜歡的事情上浪費時間，我家人也這麼覺得。怎樣？」

「沒。」

換言之，她的家人為此退讓不少。

「別會錯意，我們不是要妳掏錢。」九菊急忙澄清。她說，找我出來是為凜和我的事。

近來凜和我溝通的方式，若不是透過網路，就是靠若架傳話。我不懂若架為何聽憑擺布，不過她看起來樂於效勞。她總是踏著輕快的步伐，像個報佳音的天使般翩翩降臨，唱歌似地宣布：「凜說，妳負責的三號桌紙巾沒了。」而我則在廚房用筆電上網，丟訊息給在我背後不到三公尺處，收銀台前的凜：「我上菜時會順便送去。」

「妳們倆都是非常受歡迎的服務生，」九菊說：「我不希望妳們搞得太僵。用不著像從前一樣喜歡對方，但至少工作的時候保持風度。現在連客人都看得出若絮在妳們之間傳話。」

「對不起，我以後會盡量用 MSN 跟凜溝通。」

「不是那樣。」九菊說，顯得相當頭痛。「妳們能不能停止冷戰？只要在工作的時候，就算裝個樣子也好。」

我當然曉得她的意思。只是為什麼跟我說？先鬧事的明明是凜的粉絲。雖然她或許不能真的遏止什麼，不過凜的發言至少對粉絲有一定的影響力。為何不叫凜管管他們？只跟我談，是因為我的資歷淺，還是我比較好說話？

九菊短暫沉默。

「我只希望，在客人眼前達到最好的效果。」

翻成白話，就是閉上眼睛捂住耳朵，假裝什麼事都沒發生。

真是傻，我還以為會有人站在我這邊，告訴我說我並沒有做錯，可以理直氣壯問心無愧，但我早該明白菊身為店長，總是優先考慮店裡的利益。

2010.09.28 ｜ 徒然

No. 66 搬家

我又搬回老地方，過起一個人的生活了。幸好在租約結束前下了決定，否則事到如今重找房子一定會讓人抓狂。兩個月搬兩次家，真的把最後一絲體力都耗盡了。

No. 65 最近的留言

2010.09.17｜話宅

這陣子有不少人來這裡，針對我的衣服是否為抄襲而留言，因為內容過於雷同，我就一次全部回應了。

最早引燃戰火的，是某攝影師在論壇上貼出他在暑假動漫展上拍的精華作品，其中有幾張我扮成風音的照片。從姿勢看來，凜應該站在我旁邊，因為那個姿勢是雙人一組共同擺出，攝影師卻把凜的那半裁掉。有網友針對這點發問，對方的回答是：凜的墊肩疊太多，眼線和眉毛也都畫太濃，看起來很假。

結果是凜的粉絲群起攻之，順道波及這裡。問我為什麼，我完全不明白。那位某攝影師，我也不知何許人也，當然不可能跟他勾結炒作話題。或許我應該從開始便跟凜的粉絲一起攻擊他，好突顯自己的清白無辜，但那實在不是我的作風。

有人質疑我總是抄襲凜做的衣服，剽竊她的構想，這是天大的誤會——何止抄襲模仿，早先在我還不打算投入 cosplay 的時候，我都直接拿她的衣服穿。許多拍照時擺出的 pose，也都是她教我的。我強烈建議：那些留言指稱我抄襲的人，照片的拍攝日期其實可以給你們意想不到的線索，請務必看一下，就寫在相簿名稱上。你們將可發現，那幾套被點名的服裝，連同配件，都是貨真價實、童叟無欺的她的東西。至於說我連布料都挑得一模一樣，你們可能不了解布莊的生態。在同一段時期，布莊進貨的種類有限，如果是在相近的時間點做衣服，很難不用到一樣的布料。

有些留言則指稱我搶走凜的出場機會，使得凜再也沒機會扮成風音。確有此事。在我來到安迪米恩之後，凜扮的青年角色種類變少了，不過在店裡要扮什麼人物，都是自己挑選，並經過店長同意，認定那是適合我們的角色。如果對此有意見，我會向店長反映。或許她應該多讓我們遭遇挫折，應指定我們扮演最不想出的人物，好磨練我們的演技，讓我們曉得這個社會不是那麼好混。這方面我們確實疏於練習，過度安於現狀，理當改進，我會在下次的執事會議上提議。謝謝你們的建議。

No. 64 櫥窗內外

2010.09.13 | 徒然

在我努力揣摩扮裝，朝「變成更帥的男生」全速衝刺的同時，凜也在完全相反的道路上極力奔馳。最近她的言行越來越不可思議，開口閉口都是她的男朋友。

說起來，我們也曾討論過這類話題，但當時討論的層次完全不同。過去當我們一起值班，如果客人不多，我們會對櫥窗外過往的男性品頭論足。

「好男人，背部線條不錯喔」或是「妳看那個人，脫了之後應該很好看」之類，凜會瞪著櫥窗外的某個行人這麼說。

我也會提出自己的看法：「太瘦了。」

「瘦的好啊，骨感的感覺不是很好嗎？」

「我喜歡稍微有肌肉的。」

「六塊腹肌嗎？像健美先生那樣？」

「不要六塊腹肌！那又太超過了。」

「我也討厭腹肌。真要說的話，我喜歡的地方應該是鎖骨吧。」

原本我和凜就是 BL 同好，這讓我們可以自在地談論並觀察男生。我在別人面前做不到，因此覺得和凜說話特別痛快。從前和夏澤在一起時，我反而會被迫想起自己的身體。夏澤不時會把手擱在我的腿或胸腰附近，而我滿腦子只想著掙脫，或是別讓他往衣服裡摸去，沒空思考他有沒有男性魅力或身材如何云云。雖然被他觸碰不成問題，但他總是想在公眾場合大秀我們有多親密，特別是他的男性友人也在場時，令我相當吃不消。對我而言，觀察男性的安全距離大概是躲在櫥窗內，要不然隔著書本雜誌、電腦螢幕窺看也行。我以為這對凜也適用。

何況，她對我男友也流露出極度惡感，當時我和夏澤還在交往。

我沒向身邊的人透露自己玩 cosplay，也不讓圈內人和生活中的其他朋友接觸，我覺得兩方應該劃清界線，但凜不在乎我的顧慮。她一直說想要親眼見識那個「革命分子」。自從我提到男友在玩樂團、搞遊行和社會運動之後，凜就如此戲稱夏澤，她話中的貶損語氣讓我有點不高興。

凜和夏澤打過一次照面。那時我陪夏澤去參觀私人的攝影展，途中接到凜的電話。當她曉得我男友跟我在一塊，便帶著若絮出來突擊，故意跟我們「巧遇」。夏澤對她們倆沒多留意，簡單寒暄幾句後，他曉得她們絕不可能欣賞他。從他的態度，我曉得他往她們臉上各貼一張「很正但沒救的女人」標籤，便決定毋須多加理睬。凜對夏澤也沒好感，之後在店裡拚命糗我。

「原來那就是讓大哥經常蹺掉外拍、去陪他們靜坐的革命分子啊。跟我想得完全、徹底、一點都不相同。我沒想到是那麼『壯』的類型。」凜大笑。

若絮也說：「大哥不是一直喜歡視覺系的美型男嗎？像風音和律那樣的。我以為就算不到那個水準，至少也該是那型的。」

「二次元世界和現實中的口味完全是兩回事。」

「怎麼會是兩回事？換作我的話，我只跟能把西裝穿得比我好看的男人交往。」凜說。

這話很鮮，不過我也對她們批評夏澤感到不滿。

「妳給我記好了，等妳交了男朋友，我會以這個標準去檢驗的。」

現在還記得這件事的，恐怕只剩我一個人了吧？別說檢驗，連凜自己也變得完全不同。從前她明明以自己的身高為傲，現在她說痛恨自己沒事長那麼高，男人好像還是比較喜歡嬌小可人的類型。

此外，她還問我胸圍多少，怎麼保養才能變大，吃青木瓜真的有效嗎之類。若非提問者是她，我會認為這是性騷擾。我不知道她變得那麼理想化是打算做什麼。她不是已經抓住她想抓的人了嗎？

留言回覆

＞MISO 汁

凜是當初帶領我玩 cosplay 的老師，我的衣著打扮和姿勢當然像她。看到你把我們的相片擺在一起圈出三十五個共通點，只能說我啞口無言。我從未想過要取而代之，相反的，我感謝她那時為我做的一切。我想你或許過於認真看待這件事。

No. 63 刪文

2010.09.02 ｜公告

把之前寫的一些日誌刪掉，因為實在看不下去了。反正沒什麼重要內容，只是讓我想起自己以前有多蠢笨。過去的我怎麼可以那麼無知，凡事光看表面，為了那些沒有任何意義和內涵的舉動那麼開心呢！

No. 61 反省

我承認我們彼此都說得過火了，我道歉，但妳不也鉅細靡遺在網路上暴露出我的醜態，只差沒把我扒得一絲不掛嗎？不過我想我們各退一步，我只有一點要求：麻煩以後記得做垃圾分類。拜託。別再讓我老是翻垃圾桶了。

2010.08.27｜徒然

No. 60 澄清

可以的話，我不想對他人生活習慣多加評斷，這裡好歹也是自由民主的國家，容許它的國民進行裸奔以外各種活動，但是看到某部落格一連串的文章，不得不出來澄清一下。

事情是關於我現在的室友。最初是我室友主動邀我同住，因為她家原本就在台北，允許她外宿的條件是：不准一個人住。我在原本的租屋處，其實還有兩個月才結束契約，然而好朋友有此需求，幫忙她解決困難是應該的。一方面我也想跟她同住，於是同意提前搬來。房東是室友的親戚，頭兩個月還不收租金，託他們的福我受惠良多。因此當室友媽媽訂下生活公約，要求我倆務必一同遵守時，我有什麼資格說不呢？

生活公約的主要內容如下：

2010.08.22｜徒然

一、晚上十一點以前要回住處。

簡直像小學生的夏令營。倘若訂下這些規矩的人是我媽，我恐怕也要大吵大鬧，不過這不是重點。室友的家人常會打電話來查勤，有幾回我好意代接了，然而有一就有二，有二就有三。不知為何，我竟逐漸成為接線生，負責羅織謊言。諸如「男生的聲音？那是電視啦」、「她已經睡了，不能接電話」之類。我記得小時候去民俗公園看到的地獄繪卷，十八層地獄首層便是拔舌地獄，專門收容謊話說太多的人，我想光是這兩個月的業績，就足以讓我收到入場邀請。

這輝煌的成果，不光是室友的家人為我創下的。室友最近明明交到男友，卻刻意維持低調，讓其他追求者繼續糾纏不休，這些電話不時也要靠我擋下。或者更乾脆：室友直接拿我來當不能跟他們來往的擋箭牌，使得我莫名背負許多怨恨，讓我下班走夜路回家都心驚膽顫，生怕自己被某個曠男抗布袋。我真的很想效法建商常見的做法，在陽台高掛「賀成交！此女已死會」的大紅布條，拜託他們別再打來，也別以為她之所以不跟他們講電話、不肯帶他們回家，並非因為她的室友太凶惡、獨占欲太強，處處阻撓他們戀愛路的緣故。

二、不准讓異性朋友過夜。

男生的聲音？那是電視啦——這件事，上面已經討論過了。我室友說我對男女關係異常潔癖，患有被害妄想症，認為世上男人百分之七十是色鬼，不准她的男性友人留宿。這點我很遺憾，她完全正確，而且我的妄想不止於此。我還妄想之所以有此妄想，是因為我從前有朋友總是這麼說。她常說世上的男人都是豬哥。

我只有一點想澄清：之所以贊成這條公約，不是我懷疑室友的男性朋友會突然變身狼人，單純因為房子太小。左右各擺一張床，中間充作客廳，再來就是陽台、廚房和衛浴。有朋友來過夜，就在中間拉起布簾。那塊布純屬裝飾，代表非禮勿視之意，全無實際功能，兩邊依舊雞犬相聞。因此當布簾另一頭是男女同寢時，感覺真的非常不舒服。

三、住外面的話要打電話回老家報備。

她已經睡了，不能接電話——這件事，上面也講過啦。

四、保持環境衛生。

這點我就真的無法容忍。我室友不摺也不收衣服，她的生活方式是：當她需要用床時，就把衣服和眾雜物堆上書桌和椅子。當她需要書桌和椅子時，就把它們堆上床。當她的朋友來訪——亦即她既要用到床、又要用到書桌椅子，外加必須顧及她的人性尊嚴時——我已說過，我們家非常狹小，只得把東西堆到我的床和書桌上。我還必須配合演出：是的，那全是我的東西，我不抱熊寶寶睡覺，我都和果汁機、發霉的玫瑰花束、羽球拍、芭樂、穿過和沒穿過的內衣一起睡，它們或凹或凸的表面可是有按摩作用呢。怎麼曉得衣服是髒的還是乾淨？拿起來聞一聞就知道啦。每天出門前我都一件件聞過，以判斷今天該穿哪雙襪子。

這麼個女人，還能打扮得漂漂亮亮出門，令所有男女為之傾倒，我每天都見證活生生的奇蹟。

此外還得打掃倒垃圾，即便心裡不樂意，但不動手的話，家裡隨時都像原爆過後，垃圾車來的時候她也永遠不在家。我不僅白天上班，晚上還兼清潔工和接線生。明明是在自己的住處，卻搞得每天筋疲力盡，不得休息。

被抱怨是管東管西的老媽，這點我同感遺憾，同樣認為非常正確，不過一個單身女郎，平白無故的怎麼會跳級升格為老媽？除非她在談戀愛，或者有人在她身邊刻意裝成五歲以下幼童，逼得她母性大發。這現象可以從環境著手改善，跟杜絕登革熱是一樣的。我想這方面倒很值得我們共同努力。

No. 59 電話

2010.08.16 ｜ 徒然

整夜電話響個不休，沒多久換成室友的手機，吵得無法專心處理這個月要交的公文。看來電顯示，應該是室友的朋友。一房一廳的小套房根本無處可躲，只得出到陽台上，發覺那男的就站在對面騎樓下。我回到房內，問室友為何不接聽？

「讓他知道我即使在家，也不想理他。」

那為何不掛斷，或是拔掉電話線外加關閉手機？

「妳不懂嗎？就是要讓他瞎忙這一場。」

我不懂。

而且覺得非常機車。

No. 57 遠遊

2010.08.15｜徒然

七月初，凜忽然邀我一塊去太平山。我以為是外拍，玩 cosplay 的人一旦出門，多半是為了到外頭取景，然而我想不出太平山有什麼好景點。最近我們扮的人物是星艦戰士，適合的場景是宇宙，為此還去過天文館勘景，然而很難等到一個人也沒有的淨空時刻。在那種知性場合穿上緊身戰鬥服也太過怪異。莫非從太平山可以看到宇宙？

「不是要外拍。」凜笑盈盈的說：「老是跟店裡一大票人出去外拍，早就膩了啦。女生就我們兩個。」

我以為就是我們兩人，因此提議要著手搜集資料和規畫路線。凜卻說不用忙這些，「別人」都會準備好。

「『別人』是誰？」

「我朋友。沒有人開車啊，我還邀了兩個男生。」見我露出猶豫的表情，連忙補充：「放心，他們只是開車和提行李的，你不用理他們，當他們是隱形人就好。好嘛，哥哥？我還沒跟你出去玩過耶，一起來嘛。」

「真沒辦法。」

「耶！謝謝大哥，最愛妳了！」

我其實不是很有興致，卻又答應得毫不猶豫，因為我向來難以拒絕朋友的要求，而那週又剛好有空，我想不出其他回絕的理由。為了這種個性，我經常被人吃得死死的，偏偏還都是知道我此項弱點的熟人。我的手冊上排滿了我不太感興趣的各種行程。

出門當天我才見到那兩個男生——寒林和青葉，凜說是在活動會場認識的攝影師。兩人都是高個子，寒林的膚色比較白，髮長及肩，另外一人，膚色較黑也比較沉默的青葉，居然和我有過一面之緣。有回和凜在活動中心吃飯被他撞見，他還請我們吃水果。

「這不是之前在學校裡碰過，跟妳同社團的那個……水果學長？」在男生們搬行李上車的過程中，我小聲地詢問：「原來他是圈內人啊。」

「我還水果奶奶咧，不要亂取綽號。」凜壓低聲音回應：「我跟他是先在會場認識的，當時有請他幫忙拍照，後來倒楣在學校被他碰上。我穿便服，沒化妝也沒戴假髮，居然還認得出來。」

「他不是已經被妳發卡了？找他開車不太好吧。」

「是他自己說我們還可以當朋友，有事盡量找他幫忙的啊。」凜聳肩：「既然他這麼說，不接受反而顯得很奇怪。」

原本以為那兩個男生互相認識，看樣子他們也是第一次見到對方，我們三個人唯一的連結點就只有凜。我一眼看出寒林是凜的目標，她對他說話的態度，要是換成在漫畫裡，四周必定布滿閃爍的星光。如果拿輻射偵測計來，一定可以測出不尋常的高能量。

許多週末我們都一塊出去，在台北至宜蘭附近玩。兩個男生都很愛照相，凜說他們每人都有十台以上的相機，我反正搞不清楚，每台看起來都一樣。寒林自稱他是為了「先從外表開始裝成攝影師的樣子」而留長髮。我不玩相機，無法從攝影者的立場判斷何謂好攝影師，不過身為一個被拍不下數千次的對象，我想我可以從被拍者的角度發言。有個說法是：好的人物攝影師能捕捉到被攝人物最自然的一面，但我認為那純屬比例問題。如果對同一個目標物拍個幾百遍，總會有幾張顯得自然，特別是鏡頭下的人被折騰到終於睡著的時候。我覺得好攝影師能讓被拍攝者打從心底卸下武裝。以這點而言，被這兩個男生的鏡頭瞄準都像被人用槍抵在鼻尖。

凜倒是都無所謂。她會在男生們挑選的地方擺姿勢讓他們拍照，偶爾拉著我一起入鏡，但我不習慣。沒有扮成任何人物就要在看似專業的長鏡頭下擺姿勢，感覺就像拍裸照，後來我的工作就變成舉反光板。

寒林大概看凜跟我走得近，除了凜之外，也努力耍寶想討好我。他很聰明，抓住男人要先抓住他的胃，抓住女人則不妨從她的朋友下手。只是他對我殷勤到幾乎帶著歉疚，彷彿他追走了凜就會令我失去此生唯一的好友。如此武斷地替我的人生作結，使我對他的示好舉動有些火大。我情願他把我當成反光板的腳架。同樣的，青葉好像希望自己是車上的零件。他很少說話，總是保持沉默，似乎希望大家需要用車再想起他就行了。

這樣的四人結構還能逐漸成為慣例，只能說凜的凝聚力實在了不起。也可以說她很懂得尋找崇拜她的人，以及無法反抗她的人，並將之集結成群，而我先前好像兩者兼備。

怪異的旅程總算在棲蘭山之後打住。這趟旅行從開始就不順心，我們原本打算住在小木屋，體會山居生活，卻因為客滿而改住旅社。我們整天開車沿途遊玩，抵達時已經晚上七點多，住進兩張雙人床的四人套房。山區比我們預想的悶熱，好不容易入睡後，樓上傳來打麻將的聲音。寒林先是打電話抗議，接著親自上樓跑一趟。

「他們說他們很抱歉。」寒林說。

半夜我被細碎的嘈雜聲吵醒。樓上傳來雖已減低音量，卻依舊清楚的麻將碰撞聲。那些人大概在桌上鋪張毛毯後繼續方城之戰了。我在心中暗自嘆氣，身旁的凜卻忽地坐起，下床到行李堆旁，接著是一陣翻找之聲。從那聲音聽得出她火氣正盛，我以為她大概是要拿耳塞或安眠藥，卻聽到金屬沉悶的碰撞聲，凜抓起寒林的相機腳架。

「妳拿那個做什麼？」

凜沒回答，跳上梳妝台，奮力把腳架砸往天花板，發出的巨響讓隔壁床兩個男生驚跳起來，我趕緊打開電燈。凜像發狂似地又把腳架往上揮去，寒林和青葉上前把她制住。

「不要這樣啦！妳會害他們叫警察的。」我說。

「妳還有心情開玩笑！」凜對我吼叫，然而我不是開玩笑。如果有人在房間裡射殺大象，差不多也就這個音量。

寒林衝上前一把抱住她，凜哭起來：「媽的！可惡！他們怎麼可以這樣！怎麼可以這樣！」如此叫嚷個不休，寒林則一直說著好了好了，沒事沒事之類的安慰話，打開房門拉著凜往外走。留下我和青葉在原地。我們相對無言，青葉左顧右盼，最後坐在床沿。

「妳不用追去嗎？」

「追去幹嘛？」我說著，爬上梳妝台。

「妳要幹嘛？」

「看看這天花板的凹痕能不能修。」

所幸碰撞的聲音雖大，留在天花板上的似乎是汙漬多過於凹痕。我從浴室拿來濕面紙擦拭，青葉見狀，跟著收拾起房間裡散落在地的東西。過了一會寒林和凜總算回來了，凜哭紅了眼睛。

「怎麼樣，妳沒事吧？」我問。

凜說，她是太熱太生氣了。都是天氣的錯，山裡頭不是應該很涼快嗎？她好想吃芒果刨冰。

「現在？在這裡？」

凜說她無論如何就是想。我和寒林都望向青葉，我原以為他會答說不可能。

青葉說他要開車下山買，讓我和寒林陪著凜。

「你真了不起。」我說，真心誠意地讚美他。

他看我一眼，沒有答話，發動引擎。

我不再跟他們出遊了。聽說剩下的三人組後來還一道出去過幾次。

No. 56 路遙知馬力

2010.07.16｜徒然

日久見人心，同居見習性。

嗯，好對聯！

No. 55 太平山行

2010.07.06｜徒然

這幾天去了太平山，夏天果然就該躲進山上避暑。謝謝一道去的凜、寒林還有開車的青葉，辛苦了。過得很開心，下回去玩也要記得邀我。

No. 54 售物

2010.06.17｜公告

以下物品如果有興趣想購買，可用留言板跟我聯繫。

- 萬用基本款的藍色和服，另外照片上的木屐和腰帶是非賣品。
- 黑主學園夜間部制服，附備用袖扣兩顆。備用扣可單買。
- 厚底高跟靴，霧面黑色，適用性很廣。
- 藍色假髮，短、瀏海旁分。

詳情和衣服尺寸請見拍賣網頁。

No. 53 電話

2010.06.16｜徒然

凜每天都有接不完的電話。看她接電話非常好笑，她會一面認真說著：「是喔，她不說一聲就走掉，叫你自己看著辦？怎麼能這樣，好過分喔！」實際上手邊卻攤著便條簿。她會在上面塗鴉或是寫點東西，然後對我揮動，上頭寫著：「活該！腳踏兩條船」、「下週要借他的機車，否則誰理這鳥人」，旁邊畫上長出翅膀口銜鳳梨的神豬，諸如此類。我從前不曉得她有這樣一面，覺得相當有趣。

「妳該不會在接我的電話的時候也是這樣吧？」我問凜：「我非常討厭講電話時心不在焉的人喔。」

「怎麼可能！」她誇張地大叫：「把妳跟他們放在同個等級？別亂扯。我跟妳講電話都是百分之兩百專心的好不好？我最愛妳了，哥哥！」

更多的是求愛電話，據凜說，裡頭大部分也是鳥人，只有頭殼壞掉的女人才有辦法跟他們交往，然而在電話上她依舊展現殷勤愉快的態度：「謝謝你送的禮物。我很高興啊，你怎麼知道我正想要那個？出去？現在？不行耶，我已經託室友買飯了。不行啦，放她鴿子她會恨我，下次再約好不好？」

在掛掉電話後，她會告訴我：「這豬哥有本印滿玫瑰圖案的花名冊，把所有認識的妹依生日順序排列，時間到就送禮求交往，不成就劃掉找下一個。還秀給我看過。白癡得要死。我現在就跟他虛耗，看他要花多久才曉得該把我劃掉。」

偶爾她也希望我幫她一把，便條紙上寫著：「H、E、L、P！叫我叫我！」

而我則會大聲喊道：「咖哩飯買回來啦！快來吃，飯要糊掉啦，妳還在做什麼？講什麼電話？快結束，給妳十秒鐘！十、九、八……」

「喔對不起，我室友在叫我了，她好煩人喲。不好意思我得掛了。」說著掛上電話。我們兩個相視大笑。

「好玩吧？」凜問，我拚命點頭。

「下次再有不想接的電話，換我接。」

「真的嗎？妳要參一腳？太好了。」凜說。「妳就跟他說他打錯了，這裡是綠色星球愛護協會逆轉本部。」

我們換上外出服，一起出門去吃所謂的咖哩飯。

No. 51 新家

2010.06.12｜徒然

新家紀念po。

今天開始要和凜同居了，好害羞（笑）。大學畢業後就不曾再有室友相伴，能恢復到有人同住的熱鬧生活覺得好高興，而且總算可以脫離隔音不良的木板牆。那樣的地方居然能住上四年之久，想來蠻佩服自己的。凜爸和妹妹們都來幫忙搬東西，凜媽則準備了冰涼的蜂蜜水，謝謝！受你們照顧了。流汗過後，兩人在陽台上喝氣泡酒慶祝，可以望見新店溪和遠山，風順著河道吹來非常舒暢。想到今後就要在這裡生活，興奮不已。

No. 48 搬家預備

2010.06.03｜徒然

（深呼吸）好！開始收東西。

No. 42 補記：京都行

2010.05.19｜徒然

今年的京都之旅原本不在預計中。當時我手頭有個快到期的企畫案，因此在店裡的大家興沖沖討論時，根本沒參與，心想自己絕對不可能，不過人算不如天算。前陣子的風波令我身心俱疲，逃離台北城的念頭益發強烈。隨著出發日期逼近，眾人的討論越來越熱烈，我聽他們一次又一次提起：京都、京都……。

那是個我在書本上、電視裡遊歷過無數次，卻不曾實際去過的地方。我變得無論如何都想參與，臨時決定加入，何況又有清明連假。然而出門前幾天連續加班，抵達隔天便開始發燒，接下來也在神智不清中度過，事後想來是太勉強自己了。

旅行目標是賞花兼外拍，除了平常在店裡的同事，還有幾位攝影師同行，一共七人，總之是一票血統純正的動漫迷兼哈日族。由關西機場通往京都，路上的一切可都是純正的 Made in Japan。所有人拚命按快門，除了基本的著名地標如車站之類的以外，包括電車、餐點、菜單、調味料罐、顧客滿意度調查表、洗手台、布告欄通通不放過，簡直無物不拍。剛開始我跟大夥一塊瘋，沒多久就手痠投降。當時暗想自己的等級實在不夠高，稱為哈日族於心有愧，不曉得其實真正原因是感冒病毒已開始暗中發威。

名建築鋼骨結構的京都車站——只覺得非常大，空中迴廊陽光熾烈令我睜不開眼。賞花名勝的哲學之道和平安神宮——只覺得人山人海，盛況不輸櫻花。哲學之道旁的白川，若在台灣頂多被視作溝渠，居然也能設計成賞花景點，也實在不可思議。京都主要的交通工具是公車，櫻花季不論哪個班次都是人擠人，我覺得快要缺氧。

四月初的京都住宿預定困難，我們住在遠離商業區的偏僻小巷，抵達時已經晚上九點多，街道上一片冷清。即便如此，我們仍認真執行外拍任務，利用民宿裡現成的場景和浴衣，拍起人物的「生活照」。雖然我也和大家一起玩鬧，但不曉得自己已經有病在身。第二天醒來便感冒發燒，頭痛欲裂。外頭還下雨，我索性留在民宿裡。

整棟民宿似乎人去樓空，甚至連遠處汽車濺起的水花聲都清晰可聞，我起身拿客房點心當早餐，居然是香蕉和海帶糖。不知為何日本人會認為香蕉是點心，每根還都繫上腰帶，上頭諷刺似地註明產自台灣。好端端的出國散心，結果卻哪裡都沒去，一個人躲在房間發燒吃香蕉，心情盪到谷底。若不是彌生後來意外出現，第二天大概要以我搥胸頓足哭到睡著收場。

彌生是同行攝影師之一，年紀跟我差不多的小姐，她是九菊的朋友，偶爾會參加我們的活動，外拍時負責照相兼動作指導。因為她會畫圖，常能構思出意想不到的畫面組合。我覺得她很有一套，不過從沒機會聊上什麼。她單獨折回民宿，同樣苦著一張臉，說她發覺特地為這趟旅行買的新鞋子不合腳，勉強走到公車站，又被雨淋到濕透，只能心不甘情不願地折返。這場災難意外使我們成為難兄難弟，她還特地到附近的藥局幫我買感冒藥。

醒醒睡睡整個早上，下午終於完全清醒，發覺彌生也在，正試圖塞報紙搶救她的鞋子。雨還沒停，彌生沒膽量穿拖鞋出門，但我覺得很有趣。在我極力慫恿下，我們兩個台客穿拖鞋踏出民宿，一路哈哈大笑，在民宿附近閒逛，沿途拿走許多免費的導覽摺頁，然後到拉麵店吃晚餐。拉麵口味濃厚，幾乎是過鹹，令我有點失望，還不如牛肉麵，不過飢餓之下還是連湯汁一點不剩地喝乾。我們一致認為：比起春天的櫻景，導覽摺頁上被楓葉染紅的京都似乎更吸引人。或者說，照片的效果向來比實際美好，春天的京都在照片上也比實際漂亮。這回看到的京都景物，總覺得每樣東西都小了一號，不像旅遊書和網站上查到的那麼恢宏大氣。也許真的跟季節有關。秋天的京都看起來相當吸引人，而我也從未看過真正的紅葉，可惜那段時間沒有假期，以學校而言正是忙碌的時候。

其他人去清水寺的夜間參拜，很晚才回來。看到我和彌生短時間便混熟，覺得有點驚訝。

「早知道就不幫妳帶土產了，妳看起來好得很啊。」凜說。

「什麼土產？」

「這個啦，良緣御守。我可是特地去地主神社求來的，聽說是有名的日本月下老人，不過顯然妳已在一天之內迅速締結良緣，用不上它，我給別人好了。」

「妳在說什麼啊？給我。」我一把抓過那只小小的護身御守。

「妳還真的在意這事啊。」凜說。「好吧，祝妳下個男人會更好。」

我不禁苦笑。我在乎的是凜的心意，至於良緣，我才不管呢。我受夠了。除了二次元的男人以外，我不要在現實中愛上任何人了。

第三天是貨真價實的外拍行程，強打起精神參加。我們卯起勁來拍照，總共換過三趟衣服：一套是虛擬歌手新歌〈櫻嵐〉的打歌服、一套三國電玩的裝扮，晚上則要再挑戰一次民宿裡的「家常裝扮」。行程緊湊，不過沒辦法。

頭一天到的時候還在勘景，次日又碰上下雨，兩天都只能在室內拍照，把 cos 服穿上街算是頭一遭。即使人多勢眾，大家還是覺得有些彆扭，畢竟人在國外。我們甚至不敢在太過知名的景點照相，只敢挑路旁的櫻花樹，或小巷子裡古老的圍牆一角之類。所幸櫻花盛開，隨便一株路樹也很有氣氛，而從扮慣的虛擬歌手開始也有鎮定效果。何況〈櫻嵐〉本來就是日本網友應景作的曲子，裡頭的衣服也是和風，除了顏色鮮豔的假髮和角膜變色片以外，我們跟京都各處不時會出現的和服女孩有些類似，走在街上還不至於過度怪異。

還有個有趣的發現：當我們在清水寺附近著名的幾條石坂道閒逛時，赫然發覺因為祇園——京都從前的花街——離這裡不遠，路上盡是料理亭、布店以及和服出租店。倘若台北的永樂市場再進化個一千年，說不定也會是這副模樣。有店家甚至願意幫觀光客上妝，外加穿戴所有的藝妓行頭，體驗一個小時左右的藝妓生活。這麼說來，我們一路上碰到的許多藝妓不一定是「真貨」，大家於是興致十足地盯著過往的每位藝妓直瞧。

結果沒看出什麼名堂，所有路過的藝妓都像真的。倒是有幾個穿和服的小姐顯然是觀光客，因為她們說中文，然而就如所有在古都散步的和服女子，不時有人要求跟她們合照。我們互相使眼色，覺得相當好笑，若絜則說要是之後還有時間，她也想租一套來穿。畢竟我們扮裝用的和服只是做個外型，沒穿過真貨。我也有點心動。凜則說，我們居然有這麼娘娘腔又不切實際的想法。何況我們既沒時間又沒錢，不如快點趕路到下個景點。被潑了滿頭冷水，我和若絜一塊起鬨，威脅說凜要是待會真有多的時間，別以為她能置身事外，我們一定會拉她下水，替她租個男用羽織和袴。我想凜穿起來一定超帥。

古今交會、虛實掩映的千年之都。這裡有如扮裝的大本營。

下午我們換上三國電玩的裝扮，這時候遇上一群老外觀光客——雖然我們也是老外觀光客——總之是白種人，其中一人用簡單的日文問我們能不能合照。眾人當場傻眼。九菊解釋道，我們穿的是中式傳統服裝——這麼說也有些微妙。雖然電玩的背景是三國時代，卻是日本公司的產品，人物和服裝全都經過再設計，當然跟真正的三國服裝有出入，不過對於想捕捉日本傳統風景的洋人來說，絕對不是正確的場面。對方表示無所謂，我們也就答應了，全員擺好遊戲中的招牌姿勢，其他同團的老外們見狀，紛紛跟著掏出相機，瞬間閃光燈四起。

最後一天幾乎都在大血拼，從京都一直拼到大阪。沒有換裝，拍的也都是普通照片，所有人忙著為自己的親朋好友張羅禮物。比較特別的事件，是我們被工程人員驅趕。當時我們一票人經過馬路上的工地，發覺這裡連人孔蓋上都有圖案，而且隨地點有所不同，從櫻花換到大阪城。九菊低著頭沿途拍照，沒注意到她已一路拍進工地的範圍。一個工程人員氣急敗壞地跑來，開口爆出一大串快速的日文。

對九菊而言，要賠罪絕對不成問題。身兼這趟旅行的導遊，也是唯一曾在日本留學過的人，她卻講了英文：「Oh, sorry. I just wanna take a picture.」

那名工程人員明顯一愣，發覺我們不是日本人，匆匆揮手要我們離開，神情慌張。我們轉過街角，所有人捧腹大笑。他們真的有英文恐懼症，居然被這麼簡單的英語嚇倒。在日本講日文隱藏自己的外國人身分，裝作是他們的一分子固然有趣，偶爾秀一些英文嚇唬他們似乎更好玩。

女生買的東西幾乎都是布製或木製的小物，吸油面紙或護手霜之類，彌生卻盡是往電器行裡鑽。她說是應她婆婆的要求——這下我才曉得彌生已婚——據說是因為：「小日本鬼子，就是在家電用品上特別行。」我很久沒聽到這個詞，覺得既好笑又懷念，想來我媽也常說這類的話。她總是咒著日本是鬼子國，在新聞報出日本發生的離奇殺人案時，更說那一定是東亞變態最多的國家，然而在餐廳、電器行、食品材料行或布莊，卻是日本一番，ＭＩＴ國貨其次，美國歐洲排中間，韓國中國墊底。這個順序可不一定是依照商品真正的品質，好比韓國貨的水準最近便扶搖直上，但若說這是依認同排序，又有些矛盾：罵日本人是鬼子的人，怎麼可能把日本排到認同的第一順位?九菊則說：「各位看看——出國買自動吸塵器，並研究自動開閉的免痔馬桶座，這就是人妻的架勢！」大家鬧了彌生一番，不過還是幫忙提東西，因為她買的東西特別大，又帶著相機，而我們這幾天都受她照顧。

總體而言，我覺得京都是個相當奇特的城市。並非不喜歡，不過它實在很像樣品屋，彷彿一切都是設計好的。導覽手冊或路標上日、英、中文並列，隨處可見動線圖和解說牌，一切都太精緻化，反而沒真實感，整個城市如同巨大的主題樂園。雖然古蹟解說牌林立，標示著各個地點的過往，什麼人曾在這裡生過死過，我卻很難想像有人真的能在這裡生活。這裡的一切印在海報上的確非常美觀，令人嚮往，卻不是個能讓人卸下心防、像家一樣安居的地方。確實是金窩銀窩，但絕對無法成為舒適的狗窩。

不只如此，大概是因為京都反覆出現在太多二次元作品裡，景物和地名都充滿既視感，彷彿似曾相識，儘管我分明是第一次來這裡。這讓我覺得自己在不知不覺中被織入一張巨大的羅網。

2010.05.01 ｜ 徒然

No. 40 撞頭

睽違已久的小家，我回來了。

把過去的東西整理一番，能丟的盡量丟，原本不太大的空間頓時寬敞許多。也換了新造型，把長髮剪掉，換成據說是近來流行的鮑伯頭之類。我不太在乎流行與否，只說剪短，其他隨設計師高興，回想起來中學後就沒留過短髮。把一部分從前的衣服上網拍賣，買幾件比較中性的襯衫，試著變換不一樣的造型。白天上班時被同事稱讚說很合適，非常高興。傍晚到店裡，意外發現跟凜「撞頭」，她也剪了一樣的髮型。兩人大笑一陣，合照留念。

No. 39 多肉植物與貓

2010.04.30 ｜徒然

在雨夜來到彌生、彌生夫與三隻貓咪的小窩，進門就看到客廳巨大的液晶螢幕，和各種廠牌一應俱全的電玩主機。夫婦倆合力釘成的木書架直達天花板，裡頭被漫畫書、素描、攝影和電腦書籍填滿，幾處空欄擺放彌生夫種植的多肉植物，綠色珠串般的玉簾和蜘蛛般纖長的空氣鳳梨垂掛而下。

在彌生和我玩 Wii 而樂不可支時，彌生夫悄然無聲地出門，提著三人份的滷味和麵線羹回來。夫婦倆把手提電腦和文件推到一邊，三人就著狹小的電腦桌吃飯。晚餐後三人輪番加入戰局，外頭風雨砰然擊打著窗玻璃，貓咪在五斗櫃和沙發上悠然閒晃。彌生說，他們不養孩子只養貓。台北居大不易，帶孩子難上加難，有貓萬事足。

這話讓我由衷希望自己也是一隻貓。如此便能長長久久地留在這裡，分享他們的溫馨。

No. 38 火鍋與啤酒

2010.04.16 ｜徒然

到同事 K 的住處參加計畫案完成的慶祝會。原本以為自己不會喜歡這種場合。失去夏以後，跟現實之間彷彿裂了一個大縫。最近覺得待在「安迪米恩」才有活著的實感，平常的我一直戴著假面。每天都在數日子，期待週末快點降臨，好救我離開現實的深淵。

然而真正參與之後，發覺比想像中來得開心。K 的室友不在，同事們熱熱鬧鬧地圍著圓桌吃火鍋，M 帶了半打啤酒，喝得不夠，大夥鼓譟著在大半夜裡進軍超市搜刮。大家一面玩調酒混搭，一面大爆老師們的祕辛。K說，她從不曉得我能這樣咧嘴大笑，我也覺得自己很久沒這麼開心。灌下一肚子調酒，又是柳橙汁啤酒又是紅酒蘋果西打，雪碧加高粱，暈頭轉向，臨時起意住下來，身著套裝趴在沙發上就這麼和衣而眠，醒來時全身起皺，臉上身上盡是布紋。像是李伯大夢，一覺醒來老上六十歲，K說。聞言又笑開了。

No. 36 在冰封的山裡遇難

2010.04.09 ｜ 徒然

我在夢裡遇見從前的他，哭著醒來，接下來整天鬱鬱不樂。下班後仍是如此，覺得自己快要支撐不住，隨時都會倒下。連先回住處收拾一些簡單日用品的氣力也喪失殆盡，像隻破敗困頓的流浪犬被她給拎回家。進門後直接被領到她的套房。裡頭什麼都有：衛浴、音響、電腦乃至電視。她說，只差個冰箱就能完全不必踏出房門了。

「那是用來逼我出房間的手段，不過無所謂。」說著打開床底下的櫥櫃，塞著滿滿的零食。兩人嚼著可樂果蝦味先洋芋片，一面看電視上日本綜藝節目。隔壁是機車行，只能吸入廢氣和噪音的窗戶被她用黑紙封死了。從進入房間的那一刻，她便打開空調，溫度一路下滑。我們關掉電視，她在黑暗中爬到床上，我蜷縮在地上的巧拼板，兩人共蓋一條又輕又軟的羽絨被。先睡著的人就輸了，我們聊起家庭和過去。她順手扭開夜燈，天花板上映出一片人造星海。

那是北極星，這裡是看得見澄澈夜空的深山。我們在冰封的山裡遇難，前進無路後退不能，手邊只有乾糧。幸好我們還有彼此。

「大學畢業後我就要搬出去，離開這裡。我有親戚在出租房子，現在正好沒住人，我媽說只要能找到室友就准我搬出去。」她用夢囈似的語調說。

算起來她畢業在六月，我的房租契約則在九月到期，時間雖非完全剛好，倒也頗為相近。如果可以，真想跟妳當室友，我說。我們倆肯定每天有說不完的話。於是我們在相同的夢裡沉沉睡去。

2010.04.05｜徒然

No. 35 京都行待補

回來了。一切都好，現在房間裡到處都是東西，相片也還沒整理。遊記待補。

2010.03.28｜徒然

No. 34 清單

他和他媽居然合列一份清單，說是要我歸還他的東西。莫名其妙！裡頭有些明明是用我的錢買的。打算榨乾我到什麼程度才甘心！

2010.03.17｜碎語

No. 33 賦別

夏：

這是最後一次我對你說話，儘管曉得你不會看見不會聽見。你向來只聽得到你想聽的，我的真心話永遠無法傳遞給你。

我一直以為對你隱瞞的祕密總有一天會拆穿，迫使我們分離，沒想到最後把我壓垮的原因卻毫不相關。然而從根本的地方來講，或許也非完全無關。當我決定要保留部分自己，不再全心全意奉獻給你時，便注定要離開了。你我已踏上完全相背的兩條路。

你曾自豪地說你向來能找到我躲藏的地方，無論我是背過身蒙住眼或蜷進自己的殼子，你總有辦法說服我，把我拖出來面對現實。然而我其實從不相信什麼學者專家的大道理，我被打動不是因為他們的說法正確，而是我相信你。倘若那些理論出自你口中，我就願意跟著相信。我願意強迫自己轉身直視世界上一切醜惡，只因你說最醜陋不堪的地方就有你的身影。過去我以為這就是心有靈犀命中注定，但事實是即便我躲起來，依舊不曾間斷地呼喚你。就連最後的最後我們大吵一架，我又氣又怒哭著離開的晚上都在呼喚著，而你終究沒追來。你從來不是願意率先低頭的人，過去我的呼喚奏效只因你的憐憫。如今我已瘖啞乾涸，不能再喚你了。我決定再不喚你再不想你。

於是這就是盡頭了，我們相遇又分離，分離又重聚，直到這回我不能也不該再回你身邊。我們一直身處不同的世界，在異次元，在不同的時空中。即便我們以為雙方共處一室，實際上卻根本看不見彼此。如今我曉得你也在逃避。你躲進別人的困難中，藉以迴避你自己的問題，這樣的你是再也留不住我的。你從來就不在我所在的地方。

再也不屬於你的　卯花

No.32 名言錦句集

2010.03.10 ｜徒然

「不要因為我們年紀相近，就把我跟妳那些平常朋友混為一談。我的生活圈比你們廣，見識過更多苦難。妳應該把握每次跟我談話的時候多問我一些，多學點東西，不要浪費機會。在我以前像妳一樣懵懵懂懂沒有想法的時候，一直希望有個什麼人引導我，所以如今我是設身處地的對待妳。遇上我妳很幸運。」

幸運個屁啦！我又沒有要你引導我！

「妳以為妳的錢是靠自己雙手賺來的，就是清白的乾淨錢嗎？學校不是妳想的那麼崇高的地方，它是國家級洗腦機器，知識向來都跟權力掛鉤，妳就是它的共犯。」

那你他媽的就不要拿共犯的錢去供應你們那清白乾淨的遊行，清白乾淨的抗議活動啊！還有看電影，罵歸罵你還不是老在看電影，真受夠你說一套做一套的假清高了！

留言回覆

>凜

真的就像妳說的，沒臉又沒腦光出一張嘴，不曉得我當初到底看上他哪一點！

>優香里

我覺得自己有努力在博取他家人歡心，到他們家的時候飯是我煮家事我做，出門也花我的錢。

他弟要請家教，我還聯絡同事同學，讓他免費試聽過好幾個。這樣還有得抱怨，那我真的無話可說。

No. 31 失題

2010.03.09｜徒然

我恢復單身了。一言難盡，總之知道的人就知道。其他等有力氣再說，現在身心俱疲完全透支了。

No. 28 伯母閣下

2010.02.18｜徒然

除了老是想用學理把人淹沒迫使我低頭之外，讓我很受不了的還有他媽。這話聽起來像在罵人，沒錯，我真的在罵人，去他媽的！

夏的父母似乎離異過一段時間，這方面他不想多說，不過總之比起他弟來，他是向著他老媽的，而且對自己是孝順的長子一事相當自豪。幾天前，年初二的時候我們到花蓮玩，他媽媽居然跟著去——姑且稱「伯母閣下」，因為她實在太過尊貴。

伯母閣下大概以為交往三、四年的女友等同於媳婦，一路上各種雜事遞茶送水拿毛巾都要我做。反正每次跟她一道都是這種情況，我也習慣了，但到民宿時就真的讓我火大。民宿沒有三人房，只有雙人和單人，衛浴在外頭。原本說好伯母閣下睡單人房，她卻臨時改變主意。我聽她對夏悄聲說，訂兩間太浪費，我們三人擠一間就好，而且她一直覺得我衣服太花俏，又是珠子又是蕾絲花邊之類輕飄飄的東西，不是什麼正經的女生，怕獨處時我會做出什麼事來。今年肖虎，她可不希望有個屬虎的孫子。家裡已經有人屬龍，這麼一來龍爭虎鬥，那可沒完沒了。開玩笑！什麼叫「做出什麼事」？要是真發生什麼該擔心的也是我吧！

這麼說著，伯母閣下就去跟民宿老闆大吵，非要他們在狹小的兩人房加床不可。民宿的人相當為難，我也覺得很丟臉，夏卻說：「服務業本來就是客人最大。她年輕時吃很多苦，現在這些是應得的，一切都該順她的意。」

於是床也送來了，不偏不倚堵在房門口，所有人進出門洗澡上廁所都得從床上爬過。伯母閣下當然自己不會去睡，也不讓她的愛子去，變成我得去睡那張外加的摺疊行軍床。我希望她能打消此意，故作輕鬆地跟她說：「這樣晚上上廁所不是很不方便？我們還是再加一間房吧。」

她居然回道：「那就不要出去好啦，尿在這裡我明早去倒。」說罷舉起垃圾桶。夏也說我以為自己在跟誰說話，居然敢跟他媽頂嘴。他們母子腦筋都燒壞嗎？我也不懂夏這麼百依百順是要演給誰看。平常伯母閣下老是責罵他，催他去找個正經工作，都是我站在他那邊替他說話的，這種時候他不能為我想一下嗎？不需要遷就任何一方，但好歹打個圓場吧。連這都做不到，還算是比我大三歲的成年男人？

莫名其妙！好端端的年假都給破壞掉了。早知道就不來這什麼鬼旅行，寧可回家算了！

No. 21

聖誕節

Merry Christmas 民那／（ˇ∀ˇ）／

今天店裡辦了卡拉 O K 大會，謝謝來跟我們一起慶祝的 Master，希望大家都玩得盡興！今天的爆點是若絮妹妹因為飆不上高音而破嗓，妳這樣行嗎小奏？妳的歌百分之七十都是高音快曲喔！（笑）

闔店之後還跟不想這麼早回家的 Master 們到溫州街附近的酒店續攤，今晚超冷的，若不是天空晴朗依稀看得見幾顆星，都懷疑要下雪了呢。感覺就像北國的冬天，好有聖誕節的氣氛！接下來的週末店裡也還有活動，歡迎大家再來跟我們一起玩～～

順帶一提，雖然已經有人曉得了，不過現在店裡也放了我的留言簿，想留話給我的人歡迎利用，可以收到我手寫的回覆喔（字醜對不起）！今天翻看覺得受寵若驚，以後我也會努力扮出各式各樣的大哥。還收到匿名者送的巧克力和花，謝謝！只是，上面的卡片指名說要給風音大哥……居然不是給「我」的嗎？話說這樣的巧克力，我可以吃嗎？（笑）

留言回覆

>凜

不是我表現好，是前輩調教有方，妳可以開 cosplay 補習班了，傳單上就印「抓住女孩的心！擺酷 pose 一百招」之類（笑）。原來那個粉底液在妳那邊，沒關係，如果覺得好用就拿去吧，我還有備用的。

>黎

很高興妳喜歡這版本的風音！我的日文還有待加強，翻譯的時候很多地方都沒把握（搔頭）。

有啊我有收到，也注意到每樣都是 Made in Japan，連包裝紙都是耶！謝謝妳這麼細心地挑選禮物送我！

>芽衣
歡迎來我的部落格。我本人的性格跟大哥很像嗎？被妳這麼說我好高興！有空歡迎常來。

No. 19 每日一句

2009.12.13｜徒然

今天聽到的名言：「我只跟能把西裝穿得比我好看的男人交往。」

嗯，值得思考。

No. 15 千夜岬

2009.11.20｜歌行

試著翻譯日文歌，有錯的話歡迎指點。前陣子重拍〈千夜岬〉，相片總算整理完上傳了。這趟還特別跑到新竹去取景，是很符合歌裡情境的知名古蹟，比起第一次在台大新體試拍的效果好得多，而且那回還是夏天。能重拍太好了，我人生的遺憾又少一樁（拭淚）。謝謝一起去的凜和攝影師雅哉。

詞／曲／編曲：ushio

歌：風音、律

（從前有名男子，在皇太后居於五條御殿時期，和殿內西廂一女子交往，但女子忽然在正月十五遷居他處。雖然知曉地點，卻非尋常人可探訪之地。）

轉眼又到相逢的季節 每逢此刻便格外思念
鮮麗容姿盤據心頭 久久不去
花景月色一如往昔 伊人如今何在？

現世不得相會 連在夢中也無法如願

對你思念之甚 使我形容枯槁只剩一抹影子了
然而這模樣如此不堪 豈能像影子般依隨你身？

覺得你遠在天邊 面容又經常浮現眼前
江水或有平靜之日 心緒紛亂卻無從止息
倘使在夢裡前去你身邊 也無人能責怪吧？

在假寐中竟得相見

雖知夢境縹緲 仍以此暫解相思之苦

夢途上莫非也是夜露深重？
否則為何一覺醒來衣袖盡濕

縱然一夜有千夜般久長 與夢中之人相會 亦嫌短暫
盼在現實中找到宛如夢途的平坦道路 筆直通達你所在之處
筆直通達你心底

當初是何人發明「戀」字呢？何不直言「死」
如果此生無法長相左右 但願就此沉滅白浪千尋下

倘若心意堅定 縱然分離 也如水流遇中洲
雖暫不得見 他日必當匯流重逢

（翌年梅花盛放之夜，男子重回西廂，倚斑駁木板獨臥至月影西斜。憶起相戀往事，詠歌一首，泣涕而歸。）

留言回覆

＞凜

妳誤會了。我不是認為妳會介意，而是擔心妳介意，澄清只是一種預防措施。我大概是操心過頭了，不好意思。我也覺得妳對自己極有自信，不會在意別人怎麼講。妳就是因為這樣才帥啊！

嗯，週末見！

No.14 呼籲

2009.11.16｜話宅

這陣子有一些大小姐，先前似乎是專程來「安迪米恩」看凜扮的風音，現在則因風音換人扮，跟著倒戈到我這邊來。我開始收到她們的信件和禮物，上週末晚上，有位大小姐甚至在一進店門看到我時，便掩口哭出來，說我就像活生生從電腦裡走出來的風音，她簡直不敢相信能在現實中與「我」相遇。為此，凜似乎有些擔心。聽說她私底下到處詢問：她的扮裝技術是否哪裡出問題，為何不再受到客人歡迎？

話說回來，既然已經到處打聽，怎麼不來問我這當事人呢？就讓大哥我來排解疑難吧。依照我從大小姐那裡聽來的說法，她們喜歡我的理由是——

「我是風音的粉絲，誰扮風音我就跟誰。」

「凜是瓜子臉，她的風音看起來比較聰明，跟風音本人的氣質不對。大哥不是應該有點笨笨的嗎？」

這完全不是恭維話，不是嗎？意思是說我從外表開始就是傻瓜啊！而且說凜有瓜子臉，她們可都認為妳是大美女呢！至於收到比較多禮物，最近在網路上不是正好推出風音的新歌？他只是在這段時間比較熱門，然而這種事都是有一陣沒一陣，跟哪個人物才是最受歡迎的不相關啦！所以我說親愛的，妳不要太把這事放心上了。

另外，我也想對大小姐們呼籲：coser 畢竟也是人，不是真的角色，大家在看到新的風音加入陣容，感到新鮮有趣之餘，也別忘記繼續替舊愛加油打氣。希望店裡每個人都能受到大小姐的青睞，請多給我們一點愛與支持吧！

No. 11 虛擬歌手介紹二：風音

2009.11.01 ｜話宅

初代軟體，買氣相當慘澹。在 ARIA 推出以前只賣出三百多套，差點讓整個企劃案被公司腰斬。在 ARIA 大紅特紅之後，才被網友們重新「發掘」。原本的設定只有外包裝上的大致外觀，官方設定一切從簡，不過在廣大網友的集體創作下，根據數首成名曲，還是大致設計出風音的性格。隨著名曲益發增加，他的性格也日益複雜。

年齡、身高、血型、體重：皆不明。

擅長：歌謠、演歌類，英文苦手。

外觀：金髮藍眼的青年，身穿白襯衫搭配黑褲黑領帶，頭戴耳機，造型相當樸素。在網友創作下有了各種不同的打歌服。

性格：早期還不流行的時候，網友多半是買他來唱搞笑歌曲，因此在粉絲心目中的形象，是個性軟弱沒用、卻又自認為必須建立長兄威嚴、一肩扛起家計的苦命哥哥。為了賺錢養弟妹（其實都是弟妹在養他），脫衣、搞笑、穿動物裝等樣樣都來，但下場都是變成笑話一樁。在ＢＬ圈子裡，因為跟律配成一對，而大受女性歡迎，買氣直追 ARIA。近來的流行是讓他有雙重人格，只要戴上眼鏡、面具、帽子或穿上斗篷，總之喬裝打扮後，就能讓原本軟弱的大哥個性不變，變得冷酷、強勢而果斷。

相關文章

No.06 2009.10.11 虛擬歌手介紹一：概觀

No. 06

虛擬歌手介紹一：概觀

2009.10.11 ｜話宅

「虛擬歌手系列」是由日本鋼琴大廠開發的一款音樂軟體。它的使用方式，用最簡單的說法，就是只要輸入歌詞和樂譜，軟體就會幫你唱歌，還可以調節顫音、呼吸聲、滑音、透明度、性別參數（調高發出女聲、調低發出男聲）等等，做到近似於真人歌手的音質。

由於沒料到這套軟體會走紅，當初開發時設計比較簡單，公司請來歌手和聲優建立人聲資料庫，裡頭只收入日文五十音。初代軟體「風音」只能唱日文歌，音域也相對狹窄；二代 ARIA 改善這些缺點，並跟隨流行的動漫熱潮，請來知名漫畫家設計人物，連性格、喜歡的食物、身高體重三圍等一應俱全（明明是個軟體，哪來的三圍啊，笑），結果大受歡迎。ARIA 的走紅順勢帶起初代的買氣，原廠也一口氣推出之後的兩款「律」和「奏」。

虛擬歌手的竄紅，仰賴的則是網友的通力合作。先是有人作曲、放在影像分享平台上，只配以簡單的定格畫面，重點仍在歌曲；而後有喜歡這支歌、又有繪畫或是動畫製作專長的網友加入，形成歌曲外加動畫的MV形式；目前為止，MV幾乎成為慣例。網路上有幾萬支這樣的歌唱動畫，全是網友們共同創作的產物。在這些動畫片中，虛擬歌手就如真正的歌手，唱不同歌曲時有不同的打歌服、會和其他的虛擬歌手對唱、有時片中也會有一小段故事……網友們集結眾人力量和各自的專長，打造出龐大的虛擬歌手世界。

儘管有些人認為虛擬歌手的盛行有「合成歌聲取代真人」的疑慮，不過我覺得這種講法多慮了。合成歌聲目前仍不及人聲的質感，然而因為有這類軟體，讓很多沒有人脈和資源的作曲者得以一圓夢想，光是這點就功德無量。此外，也讓人見識到網路世界處處有高手。只要歌寫得好，不愁找不到高超的畫師和後製團隊。實力夠的話，不僅會成為眾人傳看的知名影片，還可能被唱片公司或動畫公司挖角。雖然看到某些高手被挖走，從此忙於工作、不再回網路世界創作，心情蠻複雜的。

2009.09.28 ─ 徒然

No. 03 CD宣傳

今天期待已久的專輯《土地 e 歌/傷口 e 花》終於寄到，拆封的時候興奮到連手都微微發抖。這是我男朋友第一次參與作詞的作品，包括封面的介紹都是他寫的喲（自豪中）！請大家多多捧場，一般通路可能不容易買到，不過博客來有售。不必喜歡旋律或歌手，只要喜歡歌詞和封面介紹就好（↑喂妳不要太過分呀）。

留言回覆

>凜

因為真的是超級損友啊（聳肩）！妳看看妳到底教我哪些東西，不就盡是些壞事？現在我平均一天上網超過六小時，都是妳害的啦，妳要怎麼負責啊？

>九菊

是店長大人耶店長大人！也祝我們的店生意興隆，我會努力拚業績！

>優香里

謝謝～～妳是我招待的第一號客人喔＾＿＾！有空歡迎常來。

No. 01 試營運

2009.09.26 ｜公告

在損友凜的慫恿下也來開部落格了，據說這樣比較方便找人，而且可以用來確認我還活著與否。因為從前沒開過部落格，可能寫得有一搭沒一搭，目前還想不出能寫些什麼，說不定三兩下就關了，一切都還是未知數。有很多不懂的地方，還請大家多多指教／(＾＿＾)＼

其二、部落格之外

不繫之舟

日期：Sun 07 Aug 2011 09:17:27 +80
主旨：近來可好
寄件者：彌生 <cherryblossom1815@jmail.com>
收件者：小卯 <unohana@mail.com.tw>

小卯：

好久不見呀！也祝妳情人節快樂！*^o^*
最近過得怎麼樣？七夕接到妳的簡訊嚇了一跳，有一種以為已經遺失的寶物又撿回來的感覺（笑）

很想念妳，部落格關了之後好難聽到妳的消息。
我偶爾還是會去安迪米恩，但少了一個聊天對象覺得怪冷清的，
現在學校應該放暑假了吧，
什麼時候有空也跟我約個會，update 一下近況吧？

彌生

以過節為由傳送祝賀簡訊實在彆逐的，不過面對幾個月不曾聯絡的朋友，有一種近鄉情怯似的羞赧，不敢直接說出想見面。接到彌生熱情的回信，覺得又驚又喜。

去年底因為系上辦研討會的緣故，我向店裡請了長假，打算逐漸退出 cosplay 圈，不料最後退出的方式，和當初一頭栽入同樣突然。自從我不再到店裡工作，凜再也無須掩飾對我的敵意。過去我一直覺得她是擁有特殊熱情的人，沒有想到那股熱情也可以反過來，成為無止境的恨意與執念。她開始比較起我們倆相簿的瀏覽人次、留言數量、被人推薦按讚的次數，我只當過她的朋友，頭一次見識到她作為敵人有多無聊。而凜的粉絲則號召朋友，甚至不認識的網友，在討論 cosplay 的論壇上散布關於我的流言蜚語，並寄給我惡毒的留言。

還真的有人響應。我收到不少陌生人的惡言惡語，有些人甚至搞不清楚來龍去脈，便鬥志滿滿地加入戰局。以流行話來講，這大概稱得上網路霸凌吧。我不曉得凜對這些事情態度如何，但她沒有站出來遏止。我們不僅不再是朋友，我對她更是徹底失望。

在我尚有閒情逸致的時候，曾經起過另一個筆名，以蓄意挑釁的言行激怒他們。「卯花」已淡出網路，對批評責難無動於衷，但另一個「我」，則是看不下去的多事之人，跳出來反駁他們的

言論。這使得他們像被捅蜂巢的胡蜂般一擁而出、群情激憤，對於有人膽敢質疑他們的正當性，感到異常震驚。看他們將「我」或惡毒或故作癡傻的回覆公布在網路上，一面討論著下回該如何發動制裁，是否該一人一信塞爆「我」的信箱，還是進行人肉搜索，揪出「我」的真面目之類，這場惡作劇就像擠青春痘，有種既噁心又醜陋的快感。然而說我完全超然事外、無動於衷，絕非事實。知道同在這城市中有人對我心懷惡意，並以她的惡意喚起更多負面能量，感覺並不好受。

我逐漸明白，那些無端群聚的惡念，雖然自稱正義的一方，實際上卻不問是非緣由，單純想要尋求發洩的管道。就如我也曾在工作壓力大時，和其他網友一起圍剿貼出白目文章的網路小白，讓凜的粉絲們發怒的原因，或許根本與我無關。他們的怒氣來自家庭、朋友、經濟或學業，我只是恰好獲選為出氣的箭靶，不過這些人年紀多大？國中或高中，頂多是大學生？盡是一群比我小的年輕人們。我又何德何能去承受、進而化解來自四面八方的憤恨？

終於在某個有陽光的午後，我決定不再和虛擬世界沾上邊，把相關人等的 MSN 帳號封鎖、換掉信箱、不再上臉書，然後走出家門，到不遠處的小公園曬太陽。公園裡樹木新芽青碧透亮，比來自電腦螢幕的任何光線都來得耀眼炫目。早春台北的陽光難得一見，照在身上非常溫暖。

不僅網路世界的通訊中斷，手機來電顯示是 cosplay 相關的，我也一概不接。店裡其他人起初試圖跟我聯繫，沒多久她們也放棄了，九菊傳簡訊說我不負責任，我也覺得於心有愧，卻非這麼做不可。玩 cosplay 原本是紓解壓力的良方，現在卻成為壓力之源，於是我把這部分整個割除，無論對方對我是善意或惡意，有心或無心。我一個人躲開，將所有問題拋在後面給別人收拾。

但這麼一來確實輕鬆多了。

我在街上遠遠望見過凜一次。季節是夏天，陽光熾烈，凜的高眺身材和特有的俐落大步，讓我一眼認出。她舉著一朵蕾絲花邊的粉紅陽傘，進到騎樓後抖兩下收束起來。她戴著耳機，以樂音將自己帶離現實世界，隱約流露出最後一絲抵抗意味，不過也就如此。她讓步得可多了。燙著一頭蓬鬆捲髮，並染成棕色，髮長及肩，穿鑲有珠子的雪紡紗上衣、牛仔短褲和綁帶涼鞋，和我過去的造型如出一轍，也和多數年輕女子沒有兩樣。她依舊美麗，卻不再迷人，和雜誌與電視上所謂美女同款同型。過去她那麼堅持自己的與眾不同，現在她似乎更努力把自己淹沒在芸芸眾生之中。從她的打扮，我只看得出這個人有在看時裝雜誌，財力不錯買得起 iPod，再來便無法透露出其他特質。她不再煥發吸引我的光采。我當然不可能出聲叫她，僅僅目送她淹沒在人潮中，隨波而去。

一切或許也是角色扮演的魔力。即使理智上知道不過是扮演，我凝視的只是徒具外表的空屋，真正的屋主早已不知所蹤，甚或根本不曾存在過，我仍對那只空殼投注無盡思慕之情。這使我一直看不清楚對方真正的模樣。我們對彼此都是如此。我把她真實的想法和情緒全部抹除視而不見，用我想像中的形象和色彩取而代之，好讓她成為反映我夢中世界的鏡子，而她也用同樣的方式對我。我們互相拉扯著把對方拖入漩渦。一切終歸是夢幻泡影。

就連那個我嚮往的國家，或許也只是水中之月，築於想像中的虛幻之國，真正的模樣我從未看清過。

我仍喜歡虛擬歌手，不過之前在京都萌生的異樣感，我現在知道那是什麼了。躲進二次元，就如同為了逃避眼前的事物而睡去，然後在別人的夢裡醒來。夢中有著春之櫻、夏之嵐、秋之月和冬之雪，四時佳景令人流連忘返，然而織夢者召喚的其實是別人，是那群和他們有共同語言、記憶和想像的人。仰賴過去和現在的種種因緣，我們確實能跟他們很相像，以為可以就此忘卻甚或消弭其中隔閡，然而終究不同。那根「不同」的棘刺，時時刻刻梗在咽喉，讓我們時而強調自己和他們的相似之處，時而匆匆迴避、極力撇清。雖然我們成功逃離自己背負的重擔，眼中滿映來自他人記憶的流光，卻也益發感到飄零無依，連在夢裡都是異鄉人。

寒假回家住一陣子、沉澱心情後，回台北一面做著即將到期的助理工作，一面補習準備考公務員，算是終於向現實投降了吧。

驚訝地發覺補習班裡有很多學弟妹，甚至還有從前風風光光被公司企業挖角去的學長姊。大家最終仍回頭考公務員，有人甚至邊工作邊考試，已經考過兩、三年。一些熟悉的名詞又回來了：大考、上榜、落榜、重考……讓我感到一股莫名的安心。旅鼠在集體跳海時，八成也是這麼安心。高中畢業時不曉得該讀哪所學校，就跟別人一樣把台大視為第一志願；大學畢業時不曉得何去何從，明知自己不是讀書的料，還是跟多數同輩人一樣進研究所。如今研究所畢業也工作過一段時間照樣茫然，於是再和多數人一樣，選個穩當的鐵飯碗考公務員。我又回到旅鼠群了。

另一件意想不到的事情，和我在學校的同事有關。

去年在我剛和夏澤分手，流連徘徊住遍所有朋友家時，我在同事家開的火鍋會上注意到此人。我發覺他是隱性御宅族——亦即不願讓人發現他有此喜好的動漫愛好者。大概是同類的波長相近，我們終究發覺彼此的「真實」身分。對方是模型收藏家，對 cosplay 雖然熟悉卻未參與。即便如此，我們還是聊起動漫音樂，並一同用家用卡拉 OK 大唱幾曲。酒酣耳熱之際，我把部落格的網址給他。除了凜之外，這是我第一次把網址留給在現實世界中結識的人。

對方還真的來到我位在網路上的「家」，留言給我，大意是跟我打聲招呼，說他從此也是讀者了，請多指教之類。我有點驚訝，但不很在意這事。那是在細雨紛飛的晚春時節。之後陸陸續續收到他一些希望匿名的留言，多半是替我加油打氣，不過我仍以為那只是些場面話，畢竟我們在工作場合從未談及任何動漫話題。我們在網路上交談，生活中卻只有疏遠的同事關係。我猜測，他大概屬於那類極力想隱藏自己喜好的御宅族，而我對這類型的男性較無興趣。既然有此嗜好，為何不能勇敢說出口？又不礙著任何人。在我心中，他仍只是一團模糊人影。

十二月初的某個傍晚，同事忽然傳來簡訊，說他在我家附近，想拿某個東西給我。他突然在現實中蹦出來，讓我大吃一驚，同時一頭霧水。

同事給我的東西，是一只充滿水霧的塑膠封口袋，裡頭裝著一叢連枝帶葉的不明植物，葉片形狀有如羽毛，顏色鮮紅，紅得不太像真的，枝椏頂端點綴橘色珠子般的果實，摸起來冰冰涼涼。同事說怕它枯萎，摘來之後一直放在冰箱。

巒大花楸，同事說。

他說，攝影的朋友邀他上山拍紅葉，也就是這種樹木，令他想起我曾在部落格提及沒見過真正的紅葉，於是割了一枝回來。抱歉不是楓葉，同事說。他原本也想摘楓葉，但天氣不夠冷，楓葉都沒轉紅，只有這種樹因為生在更高的山裡，紅得很徹底。有點奇怪，不過花楸在日本也是有名的紅葉樹；所謂紅葉，其實也不只是楓樹……哇啦哇啦講一大串。

我似乎不曾認真聽過這個同事講話，因此印象中他根本不會說話，沒想到挺能言善道的。此外也有一點感動。「沒看過真正的紅葉」，這句話我什麼時候寫過，自己都毫無印象，卻有個人一直記掛心頭。

然而我已沒力氣去展開任何新關係，尤其是受夠了御宅族兼攝影師，即便同事的興趣不是拍妹而是拍風景。我委婉但明確地告訴他：若不是打從開始便受到強烈吸引，我很難在某個人身上花時間。就像當初對凜和夏澤那樣，他們都是自開始就令我大為傾倒，璀璨奪目的光之君。以這標準來看，同事已經來不及了。他給我的第一印象是一團星雲——尚未成形、什麼都不是。我根本不曾留意這號人物。縱使現在經過校正，亮度頂多只到朋友等級，不可能變成一等星了。

同事的看法和我相反。他不認為人的關係總是始於閃電般的瞬間。人與人之間多半是平淡無奇，頂多抱持些許好意。唯有在願意投入更多時間了解對方、創造出共通回憶後，才有可能成為彼此無可取代之人。

覺得很有意思。同事也是御宅族，絕不會批評我動漫方面的嗜好，我並不排斥跟他往來，說不定這是改變的契機。

麻煩的是，我這位同事接下來要去服替代役。我也忙於考試，想更了解彼此，透過網路的確最為便利，我似乎得回到先前避之惟恐不及的虛擬世界。然而光是在二次元世界聚首，好比夢中相逢。浮沫般的夢中戀路，豈非再次踮腳渡越水上危橋？

火山。

——間狂言。 A Teatime Play

人物：一對男女
地點：台北

（天空是黑色的，雨也是。黑雨滂沱。女提手提袋，撐傘，靜止站立，像走到一半忽然停格）

女：喂——！救命啊！幫幫忙啊！

（撐傘背背包的男，快步經過，在離女一段距離處停下）

男：不能停下腳步！這是硫酸雨，一旦停下超過三秒，鞋底就會融解黏在地上。

女：為什麼突然下起硫酸雨？

男：妳不知道？為減緩溫室效應，聯合國呼籲所有擁有活火山或休火山的國家引爆火山，讓火山灰阻斷太陽輻射，所以政府引爆大屯山，然後就下起硫酸雨啦。

女：我們又不是聯合國成員。

男：但我們很想加入，所以總是默默照做，以為只要付出夠多不求回報的愛，哪天終究還是會有回報。知道了就快逃。

（想要離開，突然發現動彈不得）

女：……對不起，看來你跟我一樣了。

（相對無言）

女：為什麼鞋子會融化，雨傘不會？

男：新一代的抗 UV 塗層可以暫時抵擋一陣子。

女：看來我們應該感謝太陽輻射。

男：有時候敵人和朋友一體兩面。

女：（頓）你知道這故事嗎？

男：不知道。

女：我還沒說。

男：所以啊。這是個邏輯問題——妳還沒說出口的事，我怎麼可能知道？

女：不要打岔嘛！這是現場氣氛的問題。我不是真想知道你知不知道，而是不管你知道或不知道我都要說，OK？

男：我瞭，就像記者採訪前都會說「可以耽誤你一下嗎？」而你還來不及說「不可以，沒空」，他們就擅自開始了。他們根本不想聽你答覆。（女，瞪視）歹勢，請講。

女：有個攀岩高手，獨自攀岩的時候被落石壓住手臂。他被困在那五天都沒人經過，最後自己鋸斷手臂下山求救。如果我們的鞋子被黏住，也許應該脫掉鞋子，光腳……

男：走進硫酸裡嗎？這招還是等沒別的辦法的時候再用吧。如果我是那個攀岩高手，我寧可死在山上。（頓）妳袋子裡裝了什麼？

女：怎樣？

男：我在想我們帶的東西，不知道夠不夠拿來墊腳走到沒雨的地方。

（男和女各自翻看背包，女拿出塑膠保鮮盒放到地上，脫鞋子踏上）

女：（環保標語語氣）「人類會消失，塑膠會留下」。（保鮮盒開始逐漸融化）

男：看樣子連塑膠也不會留下了。

（女從手提袋拿出半打裝的啤酒）

男：為什麼帶著這個？

女：你說前陣子引爆火山嘛。這幾天一直有地震，天空又那麼黑，我以為世界要毀滅了，所以帶啤酒去找我男朋友，打算一起醉死算了。

男：那為什麼還在？

女：我們不愧是情侶，心意相通，他也以為是世界末日。只是他約了劈腿對象一塊喝酒。

男：你們應該多看新聞。

女：我早把電視砸了，當我曉得新聞是一場陰謀的時候。

男：什麼陰謀？

女：培養冷血戰士的陰謀啊。新聞每天播出那麼多悲慘消息，一定是個陰謀，為了讓我們逐漸麻木，變成冷血戰士，為國打仗。

男：在妳考慮將來之前，先解決眼前吧。（看向斜前方）我們如果沿著同一條路線前進，就可以把兩人的東西加起來用。

女：就這麼辦。（將啤酒罐放在往男方向的地上，改踏到啤酒罐上。保鮮盒完全融化。兩人距離稍近）前進第二步。

（男從背包裡拿出糕餅禮盒，擺在朝女的方向，脫下鞋子踏上）

男：我也前進一步。

女：隨身帶著禮盒是怎樣？

男：巴結教授用的。我今天要送論文，但我覺得不會過。

女：沒那麼糟吧。你做什麼的？

男：《論松果果鱗左旋排列與以松葉為食之高山旋角羊右旋角間之相似或相反性狀》。

女：……喔。

男：生物學。

女：什麼意思啊這題目？

男：吃松葉的山羊，牠角上的螺旋紋旋轉方向，跟松果的鱗片排列方向有沒有關係。

女：結果呢？

男：實驗證明它們毫不相關。道理很簡單：如果你每次吃雞翅都只吃左翅，就會變左撇子嗎？並不會。

女：那你幹嘛還研究啊！

男：因為這就是做學問的目的：有時讓我們知道世上有些事可以掌握，讓我們學會感恩；有時則告訴我們不能如願的事比那多更多，讓我們變得謙虛。無論哪種，我們的心靈都能得救。

女：聽起來很像宗教。所以呢？你變謙虛了嗎？

男：我變得需要這個了。（拿出紅色尼龍繩。女，聳肩不解貌）用來綁論文，或在沒過的時候吊死自己。

女：你沒得救嘛！

男：才不！我得救了，一切都看開了。無論結果怎樣，我都不會怨天尤人，責怪山羊、雞翅或教授，因為我知道，全都是我自己不好，但看不到結果我死不瞑目，所以不能在這結束。（拿出排球）

女：這球跟論文應該沒關係吧？

男：有關係。我很會打排球，但沒辦法站在球上，所以上吊的時候可以用它墊腳，確保我一定跌下來。（女在背包裡翻找）我覺得那派不上用場——如果妳打算拿梳子或化妝品。

女：女生的包包，不只有梳子或化妝品。（拿出機器狗）我從男朋友那裡綁來的。他醉了，所以沒有追出來。（頓）把繩子丟給我怎麼樣？

男：做什麼？

女：綁在它脖子上。我站上去，然後你拉繩子。

男：好主意。

（拋繩，幾次都沒有接到。男把繩子一端綁在排球上，丟給女。女接到繩子。排球鬆脫彈開）

男：接得好。

（女將繩綁在機器狗脖子上，然後把機器狗放地上，踏上狗背。男開始拉繩）

女：狗果然是人類最好的朋友，即使不是真狗。（狗向前滑行數秒後停止，頭掉下來。兩人距離更接近）可憐，它黏住了。

男：沒辦法。（放下繩子，打開背包，拿出一本巨大的、辭海般的厚書）

女：那是？

男：論文。

女：不好吧。

男：為什麼？

女：不是辛苦寫成的嗎？

男：從開始寫的那天起，我無時無刻都想把它一頁一頁撕來摺紙飛機、紙盒子、紙青蛙……幸好它超厚，應該可以撐一陣子。

女：這下你曉得為什麼要努力寫論文了，對未來絕對有幫助。

男：從中間攤開還能增加長度。

（男把論文打開墊在地上，沿攤開的論文往前走。兩人距離再近，側身即可相互接觸。他們四下張望，研究是否還有其他事可做。結論是沒有）

男：還是解決不了問題。（丟開空背包）

女：（丟開空手提袋）想不到在我可能被硫酸融掉的時候，身邊居然只有雨傘、保鮮盒、半打啤酒和斷頭的機器狗。

男：還有站在論文上的路人。

女：也許該下定決心走進酸雨了。

男：但我們的腳很快就會在雨中越走越短，也許還來不及走到安全的地方，整個人就癱倒黏在地上。

女：不然這樣，我們共撐一把傘？

男：為什麼？

女：另外一把倒過來放在地上，還可以再前進一步。

（他們互看，側身向對方靠攏。女把自己的傘往前倒置，兩人跳到女的小傘上，抓住對方的手臂，搖晃一陣才達到平衡）

男：應該丟我的傘的，它比較大。

女：大才要留下來，免得雨淋到身上。再來我想不到能做什麼了。地上這把應該會先融吧。

男：我想到了，我們可以來預演傘融掉後的走路方法。

女：什麼？

男：像這樣。（向女伸出手，如邀舞的手勢，女把手遞給他）妳的左腳踏在我的右腳上（女照做），我的左腳也踏在妳的右腳上（他照做）。這樣我們都只有單腳著地，所以只會單腳灼傷，可以將傷害減到最低。

女：感覺沒法走太遠，不過至少很公平。

（他們在倒置的雨傘上兜圈子行走。開始時跌跌撞撞，非常緩慢。逐漸，二人越走越快，開始帶有遊戲性質）

男：要再快點。一旦停下超過三秒，鞋底就會黏在地上。

女：我們沒鞋底。光腳也是三秒嗎？

男：那，一秒鐘。

（他們加速）

女：好像在跳舞？

男：或許就是跳舞沒錯？

（他們跳舞）

（終）

待月記。

趁著音色美妙的神聖之笛奏響歡愉樂曲，趕緊上山去！上山去！

——尤里庇底斯《酒神的女信徒》

我想讓你見識
你如此畏懼的黑暗。

相信我。這黑暗
可容你跨足進入
且安然自適如在任何地方；

——瑪格麗特・愛特伍《吞火・無月期間》

而在櫻花之外尚有松。強烈的濃綠，夾雜在那爛漫花海間，枝椏形狀清晰可見。

——三島由紀夫《近代能樂集・道成寺》

一

1.

才剛踏出公寓門，迎面而來的景象，是兩尊濃妝豔抹、殺氣騰騰如門神的年輕小姐。楓反射性想關上門、縮回屋內，但不幸沒這選項，也沒有稍等一下再出門這選項。

「梅慕溪小姐？叫妳慕溪可以嗎？我們是《生活》雜誌，妳知道吧？我們有在臉書上傳訊息給妳說要約時間，也有傳簡訊，妳怎麼都沒回？工作很忙嗎？」其中一人咆哮道。

聽起來不像問話，像指揮交通。

「對，還有，不可以。」懾於對方威勢，楓結結巴巴地回應。

「什麼？」

「回答妳頭兩個問題……算、算了，沒事。」

楓有很多綽號，不同對象會用專屬的方式呼喚她：中尉、斑比、梅伯、maple……。被這麼親暱而可怕地稱呼卻是頭一遭，對方還是陌生人。年輕女生和貓狗似乎可以在初見面時就被直呼名字，但楓寧可被叫成梅小姐，即便這稱呼令她沒來由聯想到郵局裡皺眉癟嘴不耐煩的大嬸級公務員。

這些記者原本鎖定的目標物是她爸。她們口中的雜誌，原本預定的是介紹幾位特色樂活族。

楓的父親自從椎間盤移位不能再負重登山後，便在新社登山步道入口處買地，整頓成小花園模樣。閒來沒事的時候——也就是每天——便坐在花園涼亭內泡茶，邀請所有路過的健行者進來聊天。那位《生活》週刊的副編輯就是在花海期間偶然南下來此，偶然被這麼胡亂邀來，聽了梅老爸吹噓過去的勇健事蹟，決定在雜誌上報導這位奇人。梅老爸爽快答應，為自己能因登山的成就上雜誌感到高興。

只是在他們聽說他有女兒，經常——大概是二十年前的往事——跟他一塊登山，便把目標轉到楓身上，並把這則報導移到別期，以育兒為主題。自此就是一連串電話、簡訊、email 襲擊，這次更進化為實體出現。

咄咄逼人的行動力固然可怕，有時我們還真需要它，楓想。

好比某天，你某個經常自殺未遂的朋友，又在臉書上說他想不開，隔天繼續寫他備妥木炭火盆隨時可以上路。這時，若你的反應只是按讚，留言說別這樣，有什麼煩惱儘管跟我說，儘管跟我們說，我們大家都在線上等你來談心，那真該好好效法這些記者。

另一方面，楓疑惑為何人們對年輕女生的故事如此感興趣。一個年輕女生在巴黎街頭吻遍路人，兩個年輕女生單車環遊世界，三個年輕女生合夥開民宿圓夢，四個年輕女生放棄高薪下鄉務農……聽起來明明像順口溜中星期一到星期十的猴子，千篇一律。同樣故事若主角換成男生，似乎就沒人要聽，這是年輕女生的魔力。

只是如果該「女生」胸前是斷崖絕壁，又是肌肉精實的母金剛，或是理過平頭的人妖，或是內心住著年過六十五的鄰家阿伯，或像她一樣以上皆是，恐怕《生活》雜誌的讀者不會感興趣。

「我的名字是梅慕溪，不過沒有人這樣叫，因為我有一堆綽號，每個人看我的方式都不同。『梅』是個好姓，天生具抵消意味，很難在後面接上太有意義的字眼。

舉例來說，我爺爺以前在林務局，不曉得對這份工作心懷感激或怨恨，把兩個兒子——大伯和我父親——取名梅森和梅林。這兩個名字分別來看洋味十足，合起來叫沒森林。

他們確實大半輩子和森林無緣。林業在爺爺那代走下坡，檜木砍盡，人們接續日本時代的經營方式，在林場種柳杉，以為將來可以像稻米一樣割了再種、種了再割，沒想到數十年過去，才發現這些原本應是高級用材的外國樹水土不服，材質疏鬆，只適合當電線杆。所有的台車、集材纜線都停擺，爬滿紅褐色的鏽；木馬棧道被蛀蝕，掩埋在林蔭千里光的金黃花叢下；山腳下的儲木池不再漂滿原木，成為一潭無用黑水；大雪山製材廠化作廢墟，短暫成為冷門博物館，最後被縱火燒滅殆盡。森林兄弟沒人繼承衣缽，伯父經商，父親進空軍，駕駛海鷗直升機。

海鷗直升機常用於救助受困的登山者，父親前半生都在目擊他們最狼狽的模樣：遭遇颱風、跌落懸崖、折斷手腳、失溫缺氧、心臟病發、氣喘病發、高山症發……。他覺得所有登山客都是不自量力的弱雞，從沒想過自己會加入其中。

父親在正值盛年之際，發覺自己有心室瓣膜不全的問題，並有輕微糖尿病。依他的看法，所有肉體上的問題都能靠鍛鍊治癒，有缺的都能長好。他開始登山，迅速陷入瘋狂的熱衷。那些他從前盤旋鳥瞰的地方，那些瘦骨嶙峋的石質山峰、蟄伏山腳的墨綠霧林、平緩的矮箭竹原、山坳裡鈷藍色的水窪、照見積雲的高山湖泊……。他現在降落了，伸手觸碰它們，然後在掌心把它們捏碎。他登山的方式像有滿腔憤恨——穿著汗衫和黃色小飛俠雨衣，頭頂盤條毛巾，足蹬雨鞋，拎上一罐金門高粱，就這麼直衝山頂。冰雪和頁岩在便宜的塑膠鞋底吱嘎作響，脆裂飛迸如碎玻璃。酒精和憤怒是燃料，山和病痛是敵人，除此之外，不需其他任何東西。

隨後，他的登山觀念隨著入山檢查嚴格化而轉變，意識到裝備的重要，而良伴也稱得上裝備。

他開始帶狗和我上山，先帶狗，再帶我。我們家以前收留一群流浪狗，我們在桌上吃飯，狗在底下混戰，嘶吼噴口水，爭搶丟下去的菜渣骨頭，蹭得我們腿上滿是狗毛，我總害怕哪天牠們會順口咬掉我的腳。父親每次登山，都會帶上其中幾隻，他說狗有三種好處：

一、會自己走路，夠野的話還會自己找東西吃。

二、可拿來取暖，狗摸起來總是熱的。

三、若缺乏糧食，還可以……你懂。

他喜歡在別的山友面前大力讚揚狗的好處。我不曉得他是不是真吃狗肉，因為家裡狗口不時流動，我們不綁不關，任牠們在家附近成群流竄，令郵差退避三舍。我不喜歡他向別人講那三種好處時得意的表情。

父親認為他喜歡的東西，家人也該喜歡。我母親當一輩子家庭主婦，已經沒救了，只能在教會玩滾大球或跳毛巾操。小學生的我可塑性最高，於是他帶我上山。父親想要兒子，而那時只有我，不過這問題就像他的肉體，可以靠後天鍛鍊解決。

他帶我去理平頭。我們玩軍人遊戲，只要我表現良好，父親就幫我『升官』，我一路高升到中尉。登山時父親遠遠跑在前面，一溜煙不見，從不等我。我在後面氣喘吁吁的追趕，擔心在看不到的地方父親正準備宰掉帶來的狗，然而所有的狗都喜歡他，被踢也會高興露肚子。

我們在三年內走遍百岳，父親訂製一百張刻有他名字的不鏽鋼牌，每座山頂釘一張，昭告世人這山已被他征服踏破。隨生態保育風吹起，他反省從前作為，決定把牌子通通拆掉，於是我們再爬第二趟。雨天我們因只著單薄的小飛俠雨衣，瑟瑟發抖，這時父親會喝酒。金門陳高，酒精濃度五九，保存期限無限。無限，我沒看過如此厲害的東西，想必就像岩漿。我不能喝，他教我打太極拳、螳螂拳、白鶴拳、擒拿手，看過的人都說身段柔軟架式漂亮，令我覺得自己武藝高強。當我們走過山腰的霧林帶，攀滿愛玉的檜木上附生巨大巢蕨，我想像那是祕密巢穴，我能在它們之間輕盈跳躍。倘若順勢飄來一陣霧，就更逼真了，彷彿真能在雲霧間穿梭似的。

我的小學成績單滿面通紅，為此經常挨打。那時還有少一分打一下，不過跟山上的訓練比起來，藤條不痛不癢。父親覺得無所謂，說身體健康最重要，而我的確健康，但還是有害怕的東西。好比在全班面前大聲念出我造的句子，說千萬不能這樣造句，或把我在作業本空白頁的塗鴉全班傳閱。明知我答不出，卻硬推我當小組代表上台，所有人捧腹大笑，說我發抖像黑人跳街舞。

後來我有個主意：如果我平常就像白癡，讓所有人笑夠，那站在台上台下都沒差，因為我已事先遇過最糟的。我表演起重聽，拖著腳走路，模仿電視上看到的腦性麻痺，裝作全身肌肉不聽使喚。

這招很引人注目，如預期般迅速博得嘲笑。女生們瞧不起我，不過這也不是一兩天的事。自從我頂著平頭出現，她們就當我是外星人。倒也沒差，我們早就彼此認定對方是外星人。在男生間卻大流行。我跟他們比賽，看誰的嘴歪眼斜比較逼真，直到老師嚴格禁止，說這是歧視啟智班同學。他們當那是遊戲，不曉得那是當時我心目中的偉大發現：人要超越自我、變得更加聰明伶俐實在太困難了，變傻比較容易，因此與其冀望那不可能的，不如朝有未來性的方向發展。雖說真要選邊的話，比起山下的好學生或白癡，我寧可當山上的武功高手。

就結果而言，這恐怕不是妳們想找的、典型年輕女生的故事，也稱不上太好的育兒榜樣。」

楓這麼想，但就像她大部分的想法，沒說出口。長達數千字的思緒，最後只摺疊成一個乾癟句子：

「那個……我、我我有急事。」

她握著摺疊輪椅的把手，面有難色：「要去接個人。」

這倒不是謊話。

「妳有親戚在住院嗎？」

「他行動不方便嗎？」

現代人想像力衰退，不過在捏造灑狗血內容方面依舊擅長，看看那些無中生有的小道消息就知道。於是楓順勢回答：

「對、對，就是這樣，所以不能讓人家等，他行動真的很不方便，不好意思。」

然後她便匆匆通過兩名記者，快步趕往樓下，打開公寓老舊的不鏽鋼門。夏季城市的熱氣和噪音，轟然撲面而來。

楓按地址來到公寓前。沒有管理員的七層樓建築，玻璃門深鎖。她停妥車子，在公寓外頭等候一陣，不見有住戶往來。

這倒是意想不到的難題。

她轉向對講機，找到經岳住的那戶，試著按幾下電鈴。毫無反應。

要是一切只是她小題大作，要是她按錯門鈴，要是有好事者路過問她在做什麼……。負面想法一如往常湧現，她努力甩開它們。搞錯的下場，大不了只是丟臉而已。丟人現眼的事，至今她做得可夠多了。她不是老早便經歷過最糟的嗎？

楓如此自我催眠，吸了一口氣，開始猛拍電鈴，同時仰頭向上大喊：

「喂——！李經岳——！隊長，你聽見沒？是我，是梅伯啦——！我知道你在家，開門讓我上去！」

毫無反應。

「你不開我就繼續喊，喊到讓你鄰居叫警察！」

這招似乎奏效，門噠一聲打開。楓進公寓，按下電梯鈕上四樓，把輪椅留在電梯裡，暗自祈求一切順利。

她來到那人住處門口。

對方已把門打開一條縫，等著。

「喲，隊長。」一楓說。見對方悶聲不響，她又補了句：「好久不見。」

「……梅伯。妳搞成這樣是在幹嘛？」

「誰教你不快開門，我想說不知是不是晚了。你為什麼不回我信？」

「妳說那串爆長的訊息？最好我還有力氣理妳的玩笑。」

「那不是玩笑，是關心。」

「事到如今，關心有用嗎？」

「你就是欠人關心，否則你幹嘛把細節都寫在臉書裡。」

「妳也跟其他人一樣，認為我在作秀？」經岳的語氣森森然：「這回我是不是作秀，大可走著瞧。」

「當然不是這樣。我知道木炭和火盆都是真的，不然我幹嘛來？」

「好吧，那妳就關心吧。盡量關心，看妳要用什麼理由說服我？還有什麼更好的辦法？」

他讓到一邊去。

楓踏入室內，頓時被黑暗包圍。

她首次踏進這位經常自殺未遂的朋友家，立刻明白他做事挺賣力。割開的瓦楞紙箱遮蔽窗戶，沒開的日光燈似乎裹著玻璃紙，只有筆電螢幕大亮。透過那絲微光，她辨認出茶几上散亂著膠帶、剪刀、手機、泡麵碗、墨鏡、蛙鏡和多副眼鏡。

地上有木炭、撕成條狀的毛巾和不鏽鋼盆。

「那是以前登山社煮菜的大盆。」她說。

「是又怎樣。」

「很懷念。」

「現在是我洗鞋子用的。」

楓換了個話題。

「我沒要說服你，也沒想要改變你的想法，我來是為了之前的約定。就跟我信上說的一樣，我們約好要去北一段。」

「所以？」

「你口口聲聲嚷說要去死，所以我希望你先實踐諾言。裝備我都準備了，你跟我上車就是。如果我們好端端回來，要死要活隨你的便。」

經岳吁了一口長氣。

「跟醫生或諮商師比起來，這說法是有點新意，不過妳想拿這理由說服一個燒炭的人？如果妳來是為了一塊燒炭，我還比較有興趣。看到妳傳訊息過來，還沒讀之前，我第一時間想到的是這個。」經岳露出一抹古怪微笑：「原本覺得可能性蠻大的，我現在比較可以了解妳以前在搞什麼……」

「我今天是、是來邀你爬山的！一起來吧！」楓打斷他。

「妳還要囉嗦的話就算了。回去吧。」

「我、我還帶了以前爬山的相片來。說不定你看了，會想起一些爬山的樂趣之類……」她伸手在背包裡翻找。

「那妳擱桌上，然後就回去吧。」

下一瞬間，一陣突如其來的劇痛令經岳倒在地上，四肢不由自主地抽搐。

楓手上拿著電擊棒。她因緊張而大口喘氣。

接著，她迅速執行計畫好的動作：往他嘴上貼膠帶，雙手雙腳也用膠帶綑好。確定他動彈不得後，她抖著手找東西卡住門縫，出到外頭按電梯。幸好電梯還在同一樓，輪椅也還在。

她展開摺疊輪椅，把經岳拖上去。她已許久不曾拖人。從前在登山社，她幫忙扛過幾個高山症的學弟妹，以及父親復健時把他翻來搬去，都不覺得有這麼重，不過總算七手八腳把人弄上椅子。她給他戴上口罩、墨鏡、鴨舌帽、抓了雙看來還像樣的球鞋。腿部蓋上外套，遮住綑手的膠帶。

檢查家中窗戶、瓦斯、水龍頭是否確實關好，還找到他的處方藥。這並不困難，家裡到處丟著成排藥錠和眼藥，她來不及細看，姑且把它們通通收攏起來。

最後是電腦。雖然看了經岳一如往常的自殺宣言，會行動的大概只有她，不過以防萬一，楓打開他的臉書，照擬好的稿子打字——

這陣子頭腦不很清楚，但我改變主意了，打算一個人好好想下。要是聯絡不上，別擔心，我只是打算去他媽的來趟忘我之旅，放空一下。

運下樓的過程大致順利，沒撞見任何人，只是電梯口離門口的兩個台階，以及把經岳弄上汽車前座，又是一陣折騰。她實際體會到，無障礙設施的不完備多令人痛苦。

當她終於用膠帶把他像木乃伊似的黏在椅子上，自己也汗流浹背，渾身濕透，筋疲力盡地癱倒在駕駛座。

然後她拍拍他的肩膀。

「別擔心，你完全曉得我們要去哪。」楓說。

「走吧。」

那則私訊是這麼寫的——

哈囉，好久不見，我梅伯啦。場面話就省略。看你最近這樣子，我想問你記不記得我們在北一段有個約？我們覺得那是世上最適合埋骨的所在，所以留下來的要幫先走的從山頂撒骨灰。

如果你忘了，我也趁機說服你：橫豎都是不行，何不到那裡來場真正的生存遊戲？以前我們不是對《荒野求生祕技》很感興趣，說有機會一定要親身求證，看它到底是不是胡謅。現在就是機會。在我看來，你不是真想結束，只是想脫胎換骨，把現在的自己狠狠砸碎，卻苦無辦法。我覺得求生遊戲是好主意。如果你有興趣，我奉陪。

要不因為是你，我也不敢這麼提議。你是老手，即便搞砸也比現在來得好，畢竟那是你選定的最終之地。現在這樣，替你收拾的人很可憐，房子也很可憐。這只會讓你更痛恨自己。

我知道晚上很難熬，不容易思考，因此我希望你：選個心情還算平靜、天氣也不錯的早上，好好考慮，給我答覆。

我說話算話，會奉陪到底。翻遍好友名單你也找不到這麼有義氣的。

2.

經岳在大學登山社認識梅伯，剛開始印象並不挺好。至於梅伯，他很肯定她花了半年，才搞清楚他跟其他人的區別。她管所有男生叫學長，即便同屆的也不例外。經岳很早就發現，她對他的認識，是一條印有南極地圖的藍色頭巾。每到晚上他在頭巾外又套上毛帽，便如罩上隱身斗篷，梅伯有事卻找不著他這領隊，就會在山莊裡瞎轉。

梅伯對人臉辨識的奇妙障礙，以及其他古怪行徑，讓她先是個燙手山芋，最終成為吉祥物似的存在。連稱號也是社上起的：由於性格像老頭、總是說教，晚上七早八早就嚷著要睡覺，被大家戲稱「梅盃」。後來有學姊建議，女生稱「盃」怪可憐的，取諧音叫「maple」，楓，頓時女性氣質倍增。

只有經岳照舊喊梅伯。在他看來，這披著女生外皮的阿伯，被取那麼女性化的綽號，雞皮疙瘩不僅掉滿地還淹腳目。山社四支隊伍裡他們同隊，打從入社她就很難搞，不過他向來不介意怪咖。後來她成為固定班底，負責殿後押隊。

他們一起爬了四年山，直到經岳念完研究所、當兵工作去。五年多不見。那古板的老伯，是怎麼變成眼前的擄人犯，讓人摸不著頭緒。不過梅伯做的事向來莫名其妙，經岳雖驚訝，倒不覺得害怕，還有點好奇她想搞什麼——如果不是被黏在車子前座動彈不得，外加有個急待解決的問題的話。

他開始掙扎。

「別動個不停，我會分心。」

梅伯瞄了他一眼，確認膠帶有確實綑緊，視線又轉回前方。

搖頭，掙扎。

「怎麼了？你有意見？」

依舊搖頭。

「不是？不然你想怎樣？」

車子正行駛在曲折的山道上。大概是因四周並無人煙，不怕他大叫反抗，梅伯撕掉他嘴上膠帶。

「我的眼睛！妳要害死我！」

「怎樣？」

「妳不是知道？妳有看臉書，一定曉得我不能見光，還選在正中午大太陽下開車！」

「好像有這回事，還有不能情緒激動之類。你這麼激動好嗎？」

「是誰害的！而且妳把我的手黏在腿上，我的手一定要擺在身體兩側！害我眼壓一直上升，頭痛得快裂了！快找個沒太陽的地方停車！」

這番言論似乎奏效，梅伯慌忙駛向路邊會車用的空地，暫時停車後，拿出瑞士刀割斷他身上的膠帶。經岳七手八腳地扯掉膠帶，見她摺疊好刀刃、把刀收回腰包，他朝她肩膀就是一拳，梅伯一頭撞上駕駛座的窗玻璃。

他們兩人都因疼痛而哀號。

「幹什麼！」她怒道。

「這樣就扯平了！」

經岳壓低帽子、開門下車，踉蹌奔向最近一棵樹下，顧不得周遭生滿扎手的芒草和野棉花，一頭栽進樹蔭裡。

梅伯顛顛倒倒跟來，嘆口氣，坐在他旁邊。

但聞周遭熊蟬喧騷不休。

過了一會，他總算開口：「……怎樣，妳……妳最近好嗎？」

「普通。」

「妳爸呢，還在爬山嗎？」

「不行了，他脊椎不好。」她頓了頓：「你呢？還有在爬嗎？」

「妳覺得我這樣可以爬山？」

「為什麼不行。」

「我連出門都有問題。」

「那只是一種感覺。」

「大家都這麼說，好像感覺不太重要，但除了感覺，人還依靠什麼？」

「……」

「問倒妳了？好吧，那換個別的。」他想了一下，但覺腦中嘈嘈作響，好像有人把半個夏天的蟬都黏來、關進去：「……妳爸還爬山嗎？」

她只是瞪著他。

「……我剛問過？」

「你知道就好。」

他倆不禁爆出一陣笑，久久不能停。

「妳還真電我！這麼久不見，居然就是一記電擊棒，痛死了耶！」

「有什麼辦法！你明知道我不可能說服什麼人，還、還說什麼說服我什麼的！」

過去的默契似乎被喚醒，他做出從前領隊的派頭，聽她講述登山計畫，好像他如今還能聽懂似的。梅伯說，為了避人耳目，他們目前在新店，接下來打算由北宜公路經宜蘭，由台七甲線往梨山方向去。她打算走傳統的老路，從思源入山，找地方進行他們的求生遊戲。

儘管當初他屬意圈谷，或說登山者無人不嚮往該地，不過在人來人往、毫無遮蔽的圈谷玩生存遊戲，擺明是要國家公園警察隊來抓人。何況在寒原地帶，能找的食物有限，放眼所及幾乎全是保育類動植物，除非他們想天天把瀕臨絕種的南湖柳葉菜挖來當飯吃。必須找片森林，好比雲稜山莊一帶的雲杉林，南湖北山後的中央山脈北北段，陶塞溪一帶森林都是候補地點。缺點是頭一個地點登山客甚多，後幾個選項則不知是否有水。

「馬比杉山附近呢？」他勉強提點意見，表示自己有在聽。

梅伯點頭，說這點子不錯。那區域有馬比杉山這座百岳，難免還是會有隊伍經過，但路途遙遠地勢險峻，鑽進林子裡就不容易被發現，只是同樣需要確認水源狀況如何。他們可以一塊走到那，找個顯著地標作為定期的會合地點，然後便分道揚鑣各自求生去。

他對此沒有異議，不過這遊戲要怎樣才算結束？

「當然是，到我們其中一方掛掉為止。」

「所以如果我們意外在山上過得不錯，也沒有外力阻止，就會無限期持續下去？」

經岳認為，這計畫沒有考慮實際問題，首先是臉書。身為重度使用者，他什麼長吁短嘆都要發上去的，人在臉書在，人亡臉書亡，長期不發文相當可疑。梅伯說她已進行過偽裝。

接著他擔心起女朋友。別人就罷，或許臉書上的幾行字便能打發，但與女友長期失聯，實在太過可疑。最好的方式，是他現在打電話給她，想個理由搪塞。他向梅伯借手機，說要私下跟女友談幾句。

見梅伯露出不信貌，經岳補充：「我會跟妳上山去。我們是老朋友了，妳不相信我？」

這話似乎正中靶心。梅伯思忖片刻，交出手機。

見她走遠，經岳鍵入熟悉的號碼。

「喂？是我。」他壓低嗓音：「我被捲入一件怪事。」

3.

經岳是在開始工作後，發覺自己越來越憤世嫉俗了。

在因病辭職前他是個工程師，負責研發耗損程式，令手機內的某些部分能適時適地損毀。適時適地，是指他們的產品須通過強度測試，不會在使用者的粗手重腳下壯烈歸天，但也從不壽終正寢，總能恰到好處的隨保固期結束而短命夭亡。他的部門旨在確保此過程發生得不偏不倚，簡言之，是確保公司永遠有事可做的破壞部門。

講直白點，就是專職製造垃圾。

「製造垃圾？你可以講得再好聽一點啊。」

他的同事如是說。某次參觀下游工廠，同事隔著玻璃指底下：

「我們的工作，令這麼多人有工作做。要是產品都不會壞，工廠的生產線就得停擺，所有人都沒飯吃。我們或許像在搞破壞，事實上是生產無形的東西：飯碗。」

「飯碗這詞，道盡生命的真諦。我們每天吃完飯洗碗，洗完碗再吃，一輩子都有洗不完的髒碗盤。世上沒比洗碗更沒意義的事，除了我們苦澀的『人參』！」

「你詩人啊你！幹嘛老是去想那些。聽過甜甜圈的比喻吧？樂觀的人看到一個圈，悲觀的人只看它中間的洞洞，你為啥不想想碗盤裡裝的好料。」

同事雖不是壞人，講起話來實在很像老掉牙的文案。他總懷疑，若打開這傢伙腦袋，會看到全版廣告。

「不管什麼好料，最後不都變成同樣的大便，跟洗碗一樣，垃圾！排出來後，經過物質循環後又被吃回去，什麼化作春泥更護花之類實在很噁心。不開花不行嗎？不開花不落葉，所有葉子永遠黏在樹上，就這麼定格、時間停止不是很好？幹嘛掉下來啊！本公司的最終成品，手機，更是垃圾的極致。這東西，百分之兩百都是互通廢話，或是用來滑臉書玩LINE。垃圾情報，垃圾情感，我們每天寫一堆垃圾並互相交換，我的換你的，媽的資源回收也不是這樣搞吧。是想怎樣，證明物質不滅嗎？幹嘛這麼費事，打從開始每個人興高采烈抱緊自己的垃圾不就得了。」

「你不用臉書不用LINE嗎？」

「用啊。」

「那你憑什麼說啊。」

「我用不代表它是對的，生活中多的是我們明明心中有愧卻樂此不疲的事情，譬如打槍。」

「幹！你講這超下流。」

「對，幹！謝謝你精確指出這點。明知不好還要去做，一定是受制於生物本能，所以這是寫在基因裡的自爆程式。跟我們開發的那個一樣，當人口多到一定程度，就會啟動。只要我們除了滑手機什麼都不幹，人類一定可以確確實實、有勇有謀地滅絕。厲害的是，我們還不自覺呢。我們開始覺得這是一種義務，你該關心朋友的動向，該跟他互丟垃圾，排隊時、等車時、搭車時，都得看個什麼。大家變得不打發時間不行，好像你不打發它，它就不會動。事實上，它當然會動，而且動了也沒人高興，大家只是變老而已。若我們真想推動個什麼東西，幹嘛不去推渦輪，還可以發電。說實在，應該有人去寫發電程式，嵌在臉書、推特、咕狗之類的裡面，從使用者敲鍵盤的重力加速度，或上網時亢奮的腦部放電裡收集電力，這麼一來一定不再需要核電廠。不過到現在還沒人想到這招，我們的工程師腦袋大概都在滑手機時滑掉了，就像我的腦袋一樣。所以我們只能靠核能了。或火力發電，把所有石油抽光，森林燒來發電，然後地球毀於溫室效應。毀滅瞬間，只要網路不死，我敢說大家一定還黏在網上發文，『喔從我家看出去天空變得一片血紅喲～～附上照片』之類。真是操他媽鬼島，操他媽的爛世界！」

「你的論點我完全不同意，不過最後兩句我贊成。操他媽鬼島，操他媽的爛世界！」

「媽的，你不同意還起什麼鬨，也操你啦！」

然後他們就乾杯。他還可以繼續個兩小時左右，只是顯然聽眾不行了。他何嘗不知，同事嘴上忙附議，骨子裡只是希望他快快住口。

這大概就是問題所在：他心裡積太多垃圾，直到有天爆出來。

他的右眼突然失明了。

他明白它們遲早要爆炸，只是沒想過是從眼睛。

醫生診斷，是深度近視外加用眼過度，導致右眼視網膜積水剝離。他必須接受手術，並在那之後復健一到兩個月。至於復健內容，醫師拿出一個甜甜圈形狀的枕頭。

「臉朝下趴在這上面，右眼對準中間的洞。」

「要多久？我加班通常搞很晚，之後吃完晚餐弄一弄，拚一點的話，每天可以騰個半小時，夠嗎？」

「加班？你要請病假了！」醫師驚呼：「你必須隨時趴在這上面，除了吃飯洗澡上廁所，每天，每分每秒，二十四小時，看著這洞！」

痛苦俯趴一個月、搞得腰痠背痛之後，醫生宣布他的視力完全恢復，不過為了不重蹈覆轍，應定期檢查，但他知道那毫無意義。他眼睛爆掉，是因世界是個垃圾場。檢查或治療，就像把受家暴的婦女包紮一番，再送她回打人的老公身邊一樣沒意義，他只能自力救濟。

由於工作不得不用電腦，在公司能做的有限，只有改用無閃屏護眼螢幕，配戴抗藍光眼鏡，工作一小時便起身走動……等等。為彌補造成的傷害，回家後他嚴禁自己耗費眼力，不得看書看電視。他依舊無法阻止垃圾從心中湧出，無法不用平板、手機或筆電等溝通工具，只好在其他方面彌補。家裡所有窗戶，都用厚紙板封死，不透進日光，上班趕在六點前陽光微弱時出門。見新聞上說，有人因激烈運動導致視網膜剝離，便禁止自己運動或大笑。

到後來，他甚至不敢彎身。他將家裡所有裝置移動到腰部以上，衣櫃書櫃下層清空，垃圾桶擺桌上，插座用延長線牽至高處。換裝出門時，如何不彎腰、不費力穿上襪子，成為最大挑戰。

到這地步，所有人都看得出情況不妙，包括他自己。

他無法控制自己的怪異想法，如同輪胎陷入山溝的汽車，光靠車主一人無力抬回路面，只能順著水溝，一路歪斜奔馳。他沒有一個念頭是正面的，只能每天晚上祈求奇蹟，希望一早醒來發覺一切已回歸正軌，但總是落空。

他拒看精神科，不是覺得自己沒病。相反的他認為自己絕對有病，但由於對周遭一切絕望，總覺得醫生不會贊同、不願治療他。那便是世界末日了。他在心中無數次沙盤推演與醫生的會面，思考該如何描述病情，才能有效說服對方開藥。因缺乏實際經驗，只能把認得的牙醫之類逐一套進這齣戲。

然而可怕的是，無論他代入的醫師在現實中有多和善，結果都是對方逐漸形變為用心險惡的機歪醫，從口罩後爆出一陣大笑：

「你只是想太多，想像力豐富。你沒生病，你這肖ㄟ！」

「我要不是起肖幹嘛看這科！」

然後他就在診間抓狂——他絕不能讓如此場面上演。

在這扭曲傾斜、彷彿置身遊樂園鏡屋的日子，惟獨女友如迷宮裡的引路人。她想法開明，常識充分，不會說些你只消轉念看看人生光明面之類的蠢話：

「北鼻，你知道這不是你的錯。在這年頭，誰不是心裡有點病？誰教現在生活環境這麼惡劣，又是汙染、又是食安問題、又是全球化競爭，如果我們還能像石器時代人單純又健康，那才是生物學上的奇蹟咧。你只是缺了點化學物質，所以腦筋打結，把它補齊就好。這家醫院不給開藥，還可以去別家呀。」

她講得像上超市買衛生紙一樣稀鬆平常，勸服了他去看醫生，盯著他吞下抗焦慮藥物。為使他安心，跟他跑遍大小醫院做眼睛檢查——「狀況良好」；容忍他在半夜失眠、恐慌發作時，狂call 找她。無論多緊急，她出門必貼假睫毛，連他服藥過量——那時他還沒鬧自殺，只是某天忽然無法理解數字，分不清該吃多少顆——吐得天地倒轉，忙向她求援，都不忘貼好假睫毛再趕來。

有夠做作，但他喜歡：毫不遮掩的自我意識，同時也是不容動搖的先後秩序，即便戀人的危機都不能撼動，而他正渴望撥開混沌回歸任何一種秩序，即便那輕如睫毛。

「你跑哪去了？沒事吧？」

當他撥給女友，她劈頭問道：「你臉書寫那些讓我好擔心，賴你也不回。我還在上班，又不可能去看你。」

「我知道。」

「現在好點沒？你還有沒有……你說你想開了？」

「我中途收手了。」

他們都避開敏感字眼，而他也來不及解釋說她看的部分可能是梅伯寫的。他急於傳達自己目前被捲入的怪事。

在他簡要說明事情概況，也就是從前登山社的朋友把他綁到山上後，女友的反應顯然不太起勁。最後她打斷他：「問你個問題。先說好，你不要生氣喔？」

「什麼問題？」

他沒生氣，不過有點不爽。這話表面上是心理緩衝，告訴人「我現在要講難聽話囉」，言外之意卻是叫人必須隱忍怒火，畢竟誰能據實回答「這個嘛，我有可能生氣，也有可能不生氣，看內容而定」？這招太狡猾。既然要說，為何不能老實承擔後果。

「保證不生氣喔？」

「不會啦，快講。」

「你確定現在這狀況是真的，不是你的想像？周遭有沒有別人可以幫你證明？」她頓了頓：「除了你朋友以外的人。」

停格。

他沒生氣。真要說的話，他佩服她的無動於衷，居然能如此客觀冷靜地檢視現狀。

的確，以他不穩定的精神狀況，就算出現幻覺也不奇怪，不過換作別的聽眾，大概不會如此淡定。他可以想像她的模樣：左手拿手機，右手好整以暇，把那頭棕色捲髮挑出一撮，纏在指尖繞著玩；兩眼盯住電腦螢幕，上頭是新奇新聞、天氣、星座運勢之類無關緊要的資訊。對她而言，他帶來的問題跟占星差不多，處於一種「如果有好消息那挺有趣，沒有也沒啥大不了」的娛樂等級。

於是他現在可以有兩種做法：

一、告訴她更多事實和細節，砸破冷靜，把她從安全的殼子裡拖出毒打。

二、非但不見怪，還要助長之。

而他選擇後者。

她的冷淡令他欽佩。跟他的大起大落相比，能如此毫無反應，真教人羨慕，他甚至覺得，世上再沒有如此不受撼動的意志了。這令他想起，某種流行一時、專門放在辦公桌上的迷你水族箱：密封玻璃球裡，裝進鮮紅芝蝦、綠藻和海水。只要定期照射日光，綠藻便會成長，芝蝦吃綠藻，排泄物又將滋養綠藻。經過精確計算，連排泄物都可再利用，沒有意外、高度馴化的平衡小世界。只要沒有哪個瘋子好奇撬開它，這自給自足的內部循環，將永遠運轉不息。

多漂亮，多完美，多麼無動於衷。

所以他不要當那撬開它的人渣。

既然他想維護那完美，就該識相點、站得遠遠的，或甚至裝瘋賣傻、無理取鬧一番，讓她更堅信自己的判斷。

他如此打定主意，同時想到，剛才她提到的想像，或許是不錯的藉口。

經岳深吸一口氣：

「——是啊，我累了。綁走什麼的，全都我瞎掰的。我只是想看看妳的反應。誰教妳老是那麼冷靜，東提西提一堆建議——我他媽的不想聽什麼狗屁建議！為什麼妳可以那麼理智，以為這是在算數學嗎？拜託我是人耶！用人性一點的方式對我行不行？為什麼妳不嚎啕大哭、尖叫著說再也受不了？如果妳表現出點受傷的樣子，我或許會稍微覺得妳真有把我放心上！」

大概是他吼得過於劇烈，激起一陣蒸騰的午後熱對流，他咬牙待它通過。手機那頭短暫沉默，然後傳來驚詫、不敢置信、斷斷續續不甚熱衷的解釋。還沒聽完，他就掛斷，明白這樣蠻不講理確實有惹到她。至少能確保短期內，只要他不道歉，她就不會主動找他。

留他一人在那場風暴裡，熱雨橫流。

二

1.

在經岳打電話時，楓回車上檢查那些從他家搜來的藥品，順便清點裝備。疾病讓人學會新技能，例如初步的藥理學：贊安諾、福安源、立普能、景安寧、健得靜、安得眠、千憂解……這些名字儘管拗口，顯然經過精心設計，不僅不帶刺激性，最好還具安撫作用。它們不在手邊使人不安，老在手邊又像在大聲宣告說這人神經不安定；它們不起效果令人絕望，效果過於顯著，又令人擔心是否此後一生都要受制於它。

有時棘手的不在藥物本身。當楓也探往類似的深淵，有回她老媽把所有藥藏起來。

「靠吃藥來穩定情緒不行，妳會上癮。如果醫生說吃兩顆，妳就吃一顆。從今天起所有藥由我管理，吃多少我決定。」

「拜託，那又不是糖果點心。」她不禁無奈：「我若抓著藥袋不放，不是因為喜歡吃，可以的話我根本不想看到它。」

這語氣具挑釁意味，但楓的用意不僅在頂撞。她最希望的是激起反應，父母也罷、什麼人都行，來道情緒大浪把她攫走，在礁石上拖行。被瘋狗浪打得頭破血流，也好過被那未知的黑洞吞沒。

「我吃是因為我怕。」

表白內心坦露弱點，歡迎由此進攻。

「妳怕？怕什麼？那是妳自己的腦袋耶。妳要提醒自己不能胡思亂想，多想善的、好的念頭。我知道這很難，保羅也說：『我也知道，在我裡頭，就是我肉體之中，沒有良善，因為立志為善由得我，只是行出來由不得我。』誰不是每天跟自己奮鬥？不要以為自己才是全天下最可憐的！妳不能試都不試就投降，把醫生的話照單全收，那只會害妳越陷越深。」

這些話，令楓把那美女醫師的臉想成一支大漏斗。

「妳笑什麼？有什麼好笑，我在說正經事！妳打算一輩子吃藥？我相信人的意志力，沒什麼是不能克服的，但妳只想依賴外力，靠藥或靠醫生，不肯自己振作。這不是什麼病，不過就是懶！妳自己不努力誰都幫不了妳，吃藥也沒效！」

「沒效幹嘛說我會上癮？」

老媽瞪突雙眼。

「我是在擔心妳，但妳每次只會挑語病，講到最後都我錯。對啦，都我錯，妳最對，妳講的通通對啦！最好妳將來生的小孩也這樣頂妳！」

真奇妙，我完全無動於衷，楓想。這攻擊不夠力。大概是老媽的表情不夠激動，沒有渲染力。

於是她再補一刀：

「妳的聖經教妳這樣發脾氣？」

如果她想捅蜂窩，就會把這話搬出來，每回奏效。黑霧般的蜂群霎時籠罩四野。

在經岳家搜刮來的藥物，大概還有十來天的份量。她稍感安心，至少不必擔心他在剛開始會有戒斷症狀。之後的事，碰到時再想。反正能否平安撐過頭幾週還是未知數，楓離開車子回到經岳所在的地方。

打完電話的經岳癱得像團爛泥，躲在一棵血桐下遮著臉。

「起來，走了！」她命令似的說：「時間不早，我不想晚上趕路，對這麼久沒登山的人而言不是好主意。」

「……妳沒有別的話說？不安慰一下妳朋友？」

「我不記得我們之間有這麼噁心。」

她抓住手臂把他硬拉起來，推往車子方向，一面解釋接下來的行程。經岳沒有抵抗，只是癱瘓無力。

既然他願意配合，她就不必揀人少的舊路九彎十八拐，可以走雪隧到宜蘭。在宜蘭補齊裝備後，由員山鄉上台七線，預計下午三、四點抵達思源埡口。

她盡量說得詳細，用即將發生的具體事物把他淹沒，不給他時間沉浸在方才的電話裡。

「別走雪隧。」經岳依舊遮著眼睛：「要一直盯著同一輛車的屁股，光想頭都痛。」

「那好，反正我也蠻喜歡通過九彎十八拐後看到蘭陽平原的景象。現在上車、繫上安全帶，你中午的藥在這。」

經岳機器人似地照辦，好像不知身在何方，不過她知道並非如此。

他只是靈魂出竅。

當失眠持續得夠久，人會逐漸感到足不沾地，然後便是靈魂出竅，覺得自己不在身體裡，而是飄在頭頂三尺左右的地方。舉頭三尺有神明，此時神明是你自己，超然冷漠，底下只是空殼。是以發生在下界的事情跟你無關。吞藥、燒炭或在手腕上劃兩三刀也不在意。你不在那裡，那不是你的手。

因此清醒的他其實在場，只是不在她眼前。那個他飄浮著高高在上，半瞇著眼瞅她：接下來要玩什麼把戲？妳想用什麼辦法拉我回來？

走著瞧，楓在心裡說。

2.

「看到龜山島了。」

風景從樹縫間倏然舒展，弧形海岸線延伸到遠方，區隔出點綴著農舍的綠色平原和暗青的太平洋。楓扭開音響，〈噶瑪蘭公主〉聽來像首戰歌。

南國乀風吹著阮乀心情 每日思念乀龜山島
噶瑪蘭公主編好伊乀草笠 送給遙遠乀有情郎

不光是歌，蘭陽平原和龜山島本身就是戰歌。中北部的登山隊欲往雪山山脈或中央山脈，宜蘭是必經之地，也是入山前最後一個大都市，文明領域的邊界。無論是黑夜的點點燈火或白晝的農田風光，看到蘭陽平原皆令人奮起，感到毛髮直豎而戰慄。

不過現在他們跟奮起之類的情緒無緣。

「我以前生活中少不了音樂。幾乎隨時開著音響，流行歌、古典樂、搖滾、電影配樂……什麼都聽，但生病後就不行了。我跟不上旋律，聽不出現在唱到哪裡。」經岳說：「剛開始我不信，強迫自己坐在音響前，一整天什麼都不做，不吃不喝，只是一片一片地換ＣＤ。試過手邊所有歌曲，再試廣播，聽不下就是聽不下。這病讓你莫名無感，就像收東西時翻到高中時代珍藏的寶物。你看著它們，卻再也感受不到珍視的感覺，只覺得這歌手看起來也不怎樣嘛，為什麼當時會熱心收集海報、留下票根，連ＣＤ外面塑膠膜上的宣傳貼紙都捨不得丟。這時你就知道，你離那些時刻有多遙遠。」

「你的興趣有天會再回來，或你會找到新的興趣。」

「妳可以他媽的更老套一點啊？」

音樂流動。

「……我並不是……抱歉……這病讓我變成一個機車混蛋。妳知道我以前，並不是……」

「想嚇我的話，你得再加把勁。」楓說。「不常聽你罵人，還蠻新鮮的。」

經岳苦著臉，緩緩開口。

「接下來，妳有很多機會可以領教。」

礁溪街頭隨處可見童玩節的旗幟，水色與粉色染出一片歡愉的度假氣氛，聞起來帶刺鼻的硫磺味。楓沿著台九線狂飆，總算在進入員山鄉時碰上路旁超市。她在巷子裡停妥車，經岳神情緊繃地僵在副駕駛座。

「我有半年沒進過公共場合。」

「那你要待在車上嗎？」

咬牙，搖頭。

「慢慢來就好。」她說。

基於閒來無事，楓放倒椅背，把擺在後座的兩個背包都倒空，逐樣清點裝備。除了糧食和藥品，楓從家裡現有物品裡湊出兩套登山所需的基本配備，男用衣物是拿老爸的。她打算在超市買足頭幾日的食物和基本乾糧，好讓他們確實走得到預定地點。

一個半小時後，他們以和周遭格格不入的木然神情下車。

在超市裡，經岳幾乎不能表示什麼意見，小鴨子似的緊緊跟在她後頭。只在她把食物放進菜籃時，他才開始丟出一點異議：「比起空心菜或菠菜，不如選紫菜」、「如果要帶沒醃過的肉，待會就要先燙熟」、「不買白麵條？」之類。

楓覺得有點好笑。都變成這樣，他還想照顧什麼人，真是根深柢固的領隊習性。只是他說得勉強，似乎是在強迫自己開口，而讓瑣事消耗他的精神力對誰都沒好處。畢竟如果他在山路上昏倒，遭殃的是她。

於是她打斷他：「我有我的做法，你看著就好。」

挑選上山伙食和平常做飯的選擇標準大不相同，瀰漫憑數據公事公辦的氣氛。保存期限長、體積小、重量輕、熱量高、能快速吸收的食物是首選，而符合上述條件的種類有限，故登山客吃的東西千篇一律。青菜只有頭幾天出現，水果是每天一顆蘋果，肉類是培根、肉燥、鮪魚罐，行動糧是巧克力、蘇打餅、沙琪瑪、羊羹、綜合堅果加果乾，補給飲料是紅糖水、薑茶或寶礦力。在長程縱走缺乏纖維素的最後幾天，有些人會在泡茶後吃掉茶葉。

要打破這種魔鬼菜單考驗個人創意。有人用果汁粉替代水果，楓的替代案則是檸檬茶凍粉，外加一顆可使用數天的真檸檬。如何在安全輕便的前提下帶雞蛋上山，更是一大考驗。

從前他們隊上的老鳥東景，曾跟經岳比賽裝備減量。包括楓在內的其他社員，看戲似的在旁欣賞他們的瘋狂行徑：鋸斷半截牙刷柄，拆除食物外包裝，拔掉茶包線，調味料倒進夾鏈袋，不帶新鮮蔬菜改帶菜乾，刷牙、喝茶、吃飯、煮湯、取水——如果是爬聖母峰，還要加上撒尿——都用同一個鈦合金鋼杯，連續七天穿同一套衣服。東景把他負責的公糧，十二個蛋通通打破，蛋白蛋黃分裝進不同的寶特瓶。

「這樣省下兩個殼的重量。」東景得意洋洋。

「我比較關心用的時候怎麼辨。」經岳說。

「我算過了，一顆蛋裡黃白比例大概一比二，只要一匙蛋黃配兩匙蛋白，就跟原本沒兩樣。」

這方法後來宣告失敗，打破的雞蛋兩天後全餿掉。隊上的大廚抗議說，他們可以盡量拿自己的東西做實驗，但不該把魔掌伸向公糧。

倒沒人抱怨這麼做很噁心。無論平常看來是什麼垃圾，在海拔和疲倦的調味之下，上山後都是美味佳餚。

當他們離開生鮮食品區，經岳在游泳用品前停步。

楓盯著，看他是有什麼主意。

「這個。」他指自己戴的墨鏡。「畢竟不是完全密閉，光線會從旁邊跑進來，讓人很難安心。」

「你要是擔心的話，不如就選一個。」

經岳挑了有遮光功能的蛙鏡戴上。

超市有點冷清，櫃台的中年婦人和隔壁抽獎攤上年輕人不住聊天。看到兩人靠近，他們像紅外線感應的宣傳廣告似的大聲作響。

「要不要來杯飲料，紅茶、美式咖啡現泡的喲？」婦人說：「我們現在正在週年慶，買滿五百就送抽獎券，要不要加買其他東西？沒滿也送洗碗精喔！」

年輕人則朗聲道：「來喔來喔機會難得！只要留資料就有機會抽中一萬元禮券，一萬元喔！或是礁溪老爺飯店住宿券，天天開獎好禮送不完！這麼好康ㄟ代誌，你還等什麼？先生可以幫我填個資料嗎？」

「那結帳了嗎？先拿下來我掃個條碼。」婦人指著蛙鏡說：「哈囉，帥哥，聽得到嗎？我說你那個先拿下來。」

「哈哈哈，看來他急著要下水！」

兩個人一搭一唱，對話間不留絲毫空隙，夾在其中的經岳滿臉惶恐，隨時都要倒地斃命似的，楓匆匆把蛙鏡從他頭頂摘下。

「出去等。」她說，往他背後一推。

那對哼哈二將摸不著頭緒，仍是滿臉笑意：「他怎麼啦？」

楓懶得多解釋。

「尿急。」她說。

她一面留意他的動向，把東西胡亂塞進塑膠袋，出了大門。超市門口中元禮盒堆積成山，他蹲在那山的陰影裡，雙手掩面。

「我常突然聽不懂別人在講什麼。」

「反正那些話也沒啥意思。」

「但我從前還能敷衍啊！所有人都知道該怎麼做，日常生活中八成都是互相敷衍，但我突然做不到，變成廢人了。」

這些人看似偏離日常軌道，有時說話倒一語中的。聽來那省下你不少時間，楓這麼想，卻不敢用玩笑話刺激他。

她只好說，她也有過類似經驗，有些時候突然就會講不出話來：「但那不是變成廢人。那只是，那就像是……」

諮商師說過：妳要想像。

那是在諮商初期，楓還有點反抗心，掏出一堆問題想要試探底線。她身上新裂出一道大口，而她好奇地趴在崖邊扔石頭，想知道那有多深、能否聽到墜地的回響。

「想像什麼？」

「想像回到那些讓妳受傷的場景。」

「既然它們讓我受傷，我幹嘛回去。」

「因為那時候妳不明白發生了什麼事，心中某部分覺得都是自己的錯。這些受壓抑的情感造成現在的狀況。妳要釋放它們，這樣妳就可以原諒自己。」

「我可以說件有點離題的事嗎？」

「當然可以，沒有離題，所有發生過的事都是相關的。」

「以前我家有隻狗跟我特別好，每次我離開家，牠總是沮喪的趴在地上，尾巴都抬不起來，但是我媽說這只會持續十分鐘。之後牠就跟平常一樣，不管我是一去兩年不回家，或只是出門買洗衣粉，牠都表現出同等級的沮喪，同樣只維持十分鐘。我想這表示牠根本分不出時間長短。狗只看現在，牠的記憶時間只有十分鐘。不管痛苦或悲傷，十分鐘後都是過去式。」

「所以？」

「我是說，我完全知道發生了什麼，也不覺得我有錯。真要說的話，我只是想變得跟狗一樣……」

「等一下，停。來，我們回顧妳說的內容。妳不該用別的話題迴避眼前，我們討論的是妳的問題。另外，妳太理性、講話太有條理了。若妳不肯釋放感情，我就沒法幫妳。」

「什麼叫釋放感情？」

「隨心所欲做妳想做的事啊！妳可以哭、可以大叫、可以摔東西，這裡有隔音，地上有地毯，又厚又軟，做什麼都可以，絕對隱私。妳想坐地上嗎？」

「不想。」

「來，來這裡，我們坐下。妳看，這地毯多舒服。」

「我沒想大哭大叫或滿地滾，我只想談談。」

「妳看，妳想『談談』，這就是問題。妳隨時受制於理性，連在這受保護的安全環境，只有妳跟我，妳都不能誠實面對自己了，要怎麼去面對外頭那麼多人？」

「……」

「我問妳，妳到底想不想治好？」

「……」

「別再假裝了。」

「……」

如此情況反覆幾次，楓的好奇心便銷磨殆盡，失去向懸崖試探的勇氣。結論只能是它無盡而絕望，扔進去的一切有去無回，連聲音都遭吞噬。

至於那諮商師，究竟指望剝掉人皮後看到什麼？或許楓應該像狗一樣咬人，好證明自己既卸下理性，也謹遵指示確確實實的為所欲為了。如此應該能為彼此省下不少麻煩。

而且，真該死的，她怎麼現在才想到這招！想起諮商師那些奇妙療法，楓覺得確實值得咬上幾口，至少心裡一定爽快不少。

楓一面惋惜著，把蛙鏡的標籤扯掉，套到經岳頭上。想像力或有療效，只是若由她來做，方法絕對跟諮商師不同。

「當你戴著這個，就別管外面的世界怎樣了，想像他們都滅了吧。」她說：「這是一趟回歸內心之旅，所以你也不必聽懂外面發生什麼事。沒人在看你，你安心吧。」

她拖著他上車，短暫停留便利商店，買了兩人份午餐，繼續上路。

台七線沿蘭陽溪逆行，逐步爬升，灰石色寬廣的河道上散布淺綠的農用地，屢屢可見民宿的指示牌，香蕉、竹林混於雜木林中。當河道漸窄，種類繁多的作物全被高麗菜取代，公路便甩脫了蘭陽溪，獨自竄升至雲霧中。松蘿覆上林木，楓打開車窗，寒氣如野溪般灌入。偶爾通過山澗流淌之處，水聲和可禮大蟬那電鋸般無節奏無旋律的尖銳鳴聲猛然湧來。不時有白蝶似的花朵自霧灰色風景中翩翩躍出，花期正盛的高山藤繡球。

抵達思源埡口時細雨迷濛。經岳還沒從在超市受到的刺激恢復，幾乎不能動彈。楓再把他拖下車，安置在停車場邊的林蔭下，暗暗自嘲這一路把他拖來拉去，好像在搬演某種等身大的人偶戲。

裝備和食物搬下車後，她將車子筆直開進樹叢，盡量使它別太顯眼。

這陣子攀登北一段多走張良橋邊的勝光登山口。雖然陡峭，距離較短，可省去一小時的路程，只是停車處附近是人來人往的農場和派出所。最好她能把車子停在派出所前幾個月不招人懷疑。

楓仍選擇舊路，目前均照計畫進行。一切就緒。

最後拿下後照鏡底下吊著的平安符和米色小熊擺在駕駛座，一種小儀式。從前當助理的時候，同研究室的人會開玩笑說：這麼一來，就像學姊在看著你。他們的意思是，被小老闆盯著如坐針氈，但楓還真希望此時有學姊庇佑。她需要一個頑強不倒、鐵打的榜樣。

「好好看車。」她對熊說。

回到經岳和裝備所在的林蔭處。她當面整理他的裝備，說明有哪些物品。他一副五里霧中的狀態，搞得她好像單方面推銷登山用品的店員。

收拾完兩人份裝備，楓取出雨衣外套，把暗青色的外套披在他身上，自己則是橘紅色。這是少數她可以忍受自己和別人穿得大紅大紫的地方。迷彩裝雖有不易弄髒的優點，主要是賞鳥人或動物研究者在使用。大部分的登山客衣著搶眼，方便隊友在綠海中找人。

經岳依然恍神，且因擔心眼睛，不敢過度施力，無法把背包甩上肩，掙扎數次仍不能起身。她扶他起來，推著他起步，這才繞到林道前方打頭陣。

在抵達登山口營地前，有將近七公里的林道。七一〇林道和溪流平行，每逢颱風必坍方，數年前便不能通車，如今更完全看不出林道的影子。溪水將柏油路面切成斷片，道路被花如紫烏般的烏頭、高豎黃色花序的山菊和及腰的艾草吞沒，他們撥草前行如泅泳。

許久不曾登山，或說根本不再進行任何體能活動的經岳走得極慢，這令他不禁長吁短嘆。這逐漸演變成見物起興的輪流造句。

經岳的版本——

溪床上的怪手：「我也想用怪手把自己破壞一番。」

荒廢的工程：「我就像這工程一樣荒廢。」

斷崖：「真想跳下去算了。」

枯樹：「我的心情寫照。」

楓的版本——

「這怪手壞掉好久了。雖然不能用，現在可是這裡的地標，看到它就想到南湖大山。」

「荒廢的河床整治工程讓溪流恢復原來的自然美。」

「三點不動一點動，是過斷崖的基本原則。」

「枯樹上的桑寄生依舊生機盎然，引來很多紅胸啄花。牠們的背部是琉璃色，叫聲像電子音。」

前行一陣，楓聽不見後方傳來的腳步聲，回頭看見經岳癱倒在後方十公尺處一棵香杉樹蔭下。

「我沒辦法像妳那樣正常的看事情妳知道嗎……完全沒辦法……」他嗚咽著。

「但我不是要跟你比賽誰更正常。」楓說：「只是說些正面的內容，希望讓你比較好過。」

「對不起，對不起，對不起……」

她暗自捏把冷汗：完蛋了，他的詞彙退化到只剩道歉。趕緊轉移話題：「專心走路吧！這裡路窄，可別掉進溪裡。」

林道越踢越窄，楓打頭陣撥著芒草之海緩慢前進。天色漸暗，她戴上頭燈，轉身也把頭燈套在他帽子上。

先前雨勢不大，她沒有打綁腿，現在雨露沿登山鞋外緣爬上褲管，浸濕襪子，再流進鞋裡，雙腳冰冷痠麻。經岳老早就一聲不吭，久未登山的他一定更加不適。

「還好嗎？」她轉頭朝他大聲說。

「……好亮。」

他低聲抱怨，迴避頭燈的光線。「不要這樣，別回頭。」

「保持清醒！」

「我知道。」

霧靄退至森林深處，草叢中碎光點點，頭燈照射到雨珠的反光和飛螢淺青色的光點交織。

流水聲。她豎起耳朵傾聽。眼前受高草阻礙的視野忽然開展。

「營地到了！」

她很少當隊伍前鋒，但仍努力像個開路先鋒般出聲鼓勵隊友。經岳應聲奔來，坐倒在地。

接下來一切雜務彷彿快轉的黑白片。山裡的夜常給她這樣的感覺，一方面是筋疲力竭，導致知覺遲鈍；二來則是寬闊似無盡的黑暗裡，只有頭燈剪出顏色失真的片段景物，看不清事物全貌。

楓一手包辦所有大小事。頭頂掛起外帳抵擋雨水，地面鋪上雨布。取水煮晚餐，紫菜湯和慈濟香積飯咖哩口味，徹頭徹尾的素齋。那飯原是為救災研發，和泡麵一樣加熱水即可食，意外成為登山客的愛用品。煮水期間，經岳打著瞌睡。

另一支隊伍來到營地。人還沒到齊，先聞其聲。

「下坡要把力道放在這大腿肌……哎喲，到了喔？喂！登山口到了！」

「厚，阿龍啊！你走得真緊！」

「放尿囉放尿囉。」

「阿龍——！你在哪裡？」

「我都在山上交朋友，跟他們就是爬北大武認識的，這回就一起邀來。」

「鹽就好用嘜。你看那個山胞他們，高山症的時候，往水裡撒把鹽、喝下去，就是我們的寶礦力、電解質。山胞也是會高山症的喔，身體不鬆快的時候特別容易。山胞他們上山，就是一包鹽、一把山刀，其他什麼都不帶。」

「阿龍啊，你有沒有要泡咖啡啊？」

「好啦！我來去拿水。」

聽來不像山岳協會，而是自組的混搭軍，老手們忙著向新人解釋。這樣挺好，他們忙於內務，不會有太多空閒搭理別人。楓茫然思忖，鹽是有帶，不過自己恐怕沒本事光靠山刀鹽巴在野外存活。

飯後，楓敦促著經岳進睡袋，阿龍和朋友們的隊伍才正要煮晚餐，奢侈點起大放光明的瓦斯燈，擺得滿地鋁盆鋼杯叮噹作響，蔥蒜爆香大火快炒，山林間瀰漫塵世氣息。

待一切平歇，又有一支三人的學生隊伍來到營地。從談話內容聽來，他們是來為南湖圈谷的五路會師預先確認狀況。三個學生叨絮著會師的具體規畫，怎樣安排各隊入山時間，何人走哪條路云云。楓躺在睡袋裡，用聽上司訓話時那種不感興趣的專注追著人聲，以便保持清醒。

經岳不再翻身，傳來穩定的呼吸聲。確認他入睡後，她終於敢放任自己的意識斷線，沉入伸手不見五指的黑暗。

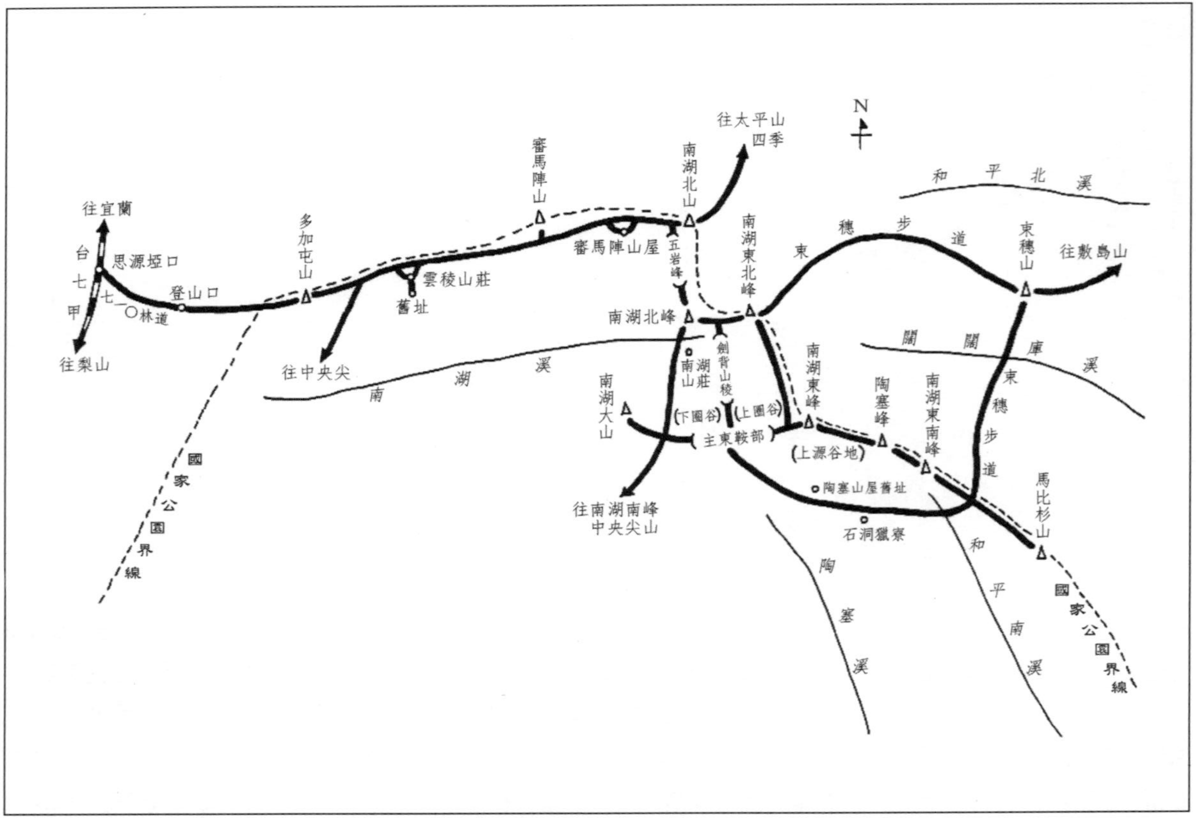
N
往太平山
四季
審馬陣山
南湖北山
往宜蘭
台七甲
思源埡口
登山口
七一〇林道
往梨山
多加屯山
雲稜山莊
舊址
往中央尖
審馬陣山屋
五岩峰
南湖北峰
南湖東北峰
東穗步道
東穗山
往敷島山
和平北溪
閣閣庫溪
南湖溪
南湖山莊
劍背山稜
南湖大山
(下圈谷)
(上圈谷)
主東鞍部
南湖東峰
陶塞峰
南湖東南峰
(上源谷地)
陶塞山屋舊址
石洞獵寮
往南湖南峰
中央尖山
馬比杉山
和平南溪
陶塞溪
國家公園界線
國家公園界線

三

1.

她懼怕一切界線浮游不定的迷離時刻。

半睡半醒間，朦朧察覺四周被青紫色的晨光浸透。暗夜與黎明交融，夜蟲晨鳥齊鳴，古里古怪的荒唐夢境褪去。此時會質問自己的，都是最貼近現實的問題：妳曉得自己在幹嘛，拖著一個幾乎無行為能力的人上山？當糧食耗盡，妳受得了每天吃草或睡在泥濘裡？有把握從頭到尾清醒強大不被壓垮？

發問的人是自己，所以總能直搗恐懼核心，威脅性更甚鬼壓床。那些想法如螞蟻爬滿全身，將她拖往地底。而歌聲大作，阿曼達的經典老歌〈Dreaming〉。

她掙扎著撐開眼。

「醒啦？」

經岳竟起得比她早，已裝備妥當，戴著那條被她視為正字標記的南極地圖頭巾，正在燒水。

她訝異他居然有能力處理日常事務，他轉過頭來俯視她。

他沒戴蛙鏡，眼神像暴雨後重新沉澱的溪水般清澈。大學時代的領隊表情，初生之犢的神情。因為對世間諸事無知，故無以為懼。

她急著想起身，忽感頭皮發麻：他的眼睛是真如水般流動，滑亮如鋼鐵鍛冶的絲綢，倒映出有某種異形在她身後窺伺，在黑暗霧林深處，龐然而立。

回頭也沒用。那異形的實體無法捕捉，只能感受，而那感受她很熟悉。如同夜晚獨行於林木蔽天、無星無月的山徑，或在正午蟲鳥俱寂白光眩目之際，在濕冷溪谷底，徒然撥著咬人貓和懸鉤子的細刺汪洋前行時，感到背後無數雙眼正灼灼瞪視的悚然畏怖。

她自知無法從那視線脫身，無奈笑了。依舊不回頭，只是嘴上叨念：

「又是你啊……」

這一出聲，倒讓她真正驚醒過來了。

楓環視四周。

經岳還在睡，倒是那歌並非夢境，歌聲來自那支學生隊。依時間點來看，大概是他們的起床音樂。

如果有仔細聽歌詞，恐怕不會想讓嶄新一天從這曲子開始。

我幻想自己才二十一歲，五呎九吋，擁有足以打動你的身材和臉蛋……

二十出頭的女孩，純淨、鮮嫩、體態纖巧如年輕的鹿。

如果人們真正了解動物，想必會立刻換個比喻。楓想起擔任野外調查助理期間捕獲的小型哺乳類：硬蜱蝨子從耳口鼻穿進穿出，跳蚤在毛髮間爬上爬下。山羌或山羊靈巧搧動耳朵尾巴，顫動四肢，因為蚊蚋牛虻老是繞著牠們叮咬，隨時要將毛髮薄弱處啃成一片血糊。排遺分析顯示牠們滿腹寄生蟲，自動相機拍下化膿潰爛的傷口，更別提屍體上的皮癬、性病……

我幻想你眼中仍有愛。

若你在知曉這一切後，還能打從心底稱讚牠們美麗，無畏無懼徒手觸撫那毛皮，那你就準備好了。

準備好面對現實。

她爬出睡袋，抖落露宿袋上的露珠。

她以昨晚取來水袋裡的清水盥洗，用鹽刷牙，接著點瓦斯煮水。那支學生隊伍也有動靜，飄來咖啡香。在摻和山艾及溪水氣息的冰冷空氣中，聞起來真是夠文明的。

楓把經岳搖醒，他一副不知身在何處似的模樣，呆了半晌才回過神。

「幾點了？我睡晚了？」

楓聳肩。「我沒戴錶。」

在他過去多次嘗試過身體極限的探險中，她好奇他每次平安返回時還能關心何事。她不稱之輕生，因那一點也不輕。他歷劫歸來，不在意周遭對他的看法，只是擔心時間，像隻工蟻。

「沒什麼早或晚。既然醒了，就準備上路。」她說。

早餐是即溶蟹味燕麥粥、煮水的鍋蓋上熱著饅頭。營地搭建得簡單，楓很快便將一切收拾妥當，開水灌滿兩人的水壺，爐具放涼後拆解裝袋。經岳戴上蛙鏡。他們上路。

登山旺季的夏天，要在熱門山區行走而不遇到人幾乎不可能，楓走在前面負責打招呼。這事有些棘手。遠遠看到一隊人馬走來，要在兩隊相距幾公尺時招呼，才能令對方猛然抬頭之餘不致驚嚇踩空?好不容易提起勇氣開口，自然希望得到回應，偏偏山上有不懂規矩的新手，或真爬到剩半條命開不了口的，硬是招呼就太不識相，這令她老是緊張兮兮的打量他人。有全隊都靠領隊代表招呼的，也有瑣瑣屑屑不厭其煩、全隊每個人都要湊上來講兩句的。最後那種令她難以招架，不過有人就愛這套，人越多越來勁，聽正在下山的人吹噓遇到的困難和險境，自己也跟著躍躍欲試。

經岳就是那型，雖然那是大學時代的事。

「我好像從來沒跟在妳後面爬山。」

「從來沒有人在我後面，我是殿後的。」

楓回頭看他。

「把眼淚擦一擦，你又不是東景，老是要爭第一。」

他們將背包靠在山壁上休息，那支學生隊伍從後面追過。楓向他們問好，隊伍最後一人，穿迷彩褲、綁螢光橘頭巾的男生在她身邊停下。

「妳的隊友怎麼了?」

「他在哭。」

「看得出來。」大學生笑說：「沒事吧?第一次爬山?慢慢走，快到稜線了，那裡風景很好，到那裡去休息比較好。」

儘管出於善意，他似乎誤以為經岳是那種賴在地上哭著不走的軟腳蝦。

「沒問題啦，我們來很多次了……他在練功啦。」她忙譪說。

「練功?」

「就是那個，山上不是常有人在大叫，練獅吼功之類的？跟那一樣道理。」

「哪裡一樣我不太懂。妳說這什麼，練什麼功？」

「……哭功。」

楓想把那學生甩開，偏偏對方腳程不疾不徐總在前方一公尺處，於是她只能暗自期望他少說幾句。他們暫時結成三人行。

和人齊高的芒草盡頭是二葉松純林的松風嶺。林下積蓄大量落葉柔軟如厚毯，迎面而來的山風帶有被陽光曬暖的溫潤松脂味。

「我有個阿伯也常去溪頭跟人家練那啥，笑瑜珈？現在這很流行嗎，笑啊哭的？」大學生說。

「對啦，就跟那一樣，不過那還算簡單的。假笑大家都很會，要真的哭出眼淚可沒那麼容易。」

「所以這功練出來可以幹嘛，演戲嗎？」

「紓解壓力。把活到現在為止強忍下來的眼淚都流盡，所以基本上，年紀越大的人要哭越久，短則一兩年，長的話有人可以哭六、七年。」

「也太久了吧！」

「你不知道，日常生活可以累積那麼多眼淚。練這可以排毒。」

松林盡頭，裸露的多加屯山坡上滿是白色法國菊，台灣百合點綴其間。視野開闊無樹遮蔽，對面是與中央山脈遙遙相望的聖稜線。最高點自然是雪山主峰，北稜角與之成雙成對，兩者間漏斗型的圈谷清晰可見。由此左去，名山綿延，雪山北峰、穆特勒布、品田山、巴紗拉雲等突出的岩峰格外醒目。收尾亦毫不馬虎，素有奇峰之稱的大霸尖山，筒形山體鎮座末端。大學生歡呼，丟下背包衝進花叢和隊友會合，掏出相機猛拍。

楓拖著經岳坐在樹蔭下，掏出綜合堅果和水壺。經岳在掉眼淚。

「連花活在世上都有用處，可是我卻一無是處。」

那支學生隊上路，換後頭來的另外幾支隊伍抵達，看見花海又是一陣歡騰。待所有登山客走得不見人影，楓才起身。

接下來的山徑沒入疏林中，林下是比人高的箭竹，底下的爛泥由於缺乏光照，似乎永無乾燥之日。經岳走得顛簸，濕泥沾上褲管。穿出樹林，緊接著是無數假山頭的高草原。高山芒抽出暗紅穗子，楓沿路把玩這些紅色毛絮。午間聚攏的雲霧化作鉛灰色霧雨，迎面襲來。

經岳靠到路旁，坐下。

「我想我就走到這裡。」

「什麼？」

「我不該來的，我根本走不到山莊，只是拖累妳的行程。」

「沒有行程這回事好嗎。我們沒有行程要趕。如果你現在走不動，立刻在這紮營也沒關係。」

楓把重裝備從他身上剝下來。

「累的話就先在這睡一覺。」

「睡在野地裡？」

「有問題？」

「問題是有。不是人人都跟妳一樣。」經岳嘀咕著：「……好吧。」

她在路旁找了塊空地，解下外帳，用兩支登山杖代替支架，在他上方架起簡易的遮雨棚。經岳穿著雨衣躺倒在背包上。

基於無事可做，楓決定燒水煮泡麵。同時，儘管在雨中有些不便，她鋪開防水布，背包倒空，開始清點帶來的裝備。確定背包中的物品一樣不缺後，再把它們一個個塞回去，遵照上重下輕的收拾原則：常用的雨衣、行動糧和休息時的簡便防寒衣物，要放在好拿的上層；還不會用到的睡袋、過夜衣物、晚餐材料在下層。依照目前腳程，抵達雲稜山莊時可能已天黑，最好要把燈具移到上方。收拾過程中，須隨時注意背包外是否有扎背的突起。

無論重新裝填幾次，仍是符合人體工學與取物效率的完美背包。

楓正為自己的收納術感到滿意，後方的山坡有些動靜。個頭嬌小背著熊圖案的背包，穿得花枝招展的女生自遠處走來。

楓大吃一驚：是「學姊」！她怎麼會到這裡來？

這事不可能發生，卻又似乎極其合理，畢竟全台灣高山沒幾座，登山季也不長。倘若你是所謂「山癌」患者，又偏偏與山友結怨，那就做好每年碰到對方兩次以上的覺悟。

她不敢想像學姊撞見她會作何感想：慨歎自己培養的助手成了廢物，辛苦叮嚀的大小事都付諸流水？楓偏過頭去，徒勞的閃躲視線。

幸好對方一開口，就令她鬆了口氣。

「喂，這裡就是雲稜山莊？那山莊在哪？」

是個不認識的圓眼正妹。仔細一看，那背包上的卡通圖案甚至不是熊，是某種結合兔子外表與滿口鯊魚利齒的詭異生物。

「這裡離山莊還有一半路。」

「那你們幹嘛在這露營，耍人啊。」

「只是個雨棚。」

「都一樣啦。」正妹跺腳。

「第一次來嗎？」

「廢話，要是早知道是這種地方我才不來咧，又不是白癡，連有水的廁所都沒有。」

楓決定去關照相比之下較為和善的爐具。正妹沒有繼續向前的跡象，原地踱步一陣，隔著山徑坐在他們對面。

南湖中央尖素有盛名。受名稱有個「湖」字誤導，許多不明就裡的遊客擅自想像此地湖光山色的美景。實際上並無湖泊，頂多只有審馬陣草原上那潭陳年普洱似的面天池，南湖仍被稱作台灣最美山岳。此外，全程走完後，進帳八座百岳，對蒐集山頭者乃一大利多。外加以山勢雄偉聞名的「五嶽三尖」裡，這區域有一嶽一尖，吸引不少進階級的挑戰者。此地滿足各方人馬需求，不免聚集非比尋常的奇俠怪傑，甚至是從未登過山的新手。

對此，楓打從心底希望這些人不要會錯意：儘管被譽為百岳中最值得走的行程，可不表示應該在首次登山就挑戰它。

草原彼方又有動靜。

先是深藍色防水布出現在地平線上，接著是沿防水套綁成一圈的鍋碗瓢盆杯匙，竟有攤販來此荒山野嶺，莫非是打算無視國家公園內禁止設攤的規矩？她正納悶著，被諸多雜物掩蓋、持雙杖的年輕男子現身了，原來是背負過多裝備的普通登山客，看樣子背的是兩人份。

「厚，很慢耶。」正妹大聲說。

「對不起啦，路實在很陡。」那被霧水打得滿頭濕，又或許是汗如雨下的駄獸回應。

「在這休息嗎？」

「你想繼續走也可以啊，不過我衣服都濕了，很冷，而且很餓。」

「怎麼不把雨衣穿上！」駄獸連忙扔下裝備，幫著正妹翻找背包。

「我哪知道會等這麼久，根本不敢停下來拿衣服。好餓喔。餓了啦。聽到沒，我說餓了啦！」

「那吃乾糧嗎？我在妳背包放了水梨、蘋果、巧克力、威化餅、孔雀餅乾、洋芋片、花蓮薯……

不要？那我這有沙琪瑪和飯糰。也不要嗎？」駄獸看往正在燒水的楓。「妳想吃熱的？」

「好啊。」

「但我沒想到路上要燒水，帶不夠。妳的剩多少？」

「喝光了。」

正妹和駄獸小聲商量著，駄獸滿臉為難，然後似乎勉強達成共識。他朝楓走來。

這是楓覺得很不可思議的兩種人：變成傻妹的正妹，以及一面把正妹寵成傻妹，同時又要抱怨漂亮女生都有公主病的被虐狂。這兩種人的產生過程互為因果，楓覺得不該介入他們的生態平衡。

「再往前不遠有個黑水塘，水勉強能喝。」她在他開口前丟出這麼一句。

「不遠是多遠？」

「一公……」見他面露猶豫之色，她改口：「半公里，五百公尺而已。」

那兩人商量一陣，決定繼續上路。楓把泡麵扔進鍋，熄火。經岳在雨帳後方不知呢喃什麼，她改去注意他。

「怎樣？」

「我不吃沒關係，我那份還有水壺裡的水都給他們……」

「什麼他們。」

「我聽見你們說話，妳怎麼不幫他們？」

「什麼他們，你夢見的吧。」楓說。「這裡沒別人。麵好了我會叫你。」

又過一陣子，與方才相反方向的草原彼方，下山方向，戴虹彩墨鏡如同變蠅人的大叔自遠處小跑而來。那人只背輕量攻頂包，從包裡牽了長吸管到臉邊，頭戴鴨舌帽與耳機，著短褲短袖，外加袖套腿套手套，一副馬拉松跑者模樣。

由於耳機之故，楓猶豫該不該打招呼。後來她下定決心：打不打招呼顯示的是開口者的禮貌，對方聽到與否則不關她的事，她已盡到應有的社會責任。

「午安……」楓說。

「早。」幾乎同時開口，虹彩變蠅人說，奔跑而過。

她猶豫苦思近三分鐘，結果整個過程只有兩秒。

午後的行程幾乎全在箭竹叢中穿梭，路程崎嶇，遍地濕滑泥濘。他們倆都不再言語，楓專心調節呼吸，一面思索倘若在此緊急過夜該有哪些手續。要找到沒有箭竹的平地搭帳篷似乎不可能，只能使用露宿袋。然而海拔已持續攀升，露宿風險增大，一個不小心求生遊戲還沒開始就會在此斃命。

她正估量著，忽覺趕上了前面的隊伍，馱獸和正妹在山徑兩側各據一方坐著休息。

「呀。」馱獸招呼。

「喲。」楓回應，繼續往前走。

經岳停步。

「你們還好嗎？」他說。

「ＯＫ啦。」馱獸說，正妹悶聲不響。

「那就好。」楓回頭，拉著經岳往前走。

「我就說剛剛有人經過。」

「那又怎樣？別管人閒事，現在重要的是前進。如果你還走得動，天黑以前我們得找到像樣的營地，或看看能不能走到雲稜山莊。」楓說。

山路陡降，腳步變得輕快起來。

為躲避可能會有的人潮，楓帶頭往舊雲稜山莊的方向前進，打算在那附近紮營。他們到舊址上方的營地，同樣雜草箭竹叢生。楓拔出山刀，經岳坐在一旁。先是看著，試著把她砍斷的草莖聚攏到一旁，然後開始遲緩的撿拾地上石頭。楓拿了水袋走往水源地。

取完水，楓來到山莊舊址。

過去炙手可熱的遮風避雨之地如今被剷平，湮沒在與人等高的箭竹叢和高山芒裡。山莊門口幾株巨大雲杉倒是沒變，依舊矗立原地。

草叢裡有塊平坦大石，底下蕨類叢生，她半爬似地攀到石上，然後在那坐定不動。雲杉上，松蘿隨風搖曳。午後的霧靄退去，在遠方匯聚成雲海，覆滿瘦直雲杉枝幹的墨色山脊自兩側躍然而出。

2.

在楓剛開始面對黑洞，有段時間聽信所謂專家說法，或說由不得她不聽。她才上大學，就因在校外破壞物品而被抓去心理輔導。半年下來，讓她從普通級的怪咖升格為靈魂出竅，再晉級到需要藥物治療。

那時她尚無從判斷這進展是好或壞，不過依照常理，看得到的敵人比較容易對付，所以這應是好事一樁，那口無底深井轉為能被理解的具體形式：她生病了所以拿藥吃，想像那是終有一天要驅出體外的病毒，現代醫學會把它殺個片甲不留。

至於這事的推手，那面化無形為有形的照妖鏡，是位四十來歲、短髮微胖，掛著和善笑容的女諮商師。她信奉童年說，認為人只要經歷不夠快樂的童年，接下來做任何事都是為了在意識表層或潛層修補那段過去，彷彿人生隨童年結束便可蓋棺論定。楓很快發覺，諮商師的談話竅門是以問句答覆問句：

「他們說我是邊緣型反社會人格什麼的，說得好像我會去當炸彈客，真的嗎？」

「妳覺得妳會嗎？」

「像我這樣的人很多嗎？就妳所知有多少人變好？他們的狀況跟我像嗎？」

「妳覺得像嗎？」

「要花多久時間？」

「妳覺得要多久？」

這場鸚鵡會話持續大概一個月，楓總算拼湊出諮商師的論調：所謂邊緣性人格，要不是童年期受到過度忽略，不然就是受到過度關注，養成將注意力只放在自己身上的毛病。他們彷彿深度近視，眼中只剩自我，故感到跟周遭世界格格不入。更進一步者，則想摧毀周圍的人事物。楓顯然是這類性格的典型，他們需要的是重新學習反省及關心他人的能力。

楓在對專家的信賴，和對童年說的疑慮中搖擺。她不願相信自己的一生，會因當年那男生髮型的小女孩，往櫥窗裡洋裝瞄兩眼這種小事成定局，這算哪門子蝴蝶效應。

「妳希望成為普通女孩，卻不敢違背父親期望。這無法滿足的欲望，變成跟隨妳一生的潛藏憤怒，讓妳隨時覺得自己格格不入。我要說，那個孩子並沒有錯，妳說對不對？」

由於這話瀰漫不得說不的氣氛，以楓的反骨，也就特地答個「不」字，即便答案不見得出於本心：「當然是她錯。小孩很容易受影響，搞不清什麼對他們才好，這時候就該由父母決定。」

諮商師的紅唇微張，訝異楓竟答錯，答案明明顯而易見。

「她有錯？有什麼錯？女性特質是我們可以引以為豪、盡情擁抱的，她只是想當她自己啊。真正的她是什麼樣子，只有她本人最明白，不是嗎？」

「小孩子很多時候只是一時興起。」

「妳不這麼想，嘴上也要說是我對。來，我告訴妳，妳不懂整個療程。先從形式開始也有效果。只要妳一直告訴自己那個小女孩沒錯，就算心裡不那麼想，也會變成真的。妳要先承認。」

「好吧，我會想想看。」

「不是用想的，妳要講出來。若妳不親口說，妳心裡那個小女孩就永遠站在櫥窗前，淚眼汪汪的問『為什麼我不能穿裙裙，跟那個模特兒一樣漂漂？是我不乖嗎？』一個人不敢講的話我們一起。來，拉著我的手，一起說：她沒有錯！她沒有錯！」

她們明明在談她的過去，卻用第三人稱，像談不在場的人，更要命的是還用一大堆疊字！楓首先就在心底捏把冷汗。另一方面，命運早在童年寫定，這聽起來怎麼跟命運寫在掌紋裡差不多？她不如找個手相先生算了。

然而面對未知的敵人，楓確實是戰場新手，最後對專業人士的信賴獲勝。她讓諮商師抓起手，兩人齊聲高呼。結束後，諮商師眼中閃爍悲憫光輝：

「妳看。妳心中的小女孩，她終於得到妳的原諒啦！」

下個作業是，諮商師要求楓在做任何舉動或說話前，都要考慮可能的後果。具體做法是在每次打算開口前，先停頓十秒。在這十秒中，想想對方的感受。如造成他人不快，不妨換成別的，或乾脆什麼都別說。

原本楓和人說話便常有停頓，支支吾吾。她總覺得世上其他人說話不明所以的順暢。他們一定都是事先套好，所以可以你一言我一句一路接下去，只是從來沒人找她套招，沒想到這也可以是治療。楓認真執行，在有意練習下，對話中的停頓率更高了。

某天，楓發覺她只剩停頓。更為難的是無從讓人明白這難解之症，因為：

「……………………………………………………………」

到這地步，諮商師的信用度已蕩然無存。失眠持續惡化，楓不得不改向精神科求助。

醫師問她有什麼煩惱。

症狀說明一切，楓馬上掉淚，因為她什麼也答不出，而非醫師長得令人想哭。那可是位臉上掛著憂鬱笑容的年輕美女。醫生繼續微笑，在做完量表評估後，建議除了服藥之外，生活面也需有所改變，特別是絕對、應該、要去運動。

楓說，系上必修課的運動量已令她受夠了。他們在滿是墳墓的小山做調查，把塑膠繩圍起的方地內所有樹木登記起來。無論晴雨，每週兩天他們拖著沉重工具，踏上濕滑且遍地狗屎的小徑，測量附滿塵土油汙、垂頭喪氣的樹。所有人口中冒出的話，若非植物名稱和數字等無機內容，就是相互埋怨。這運動令她無法開口的情況更加惡化。

她的嘴不聽使喚，也不知道傳達了幾成，但醫師似乎明白了，說這事聽起來比較像勞動。運動有同伴、具體目標和成就感，她建議下次楓去運動時，最好以同時具備這三項者為先。

自中學後，楓就很少登山，不過一直待在游泳隊，體力未曾衰退。她的專長是自由式，因始終學不會換氣，後半段飆泳起來幾乎無人能敵，缺點是一旦泳池長於廿五米就無法出賽。大學的室外池長度五十米，顯然只能排除在選項外。

最終楓仍參加了登山社，已認識的怪物總比完全陌生的好。有時她依然會停頓，或說比較像斷電，不過總算還能開口說話。

何況如今她有要事在身。

有人聲自遠而近，撥草而來。帶頭的是綁馬尾的小女孩，穿著兒童尺寸藍綠相間的雨衣，袖子捲至上臂，懷裡揣束花草，另一手揮舞登山杖。兩個大學生似的年輕女生跟班似地追著跑。三人組從楓所在的岩石邊通過，連招呼都不打，不一會又原路折返。

「那個人一直坐在那不動耶！」小女孩說。

「噓，會被她聽到。不要理她。」

「回山莊去吧，我有帶撲克牌要不要玩？還是要聽鬼故事？姊姊知道很多鬼故事喔。妳知不知道舊雲稜山莊以前鬧鬼？」

「不要講不要講！」小女孩大嚷：「聽了晚上不敢上廁所！」

「妳知道雲稜山莊為什麼蓋在這裡嗎？以前有一支登山隊……」

「不是說不要講嗎！」

有些人的護雛本能甚早顯露，不必等到自己生子，看到群體裡有小孩便忍不住上前關照。此特質被視為女性基本配備，名之宜室宜家，不過楓向來闕如，對兒童無動於衷。三人的喧鬧聲消失在樹叢裡，楓靜坐原處。

沒多久，小女孩隻身返回，走到楓旁邊。

「妳在看什麼？」

「看樹。」

「樹有什麼好看？」

「我在看松蘿被風吹動的樣子……」

「我跟馬麻比賽，看誰先蒐集到十種花，妳要不要幫我？」

說著在旁邊的草叢忙起來，拿著登山杖到處翻攪，楓不得已起身。

「幫我摘那個白色點點的花。」

「這個？」

「不是，那個爛爛的，是更遠的那個。每一種都要知道名字，我們蒐集到十種之後拿去山莊裡，馬麻有帶圖鑑。」

「不用圖鑑也沒關係啊。」楓說：「火炭母草。果實是帝雉的食物。」

「喔。那這個？」

「虎杖。」

「再說一遍？」

「老虎的手杖。」

「老虎的手杖！」女孩大樂：「好好笑喔！老虎拿手杖！老虎為什麼要拿手杖！這個呢？」

基於對方還是小孩，楓勉強原諒這情況，否則她覺得這話裡太多驚嘆號了：「玉山山奶草。」

見女孩不解，楓思考了三秒要不要解釋，以及要不要照實解釋：「它的花長得很像山羊的ㄋㄟㄋㄟ。」

「好色！這個不算。」小女孩把那花挑出來扔回草叢裡。

海螺菊。刺萼懸鉤子。嫩莖纈草。高山肺形草。七葉一枝花。黑龍江柳葉菜。夏枯草。小白頭翁。玉山蒿草。山酢漿草。戟葉蓼。單花鳳仙花……

「超過十種了。」

「哇！妳什麼都知道！好棒喔！」

「哪裡棒我是不曉得。」

「比我馬麻知道得還多。」女孩拉住她的手。「跟我來，給妳看我們住的地方。」

「不就新雲稜山莊，我知道那地方。」

「妳沒看過我們的床位！」

「床位不都一樣。」

「我們已經鋪起來了喔！用睡袋睡墊。」

「不都這麼鋪嗎……好吧。」

楓不再回嘴，乖乖被女孩拖著走。

「馬麻！剛才我們在路上看到的草叫嫩莖纈草啦！這阿姨什麼都知道！」

「快洗手，要吃飯了啊。妳的碗呢？怎麼都是花？」

那年輕母親張羅著，丟下一句：「她很煩喔，一定纏著妳到處走對不對？」順手把花塞進原本裝餐具的塑膠袋，看樣子早忘了她們的比賽。那位老爸忙著照顧高山瓦斯，把擋風板左右移動尋找風源。等他終於移得滿意了，才抬臉招呼。他留意到她腰上那把刀柄結著紅藍防滑繩的山刀。

「妳認識梅大帥？」

這話令楓一愣。

「……我是他女兒。」

「我猜得沒錯，那刀很好認。」年輕父親藉此估量了楓的輩分。「不是阿姨，要叫大姊姊。」

「感恩。」

這年輕父親大談他所聽聞梅大帥的豐功偉業，包括幫忙搜救找人、把生病的登山客扛下山；雪季期間路面凍結，沒帶冰爪的隊伍一籌莫展，梅大帥揮著冰斧衝上前把冰塊砍成階梯形狀，讓所有人只要不是光腳的都能順利通過……。聽說梅大帥很好認，腰上一把紅藍結繩山刀，後頭跟個小女孩。那就是妳吧？

楓坐立不安。好不容易讓她等到話間空檔，起身告辭，那父親把女兒拉到面前：「我希望她以後可以變得像妳一樣。」

楓像排隊受檢的毛豬般等他蓋下分級章。世上充滿將事物化繁為簡的檢驗章：父女和狗是溫馨的親情畫，獨生子女嬌生慣養，若有手足，老大很呆板，老么叫任性，兩者間爹不疼娘不愛的老中是叛逆。蓋下戳章他們便心滿意足，自覺對此人了然於心，彷彿世界只是由這寥寥數種人構成。

「那是怎樣？」楓說，語氣如刺薊般劍拔弩張。

「聰明、直率、勇敢。」

「知道所有花的名字。」小女孩補充。

尖刺收束。

「喜愛大自然，能體會戶外活動的樂趣，不至於到這種地方還拿著手機到處找訊號或關在山莊打牌，現在小朋友啊。」

「聽起來很不錯，我也想變成你說的那種人。」

「真愛開玩笑！」年輕父親笑了：「妳已經是了啊。」

「……你女兒很直率可愛，一定可以變成你講的那樣子。」

楓道別，提起水袋踏上芒草叢生的來時路。

3.

第三日，預定行程是進入南湖圈谷。

天亮後營地附近騷動不已，楓老早就起床，好整以暇地起火燒水，等待雲稜山莊的隊伍全部上路。早餐是木紋蛋糕、杏仁茶、堅果、葡萄乾。昨晚多煮的冷飯拿來捏成手掌大小的飯糰，分別夾入撒鹽的黃瓜條、肉鬆、火腿。待這一切準備就緒，她找了塊平坦有草的空地，將背包倒空，清點裝備。

以距離而言，雲稜山莊是通往南湖圈谷的最佳中繼點。終年絡繹不絕的登山客把這一帶森林染上陳年炒鍋般的黏膩油味，草叢中夾帶垃圾或登山客傾倒的餿水，箭竹叢裡不時飄來便溺的騷味，蒼蠅如雨點充斥在空氣中。腹地不夠大，儘管設置了戶外廁所，隨便一逛仍可撞見正在方便的倒楣鬼。基本上楓不喜歡這臭烘烘的地方，不過急也沒用，路只有一條。想避開跟其他隊伍攪在一塊的窘境，只有錯開出發時間一途。

他們動身時感覺早上已過去大半，其實也不過八、九點。多數隊伍日出而動，四、五點出發乃常態，八點以後山莊幾乎淨空。四周靜無人語，但聞蒼蠅和熊蜂的振翅聲，綴滿真菌與黏菌的倒木在陽光照射下升起裊裊白煙，金翼白眉與藪鳥的混合軍大舉出動掃蕩地表。

他們踏著濕軟稀泥前進，泥中混合竹葉和雲杉的細碎針葉。這一路直到出森林界線、抵審馬陣草原以前，有許多巨大倒木橫臥路面。材質堅硬外加氣候冷涼，數十年來無腐敗跡象，經無數登山客手腳併用翻爬而過，被磨得晶亮滑潤，如抹上黑釉的陶器。若非身負二十多公斤的重裝備，在這些巨木構成的體能競技場間攀上爬下是蠻刺激的。

楓沿前人釘在木身上的鐵條攀到圓柱體的最高點，想著該不該拉經岳一把，回頭見他正在底下臉貼巨木痛哭，蛙鏡滑落胸前。

「怎麼啦？」

「妳、妳看它這麼大，一定活了幾千年，卻還是死了，實在太可憐了……！」

接下來經岳每到一座倒木構成的巨大屏障前，便要抱樹痛哭一番。楓默默覺得這反應怪有趣的，好像他面前倒著遠古時代的恐龍屍體似的，不過這話就毋須告訴當事人了。她閒在巨木上等他哭完，同時極力壓抑想把背在身上的裝備解下來清點的衝動。

隨海拔上升，與人同高的箭竹叢和濕泥消失不見，崩塌岩屑地取而代之。向陽坡面上玉山繡線菊與高山薄荷交織，在日光蒸騰中散發辛辣的乾燥氣味。中央尖山不銳利的板岩側臉出現在鐵杉林間。

前往審馬陣山頂的岔路近了。森林漸顯稀疏，聳立於綠色平野間的南湖主峰不時躍然在目。有人聲騷動。

「拍照囉拍照囉！來喔，維他命……喂看加啦！維他命C……」

「厚，說有這款的，要拍照才知道要把恁某攬條條！」

「等一下啦，阿龍咧？阿龍還沒來啊！」

「阿龍回山頂拿衣服了啦！就跟他講不要每次拍攻頂照就脫架咖，他就不聽！」

「好了啦先呷飯啦，有滷蛋喔！兩人呷一個，恁尪仔某一人呷一半，感情卡袂散。」

「你看那個山胞他們，有在用登山背包的嗎？沒有。就一個竹筐，一根扁帶，肩膀這裡穿過去，額頭這裡穿過來。頭帶，就這樣。還有別的嗎？沒有。人的頭啊我告訴你，是全身最硬的地方，最能負重。」

聽那對話，應是「阿龍和朋友們」的隊伍。楓在森林出口踟躕不前，看來短時間內他們不會散去，她轉而問經岳的意見。

「走嗎？」

後者拿下蛙鏡，用圍在脖子上的毛巾抹了抹臉。深呼吸。

「……走吧。」

在華山松與冷杉交錯的稀疏樹蔭下，毛巾手套帽子等物曬滿三叉路口的指示牌。一群壯年至老年男女正聚集煮食，灰白或光澤的頭顱以高山瓦斯爐為中心，匯聚成數個大小不等的同心圓，猶如乾河床上的鵝卵石堆。聽見腳步聲，同心圓解散，揚起臉來招呼。

「喔，底迪美眉，爬哪裡的，南湖大山？」

要是被人發覺他們進圈谷後沒再出來就麻煩了。

「我們今天進圈谷，然後從馬比杉山出去。」除了「出去」以外，其他倒是實話。

「馬比杉？那裡有路？」

「可以沿和平南溪出去。」

「你們今天剛上來？沒在雲稜看到你們。」

「我們昨晚在舊營地。你們也往圈谷？應該很早就出門了吧，怎麼還在這裡？」楓說。

「趕什麼咧，不急，不急，風景這麼好，天公又作美。」

「你們就兩個人啊？讚喔！加油！來來喝紅景天，補血補元氣，預防高山症，碗在哪裡？碗拿出來。」一個大嗓門的大嬸說，端著一鍋紫紅液體靠近，楓連忙搖手搖頭，用盡全身謝絕。

「大姊啊，就跟妳說要天天喝才有效，現在喝來不及了啦！」

「啊我現在是喝下一座的不行厚！」

「哎喲！真的假的？白姑算妳一個，不能反悔喔！」

「假的啦！三千公尺以上說的話都不算啦！」

「現在三千沒？」

「早超過了啦！審馬陣都百岳了！」

「底迪，來，你看你走得這麼累，你背帶沒有調好。」那被稱為大姊的大嬸說著，把經岳原本沒扣上的胸帶扣上，又把他全身上下可調節的肩帶、腰帶、肩帶上方的負重帶，都像西洋貴婦勒束腰似的束到最緊。楓在心裡捏把冷汗，暗自希望被這群吵吵鬧鬧的陌生人擺弄不會讓他崩潰。

「你看他臉蒼白得喔，搽粉都沒這麼白。這樣你會比較輕鬆。怎麼樣？有沒有覺得比較輕？」

「……其實沒有，不過被綁成這樣有覺得自己比較瘦。」經岳回答。一夥人大聲鬨笑，大嬸把楓和經岳兩人連人帶包渾身敲打一通：「瘦什麼啦，已經這麼散，你在減肥？賣減啊啦，這樣很剛好啦，加油啦，衝衝衝啦！」

他們繼續上路，才轉個彎，便聽到後方傳來的歡聲和口哨。

「猛男！猛男回來了！」

「卡緊穿上，不然等下又擱未記著！」

「阿龍，緊啦！水都燒好了，就等你來泡咖啡！」

「——真有精神。」楓說。「我完全不覺得十年二十年後我能變那樣。」

「……怎麼樣，我表現得還可以吧？有像個正常人吧。」

「很好啊。」

接近中午時分，照在身上的日光升溫至難耐的熱度，原本積蓄在山腳下的雲霧蠢蠢欲動，草原上不時有雲影掠過。走在後頭的經岳一副快昏倒的樣子，楓猜想他是哭得太多輕微脫水。箭竹草原的正中央，她勉強相中一棵半大不小的冷杉孤樹，拉著他坐進那稀疏針葉的小小陰影下。

「補充水分。」她說，把他背包裡的水壺翻出來，塞進他手裡，經岳猛然灌下大半瓶。楓正想提醒，他已跳起來跑到一旁芒草叢裡乾嘔。

「隊長，你喝太急了，你忘記處理脫水的方法了嗎？」

他沒回嘴，咳嗽著並胡亂往背包摸索衛生紙，於是楓自顧自拿過他丟下的水壺，往裡頭倒入備用的飲水。

有一獨行俠從山上下來。

「加油喔。」

「加油。」楓回應。

「看風景啊。」

「是啊。」雖然實情是在嘔吐。

「怎樣，我老婆很漂亮吧。」

「啊？」

「南湖大山是我的老婆。」

按理說人妻設定應可製造香豔聯想，但楓只覺得火大，就如她明明走在大路上，拐個彎卻發覺頭頂上有人在公共空間晾滿滴水內褲。

「喔。」只好這樣回應。

「然後馬博是我的情婦。」

十峻之一，中央山脈中段的第二高峰，以山勢險峻聞名的馬博拉斯山。看來這位仁兄不把中央山脈各段上的名山都關進後宮是不會罷休了。

「喔……」

「哈哈哈！」

獨行俠繼續上路。

經岳有氣無力爬回樹影深處，朝她勉強咧出一笑：「妳可以跟他說：『哇，那你家臥室一定很大囉？床也要很大，King Size 還不夠，要 Earth Size 才行咧』！」

楓不禁失笑。笑似漣漪漾開，激起一陣風，草原上紋有酒紅線條的台灣百合搖晃，他們倆跌坐在地上。

後方有腳步聲雜沓而至。

「哎，你們還在這混？很頹廢喔，年輕人！」

是「阿龍和朋友們」。隊伍趕過他們，在大盤帽、墨西哥草帽、OR 雙色防水帽、斗笠的掩護下，一群五顏六色的裝備轟轟然通過，掀起一片黃塵，手杖或背包上的防熊鈴、金屬碗、叉、湯匙相碰撞，叮噹有聲，連那孤樹都為之震顫。

「不是有人說天氣這麼好應該慢慢看風景的嗎？」楓反駁，也不知該針對誰，隊伍裡揚起一陣笑。

「也不是這麼慢啊！你們有在前進嗎？」

「妹妹啊，要慢活也等妳到這年紀，等妳退休吧！」

隊員逐一與他們招呼，輪到方才的大姊通過時，特意放慢腳步。

「底迪美眉，要快了喔，摸黑很難過五岩峰，要不然你們就住在這，審馬陣山屋就在底下看到沒？十分鐘就到了。」

「大姊妳不要教壞年輕人，這裡離圈谷才剩幾公里，當然要拚一個。」

「對啦對啦！不要去喝審馬陣的那潭冬瓜水，床位也只有十幾個，也不知道有沒有別隊，說不定住不下，當然是要住圈谷。去過南湖山莊嗎？五星級的大山莊！聽這薯叔說的就對了。」

「什麼薯叔，叫葛格！」

「緊囉！緊囉！」後面的人催趕。

眼看大姊離開，楓拿出早上捏的飯糰。

「她說得對。我們得決定是要趕點路進圈谷，還是就地紮營，就在這旁邊的小屋住下。你想趕路嗎？身體狀況沒問題？那麼，吃得下的話，多少塞點東西進胃裡。」楓說。

「結果哪個才是阿龍啊。」

經岳聳肩。

他們再度上路。山羌吠叫，隨風向轉變，隱約可聞淙淙水聲。與此地落差千尺之下，南湖溪正於石質峽谷間飛竄。空氣因海拔攀升而稀薄，腳步益發沉重，箭竹草原上開始出現此地特有的植物，葉背與新葉覆有鏽色絨毛的南湖杜鵑將他們團團包圍。霧靄襲來，朦朧中那群濃淡有致的橘紅灌木竟看似紅葉，周圍儼然一片秋色。

幾支隊伍錯身而過，楓與他們互打招呼。想來是今天攻頂後踏上回程，要在雲稜山莊過夜的團體，興奮與倦色在臉上交雜。

雨點落下，風聲呼嘯中夾雜鐵鍊碰撞的金屬聲，猶如圈谷門扉的五岩峰到了。

他們都不再說話，專心對付眼前濕滑的岩壁。底下雲霧中雷鳴隱隱，楓不由得加快腳步。強風夾雜橫向飛濺的雨水襲來，吹鬆她的背包防水套，豔黃套子如旗幟般幡然作響，砸往臉上。楓手忙腳亂扯著那背包套，回頭看見經岳落在十幾公尺後。她矮身靠在圓柏灌叢裡喘息，等他追上來，然經岳不似有前進跡象。

只得咬牙往回走。

「我頭痛。」經岳說。

「快了。」楓說：「就快到了。五岩峰再難走也不過就一公里。要不我拉著你走。」

「不用、不用……」

「那跟著我的腳步走。」

楓調整呼吸，重新以慢速走在經岳前面。此乃人類的奇妙群性，照理說前方無人時，才能按自己的步伐前進，但實際走來反而前方有人更輕鬆。或許是因跟隨者可以放空腦袋，不用注意路況，只須盯著開路先鋒的腳後跟。

他們脫離斷崖路段來到北峰頂，這時應可見壯闊的圈谷景致，但濃霧籠罩，能見度不到五公尺。陡降兩百公尺的碎石坡。路上不時可見被雨打散的草花，兩三公分高的植物體上開著不合比例桃紅色大花。南湖柳葉菜，就算識不得幾種植物的尋常登山客通常也能記住的大型高山花，珍貴的孑遺植物，只有此地最容易得見。看到這花就知道真的進入圈谷了。

山莊是最可能遇到國家公園志工的地點。依照楓的計畫，下到位在圈谷底的南湖山莊後，立刻再花十分鐘翻越到上圈谷，在那平坦的沖積平原紮營。山莊附近人聲鼎沸，四下又無遮蔽，好在大霧瀰漫，無人注意到他們到來。楓鑽入山莊後方與人同高的箭竹叢，踏上往水源地和上圈谷的岔路。

這滿覆碎石的平原和槽型枯溪床是過去冰河打造，如今南湖溪潛流其下。偶有巨大裸岩點綴其間，許是被冰河由遠方運至此處的漂礫，名副其實的他山之石。平原周圍是香青純林，他們到林下拉開外帳。筋疲力盡的一天一切從簡，楓起火煮泡麵，泡麵包裝袋皆因海拔而鼓脹。經岳用發顫的手緩慢從兩人背包裡解下過夜用的睡袋、睡墊等物。

「喂，別小看我，我搞得定。你若還有力氣，怎不去看看夕陽出來沒。」

他拄著登山杖，一拐一拐往上下圈谷交會處的斷崖走去。

濃霧稍稍退去，南湖大山露出山腹，山頂仍在雲中縹緲不知處，西天背著霞光的聖稜線浮在雲海上。金翼白眉的高亢鳴叫不絕於耳。

「若不是被妳拖來，我絕對到不了這裡。能再看一次圈谷，死而無憾了。」

「還早咧，出了圈谷才真正開始。」楓說：「現在吃飯，然後吃藥。」

吃飯時，楓說明她的計畫。既然是考驗個人的求生技術，他們一起行動就毫無意義，不過考量到經岳目前的狀況，抵達上源谷地後，她會陪他找到水源和庇護所，再分開行動。她自己則繼續往下游前進，或翻越山脊到別的流域看看情況。為把握彼此狀況，他們應每兩到三天到約定的地點碰個面。

經岳沒有異議，她也覺得依目前狀況他根本無法思考。

這晚睡得不安穩。海拔已過三千，入夜後氣溫驟降，楓在睡袋裡瑟瑟發抖，感到膝蓋以下冰冷無知覺。

早知道應老老實實背來整頂個人帳才是。楓一面模糊想著，胡亂伸手把背包抓來覆在睡袋上，赫然發覺經岳不在外帳底下。她套上毛帽，探出大半身到睡袋外。

月色皎潔，照亮枯溪床上的碎岩粼粼如一長蛇，經岳往平原中央踉蹌前進。她正想出聲提醒，要上廁所的話不能在石礫地，而要往香青森林去，因為植物和腐植質中的細菌才有分解作用，不致汙染底下的水源，卻聽他開始嗚咽。

周遭盡是石峰，回音效果甚佳，那悲鳴聲聲入耳。踩中吊子的山羌也會這樣整夜啼叫，困獸悲鳴。

楓用睡袋蒙住頭。

儘管睡眠不足，隔天兩人早早就被吵醒。先是打從凌晨起，輕裝單日往返馬比杉山的隊伍便從他們旁邊經過，頭燈閃爍流光如螢。稍晚是等著捕捉朝陽景觀的個人攝影者，提著腳架揹相機在上下圈谷間遊蕩。末了則是徹底天亮後來上圈谷探險的登山客。雖有台灣高山祕境、山上伊甸園等美稱，登山旺季的南湖圈谷繁忙如市集。

繼續假寐也不可能真正休息，楓起身燒水，一旁的經岳也揉著浮腫雙眼爬出睡袋。

「我腳底起水泡了。」他說。

「什麼，這麼不耐？」

「理所當然的吧。我很久沒爬，這也不是專門登山的鞋襪。」

「所以是我的錯囉。」

「對。」

「反正我們走慢點吧。」

收拾裝備後，他們踏著上圈谷冰河遺留下的石瀑前行。沿途毫無遮蔽，雖然應該才早上七點左右，陽光已相當刺眼，整片石原熠熠生光。經岳戴上蛙鏡沉默不語，每走幾步便停下喘息，一方面也是空氣稀薄之故。這時楓便在一旁堆石塔，一種在山區多石路段常見的路標。她邀經岳加入。

「可以分散注意力，會覺得比較輕鬆。」

得到的是回嗆：「我死在家裡最輕鬆。」

「就是太輕鬆才不行啊。可以幫我找個能疊在這上面的、平的石頭嗎？」

沒反應，於是楓自己動手。

「在山下，我們不論是活是死都太輕鬆了。」

他不吭聲，緩步往前行，楓完成石塔後追上去。

起初是與圈谷相仿，碎石坡與巨岩構成的冷硬風景，而後切入陡峭的乾溪谷，兩側始有香青巨木和與人齊高的箭竹叢生。越往谷底去，箭竹叢益發高大密實，岩縫中偶有泉水滴落，匯成臉盆大小的清池，但谷中無水流動。再往下行，眼前是成片箭竹草原，數個黑水池散落其間，草原盡頭是冷杉、杜鵑與松柏交雜的樹林。地上不時可見山羊排遺，他們往樹林方向去。

林下無路，箭竹叢與人同高，重裝備不時被杜鵑灌木卡住，楓索性讓經岳待在樹下休息，自己也卸下背包，帶上山刀往前探路。這時須特別當心，許多山難是探路不慎造成，尤以輕裝探路最危險，連楓也不敢挑戰空手露宿。她不時砍除兩側箭竹以做路標。

此地多岩壁，她的目標是發現天然可避雨的岩洞或岩棚。天然石構成的石洞獵寮就在附近，泰雅獵人偶爾仍使用該處，本應是最佳選擇，然而地圖上有記載的地點不免有被發覺的可能，只能退而求其次。

四十分鐘的探索後，終於找到勉強合意的避雨處，岩石下僅容一人躺下的凹槽。裡頭看起來還算乾淨，沒有動物居住，地上遺留古老的生火痕跡，看來曾有人利用此地。暴雨來襲時這石窟或許不夠深，但位在森林內，上有冷杉枝條，若再掛上外帳，應該可防個八成雨水。

楓回到下裝備的地點，帶上經岳回到岩棚。雖然肉眼看起來乾淨，她點燃一把箭竹扔進洞裡驅蟲，再砍下幾把箭竹紮成掃帚掃去灰燼。鋪上防水布和睡墊後，經岳就鑽到裡頭躺平了。

由於他一直賭氣不吭聲，楓只好一面將食物分成兩人份，一面單方面叮嚀她所能想到的求生細節：她帶了兩人份的地圖和打火機。水源地就在他們來時路上一小時腳程的地方，若是不想走遠，也可以使用中途遇到的黑水池。為了避免被人發現，白天應避開正規登山道和營地等會遇上隊伍的地區。黑水池附近應該有很多動物，但對他們來說捕捉大型動物難度太高，如果真對動物有興趣，先從昆蟲、爬蟲類或鼠類下手較容易。

「那我走了，你多保重。」

經岳不回應，楓又補一句：「過兩三天我再來看你。」

她背上裝備，撥開箭竹之海繼續下行。

只剩她一個人的話，事情就好辦了：總之，找個好地點先睡一覺。被相中的是幾株華山松，底下覆滿針葉，松脂香氣撲面而來。她穿上禦寒衣物，披上雨衣，用帽子遮住臉以防突然降雨及昆蟲來襲。躺倒在地。

再度睜眼並揭開帽子時已然彩霞滿天。草原上有霧飄過，楓往沒有遮蔽的草原處張望，赫見截然二分的風景——東側雲霧蔽天，霧氣湧動，西天霞光萬頃，遠處積雲成海，山頭如島群漂浮海上。

運氣不錯，沒遇上午後雷陣雨。這時若能翻上稜線，多半能看到觀音圈的奇景，可惜她暫時無此閒情。

當務之急是找地方過夜，不過這事不像找給經岳的那麼費神。她在體能或精神方面狀況較好，行動能力高，不是非找洞穴這類穩固據點不可。她可以隨處紮營，若今晚地點不理想，明天換一個便是。

以及確保水源。

來時路上楓一心留意經岳的狀況，忘記在看到活水時先取水備用，雖說就算當時取了也背不動。無論如何，眼下必須做的是找新水源。回到乾溪溝較有指望，或岩壁也行。此地是多條溪流源頭，地下水豐沛，可能有滲水。再不行的話，今晚就不開伙，以乾糧和水壺裡剩下的飲水撐過，明天繼續搜尋。想解一時之渴有數種方法：在雨霧深沉的早晨或黃昏，比如現在，拿乾淨毛巾往箭竹叢裡揮打數回，即可吸飽水分。在地面鋪防水布，搖動箭竹叢令露水落下。睡前搭雨棚時，刻意維持中央低窪，或是將雨棚一角拉低底下放個鍋子，隔天早上約可匯集半杯左右的露珠。

這些方法都不能解決根本問題，但可應急，而這麼撐著渴著餓著，縱有不滿卻也得過且過了。人儘管脆弱，有時要死還真不容易，在出乎意料的方面相當頑強。

楓看準溪溝方向，往森林外走去。

四

1.

獨自躺臥那石窟，經岳朦朧想著這一切是怎麼回事：他被從前的朋友以挽救自殺，還是環保、有效利用剩餘性命，總之莫名其妙他也不甚理解的理由，被拖到印在兩千元紙幣的那座山上。

這事的邏輯性姑且擱下。他可以看出她真心誠意，非常賣力，只是他不記得幫過她什麼大忙，值得今日如此大費周章。他們是朋友沒錯，卻從不是莫逆之交。當然，截至目前大致平穩的文明生活，也不曾出現任何須搭上性命考驗友誼的重大場面。

他努力集中精神，翻找回憶中和那人相關的片段。體力透支外加精神疲勞，過程費力如在脫水後的洗衣機裡湊出一對襪子，失去原色的記憶濕重形變，不過仍有點收穫。他想起初識梅伯時，她似乎也在抵抗某無以名狀之物，只是他從未搞懂那是什麼。

他當上領隊時，正值多事之年。二月桃莉羊被安樂死，三月波灣戰爭爆發，北部各大學均有反戰示威。他們校的學生撿拾杜鵑落花，於草坪排出巨大「NO WAR」字樣。這少女情懷之舉行之有年，通常與愛、徒勞、轉瞬即忘的粉色系願望有關，無傷大雅且不曾見效。在此同時，他躍躍欲試地準備領隊測驗，並在九月的新學年通過檢定，可以自己組隊登山了。

他花半年適應新身分，也總算有比較固定的班底，尚無暇參加下學期迎新，何況那規模遠不如上學期。故小一屆的梅伯以機車新人之姿入社時，他沒有親眼目睹。

據說在那趟早春的迎新健行，梅伯從裝備就招人注目。剛過完農曆年，新生們穿球鞋、毛線衣、牛仔褲，背斜肩包或易髒的帆布包，胡亂拼湊的家當擺明滿臉菜相，令老鳥們的教學魂蠢蠢欲動，梅伯卻穿著起毛的排汗衣和磨損的登山鞋，背上是昂貴的始祖鳥牌背包。

她對社團各類無厘頭之舉大有異議，絲毫不能體會學生族的幽默。諸如：為何在裝備超重時還要背半打啤酒和吉他上山、為何寧可趴在公路上喝水溝水也懶得掏爐具、為何把充氣睡墊丟進溪裡當浮床……為何個沒完。沒參加幾次，她便博得「難纏」、「老頭」等印象。

短暫幾趟出隊，老社員試圖感化她成為共享價值觀的成員，然後紛紛被擊敗。他們想喚起她對山的共同記憶：以難走聞名的山路、斷崖、多霧山區、螞蝗伏擊的潮濕小徑，在克服這一切後終於碰觸山頂三角點的光榮與感動……梅伯歪頭像聽到外星話：光榮？感動？那算啥。他們拉她唱山歌，她只肯對嘴。

更糟的是還有脫隊癖。頭一次在野外過夜，梅伯未在指定時間內抵達營地。學長姊折回去找人，發覺她好整以暇在路邊發愣，看樣子不是體力透支。問她為何要脫隊，又答不上來。

儘管沒變成危險狀況，對部分社員而言時間事關重大。有人對山的興趣在破記錄，不僅在個人腳程，有時更進一步連全隊抵達時間皆分秒必爭。如此拖累進度，簡直罪不可赦。

經岳不太在意。他暗笑怪癖人皆有之，幹部們何不自己照個鏡子。他個人的帶隊觀則如煎魚，每片平整無損、受熱均勻即可，帶幾個出去就有幾個回來，不應平白增加或少帶，此外別無其他。因為不講大規矩，各隊容不下的珍禽異獸，最終都聚到他麾下。

梅伯第一次跟他的隊伍，就讓他見識一舉成名的脫隊病，或說昏睡症。清明連假，經岳帶隊往大小霸尖山。校內晚開的烏來杜鵑尚存，山上則正是一片繁景。由在高山草原上大量小巧桃色花的紅毛杜鵑起頭，稍晚綻放碩大白花的，是藏於林蔭下、身形曲折龐大、垂滿松蘿如異境魔樹的森氏杜鵑；再由寒原岩屑地、受冬雪折壓而枝繁葉捲的玉山杜鵑壓軸。他們沿路欣賞花景，終於穿出森林界線，眼前風光一變。碎石坡無灌叢覆蓋，岩屑閃爍金屬光澤，環繞雄偉的大霸巨岩。

身為領隊的經岳走在最後押隊，趕上前面時才發覺大夥沒繼續前進，停在路邊爭論。

事情並不複雜：正當無人不驚嘆風景壯闊、激起登頂雄心，忽然一桶冷水當頭澆下。梅伯說她想睡覺了，就走到這，然後就地躺下。

根據高山症黃金律「在高海拔發生所有的病徵，都須先假定為高山症」，她這反常的想法和表現，一定是氣壓惹禍。眾人立刻將她團團圍繞，細細審問檢查。看似健康，梅伯卻抵死不願多走一步。

經岳抵達時，正好聽見全隊最有所謂團體精神的老鳥、嚮導兼隊輔的東景，口沫橫飛地勸說：我們會擔心妳。我們已經是一家人了，少不了妳。大家都在比較好玩。隊伍不能丟下任何一人。團體就是有妳、有我、有大家。

經岳聽得猛翻白眼。

面對首次一起出門的人，東景的肉麻話居然跟呵欠一樣輕易出口，也跟呵欠一樣沒內容，翻來覆去就那幾句。能夠說得這麼輕巧，只怕東景所謂家人，重要性跟口香糖渣差不多，要吐掉時也不會太猶豫。

不過他暫且把真心話擱下：「好了啦謝哥，讓她獨處一下有什麼關係？女生都嘛很纖細。」

這話同樣狗屁不通，但他不是要講道理。東景自認紳士，會小心對待任何脆弱易碎的人事物，而果然奏效。

說實在，整件事又有什麼大不了，值得大家這樣緊張？他只是把隊上其中一個對講機給那學妹。

「妳說妳來過？自己待著沒問題？有事就用對講機。」

梅伯點頭，於是隊伍繼續前行。當他回首，見她躺在原地遠眺，好端端的。

就這樣，解決了。所謂脫隊病不過如此。

他還有別人，一些真正會添亂的傢伙要留意。

他們隊上的活寶東景，是幫忙帶隊的輔領，經驗老到體力過人。他真正想當的是領隊，自入社以來不曾錯過任何報名時機，而且每回測驗都有社內外學弟妹組加油團助陣，但老社員都曉得他屢試屢敗的原因不在技術面。

在基本上不洗澡的登山行程裡，東景自稱注重衛生，無法容忍，遇水即脫。不論隊伍是在行進間、渡河中、在水邊忙紮營，轉眼他已脫得剩內褲，不是洗澡就是出於好奇去測個水深。

攝氏十度左右，東景自個浸冰水不打緊，因他自稱為鍛鍊身心，終年不洗熱水澡，但每回都會洗倒好幾個初次登山搞不清狀況、有樣學樣的學弟。他們鬧哄哄跟下溪，臉色煞白爬出來，當晚就倒在營地動彈不得。水邊裸男成群，或水底探測員攪得泥漿揚起，也讓其他前來取水的隊伍相當困擾。

據老社員觀察，東景在沒觀眾時便不那麼堅持乾淨，不再動輒脫衣。他的主力觀眾是學弟妹，尤其是學妹。他叫學妹「妞兒」或「我的小妞」，在她們走不下去時主動分攤重物，不管多背幾人份裝備仍健步如飛，衝在最前面。直到有回出紕漏：他們在找本應放在學妹背包裡的營釘時，發覺她交給東景，而東景偷偷把那埋在來時路，打算下山時回收。他辯稱就算沒打營釘帳篷不也立得很好。

跟這類怪傑相比，經岳覺得梅伯都可以歸進可愛動物區了。

東景致力拉攏梅伯成為團隊一員，白話一點是邀請她加入他的親衛隊。東景會提早離開山頂，早隊伍一步折返、來到梅伯打瞌睡的地點，試著搭話：妳從什麼時候開始爬山？喔是跟把鼻呀，真溫馨耶呵呵親子檔，你們感情一定很好。不攻頂是因為爬過？爬過可以再爬呀！不然妳還有什麼山沒爬過，下次我們可以排去那裡。要問領隊？我是學長，領隊才要聽我的咧！夜晚眾人圍著爐火唱山歌，東景坐到梅伯旁邊引吭大唱，令她直往後縮。

經岳留意到了，卻沒去解圍。這事無關安危，且東景有個注意的對象，可以令他暫時放過其他人，免得全隊老被攪個雞犬不寧。

結束大小霸行不久，他們在南澳古道舉辦野外求生教學營。傍晚東景帶隊員生營火玩團康，又是祈火舞、又是拜火神、又是大風吹。一旦有其他隊伍，甚或一般遊客經過，他便領著隊員從火邊一躍而起，將來者不分青紅皂白地團團圍住，拍手大唱歡迎歌：

「真正高興能見到你，滿心歡欣地歡迎你！」

經岳在遠處旁觀他們折磨陌生人，有些人還真被包圍得樂在其中，轉頭赫然發現梅伯在昏暗的雜木林裡悠晃。他於是朝她走去。

「妳不去拜火神嗎？」他問。

「非拜不可嗎？」梅伯垂頭喪氣，好像他在質問她何不去吞蛇。

「沒啊，都可以。」

梅伯似乎鬆了口氣。

「只是妳一個人躲這麼遠，當心遇到不該遇的東西。沿路有看到解說牌吧？日本時代落水失蹤的泰雅姑娘。」

「沒什麼姑娘。」梅伯板起臉：「聽說正式記錄上沒寫她幾歲，說不定其實是個三十來歲的老媽。」

「老媽或年輕妹的鬼魂，當然寧可她是年輕的，花俏討喜的東西總是令人喜歡。像那個。」他看向火畔。那夥人現正鬨鬧不休，因為東景要表演跳火堆。

「每年跳，每年有效。真不懂那為何吃得開。」

「失控選擇模式。」梅伯說。

「什麼？」

「生態學性擇理論的一種，說動物在本能上會受華而不實的花招吸引。」

梅伯解釋，就好比母麋鹿會喜歡大鹿角的公鹿。產生鹿角需要花費磷酸鈣和膠質，每年還要丟掉重長。大鹿角顯示公鹿身體健康，遺傳子優秀，有本錢鋪張浪費。反過來說，過大的鹿角卻會讓公鹿容易卡在灌木叢，活活餓死或渴死。同樣原理，非洲黑鷺的母鳥偏好長尾巴公鳥，但尾巴太長飛不起來的性感公鳥，會被第一個吃掉。動物在鋪張冒險和死亡之間取得動態平衡，花招不可能無限上綱。

「但世上已沒多少掠食者以人為主食，也沒有灌木叢困得住我們，所以人類就剩花招不斷進化。」她最後如此作結。

經岳臉上笑呵呵，心裡評曰：怪咖，生態怪咖。怪咖有兩種，有自知之明的和沒有。梅伯是前者，添的麻煩還不至於太多，而且她竟沒被東景哄騙，看得出問題，比他原本估計的有腦筋。

東景是後者，跟經岳的關係是在互補與互相角力間擺盪的微妙平衡。東景在別隊待不下去，當不上領隊又心有不甘，於是致力於搞小團體，老跟經岳唱反調。

之所以容忍如此情況，則因經岳自己的罩門：他不是玩咖，要他帶團康或表演草裙舞，不如叫他去跳卡羅樓斷崖。如果只由經岳說明行程，報名人數常常難以湊到出隊門檻，因為他不覺得有必要宣傳，不來拉倒。東景則是叫披薩、集合老面孔在社辦畫海報，一方面凝聚社員，同時也吸引社團外的人報名。結果是新生常花上一陣子才曉得經岳不是副隊長。東景對這類誤認相當得意，從不主動糾正。

儘管對領隊們的帶隊規矩不感興趣，經岳倒有項不容退讓的原則，在別人眼裡恐怕也相當怪異——他認定所有人都該好好吃飯。

這主張看似基本，不知怎的，他身邊辦不到的人如此之多。在全家人圍著餐桌吃飯時旁邊有台響不停的電視，還算勉強可接受的脫序行為，畢竟跟家人沒什麼好聊，好比他們家晚餐就是酷刑。老媽在海運公司上夜班，只能透過預留的飯菜勉強彰顯其影響力。年紀差很多的大哥已在外自食其力，偶爾回家吃飯時享有行使隱身術的特權，不會有人在飯桌質問他任何事。剩下他和年紀相近的妹妹。他們不熟，但此時也不得不結成同盟，共同應付永遠搞不清狀況的老爸。

老爸總是如此開場：「我找到願意給你們補國中理化的人了，是我底下那某某人的弟弟。」

「媽有送我們去補習。」經岳說。

再過一陣子，則是：「這裡已經沒有國中生了。」

「那要不要高中理化家教？」

「高中沒有理化。」他妹說：「我文組的，你問哥。」

「免。」經岳說：「我全班前十的。」

他當然是有意炫耀：看！你們隨便養，我也隨便大，而且腦袋恐怕比你們全員加總還靈光。令人挫敗的是，老爸毫不在意，只聽懂了暫時不必找家教這點。隔段日子，上述對話又重來一遍。

直到他們高中畢業，老爸仍不斷在職場濫用人脈物色理化家教，好像只要找得到，便算盡了親職。他和妹妹總是互使眼色，一面在桌下互相踩腳。這類互動在他妹把嘴唇指甲塗成黑色，並在身上打一堆洞後就消失無蹤，許是從那滲進的什麼物質讓她變了個人。

幸好他已考上台北的學校，總算逃離那電視與餐桌了。

然而當他進大學，發覺「電視與人生」這聽起來像混充通識課名的組合，在此地得到更令人火大而穩當的發展。走進學生餐廳，從懸掛的電視機下望向餐桌區，會看到用餐者一臉被下蠱樣，嘴巴一張一合，不知身在何處的表情。只有極少人認真望向餐盤，或互相交談。他朋友聲稱在外面選餐廳時，有無電視是第一要件。智慧型手機尚未問世，但就像預兆般，LED螢幕正滲透到公車、捷運車廂與月台。有人短暫發起反對運動，迅速被勢不可擋的洪流淹沒。

與此同時，《28天毀滅倒數》和永遠拍不完的《惡靈古堡》系列，殭屍片開始大行其道。直到數年後，他工作過一陣子，隨時隨地人手一機、手機遊戲的時代來臨，他才驚覺兩事的關聯性：

原來那亮晃晃的小螢幕，令人身不由己盯著，走進淺海或車流中、行動受制於它的，正是把人變「殭屍」的病毒啊。

當時他便察覺，世上除了已有定義的「無行為能力人」以外，還有一類症狀較不明顯，但狀態亦堪憂的「無進食能力人」。這類人通常沒有病識感。不知不覺間，他已將他們通通拖到住處的飯桌前。當然，他家沒電視。

2.

經岳和兩個室友合租公寓，共用廚房、客廳和衛浴，其中廚房是他的勢力範圍。雖然以前他就有點興趣，卻是搬上來後才實際操作。他曾試圖在老家下廚，只被嫌把廚房搞得一團糟。因為那是老媽的領域，未獲准許不得擅用，即便他會善後也一樣，而她又無論如何不會准許。她寧可自己包辦一切，同時抱怨他們沒天良：「我是你們的奴才嗎，嗯？你大爺是皇帝啊？」對他妹則是「妳太后啊？」不知為何比男生們高一階。

老媽的興趣是看中韓的古裝連續劇，重播照看不誤，並在同樣段落笑或哭。比起無常世事，可預期的劇情給她極度安慰。經岳想，如此責罵大概令她享受入戲的樂趣，他當然不會不知趣地打斷她的戲劇治療。

男生煮飯也不稀奇。加入山社後，經岳發現各隊大廚常是男生。剛開始他自負認為男性比女性天生更有才能，後來發現或許無關。山社的女生通常不挑食，許多男生卻不能遷就，抱怨到最後只好自己動手。

經岳則屬平地大廚。由於他一煮就是全員份，室友開始把飯錢留在餐桌上，其中一人帶來一只檸檬夾心酥鐵盒。這懷舊小物變成餐費箱，之後其他食客也往裡頭丟錢。

一切並非盡如人意。吃了不付帳、拿鐵盒裡紙鈔兌零錢，或乾脆從裡頭借錢的白目逐漸出現，但經岳毫無結束食堂打算。當眾食客變得不知感恩，把他當廚師看待，進門就嚷著要飯，他抱怨歸抱怨，實際上倒沒太計較。

這是他跟梅伯混熟的契機，她也是被他撿來的食客之一。

中午時分，經岳騎車從輔導室外的雀榕樹下通過。那裡有些野餐桌，用餐時間眾人搶占座位，梅伯坐的那處卻無人問津，原因是正上方雀榕正從樹幹迸出渾身果實，麻雀、白頭翁、綠繡眼、樹鵲和喜鵲擠得一樹鳥聲喧譁，糞便和碎果白燦燦澆得滿桌滿椅，在陽光中蒸騰出溫腐酸味。無視身旁狼藉，梅伯獨坐在那，經岳拐彎繞回來向她打招呼。

「我認識你？」她怒目相向。

山下的外觀常與山中大不相同，或說在野外折騰一番後，所有人都變成同個模樣，鍍上一層飢餓倦怠之膜。只是梅伯並無太大變化，同樣覆著那膜，他不會認錯。

「認識啊。」經岳說：「我們聊過鹿角跟長尾巴。」

生態怪咖，他在心裡悄聲補充。

「……是學長？」

姑且算認得了。

他們聊幾句，冷場比會話多，經岳騎車離開。

後來他發覺，只要在午餐時間通過那雀榕樹，不時便能碰到隻身一人的梅伯。每回狀況總是不太好，兩眼浮腫面色慘澹。明明是用餐時間，顯然她根本無心吃飯，標準的無進食能力。換成東景就會這麼問：火氣這麼大是怎樣，跟人吵架？沒錢？考試考砸？被家裡人罵？把人扒光似的東南西北痛問一頓，然後把女生邀去咖啡店談心，或許晚上再接著去活動中心看場免費電影。

經岳完全不是那型，但有回他終於忍不住邀她：「妳有車吧？要是之後沒事，跟我去市場。」

「幹嘛？」

「當然不是喝咖啡看電影。」他說：「買菜啊。」

這完全不是充滿魅力的提議。他半推著她去牽車，兩人頂著正午強光穿過農場鑽進狹小巷弄。天色明亮的陰天，附近住宅飽受雨水浸潤，即便無雨，也一副廚房角落舊拖把似的陰濕模樣。公寓大門的屋簷上不時亂生多刺的麒麟花，馬拉巴栗、黃金葛及白鶴芋等室內植物理所當然似的占據家門前，彷彿那是室內無光場域的延伸。在公園附近狹巷停妥腳踏車，正逢早上市集即將結束的忙亂時刻。

收攤前最好撿便宜，不過沒吃飽就扛不動東西。跟登山一樣，他說著，沿途買小吃掛到梅伯手上：小籠包、鹹酥雞和滷味，再買杯飲料。他們都無心找話，經岳盤算菜色，採買講價，買到就轉身掛到梅伯手上。攤販阿桑笑道：「怎麼叫小姐提東西？」

「我們是登山的。」他回答：「人說山社裡頭，女生當男生用，男生當畜生用。」

途經水果攤，他小聲抱怨：「這攤子擺得漂漂亮亮什麼都有，但我寧可要那種把小發財車停在路邊，整車都賣同一種東西的。在我家，這時候滿街都是賣鳳梨的。街旁就是鳳梨田，都可以看著它們長大，從拳頭一樣的小鳳梨，到被戴上帽子，從田裡被移到貨車上。車上先是鳳梨山，然後隔一陣子換成甘蔗山。」

「學長的老家在哪？」

「嘉義。」

梅伯說沿街賣蔬果的小發財也是她家附近常見風景，不過內容物換成香菇和龍眼。

忽然飄起雨絲，他們都沒手掏傘。

「媽的見鬼的台北，啥鳥天氣。」

「真的很鳥。」她同意。

邀過一次以後，再來就容易多了。此後在煮火鍋、薑母鴨或包水餃等人多才熱鬧的場合，經岳會想起要揪這人。梅伯推說有事的機率約占八成，於是他有話題跟她聊了，無論在山上山下：「妳最近在幹嘛？邀了都不來。下次來我家吃飯啊！」

至於經岳的其他班底，首先是兩名室友。其一是他高中以來的哥兒們，讀氣象學且有潔癖，興趣是監控家中溫濕度。他是唯一可討論料理的對象，但不適合宴客，因為這人過於精細，在切菜和擺盤上耗時甚久。當一道菜接近尾聲，他必端過盤子喝掉菜湯並舔個乾淨。雖本人無視外界眼光，為顧全朋友顏面，有外人在場時，經岳就會避免煮些湯湯水水，免得他舔得太來勁。

其二是上網廣告招來的沉默數學人，總是在打工。經岳還真不知此人喜好，姑且以重鹽、不要深綠或紅色蔬菜、有湯汁可澆飯，三項多數男生通用的守則辦理，而對方倒真吃得開懷。唯一的麻煩是最後一項照料守則，與經岳為室友一訂下的規則相剋。他還沒空想怎麼解決，也許就不管了。

再一人是他同學的女友，隔壁校美術系的學生。他同學心情不佳便來喝酒，交女友後兩人一道來，最近變本加厲，吵架時會把女友載來扔在經岳家。這女生食性特殊，不吃黑色食物。在此原則下，許多乍看毫無關聯的食材被拒絕往來：香菇、木耳、黑芝麻、海帶、黑巧克力、醃橄欖、豬血糕、黑咖啡。

最後是一個系上學弟，來自南投的住校生。這人的地雷室友常帶不同女生回房過夜，並且無預警上鎖，令與他同室的無論是剛洗完澡還端著臉盆的、從實驗室熬夜回來剩半條命的、忘記帶錢出門又折返的，全都在外叫天不應喚地不靈。後來學弟弄了台有輪菜籃，遇重要報告繳交前，便運著書籍和簡易生活用品在宿舍交誼廳、實驗室與圖書館之間輾轉。經岳讓這校園街友暫居客廳，令他感激涕零：「學長你佛心來著！」學弟從不挑食，就算經岳料理失敗，也會很給面子的幫忙清盤。

既然已有這麼多怪客，也不怕再多幾個。聯絡來聯絡去了半年，梅伯總算也會偶爾露臉。以這頻度經岳覺得不必提及錢箱，不過梅伯有時會主動帶食材，有回提來整隻雞。他想付錢，她堅持不收。

「算幫我忙。我修動物學實驗要拼雞骨標本，每組要吃掉一隻全雞才能得到完整的骨架。我這組就兩人，另一個吃素，我自己對付不了。」

「妳什麼人不好挑，幹嘛在動物學實驗跟吃素的同組？」

梅伯說得無奈：「我沒認識的人，隨便邀了坐隔壁的，結果她參加什麼愛護生命協會。」

據說該會主張所有動物平等，吃全素不吃牛奶蜂蜜，因為那剝削乳牛和蜜蜂的勞力。梅伯的同學在學生餐廳裡，若點不到素餐，便在點肉燥麵後把肉燥一顆顆挑掉，不慎買到摻奶蛋或蜂蜜的食物，就整包扔垃圾桶。

「我們在實驗課要解剖蟑螂，她帶來的都不足六隻腳，說是從蟑螂屋拔下來的時候折斷了。所以她房間有蟑螂屋，我對那啥眾生平等很有疑問。」

「非洲飢民和被剝削勞工，想必也對自己不如蜜蜂跟乳牛而很有疑問。那個啥會，幹嘛不直接點，改名叫人類與節肢動物去死會。」

他在廚房繼續忙碌，聽梅伯在客廳跟其他人解釋課堂要求，要大家分食前先記妥位置，把啃乾淨的骨頭依序排放報紙上。說話倒有條有理：「請不要把骨頭咬碎，軟骨和筋吃掉沒關係。有不知道的部分可以問我。」

「這個呢？」

「那是肌腱，可以。」

「那這個呢？」

「太遲了，已經被你咬掉一根腳趾了。」

「我可以待會去買滷鳳爪補回來嗎？」

「顏色會不一樣。」

「你那左腳？那你還要剛好買到左腳才行。」

「老闆來支滷左腳！這樣？」

「跟妳老師說，這雞天生缺個趾頭不行？難道世上所有的雞腳趾都全的，我就不信。」說著外頭一陣笑。

那些時刻裡，她表現得一切如常，他覺得那些拿她沒轍的人實在大驚小怪。只要圍在桌前一起好好吃飯，有什麼不能解決。

只是那些同聚一室吃飯閒聊的日常風景，以及他們的搭伙生活，都隨畢業而自然消滅，和那餐費盒同樣下場。鐵盒裝的夾心酥早已停產，也沒有人稀罕夾心酥等級的點心了。

3.

經岳的家庭餐廳一直開到上研究所，當時的女朋友對此非常排斥。她是護校學生，叫他「老公」，希望他對等回饋稱她「老婆」。他不反對玩遊戲，但她挑的角色太寫實讓他不舒服，不過這事彼此彼此。他曾提議，哪天她該把制服帶來扮護士，同樣讓她火冒三丈。

只是他當然覺得自己更有理：他們才幾歲，幹嘛急著彩排婚姻生活，父母輩愉快的榜樣還不夠令人倒彈嗎？

經岳的說教癖又發作。他說，一種制度無論過去曾有多少成功例，只要執行起來痛苦，弊多於利，便不合時宜。薪水停滯而物價節節翻漲；內容隨機、絕望率比抽福袋還高的姻親們；就算畢業後馬上工作，賺十年也無法在北部買間廁所；他自己的父母不好對付，也不打算折騰女友伺候他們。結婚組成核心家庭這碼子事，不過是推行政策時的最小單位，是政府的主意，商人的噱頭，長輩的迷思。

他的理想，是自己挑選家庭成員。由志同道合的人組成，數名友人共享客廳或庭院等公共區域，平日在套房內各過各的生活，有事互相扶持，想找對象生子請自便，亦可攜伴加入。

他認為這才是新時代的家庭，以價值觀而非血緣為組成依據。當有人辭世，依同樣原理遞補。既不會讓人孤老而終，也不受少子化影響，比傳統家庭型態更可永續。

那你想跟哪些人生活？女友氣鼓鼓的問。

目前來吃飯的都不錯。有些講話機掰了點，骨子裡其實是好傢伙，他說。

但這說明只惹得女友更疑神疑鬼。每每在他家見到新人，她就急著盤問：「所以那也是你未來的同居人囉？那不是男的嗎？你男女不拘？你到底要撿多少人才甘心？你是在積什麼點數，還是在辦街友尾牙，越多越好嗎？」

他們沒多久就吹了，理所當然。

當梅伯的食客身分逐漸穩定，她的特立獨行也邁入另一階段。她仍隨地倒頭就睡，隊員也差不多習慣，或放棄去管了。既然有人蒐集三角點、秒數、攀登同一座山的次數、每座山頂不同的日出等抽象之物，當然可以有人蒐集睡眠。但除此之外，她開始積極找尋一些抽象問題的答案。

據說，她想為登山這事備齊同伴、目標和成就感三要素，經岳不懂湊齊後有什麼獎勵。現下同伴有了，第二、三項卻讓她想破頭答不出來，爬過許多年從未想過為何，於是先來聽別人的答案。人為何爬山，此問在山難發生時，最常被重新討論，也已有近似標準的解答：首位登上聖母峰的英國登山家馬洛里的「因為山在那裡」，及之後數人的哥白尼式翻版「因為我在這裡」。兩種答案都有點抽象，透露些許「再來個更蠢的問題啊？」的倨傲。這些人都是出門一趟動輒百萬的登山家和冒險家，與平頭百姓爬山只怕難以同一而論。

梅伯遍訪社員，尋找更平易近人的誘因：攝影、研究、收集百岳、觀星、捕蟲、賞鳥、轉換磁場、吸收負離子、自我證明、野性的呼喚、對自然的愛。沒原因恁伯爽啊。踏破無人造訪的處女地。玉山東峰冷峻的側臉，讓人想征服她一親芳澤。最後兩個說法，有點令人懷疑受訪者是否雄風受挫。

她也訪問經岳。

「我沒什麼特別動機。我去合歡山，發現自己很能走，也想進個社團玩玩，就這樣。」

「為什麼是爬山？為何不是網球？」

「所以妳想找轉捩點，決定歷史時刻的重要戰役。」他說：「但那是教科書編出來的，有因有果才好出考題。事實上，世間沒有因果，一切都是原子碰撞，偶然、巧合與力學。宇宙是一灘原子的爛泥巴，我們都在泥巴裡滾，沒道理也沒有公平正義。所以才會那麼多宗教都有用泥巴造萬物的故事。」

「我以為開街友餐廳的人應該更有愛心。」

「就算收集了整套動機百科，恐怕妳也不會滿意。」經岳說：「妳其實只需要更厚臉皮、活得更白目一點。世界上有更多麻煩人物，還不是活得好好的，每天樂滋滋。」

他認為，梅伯帶來的損害遠小於自我評估，只有她本人覺得自己有很大問題。其實只要停止思考，一切問題均不復存在。

至於該怎麼切斷腦部運作，不妨參考他們的白目之王。東景最近的壯舉是和朋友爬玉山，在塔塔加鞍部遇上大雨。為省去搭防水外帳的麻煩，他把兩頂帳篷搭在路旁公共廁所屋簷下，正好擋住出入口。反正用跳的還是能通過，只不過睡夢中可能有整輛遊覽車的男乘客在頭頂跳來跳去。

東景不以為意，在廁所裡生火煮飯，既可避雨又有水源。他們全隊共三頂帳篷，公廁擺不下，本該睡在裡頭的三人中，有兩個睡車上，第三個也就是東景本人，硬要搞怪，睡在將男廁分隔為左右兩區的木隔板頂上。那隔板厚約十公分，居然整晚不曾滾下來。他拍照留念，逢人便炫耀：

「跟小龍女睡繩子有得拚吧？」

那畫面還真有點帥氣，只要忽略底下成排的小便器。

東景的人生不值得參考，但換個角度來看，他搞不好是合適的諮詢對象。經岳想：那是因東景的煩惱不同凡響。會讓東景困擾的，是諸如崇拜者最近是否增加，以及體脂肪率。一般俗人的煩惱，搞不好能被他輕鬆帶過。

「人為什麼登山？這跟死文青喜歡問的人為什麼要存在、人生的意義之類不是同樣的問題？我都不曉得妳這麼多愁善感。用不著知道，重點是要快樂啊！」

「具體而言是？」

「唱卡拉ＯＫ、看轉載文章、就可板、網路上的搞笑影片……方法多得是。什麼，沒效嗎？我知道了，現代人很多都這樣。妳就是日子過得太閒，對生命不知珍惜，否則去吃一頓大餐，不就讓人感到此生無憾了嗎？妳應該去當急診室志工，去看看生死一瞬間，然後就會慶幸自己好手好腳活著真好。」

梅伯就近詢問附近的醫院，得知他們要求志工每週值班四天，對學生而言太過困難。經岳想她應該會就此放棄，沒想過她會把這鬼點子當真。

這一年的清明連假，經岳帶隊往奇萊南華。山社有探勘、溯溪、攀岩、中級山或古道等選項，他偏愛景觀壯麗的高山行程，覺得那才是真正的荒野。自從他把對講機交到梅伯手上，走過幾趟發覺可行後，實質上就把押隊任務交給她了。她有經驗，整年下來也沒出岔子，這回他同樣讓她殿後。

誰知這趟卻有事。

他們兵分兩路，本隊清晨包車出發，另有一批有課或早已返鄉至中南部的，隨後才自行合流。本隊在中午開始行進，分隊下午趕上，居然沿途沒人看見梅伯。

經岳趕忙用對講機呼叫。梅伯還在，沒有昏迷，能用對講機說話，只是支支吾吾答不出所以然。經岳讓隊伍繼續前進，自己放下裝備往回走。

他在落後隊伍三百公尺處碰上梅伯，被嚇一大跳：她受重傷，登山褲上一大片紅黑色血漬。她還抱著一隻虛軟無力的吉娃娃。

再仔細看，他發覺那不是吉娃娃。是小山羌，半開的嘴噴著血沫，左前腳剩半截，那堆血該是這麼來的。

「我往谷底上廁所，看見陷阱裡有這個。牠腳斷了。」梅伯神色慌亂：「怎麼辦？」

「妳把牠拿下來幹嘛啦！」

經岳只覺得莫名其妙：「這是人家的獵物吧？」

梅伯解釋，底下有山澗，獵人沿溪設置陷阱。附近有別的捕獸夾，裡頭獵物已風乾，讓她覺得很久沒有人巡視。這山羌如果能被收走吃掉，倒也無妨，讓牠這麼風乾成無用骸骨，就有些不值得了。

「妳要為牠下山找獸醫？都這樣了救不活的。」

經岳分析，登山口沒有公車，只能碰運氣等別人便車，但身為領隊不能讓社員落單，還得有誰肯陪同下山。大家好不容易來到這裡，不會願意為一隻擺明要死的山羌折返。梅伯說，那就帶著牠跟隊伍前進。

「那妳把牠藏起來，別拎在手上，會嚇壞人。衣服上的血，最好也在進山莊前洗掉。連假山莊裡人多，要洗也不容易。」

梅伯進樹叢換衣服並下溪洗衣。回到路面上後，她用山刀把毛巾割兩半，一半綁在山羌斷腿當止血帶，一半用來蒙住牠眼睛，然後用塑膠袋將牠裹住只露出頭部。背包裡的公糧掏出提在手上，把塑膠袋包裹的山羌裝入，濕衣服覆在背包頂上做掩飾。

他們啟程去追隊伍。經岳胡亂謅理由，說梅伯找廁所的時候跌進溪裡，所以在求救。其實有什麼好急的，換件衣服不就好？

「沿路哪有溪，妳是找到多遠的地方去啊！」

眾人大笑，梅伯面無表情，經岳則在心底冷汗直流。她打算拿那山羌怎麼辦？千萬別在大家面前拎出來啊。那血淋淋的小動物，他受得了，別人可不一定。

沿途梅伯拿手機忙找訊號，聯絡認識的人看能否去獸醫系一問。看她無心留意四周，經岳暗自退到最後一起押隊，她也沒發覺。傍晚抵達天池山莊，經岳忙進忙出確認床位和其他設備。莊主不在，可能是暫時出門，他在門口等著，梅伯走來悄聲告訴他：山羌死了。

他說一等忙完，就會跟她去把山羌埋了。梅伯搖頭，提了個怪到極點的主意：

「煮晚餐的時候，可以把牠煮了吃掉嗎？」

「當然不可以！」經岳悚然。

首先這麼做豈不是違反動物保護法？梅伯答說山產店不也照賣不誤，沒人檢舉就沒事。

那妳會肢解動物？經岳期望這問題可以嚇退她，但梅伯說她在動物學實驗課，還有幫學長姊剝製標本時學過。他們切過松鼠、飛鼠、鼴鼠和車禍的野兔，下刀原理應該雷同。

但他怎麼向其他隊員解釋？牠有沒有口蹄疫或其他疾病？寄生蟲呢？為什麼她不能讓事情簡單些，把牠埋了、哭一哭忘掉就好？追根究柢，為何要救牠下來？

「可別說妳看不得動物死啊，動物學實驗課呢？這裡也不是保護區，有陷阱很正常。就算妳想解決狩獵問題，也不是見一隻救一隻吧！」

梅伯為的倒不是狩獵問題。

「東景學長說過，我應該親眼看看死亡。」

「他隨口亂說一通，妳還當真。」

「就這件事，我覺得他講得有道理。只是看過之後，我覺得珍惜生命的方法是不要讓牠白死。」

「什麼叫白死？」

「有沒有被充分利用。」

「死就是死，沒有誰死得比較有價值或誰白死。」經岳說：「所有生物努力活著，死的時候崩解四散回歸爛泥，只是這樣而已。」

「不跟你談這些。」梅伯擱下這話離去。

經岳是累了。連假的天池山莊人滿為患，不斷有人進駐。莊主不在，他們得自己喬床位和廚房空間。有新生第一次來高海拔，沿途又是腳痛又是頭痛。經岳盤算著最糟狀況：若是高山症，嚴重的發症常在半夜，得有人陪同下撤，這種麻煩事不知誰肯自願。

路過廚房，他聽見東景正糾纏隊上大廚的兩位學姊。

「晚上加菜好嗎？我弄到稀奇的東西。」東景悄聲說：「山羌肉。」

「什麼叫弄到？」

「人家給的。」

「是哪隊，為什麼無緣無故給我們？」

「不要問這麼多，要煮不煮？放著也是壞掉，多浪費，是肉耶！到山上有肉可吃耶！光是這點不就夠了。」

經岳當然知道那是哪來的。

他倒被氣樂了：好啊，這好傢伙！此路不通，她反身就投到對向陣營去，只是她未免太高估對方。在他這裡得不到滿意答案，另一邊也未必會有。看來她一旦決心要做什麼事，無論有多瘋狂，都會不管不顧的一逕做到底，像剎車失靈的暴衝貨車。

螳臂擋車，固然不能指望有效果，但他也不能假裝沒看見，至少該勸勸某個呆子別猛催油門。

他把東景叫到山莊外。

霧氣濃重，山景和星空皆隱沒其後，頭燈照入夜色中銳利如雷射光束。

「謝哥，你怎麼跟梅伯一起鬧，萬一你們全部上吐下瀉怎麼辦？我可找不到人抬你們下去啊！」

「太誇張了啦。山產店連爛的都在賣，這可是新鮮的。何況這裡是台電保線所，有什麼狀況車子也開得到。」東景拍拍他肩膀：「放心啦，你是老媽子？規矩這麼多就不好玩了啊。冷死了我進去了。」

無藥可救，經岳在內心裡評曰。只能祝梅伯好運了。

耐不住糾纏，大廚後來炒一小盤，只放胡椒和鹽。既然是東景做事，大家也就懶得追究來歷。梅伯在眾人開動一陣子後才現身，面色鐵青。經岳不由自主在意起她指甲上是否殘留血漬，但光線昏暗啥都看不出。

那肉起初只有東景和梅伯敢吃，後來他的親衛隊也加入，結論是「炒牛肉比較好吃」。

當晚經岳輾轉難眠。氣溫僅兩度，美名為山莊的鐵皮屋因擠進太多人而濕熱不堪，呼出的熱氣在天花板凝結成水滴，再落回臉上。就算想爬出睡袋，四周擠得連翻身都不能，只得忍耐。

大半夜有人倏地坐起痛苦乾嘔，隔壁隊的人高山症發。其他成員又是煮水又是找紅糖，往來奔走不休。也該騰出一些空間方便他們忙，經岳索性去趟戶外廁所，赫見梅伯在山莊前廣場獨自閒逛。

他沒招呼她，便逕自通過。

隔天梅伯還是老樣子，沒去攻頂。回程時她和東景一夥走，遠遠躲開他，他也懶得在意。

接下來一段時間，經岳只在社團午聚見過梅伯。她跟親衛隊混，他看戲似的好奇能撐多久，她跟那夥人電波又不合。東景有嚮導資格，雖然無法通過社團的領隊檢定，不過社外就沒這限制，頻頻帶人出隊。梅伯似乎跟著登山去了。

儘管碰不到面，經岳照樣打電話邀梅伯吃飯。她的聲音僵硬驚訝，又恢復他在雀榕樹下遇到的張牙舞爪。現在她推說有事不能來的機率是百分百，不過倒沒拒接他電話。

其他食客則同感驚訝。

「你們不是鬧翻了？她都懶得鳥你，你還敢邀。」

「沒啊，只是意見不合。」

「那就是鬧翻好嗎。」

「對什麼的意見不合？」美術系的女生問。

「……生命？」

大夥一陣狂笑：「搞屁啊！那算蝦毀！」

然而梅伯似乎嚴肅看待此事，好一陣子不再出現。沒多久，經岳聽說她被捲入的事件：她跟東景外加一個學弟，為幫忙找雨天在黑森林走失的登山客，反而自己迷路，三人在野外露宿一夜。可沒有脫光後相擁取暖的香豔場景。學弟第一次爬山就露宿，驚嚇過度，連遺書都寫了，他的家長差點把相關一幫人全告上法院。

某日傍晚未到開飯時間，經岳正在準備，電鈴響起。梅伯提著一袋龍眼、一袋土芒果，站在門口。

「……我從家裡帶上來的，品質很好。」

「……幹嘛，妳不會是覺得空手就不能來吧？」他接過那些水果。

「我不喜歡欠別人。」

「下次再說這種話，我可要翻臉了。我哪會一筆一筆去記誰欠多少。」

疙瘩並未完全消除，梅伯似乎仍對他心懷不滿。他們有一搭沒一搭講著進客廳，他回到水槽前挑菜梗，梅伯將龍眼上桌。

「你說世界是灘爛泥，我們只是原子的集合。」她在他身後問：「那你幹嘛開街友餐廳？」

「不幹嘛。人活著從來不為幹嘛。」經岳說：「草履蟲活著有什麼目的嗎？噬菌體吃細菌，是因為它夢想撲滅所有細菌嗎？不是嘛。我們靠本能而活，因思考而死，所以妳也別想了，有害健康。腦袋放空好好吃飯，就能活得很好。」

「我一點都不贊同。」

「妳不必贊同。世界是灘泥，口水戰也只是攪爛泥。看到有能吃的、好吃的，就去吃。就這樣了人生。」

經岳走出廚房，兩人隔著桌子埋頭剝龍眼。

他們意見不同，不過在承認這點後，現在他們恢復成朋友了。

他問起那露宿事件到底怎麼回事。梅伯說，儘管東景把那當壯舉到處宣揚，起因卻是連串的判斷錯誤。

那趟暑假雪山行原本有四人，有個學姊臨時取消。出發前南海上有低壓形成，但距離尚遠，決定如期出發。排除想進行特殊訓練，例如雪訓的情況不論，登山適期是天候安定的春與秋，但學生族最大空檔是寒暑假，許多學生隊不得不賭一把。

第二天大霧瀰漫。雖如期推進到離山頂最近的三六九山莊，就算登頂也無展望，令人萌生退意。山莊裡各隊都面臨同樣抉擇。傍晚時有人向駐守山莊的公園志工求助，說他朋友去黑森林攝影沒回來。

眾人沒山可爬正氣悶，消息一出，各隊立刻派出人員組成搜索隊。東景嚷著要跟，說是畢生難得的體驗，學弟也被說動，最後全隊參與。沒多久便在林中找到那人，既沒受傷也不慌張，態度淡然，說是忘記帶燈走不出去。

全員收隊折回，東景隊落在最後，猛一回頭，發覺學弟不見了。

東景說，這麼說來，方才在路上好像有人喊叫。

由於距離不遠，東景認為應立刻折返找人，梅伯沒有多想，跟著去了。這是判斷錯誤，其實他們應該先追上前方隊伍知會一聲。

他們循聲找到人，原來學弟的頭燈熄了，亂闖一陣找不到路。只是這下三人都迷路。他們想尋找鋪設在森林中的水管，沿水管即可走回山莊，但天色已黑，靠兩盞頭燈找路相當困難。頂上密林一片，也無從借助星光。瞎忙之後只能就地露宿等天亮。

三人幾乎無眠，因寒冷而不住發抖，不時飄起的濃霧交織細雨，天色微亮時，梅伯終於打起盹。當她再度睜眼，看見隔壁學弟一面瑟瑟顫抖，一面緊握一張餅乾包裝紙的內袋在寫什麼。

是遺書，學弟說。學姊也寫嗎？如果我們出不了黑森林，至少要讓我媽知道我愛她。

太誇張了吧！你跟你媽這麼肉麻？你媽寶嗎？東景嚷著。走了走了，既然都醒了就開始找路，反正天也亮了。

大學生熬夜一晚沒睡是家常便飯，氣溫雖低也還不致死，在東景看來這兩人莫名其妙。一個是誇大野外的危險嚇到腿軟，一個是過信野外的安全，嘟囔著好不容易睡意降臨，為何不能多睡幾下。拖著兩個麻煩，他以巧言搭建的平日形象蟬蛻似剝落，對梅伯和學弟又拖又扯，一路揮舞登山杖擊打兩人，趕牛似的逼他們前進。崇拜的學長一下子變成暴君，學弟嚇得不知所措。

「哈哈！」經岳笑起來。

梅伯瞪視：「我本來就知道，也就算了。但以第一次登山的人而言，我對學弟非常同情。」

「當然值得同情，差點遇到山難後緊接著遇到白目，但不得不說，有時白目還真振奮人心。」

確實如此。他們只花原本的一半時間便跑回山莊，平常腳程都沒這麼快，簡直是奔牛節。而在山莊裡，根本沒人察覺他們全隊不見。這事從最開始便判斷錯誤：山莊人來人往，若無同隊留守，其他人難以察覺出事。

梅伯認為有更基本的錯誤：最初的失蹤者，是故意在黑森林逗留不想出來，因為他的單眼相機留在床鋪上，被找到時也沒帶著別台相機。黑森林可是出了名的迷路勝地，也因此死過不少人。只要有點常識，第一次來的人絕不會隻身擅闖。

「所以呢，妳想表達什麼，他沒常識？」

「他想死在山上，而且不要讓人找到。」梅伯斷言。

「光從這點看不出來吧！」經岳說：「說不定他口袋裡有相機啊？或他本來有帶，迷路時搞丟了。」

然而梅伯堅信，那人預謀自殺。她仔細分析他被找到時不可思議的冷靜、細微的表情，最後更主張他朋友若真為他著想，應該放手隨他去，不用找了。那也是一種選擇，幹嘛多事打擾他？

經岳無語。他們從生命到底是不是源於爛泥的問題，討論到結束生命的正當性，話題一個比一個複雜，簡直是刁難他。天曉得該怎麼答，他又不是張老師。

最後只能判斷龍眼會該進入尾聲了。

「該停了，再吃下去會流鼻血。」他說。

梅伯自此回歸他的隊伍。他以為她轉過這遭，總該變得比較安分了。

五

1.

楓的營地在主峰分出的稜線上，沿山脊繼續下行可抵西吉南山。鐵杉與冷杉交雜，已低於海拔三千公尺。箭竹雖高，但林下乾燥，不似有蟲蛇，缺點是沒水。最近的水源距離十五分鐘腳程，岩壁滲水積成臉盆大的淺潭。能在水邊紮營本該最理想，無奈該處多灌木又崎嶇不平。

她仍在物色條件更佳的營地，不打算久留，也就盡量不費力氣整理。只在三株冷杉之間張開雨棚，附近大致用山刀砍出空間。

今天的目標是去探望經岳，順便收集食物。營地附近的箭筍和懸鉤子，這幾天下來全被採完。為確保時間充裕，楓在破曉時上路，露水濕重。她伸手掬起被搖落的水珠，邊走邊洗臉。聽起來很浪漫，實際摸過露水就知道裡頭充滿塵土。倘若真有吸風飲露的仙人，他們八成都像文蛤，滿腹淤沙。

輕裝行進兩小時後，楓站在冷杉樹林下，遙遙望見她找到的石窟裡，背包和露宿袋擺放的位置跟三天前一樣。

露宿袋裡的人看來也沒有變化。

「你不會就這麼睡了兩整天完全沒動吧。」

「……妳高估了我的膀胱。」

經岳從露宿袋裡探出頭：「我有起來喝水上廁所。」

「沒吃東西？」

「吃了點乾糧。我沒在活動不太餓。」

「所以說你要活動啊。」

楓檢查地表，除了前次看到的舊炭火痕外，並未看到新的痕跡：「連火都不生，真是無趣的野外求生。」

「好主意。晚上冷死了，今晚就來生。」

「既然這樣，就找些石頭來堆灶吧。」

「現在？」

「趁現在人多好辦事，你先動手。我去撿柴，生火之後煮針葉茶，我從底下爬到這也渴了。別動瓦斯，我知道還有剩，但那是留著雨天用的。」

經岳看似有些不情願，但仍奮力爬出睡袋。

沿途露水尚未乾透，楓一路行走掃下兩側露珠，往森林外的乾溪溝走去，希望能在那裡找到乾柴。她也不光是照料別人，沿路留意著懸鉤子生長處，以及向陽處生長肥碩的箭竹叢。她採集了大半包箭竹筍、一小袋懸鉤子與茶藨子，不過這都有些不切實際。要補充能量，最好還是能找到澱粉類或蛋白質，只是眼下姑且把想得到的食物都採來看看。

當楓返回營地，見經岳已清理出一片無草的空地，並挖出淺坑，周圍用頁岩圍起，正在用前幾天她紮的掃帚清走地上可能引火的枯落物。

「了不起！要是在這生不起火來就太對不起你了呢！」

楓專注於生火。這實在不是她的專長。理論上，順序是先用打火機引燃冷杉枯葉，置於柴薪之下，再想辦法讓火轉移到柴上，但有時理論純屬理論。屢試屢敗。

「妳應該可以看出，我現在相當合作。」

楓瞪他一眼。

「我是指，上次那個，呃，我很混帳。」

「是啊。」

「我一抓狂起來就控制不了。」

他看起來滿臉為難，於是楓說：「一定要這樣嗎？就是電視上那種，每個人輪流說點什麼，即使沒啥好講也要硬掰，然後誰開始哭，最後我們再抱頭痛哭？」

「不然直接跳到最後？哭我很拿手。」

「全跳掉好嗎。現在是非常狀況，要是我們哭，就要喝水，就必須生火煮水。」她起火不順，有點惱怒，將一應材料扔在地上。

「而現在都生不起來了。」

「我來吧。」他說。

他們換手，經岳拿出蘇打餅的紙盒，撕下一角引火。楓翻出兩人的地圖，將她這幾日找到的水源標記複製到經岳那份上。火點起來了。

煮水的方法有兩種：其一，將裝水的鍋子吊掛在火堆上方，這事的困難處在於與火堆的距離難以拿捏，靠得太近連同架子一併燒掉，是常有的問題。其二，等待火焰熄滅，將鍋子置於燒紅的木炭中煨熱，缺點是不易煮滾。楓沒找到足夠柴火製作木炭，故採其一。

在等待水開的過程中，楓從周圍的冷杉林砍下嫩枝，同時拿出箭竹筍來剝筍殼。火勢漸大，她順手將筍殼扔進火中。

「這不分你，自己的食物自己找。」

「知道啦。」

楓將冷杉枝條削短、扔進滾水中，水色逐漸轉為抹茶似的濁綠，再變成茶水般的淡褐。碗只有一個，楓用鍋蓋喝。

滋味像走進「巨木大師」還是「原木傳奇」之類的店面。

「妳從哪學來煮這怪東西？」

「《荒野求生祕技》。」

冷杉針葉具有豐富維他命 A、C、K，比檸檬甚至奇異果來得更營養，求生專家貝爾大叔曰。

楓的疑問是，維他命 C 耐不過四十度以上高溫，而維他命 A 和 K 在其他食物中也有，感覺上不比 C 來得重要，結果可能只是得到一鍋木頭味的綠水。為了不讓火力白費，他們忍耐著喝完。

「後天我會再來。」

「我想我三天內應該還死不了。」

楓接受他的好意，一方面是看在目前他精神狀態挺穩定的。

「那三天後見。」

楓踏上歸途，不過難得爬來高處，也就把握機會探勘一番。以蒐集食物而言，三千公尺以上的高海拔區域沒什麼好指望，但至少展望不錯，或許可以看出哪裡比較適合居住。她往馬比杉山稜線傳統路線的方向行進。

映入視野的是在青翠草地上成片圓柏灌叢白木，白慘慘如遍地骸骨。扭曲的枝椏仍一副悍然不可侵的模樣，但枝頭已無半點綠意。地面不時散落一攤攤長鬃山羊糞。

美則美矣，目前這片死亡之原沒有用處。

或許引火效果不錯。楓試著折下一節白木，然質地緻密，不為所動。在此艱困環境下植物生長緩慢，每株矮小的圓柏灌木或許都是千年老樹。她放棄打擾死者。

楓嗅到一絲甜美似梅花的凜冽氣息，循氣味找到一片玉山薔薇。

氣味相似並不奇怪，薔薇科是大家族，成員型態天差地別，從草莓、她目前收集的懸鉤子、櫻桃梅李梨，到多刺的玫瑰。

從家族關係來看，可說這些人工馴化的無害水果都是潛藏的帶刺者，但從另一角度，植物無不潛藏利刺。只要有機會發揮，葉、芽、皮層都可形變為刺。放眼這片高原上的尖刺植物，刺柏、玉山薔薇、玉山薊、台灣茶藨子、玉山小蘗，全都沒有親緣關係。共通點是環境。環境作用下，不同種的植物超脫親緣變得相似。

趨同演化。

佳嵐說過，四川臥龍保護區裡，許多動物吃竹子維生，牠們可不全是熊貓的親戚。目前最受支持的假說是，有段時間該地氣候變化劇烈，只有竹子留存，所有不能消化分解竹子的動物都滅絕了。

扔進同一只壓力鍋，我們全都有機會變成相似的怪物，無論本性為何。

這方面她總是聽信佳嵐，為數不多的朋友之一。她們的專攻相近，但佳嵐更像研究者。倘若學術是支團隊，那會是當隊長的料。至於她，還在學姊底下時，曾被訓練成能夠獨當一面的好助手，現在只怕完全不行了。

楓拔下一片白色花瓣，塞進嘴裡，氣息芬芳但毫無滋味。

而且覺得非常殺風景。她改挑戰薔薇果，搜尋整株植物體上是否有成熟的紅色果實。在溫帶地區，玫瑰果被用來做果醬和保養品，但野生的塞飽種子，楓嚼兩口便吐掉。

繼續上路。

在穿過樹叢時，原本高踞樹梢的山鳥群忽然騷動不安。牠們集體發出噓聲，往箭竹叢猛鑽，即便楓就在底下，也毫不介意的湊到身旁，偏過頭她與一雙雙珠子般晶亮警戒的黑眼相望。楓走到枝葉略疏之處往下瞭望，見山谷中有一逆光黑影自林間升起，悠然滑行後扶搖直上。

起鷹了。

十點至中午左右，是山區猛禽活動高峰。此時陽光已將空氣曬暖，足以產生上升氣流，支撐猛禽類的龐大身軀。楓仰望太陽位置，她對天文現象不靈通，也對精確時間不感興趣，不過或許至少該知道白晝有多長，好趕在天黑前回到營地。

午餐是撒鹽的白飯糰和懸鉤子。啃完後她到水源清洗塑膠袋，以便再利用。來到野地還倚賴石化製品，她真該去找柔軟的圓形大葉子。只是在多數植物都是針葉型態的高海拔挺不容易。台灣款冬或台灣山菊，她想得到的植物都在中海拔。

台灣喜普鞋蘭。

確實是生長於中央山脈沒錯，勉強分布到三千公尺。

省省吧。拿珍貴稀有蘭科植物的葉片裹飯糰，是嫌自己做的事不夠欠揍嗎？前提還得是找得到的話。

又或許山不轉路轉。她研究水邊花期正盛的虎杖，燦燦滿叢橘紅。如果把飯糰包小一點，多包幾個，飯糰一口酥，虎杖葉片或可湊合使用。

其實她可以更狠，採遍所有已知的可食植物：玉山當歸效用同普通當歸，台灣百合鱗莖乃富含澱粉的高級食材，花亦可食；菊科植物的葉片或許不可口，多半吃不死人，玉山毛蓮菜、玉山飛蓬、雪山馬藍……把這些稀有寒原植物通通採食殆盡，必定令菜單生色不少。只是把一個人的性命置於其他物種的存亡之上，那需要多大自負，目前她還辦不到。

再餓上一陣子，或許就說不準了。

三天來，楓探索營地附近，特別著重於尋找水源。營地所在的山脊她已登上探勘，曉得翻過稜線後的山谷便是陶塞溪上游斷崖。看那千呎崩壁，往那找水希望不大，取水仍須回到和平南溪流域。然而和平南溪在此段是伏流，只怕水情不穩。外加此地多為短箭竹草坡，資源不豐，動物昆蟲稀少。雖然尚未完全探索，照此情況，遲早必須往其他地方移動。

營地周圍，她將常用的路徑稍作整理，同樣以節省體力為目標，盡量保留高聳的箭竹，一方面也防止動物誤闖。縱然野外活動的能力比人類技高好幾籌，動物也不會故意鑽進植物密生之處，走獸亦有獸徑，楓可不希望她開出的路徑被大型動物誤闖。每天晚飯後，她將洗過的鍋具碗筷吊在繩上，懸在路口當成警示。

收集柴火是日課，柴火越多夜晚過得越溫暖，她將許多時間花費於此。營地附近的柴火幾乎被搜刮一空，她一面往營地方向前進，沿途一面留意枯枝倒木。

趁天色還亮，楓整理收集來的木柴，依大中小放置。小者混合其他雜物如樹皮、朽木屑、枯葉等等做為引火材料；中者為主要燃料，在細柴引燃後立刻要放入火堆中；大者放在火堆外圍，等烤去其中水分後方能使用，在那之前還可充當椅子。

營火升起後，下個步驟是將晚餐所需的物品在防水布上一字排開，其餘物品裝進背包內、罩上防水套。山中的夜晚是與野生小型哺乳動物的戰爭，稍有不慎，未密封收好的食物甚至牙膏都會慘遭白腹鼠、森鼠、高山田鼠或黃鼠狼之吻。

換個角度想，倒也是捉住這些動物的好機會。除去渾身怪味的黃鼠狼不提，多數高山鼠類是不錯的肉類來源，至少不用擔心牠們有農藥殘留。今天楓的晚餐是澆醬油和豬油的白飯，外加切碎的箭筍或刺薊。這兩天菜單一直如此。因為飢餓，倒也不會食不下嚥，但她已開始想念肉食，作夢都會夢見各種家常菜：宮保雞丁、三杯小卷、菜脯蛋、梅乾扣肉……。

一面做雜務，楓在腦中播送植物名稱當消遣。與自然相關的從業人員，須具備可將圖鑑當閒書翻閱的本領。這事的樂趣所在，大概是滿足人類的蒐集欲。如同蒐集棒球卡或跑車年鑑，有些人會在圖鑑上詳細記錄首次見到該物種的點滴，楓的老弟就曾在野鳥圖鑑這麼做。

她個人則喜歡開發新遊戲。當她在溪邊洗鍋，或在營火旁翻木柴，處理各種生活瑣事之際，為了活絡腦部，會把所知的植物名稱依字義分門別類。由於渴望肉食，今晚的主題是動物。

譬如以動物為主詞的：羊不食。羊帶來。猴不爬。猴歡喜。馬醉木。鵲不踏。老鼠拉秤錘。

在這類動物名之中，和貓狗相關的特多，足見其重要性。她茫然想著，如果此時有牠們相伴，想必能讓生活豐富許多。

貓的各項細節：貓鬚草。貓兒眼睛草。

狗的各項細節：狗尾草。狗舌草。狗娃花。狗筋蔓。狗骨子。

還可以有更挑戰的，植物十二生肖，三字版本：鼠麴草。伏牛花。老虎心。兔子菜。番龍眼。南蛇藤。走馬胎。大羊蹄。獼猴桃。水雞油。狗花椒。山豬肉。

楓相信當初發現並鑑別這些物種的研究者學識過人，只是有時他們的命名品味實在逗趣。她衷心希望山豬肉能變成真正的山豬肉，出現眼前。

除了探索水源、收集柴火，這幾天楓的另一項工作是清點。她手邊有以下物品——

總重量二十七的背包裡，十公斤的基本裝備，剩下十七全是食物。

順帶一提，經岳的背包內容與她相同，不過念在他是病人，又久未登山，故少背點糧食，二十五公斤。

其中一公斤是上山途中準備的配菜。為了不讓飲食突然變化太劇烈，她準備的菜單姑且還像樣。一日求生開始，就不是那麼回事了。

十四公斤白米。如果人只吃米，一天三餐，一餐三碗，則一天需一公斤。若省吃儉用點，應該能撐二十來天。

一公斤的調味料：鹽、裝在寶特瓶裡的豬油、醬油、一包柴魚片、綜合維他命。

以及在緊急情況下，為激勵人心所準備的三包泡麵。這既不營養，又不足以充飢，但在山上聞到重油重鹽、完全與健康背道而馳的油香味，令人精神一振。

水。生活所需加飲用，一天需要兩公升。她準備了四升水袋三個。此外就靠收集雨霧或露水。

空寶特瓶兩個。

高山瓦斯罐二三〇克三罐。如果三餐皆開伙，一罐可供一人使用四天。入山過程中燒的是她的份，現在剩兩罐。

菜色或許令人倒胃口，不過就如學姊所言：「妳是來山上吃大餐的嗎？」當然不是。就質量而言，這些食物讓人不致餓死，但也絕對無法溫飽，故她一直飢腸轆轆，腦中所想只有如何、到哪裡收集更多食物。

瓦斯爐上煮白飯的技術，是被學姊培養出來的。楓對自己的手藝頗自豪，她煮的甚少鍋巴，也不常出現上生下糊的窘況。即便爬過兩趟百岳，當時只是小學生的楓連瓦斯爐都點不著，更別提規畫菜單、採購、分配背公糧等細節。學姊教育她，一個好助理須包辦所有雜務。

「簡單說，就是要我煮飯給妳吃囉？」

大學剛畢業初次工作，她覺得自己當時遲鈍得像白癡。

「當然啦，小朋友！要不我煮給妳吃？當我是妳媽？」學姊啼笑皆非的說：「妳是到山上當大爺的？妳是來工作的。」

「不是，我只是沒煮過飯。」楓估量著如何稱呼對方：「……谷老師。那妳可以教我嗎？」

「我哪有閒工夫，回家問妳媽。也別叫老師，我沒教過妳，都被妳叫老了，叫學姊。」

「學、學姊……」

年齡差距十歲的學姊，這也是頭一遭。

「現在起每天在家裡用高山瓦斯煮飯。還有開車，去考個駕照。還有儀器的使用、整理資料、辨識植物，我看妳乾脆再念個碩士，這樣我就能給妳更多工作。」

學姊還教她該如何存錢：「這個計畫案，每個月一萬塊薪水。妳去找那種在地下室或頂樓，含水電只要三千左右、只塞得進一張床的膠囊房間，就能存錢了。反正家不過就是躺平睡覺的地方，如果妳有閒在家玩，表示工作不夠操。沒把人的精力榨到一毫不剩，就不叫工作，妳懂嗎？現在年輕人失業率多高，不拚死拚活，哪有競爭力。」

她唯一的疑問是：「但我至少要有廚房才能練煮飯吧？」

「哈，差點以為妳突破盲點了呢。」學姊笑得諷刺：「小朋友，到學校練。妳太小看學校，什麼事都可以在學校做。」

如此，學姊把楓的生活大幅改造，夜間如溝鼠般蟄居地下室，白天在操場上用瓦斯煮飯，或偷偷使用實驗室裡的瓦斯燈，並在系館廁所淋浴。看似缺乏常識的校園遊民，實則碩士級求生專家，深藏不露的大學藍波。

只可惜這些技能，目前都派不上用場。

毋須存錢，沒有菜單要規畫，生平頭一遭在難以控制的火堆裡煮飯。這幾日鍋巴出現的頻度讓人絕望，楓不禁認真考慮該換個方式，她的食物沒多到允許連連失敗。

她將三天份左右的糧食存放在大背包，其他放入帆布袋，用塑膠袋層層包起、尼龍繩綑妥，然後在營地下方掘出一公尺深洞，鋪上碎石後放入。土壤回填以前，她在其上擺了幾塊板岩。最後人再躺到上頭，意謂「要挖地的話，先過我這關」。如此應能防範大部分的野生動物。

楓在黑暗裡數著植物名稱，闔上眼。

2.

今夜無月，寒霧漫天。空氣冷得像刀尖滴落的結露。

經岳生起一小叢火。生火技術他挺有自信，但提到要收集柴火、隨時添柴、為維持火堆而集中注意力……。現在他正缺的，就是注意力。

還有集中，還有一切和積極正面相關的東西。

他試著藉自問自答，以便收束渙散的意識。

先從簡單的開始：今晚的目標？

讓這火燒到天明，避免失溫而死。

明天的目標？

大概先取水吧，然後也許學學梅伯，去找箭筍。但見鬼的，那東西要是沒炒辣子和肉絲，啃起來就像免洗筷，連顏色都像。廢話，它們是一家人嘛。

後天的目標？

媽的不管了。梅伯說要來，也許扁她一頓後放火燒山吧。誰教她把他這沮喪的破壞狂帶到這鬼地方。

什麼是鬼地方，這裡是哪裡？

中央山脈最北的北一段，南湖中央尖，山脈心臟般的野性之地。眾山的老么，最低山頭馬比杉山附近的冷杉疏林裡。

經岳咧嘴一笑：說起來，他們跟這類鳥山倒是有緣。他想起後來那樁差點變山難的迷途事件了。

百岳中有五大鳥山，名單隨版本而略有出入，不過多數登山客都能同意，所有上榜者皆因路途遙遠和本身山形不值一看，而惡名昭彰。他聽聞的那五座是：武陵四秀中的喀拉業、合歡群峰中的合歡西、玉山後五峰中的鹿山、大小劍中的小劍，以及他現在所在地，南湖中央尖裡的馬比杉。

鳥山的特徵，是位在稜脈末端的最低處，長得其貌不揚。去時笑、回程哭，來回要花一整天。若非衝著百岳之名，實在讓人不曉得為何要爬上去——精確說來是爬下去——的矮丘。據說它們被選上，正是因其矮，人得以在此仰望周遭群雄，慨歎自身渺小。

如果能被直升機直接吊到山頂，毫不費力瞻望風景，或許能有此效。多半時候一路陡降，膝蓋早已不堪負荷，外加想到恐怖的回程，來匆匆去匆匆，急著拍過登頂照便算了事。真要說效果，大概是開啟平時不為人知的一面。迢迢長路常讓隊伍走到內鬨，全員醜態畢露，一路翻舊帳罵著回去。

梅伯相中馬比杉山，說不定正是這開啟心靈之效。

從前他曾試圖搞清楚梅伯的心靈，還為此問過人。那是社團最資深的長老，讀博士班的學長。現在想來，那人也只比他們大上四歲，但當時莫名覺得博班很威風，彷彿已是四十歲，參透了人生諸般奧祕。

學長笑笑說，那就像水痘，不少人在成長期會得。另有一大半人，沒得也能平安度過，卻其實沒有免疫力。故到了盛年或壯年，可能又會遭其反撲。具體而言，那狀況可說是：

「告別青春時代的最後熱病。」

他當然聽不懂，純粹覺得學長的用詞棒透了：「——幹！詩人啊！」

至於內容，說穿了他不信。他天不怕地不怕，連搞過死山羌跟雪山露宿的梅伯都沒能嚇退他，又豈會覺得世間有什麼熱病冷病。

他也不信有所謂麻煩製造機。只要給那些人發洩怨憤的管道，來場背負三十公斤的山脈大縱走，累到他們全身散架，然後再重新拼裝回去時，理當就能組成一個個心平氣和的人。

他還記得發表上述高論時學長的苦笑，但當時他怎可能懂？生活並非沒有挫折或難關，但一切就像攤開的地圖，事實盡皆明擺眼前。地球是圓的，未來像兩側種有小葉欖仁的筆直大道，路和樹都無比整齊，沒有迂迴奇妙。就是如此。

於是他安排了類似縱走的行程，沒料到真會看到梅伯散架、碎成一片片。這回讓他有點慌了手腳，因為差點沒拼回去。

梅伯歸隊後，他在國慶連假帶隊去玉山後五峰，乃是玉山山系中的進階行程，指的是玉山十一峰裡，排在最外圍的南峰、東小南山、鹿山、南玉山及小南山。路途遙遠至少須四至五天，難度和縱走相去不遠。特別是五大鳥山之一的鹿山，格外難攻不下。

他們並未準備不周，反而如臨大敵，把可能跟不上的新手都留在圓峰營地，日出前輕裝啟程。串起後五峰的路徑依稜線而建，起伏劇烈，如在食肉獸的利齒尖。沿途無一樹，太陽升起後光線熱得炙人，板岩閃耀令人睜不開眼。攀登者不多，路跡難覓。

他們有地圖，也不乏對判圖極有自信的成員。然而地表崩得太厲害，縱然方向正確，仍舊無處落腳。過去路基早已崩毀，只能見招拆招。

鹿山是此行最後一顆三角點。他們在中午摸到山頂，原途折返，之後就一路爬坡。整天曝曬下來，回程時行進速度更慢。

包含東景在內，幾個開路前鋒都被折騰得判斷失準，數度把隊伍帶到無路可進的光禿岩峰上。無可避免的他們摸到天黑，前鋒回報又走到死路，把隊伍帶到斷崖上了。當他們想回頭，忽然發覺退路不知在何處。

前鋒猛往前衝，不記得來時路；隊伍中段的人兩眼發直，只顧盯前方人的腳後跟；押隊光是顧著點人頭就七葷八素，哪有閒心記路。

眾人討論後，決定再讓前鋒往反方向去探路。半小時後仍無功而返，說找不到踏點下去。斷崖似乎頗深，強力頭燈往下照亦不見底，難以冒險下攀。

他們困在孤岩上。最後經岳只能說，總之大家都累了，不要再浪費體力電力，全隊熄燈休息吃東西，有多帶衣服的就都穿上，辦法待會再想。

除了強勁風聲，黑暗中剩咀嚼聲和傳遞食物時塑膠袋的沙沙作響。氣溫開始陡降。有人開玩笑說如果回不去，東景和 Maple 今年就是第二次露宿，經驗豐富，不如教教大家。

東景支吾其詞，沒再炫耀上回的壯舉，看來今天的鳥山行把他也透支了。經岳嚴肅想著：這次不一樣。所有人體力耗盡，未必能像上回一樣幸運，無人失溫虛脫。那時還是夏天，現已入秋，氣溫更低。也許他得視情況叫大家抱成一團取暖。

「跟上回比，當然是這裡好。」梅伯卻說：「黑森林底啥都看不到，這裡星星很美。如果是凍死在這，我覺得也還不錯。」

「凍死在哪都不好啊！」輪不到他出聲反駁，馬上有人抗議。

只是談話聲越來越低，有隊員能識星座，以顫音指認：西天可見飛馬、天龍、牧夫、武仙、蛇夫……。雖說入秋，夏季大三角仍高掛天頂。銀河遼闊，偶有流星滑落。擁有太陽能發電系統的圓峰山屋亮起，也無法與星空媲美，星子彷彿伸手可及。

而當人談起死與美等抽象話題，依照經岳的經驗，這顯示大事不妙，眾人正意志渙散。他順腳把一塊石子踢下崖，赫然發覺落地聲很近。

他繫上安全繩，讓其他男生幫忙拉著，徒手攀下去看狀況。結果他們以為是斷崖的地方，不過就一層樓高。頓時全隊精神大振。

頭燈不足以照亮整個岩壁，大夥只能順著他牽下去的安全繩，憑感覺胡亂摸下去，居然也摸到了懸崖底。雖然耗時間，一小時後全隊平安脫困，底下是原本的山路，隊員們紛紛大喊著向山下跑去。

放下心的經岳頓時便沒了力氣，不過既然脫離險境，山屋燈光也清楚可見，他就安心落到隊伍最後慢慢走。梅伯照例押隊，走在他後面，多半也是累了，拉著長長的腳步聲，走得拖泥帶水。

正當他頭也不回地碎念：「搞屁，居然在那麼矮的地方困了兩個多小時，還以為要沒命了，這在白天看起來一定超蠢……」後方忽然傳來滾落聲。梅伯似乎是踩空，正朝旁邊的崩壁滑下。

經岳連忙伸手給她，梅伯卻往一塊半埋土中的頁岩抓去，頁岩瞬間斷裂。他急急探身撲去，卻撲了空，自己往下滑落，速度比梅伯更快，令他不禁大驚。

「救命啊！」

他不確定自己是否喊出聲，梅伯卻似收到了訊息，眼神警醒起來。她迅速往兩旁掃視，奮力撲向近處矮盤灌叢，一手揪住他的背包拖往灌叢，將他卡在刺柏枝椏間，及時止住下跌勁道。握住那滿是尖刺的灌木時，還聽她咂嘴罵一聲。

他們倆掙扎爬回路面，渾身砂子，連嘴裡也有岩屑，氣喘不已。腳下碎石則繼續崩落，隆隆有聲，直通谷底。

「——很痛耶。」

梅伯以呆板聲調率先開口：「手套都扎穿了，全是刺。」

「誰害的啊！走路不看路，找死啊！」

經岳大嚷，忽覺背脊上一片冷汗。他順勢說說罷了，卻搞不好一語中的。路又不窄，要踩空還不太容易，他親眼見她停頓，就在她不肯抓他手，反而不知為何去抓那脆弱性顯而易見的頁岩時。

他想到她解釋起黑森林疑似自殺者時的激動。依照她怪異的邏輯，是否覺得應該在那塊孤岩上結束？或是跟那類似的地方，就近找個崩壁一跳，因為就她自己所述，這地方很好？而他身為朋友，最好放手別管？

但他怎能不管。

「妳不是故意的吧？」他氣沖沖的質問。

「並不是。」她說，聲音平靜。「不過我剛確實有想，跌下去會怎樣。」

「妳還有心情想！」

「難道你不會覺得有點好奇嗎？」

「不會！」

他們癱坐在冰涼的碎石路面。

「妳以為底下有什麼？什麼叫會怎樣？會痛啊會怎樣！」

他胡亂說道，跌死還算得上是理想狀態。有可能半身癱瘓、顏面損傷、缺一隻手、變植物人，更別提家人朋友會傷心。他一面講，一面在心底焦急：怎麼他只想得出這些陳年老套的廢話？

梅伯不為所動，甚至有些微笑，彷彿只是絆了一跤這等小事。

「那反過來說：如果我不跌下去，有什麼好處？」

「當然有！」他答得斬釘截鐵。

「例如？」

好問題。

「現在不告訴妳！」他說：「總之，我們先回山屋去。」

他走到後面半推著她前進，沿途又哄又騙，也不記得到底說了什麼天花亂墜的話，只是像守著營火般，不敢讓話語聲中斷。至於梅伯，一路沉默。

後來他們都沒再提起，也就逐漸淡忘有這事。如今他不禁好奇：她之後是怎麼振作的？為何能走到今天，成為現在這副模樣？那晚他又都說了些什麼？

倘若記得半分就好了，也許現在還可以拿來說服自己。

現在他知道事情可以有另一面：地球是平的，航海至盡頭會倏然跌落。底下深淵裡住著怪獸，拋出斯芬克斯式的謎語：你是誰，是什麼樣的人？捫心自問，你是進步了，還是越來越退縮，成為年輕時自己看不起的那種人？

答不出來，就會被吃掉。

他聽過東景的最新傳聞。東景在任職的公司組登山會，成為他們學生時代厭惡的山大王——私自帶鎖擅自把山莊大門鎖上、在森林裡藏巨大塑膠桶放置裝備、將山莊水龍頭拔下據為己有使他人無法用水……等等。

離那公司不遠的四獸山涼亭，似乎是他們週末聚會的地點，經岳去偷偷勘查過那裡。不知是東景抑或登山會裡其他人幹的好事，把較廉價、不怕丟失的用品放在涼亭的屋梁上，因為多數山友沒事不會抬頭望。只要抬頭，絕對會擔心地震時天降橫禍。梁上有白米、瓶裝瓦斯罐、礦泉水、雨傘、擋風板、摺凳、爐頭、不鏽鋼盆等等。用來取物的木梯子，則被解體後藏進樹林各處。要想檢舉這事，簡直需要玩大地遊戲的耐性。

乍看之下他不再愛山了。

據估計，聖母峰沿線埋有五十噸垃圾。光是要活著爬上去都是一大挑戰，更別提清運。此外，極端環境下登山客會服用類固醇或注射激素，排出有毒的大小便，毒害居住山腳的雪巴人。有能力來此造成一切問題的人，都是世界頂級的登山家和冒險家。

數年前，雪山三六九山莊附近發生火災，燒出一大票職業登山隊藏在山上的物品：睡袋、冰爪、瓦斯爐、壓力鍋、發電機、酒瓶、垃圾……。當人們瞻望黑森林的原始風景，或是秋天白木林的巒大花楸紅果時的紅白對比，誰又想得到後頭藏有發電機和紅標米酒。

聖母峰挑戰者或高山嚮導們不了解山，還是不愛大自然嗎？他們懂的可多了，待在山裡的時間是尋常登山客的數十倍。然世間極其艱難，問題複雜，就讓我們一手保護鯨豚，另一手舉杯，共飲焚燒巴西雨林後種出的阿拉比卡咖啡吧。

世事紛雜混亂，一切逐漸衰敗滅亡。與其看著，他倒寧願早它一步，先去探探那漆黑的懸崖底。聖母峰跟世界都是垃圾場，有什麼好執迷，幹嘛非要在此流連不可呢？若是彼時的她在，必定能解此意。

他在暗夜裡召喚當時那人，如喚亡靈。

六

1.

早晨在鳥聲喧譁中到來，由多種細小山鳥組成的覓食大隊掃過營地。楓躺在睡袋裡，露宿袋拉高遮過臉，卻無法阻攔鳥鳴與振翅聲入耳——如同有人自樹梢打翻整筐脆蹦音符，彈跳濺落得滿枝滿地。

嘶嘶有聲的火冠戴菊鳥、鳴聲輕快的煤山雀、紅頭山雀的嘖嘖聲，樹冠高層則有冠羽畫眉的「吐米酒」。眾鳥在枝椏間翻找踩踏，抖落雨水敲打外帳，叮咚有聲。

楓在睡袋裡想著早餐：白飯、鹽和醬油，一如往常。

如果能抓到樹梢上的傢伙，不用全部，只要一、兩隻。

當然不能指望牠們能有幾兩肉，但拔光羽毛，在火堆上烤得連骨頭都焦黑酥脆，澆上醬油，多有滋味。

她需要那種薄如絲襪的霧網。在不致結露、好天氣的清晨或傍晚，均勻架設在不會反光的林間。當然她手邊沒那種專業配備。用木棍撐起臉盆，然後在底下放幾粒米的卡通式辦法行得通嗎？或鳥仔踏，每年候鳥季在墾丁公園捕紅尾伯勞的道具，那惡名昭彰的陷阱是怎麼做出來的？

楓吁了口氣。

行不通。她做不來，寧可餓著也不願咬下一顆冠羽畫眉頭。不是缺乏膽量或出於同情，在野地餓過幾週後，同情已所剩無幾。只是國家公園法，那遵循已久的規範仍深植於心。

她起身忙碌，頂上鳥群繼續覓食，毫不在意。昨夜雨來，她匆忙解下懸在繩上的各種容器擺放在地，如今有滿鍋滿碗的水，裡頭盡是竹葉，這下日常用水不缺。實際上這竹葉水完全適於飲用，她遇過也聽過更糟的：洗過隱形眼鏡的髒鹽水、泡麵裡的醬料包、牙膏、樹洞裡的孑孓水、林蔭下濕泥、高山芒莖，最下下之策就是喝尿。沒水時人會嘗試任何看似有水分的東西，雨水已是甘霖。之所以費事取水，純粹是為保持忙碌。

漱洗後生火煮水，弄得無風的林中滿是煙霧。加熱昨晚的剩飯，吃剩的捏成飯糰。收拾輕裝。

收進去又倒出來，重新清點收納。光是內務就幾乎耗盡大半個早上，但她總算啟程，依約前往經岳的石洞營地。好在今天有這行程，否則她開始覺得煩悶。雨天或許也是原因，穿上全套雨衣雨褲又打綁腿，讓人渾身濕熱，指尖臉頰等露在外的部分又冷得無知無覺。

她需要有事可忙，讓她像動物覓食飲水築巢，停止思考。

當助理的時候，他們每天可有趕不完的緊湊行程。四點半起床，一小時內囫圇吞下早餐打理內務，便開始巡視樣區，看有無動物或活動痕跡。九點告一段落，稍作休息，改為巡自動照相機至中午。午後繼續同樣行程，然後在野生動物活動另一高峰時段的傍晚，再度巡視樣區。晚上整理資料，保養清點儀器。除了手頭工作，他們根本無暇思考，追逐者也變得跟動物相仿。

她需要回到那種生活，制定某種規律，適用此地的日常作息。

自然界存有許多規律，四時循環、花開果熟、雨季乾季。能夠配合規律的動物較能存活，遵循固定路線巡視領域，在旱季自動前往有水源的地點，基因裡面刻有對規律的偏好。若偏好太強，就成為一天要洗幾十次手、甫踏出門便頻頻回頭檢查門鎖、得空便要清點物品的無用儀式。生物本能用錯場合，連不需要的地方也開始生成規律。

舊式治療是阻斷法，綑起想收拾或清洗的手、把人綁床上、封鎖浴室。這只有一時之效。造成失調的因素尚未根除，焦慮便不會消滅。楓想到的解決之道，是喚醒與之相抗的本能：對刺激的追求。腎上腺素。

那是打破規律、臨機應變的本領。果熟期來到樹下，發覺樹已枯萎；或旱季來到水源驚覺泉水乾涸。熟悉的規律被打破，驚愕之餘要趕緊奮起，開拓新領域、挖掘新資源。由於和危機相連，它令人心跳加速、緊張得毛髮直豎。與秩序相對的既是失序，亦是新生。

現在，她需要這類新刺激。好比說，每隔幾天就去探索四周的其中一道山稜如何？

似乎挺沒趣。還有什麼別的新鮮事可做？

楓一面自問自答，轉眼便來到經岳所在的冷杉林。這路她走得熟了，一個半小時便抵達目的地。

冰冷空氣中瀰漫泡麵味。

「我準備泡麵是當緊急預備糧的，隊長。」楓說。

「那現在就是緊急狀況。」

經岳兩眼血紅坐在洞窟前，幾天不見的蛙鏡又掛回頸上。楓覺得在哪看過這表情。

「這叫逆向思考，懂嗎？不是緊急的時候吃預備糧，而是我吃它的時候就是緊急。跟大部分戰爭一樣：不是真有理由，而是看誰不順眼，先打爆它，再安個藉口。」

「好吧，我準備的糧食讓人倒胃口。但飢餓讓人心煩氣躁，如果不去管味道，硬吞一下，消化後會覺得也不是那麼難接受。」楓說：「我知道下雨很悶，但總不會一直下。」

他仍滿臉敵意。楓想起來了：在那黑洞似的公寓裡，就是這表情。

「我以為妳希望它別停呢。」

「為什麼？」

「妳不是喜歡困境嗎？覺得我們在這種環境下會靈光一閃，有所感受，或者那啥的，大徹大悟？」他冷笑。

「並不是。」

現在她掌握情況了：今天的經岳在月球暗面。在他這樣的人身上很常見，些許負面因素都令他們受重創，好比陰雨、颱風、氣溫驟變。

「除了身上穿的以外我衣服都濕了。現在妳目的達成了，我有所感，覺得鬧夠了。我要下山。」

「那我們的計畫呢？」

「沒有『我們』，是妳的計畫。」

經岳臉色蒼白手腳顫抖，但態度強硬。他戴上蛙鏡，動手收拾石窟裡的物品。

「糧食就留給妳，瓦斯也是，看妳要燒山還是幹嘛。」

「我以為你同意了。」

「妳他媽的哪管我同不同意！」

他開始鬼吼鬼叫。

「口口聲聲說要幫我，其實是自己想來吧？我可記得妳那陣子團團轉的鬼樣。不管妳跟山有什麼心結，想來這找死，我都沒意見。我才不想跟妳一樣，在這裡餓死或凍死，不過山上至少有個好處：沒人打擾。看我們這幾天連鬼都沒遇過就知道！謝謝妳給我這靈感。我現在就下山，買根管子，開車到烏來，把廢氣接到車裡，吞幾顆安眠藥，睡一覺，就大功告成。」

說著，經岳已綁好鞋帶，拖出石窟裡的背包，轉過身又補上一刀：

「找死已經很難了，幹嘛還要拖得又臭又長？」

楓抓起登山杖，往經岳後腿就是一棍。他哀號倒地，眼神不可置信，楓自己也吃一驚。

「妳是抓狂啊妳！」

「隨你怎麼講。」楓說，語音發顫，但仍勉力維持冷靜：「別想下山。」

他們一陣扭打，楓占上風。

幸好她有吃一頓單調卻扎實的早餐。她一面想，狠命推經岳一把，他失去平衡，腹部不偏不倚撞上突出的岩石，栽進樹叢裡沒再爬出來。

從樹叢後面，斷斷續續傳來乾嘔聲。「妳就是瘋了，比我更瘋！」他在樹後大罵。以及詛咒似的話語。

「為什麼妳現在可以沒事？我看過妳最糟的樣子，還故意跌下崩壁，那才真叫抓狂，但為什麼妳現在若無其事？還蹦蹦跳跳的！妳有社交障礙，根本不管別人死活，也不在乎常識，這些我都比妳好，比妳更適應社會，為什麼出問題的是我？妳憑什麼逃過一劫？憑什麼？」

楓踉蹌跑開，直到林外聽不見那控訴聲為止。

突發狀況。危機、驚嚇與腎上腺素。這下她得到想要的刺激了，只是這未免太過強烈。她在雨中尋得一截倒塌的白木，頹然坐下。

緩過氣後，不禁越想越生氣。她當然理解他的所有作為和話語都非本意，不過容忍不是對付病人的唯一手段。把他五花大綁，嘴塞起來、綑在樹上算了。

只是這麼一來，他就真變成無行為能力人，也更棘手。難道還要餵他吃飯不成？別開玩笑，這與她的目的背道而馳。此行是為了喚起他的生存本能，不是讓他繼續退化成凡事都要人照料的嬰兒。

但至少該出口惡氣吧。

她可以妨礙他下山。這一帶遠離固有的登山道，沒有國家公園的指示牌，但有前人堆的石塔、樹上紮有路條、登山隊打的金屬路標，教人如何回到正路上。她要把它們通通拆除。

想到後，她立刻起身付諸行動。

野地裡標示原本就不多，就她印象所及的幾處，二十分鐘便全部解決。楓思忖著要不要做得更絕，把標示移到錯誤位置，想想還是作罷。要是這期間不幸有其他倒楣鬼，為了取水或其他理由下切來此，說不定真會害死他們。得發明一些不會殃及無辜的惡作劇。

儘管這一帶無路，依照常理，人當然不會往植物茂密的樹叢鑽，必定循空曠處前進。她將前進方向上兩側箭竹砍倒做路障，或是相互打結，製造容易絆倒的陷阱。這種結草技術，原是用以阻止登山客走往錯誤路徑。

還可以弄得更加惱人。楓往乾溪溝去，尋找長在裸露地上的小蘗屬灌木，砍下後小心翼翼拎來，埋進箭竹堆。這樣經岳要是被陷阱絆住，不僅會跌跤，還會扎得滿身刺。

這類小伎倆阻擋不了執意前進的人，但經岳現在正缺意志力。只要讓他跌個二十回，撞破膝蓋，多半就會倒地痛哭無法繼續前進。

2.

雨下得斷斷續續，楓回到營地，腦中滿是疼痛與詛咒。

疼痛類：虎咬廣。咬人貓。咬人狗。羊角扭。刀傷草。散血丹。搭肉刺。

詛咒類：賤蘭。蟲屎。割雞芒。三腳鼈。河王八。幹花榕。

然而無論過得再怎麼不順，人照樣感到飢餓，過度使用的肌肉因乳酸堆積而痠痛，所有生理現象一如往常得令人驚訝。楓不得不碾平所有情緒，讓日常得以平順前行。她點起瓦斯爐，煮了稀飯囫圇吞下，心中繼續叨念著植物名。

還可以有什麼主題？

「武俠類？」腦海中，有個小聲音如此提議。

佳嵐的聲音。

「好主意。」楓說。

武功招式：揚波。風不動。金腰箭。見風紅。見風黃。血見愁。雪下紅。鑽地風。小返魂。大還魂。飛龍掌血。

武功高手：鬼督郵。獨角金。烏面馬。拎壁龍。漢防己。天名精。赤車使者。長花九頭獅子草。

會陪她玩這類遊戲的，也只有佳嵐了。古里古怪得跟她不相上下的人。

三年級時，楓交到堪稱死黨的朋友。系上必修的林產學，柳杉裝潢的階梯教室內擠滿理應熟識的面孔，楓對此不太有把握。第一次上課結束後，坐在隔壁的女生轉頭對她說：

「妳知道嗎？竹醋液啦竹炭之類，這些東西沒有大家聲稱的那麼好用。真正的問題是竹子長得太快太多了。」

「不知道。」

「為了讓人們定期砍伐，以免竹林過度擴張，才開始有人研究到底可以怎麼用。不是先有需求，而是先有產品。其實有別的解決法，還能順道把另一個棘手問題也處理了。」

楓決定冒險問個丟臉的問題：「對不起，我忘記妳叫什麼。」

「噢妳不認識我啦，我外系的。」

女生絲毫不以為意的繼續：

「如果我們能吃竹子，像熊貓一樣，以成年人的體重計算，每人一天要吃二十公斤。不僅竹林立刻就能消滅，還解決了糧食危機。就像剛才上課所說，竹子一年就可長成，生命強韌，從寒原到熱帶皆有分布，取之不盡，是值得利用的永續資源。我們以為要解決糧食問題，就該改造作物讓它們長得快又多，其實方向錯了，該被改造的是人。妳看過《風之谷》的原作嗎？」

「沒有。」

「下次借妳。宮崎駿把基因改造描寫得好像很恐怖，其實那也沒什麼。什麼叫乾淨無毒的環境？如果你是代代住在火山口的硫磺細菌，你就不覺得硫磺有毒。汙染與否或可不可以吃，或吃什麼才對，都只是相對性的。我們覺得要控制二氧化碳含量，因為那讓地球變得跟以前不一樣，好像很糟糕，但沒什麼好糟的。世界持續變化，人會改變，把某時某刻當作基準，說跟這不一樣就不行，碳排放量不回到一九九〇年水準不行，是沒意義的。因為我們只存在於現在所在的地方，在此時此地，我們吃的東西造就我們。就算回不去純淨的聖地，那又怎樣，你住的地方就是你。我覺得他是受贖罪之念驅策，才把一切都往罪的方向解釋。那不完全是人類物種的原罪、汙染之罪的問題。他是見過戰爭的世代，還包括對二戰的罪惡感。」

對這長篇大論，其中一半楓聽不懂，另一半恍神了，幸好還有抓到幾個關鍵詞。為了不要顯得太駑鈍，楓立刻把抓到的片段用於發問：

「我們存在於現在，這不是當然的嗎？」

「意思是如果核廢料可以吃，而且大家都在吃，我們就不會覺得那聽起來很髒很恐怖，對吧？說不定聽到輻射物還覺得很餓呢。妳餓了嗎？」

「但實際上核廢料不能吃，所以我聽了不覺得餓。」

「哎喲妳好搞笑！」

女生仰頭大笑，露出戴牙套的牙齒，笑容像孩子般率真。

「我是說現在，此時此地。中午了，妳要吃飯吧？買好了嗎？跟人有約？都沒有的話，那我們走吧。」

一路上那人滔滔不絕，話題兀自前進，楓的心情就如追火車。總算在學生餐廳，女生想到要自我介紹。她是生命科學系的楊佳嵐，和楓同年，剛從外文系降轉進生科系。

佳嵐說，在讀了兩年的莎士比亞後，有趣歸有趣，她越來越不了解手帕造成的冤罪、老爸憤怒的鬼魂、人肉餡餅，或相識不到一週便速速殉情的中學生之愛，對全人類有何助益。好比提到如何拯救環境與非洲飢民，這些資訊毫無幫助。這時她想到生物科技。

「可能是我想法比較老套：我希望自己在世上當個有貢獻的人，要能拿出具體的東西。」

不只她，那時人人都覺得生物科技是解開一切疑難雜症的金鑰。

莎士比亞出生地的英國，科學家成功製造桃莉。儘管牠在楓進大學的同年，便因肺癌而被安樂死，絲毫不影響人們的信心。高中和補習班老師皆信誓旦旦保證，雖然台灣的生物科技剛起步，以現有發展速度，他們大學畢業時相關產業應是一片榮景，工作唾手可得。所有的生物系、動物植物系順勢更名為生科系，錄取分數攀高，有些甚至能直逼醫學系，名列前茅的高中畢業生捨醫從生科。連只沾上一點邊的相關科系也搭順風車，務必冠上生命、科技、產業、資源等字樣。

楓所在的農學院，同樣冠上「生物」、「資源」等名目，身價翻漲，但在院內跨系餐會上，學長說了：

「生物產業機電工程學系，你以為這麼雄壯的名字聽起來是在做什麼，機械戰警嗎？才不是咧！是耕耘機、曳引機、自動澆水系統。不是說我們做的東西不重要，只是你光改名字，就像餐廳菜單把番薯葉寫作鮮炒時蔬，內容終歸是番薯葉。」

結局則如林場裡的日本柳杉。誰能料到十多年後，它會由高級資材淪落到只能當電線杆？生物產業的發展和應用並不如預期。

她這片番薯葉，或說日本柳杉，畢業後先成為學姊底下約聘助理，當時受器重的似乎只是體力。「能背重物、吃苦耐勞、不會太笨、女生。」學姊曾如此列舉沒寫在紙面上的錄取條件。「多數時候野外就我跟助理，男生很不方便。那次來應徵的只有妳一個女的。」

當然怪不得學姊，楓曉得自己不是當研究者的料。就算硬撐到碩士畢業，她早知自己不是衝在前頭決定方向、思考問題的隊長，多數人都不是，只是當前風氣講求競爭衝鋒，把所有人都當領隊培養。真要說她的定位何在，從社團分工即可看出：押隊，負責截下被急流沖走的墜落者。換算成職業，她只想到外野手。當然不切實際。

之後又待過各式各樣的地方，先是出版社。那公司收她，是因儘管他們主打翻譯作品，但某天或許想做一套台灣生態叢書，不過這事遲未進展。期間她在公司充當接線生、送貨、打掃、幫其他員工買便當。爾後政府推出產學合作補助，一名正職員工薪水可雇兩個實習生，公司便把包括她在內許多人都解僱。

也待過旅行社。那公司錄取她，是因儘管他們主打東南亞，某天或許想拓展台灣自然旅遊，只是此事遲未進展，以下省略。此後是不斷到處打工，既餓不死，也不覺得有什麼值得堅持，大概就像必須吃上一週醬油白飯的心情。

某種程度上，他說得對。她想著：或許該來的是我，只有我，因為我在山下派不上任何用場。

3.

天剛泛白之際，她就醒了。與其在飢餓寒冷中輾轉，不如早早起來做事，她隨便打理內務後，便啟程前往經岳的營地，檢視惡作劇陷阱的效果。

楓在睡意中強打精神前進，提醒自己回想起巡視樣區、追蹤動物時的感覺，突然絆倒在地，恰與一叢瞪大黃花如眼的黑斑龍膽乍然相望。

她正暗自抱怨自己粗心，抬眼發覺禍首是綁在一塊的兩叢箭竹。

定睛細瞧，在前進方向上還有數個這樣的陷阱，跟她昨天做的東西類似。她還沒有腦筋不清到把陷阱做到自己走的路上來。

想來附近可沒有其他會做整人陷阱的閒人。

所以他不是平白挨整，而是擺明要跟她作對。之前不管是電擊也好、把他拖上山也好、扔在營地挨餓受凍也罷，明明都無法讓他採取任何行動。現在他總算有點作為，即便滿懷惡意。

睡意頓時一掃而空。

楓走進箭竹叢，遠離了獸徑與空曠易走之處。被她料中：看似難走的地方，便無陷阱。只是這些地方要不崎嶇難行，便是走到一半被綠海團團圍困。

她不願費勁砍路，當然也不會自己往陷阱上送，於是在冷杉林下的天然陷阱中顛簸迷走，跌跌撞撞。險些找不到路，搞了老半天才摸到石洞營地。

經岳不在營地裡，但睡袋、裝備和爐具等都還在原處，也許是上廁所，或在某處繼續製造陷阱也說不定。

無論如何，這是好機會。經岳原本就是穩健派，現在狀況不佳，更加小心翼翼，不會在沒有裝備的情況下貿然移動。只要登山背包無法使用，八成就逃不遠。

楓推倒石灶、割斷登山背包的背帶，找齊三個水袋，倒空後全數放進自己的背包內，逃也似地離開。

是夜細雨傾落，夢魘不斷。外帳被風雨掀扯，宛若活物般死命掙扎，楓摸黑起身，匆忙拉低外帳到離地只有一公尺的高度。然雨水仍以地表徑流的方式流進營地，在她的防水露宿袋旁邊匯流成溪。應該在營地四周挖掘疏水溝渠的，這下她學到了。

樹頂呼嘯的風聲也令人不安，如同大浪翻騰。生火會是安定思緒的良好手段，可惜現在這麼做絕對會燒掉外帳。她想像那塑膠布燃燒的模樣，火星湧動、嗆鼻塑膠味，現在正需要這類具體細節。一旦事物變得具體，就能減低恐怖。

她把聽過的山中鬼故事都搬出檢視：濃霧中斷肢漫天飛舞，轉頭瞥見身後白影子飄過，甚至是披髮閒逛的白衣人……。那景象想必十分駭人，但她是沒見過肉鋪吊著染血的豬蹄膀嗎？不也撿過被車輾後腦漿迸出的赤腹松鼠、骨折成閃電狀的龜殼花，或其他死狀悽慘的小動物，細細剝下毛皮後做成標本？斷肢也不過跟那相去無幾。

至於白衣人，更加不合邏輯。白衣當然是死者下葬的壽衣了，然而那些至今遺體仍未被尋獲的山難死者，何來壽衣。他們要出來亂晃，也該是色彩斑斕的排汗衣。

她聽過覺得最可怕的故事同樣具體——

有一獨行俠在山裡失蹤，搜救隊遍尋不著，山徑與溪谷甚近，判斷他應是沿溪下行，果然在谷底發現裝備。那地點前後絕壁，糧食類都已吃盡，剩下裝備全部掏出擺放石上——硬幣藥丸火柴，碗筷衣物營具，所有什物按大小整齊排列，就是人不見了。山莊裡的黑夜，素不相識的隊伍同圍長桌煮宵夜，有前輩登山客以此為例，警告大家迷路時切莫沿溪下行。依常識而言，溪流終將出海，沿溪應能返回有人煙之處，然而台灣溪流湍急峽谷處處，若無攀登裝備，緊貼溪流易陷入前進不能後退不得的窘境。正確做法是在上方傍溪而行，萬萬不能下切至溪底。

楓沒聽懂。所以把裝備排列在石頭上有什麼意義？獨行俠最後怎麼了？

「意思是，他意識到自己出不去，所以在等死。因為太閒，就把東西全掏出來打發時間。至於最後——只是我猜測——反正必死無疑，與其慢慢餓死或凍死，乾脆往溪裡一跳。」

楓謹記教訓，遇到需要找路之際絕不輕易靠近溪底。話雖如此，在生死一線的危急關頭，對錯實則難以拿捏。她也聽過沿溪下行而成功獲救的例子。

還可以有更激進的：全身綁上浮物，跳進溪裡順水流下——出自《荒野求生祕技》。這新節目在她當助理那年播送，那時她仍偶爾到社團露臉。家住台北的社員把那錄下，他們在午聚時像看恐怖片似的觀賞。貝爾大叔聳人聽聞的技巧固然誇張，卻又令人為其所惑，諸如：「找食物時可以尋找動物屍體。腐肉不能吃，但活蛆可以吃」、「沙漠中無水可用，可撒尿在毛巾上，置於頭頂，防止曝曬」等等。

求生法則向來眾說紛紜，好比所有求生書都會說在雙腳凍僵時不要撒尿解決問題，然而看山難劫後餘生記錄，不少人仍這麼做，只求三到五秒的腿部回溫。至於這幾秒是否足以脫困，但憑造化。荒野中沒有正確答案，其實在文明社會，何嘗又不如是。

她躺臥在這片喧騰無序的具象細節之海，終於闔上眼。

翌日早晨，楓再度回到經岳的營地，小心翼翼躲在樹叢後窺看。

被她推倒的石灶仍是原樣，所有裝備似乎都被收進石窟裡，營地附近乾乾淨淨。經岳睡在洞口守衛著，從她的方向，只能看得到鼓起的露宿袋。

楓躡手躡腳地接近石窟。這趟的目的是要偷走他的鞋子，她東張西望搜尋目標物。然後在她還未反應過來前，忽在洞窟前一腳踩空，跌進底下一個坑裡。

坑洞不深，不過三分之二個人高，跟栽進洗衣機裡差不多，然而事出突然，她感到心臟狂跳，差點驚叫出聲。

一陣銳痛，有東西釘在小腿上。她倉皇瞄了一眼：是冰爪。她認得，是老爸的東西，她放進背包裡的，他們兩人都有。當然是經岳幹的好事，他挖了這洞後把冰爪尖齒朝上埋在洞底。

至少三齒釘進左腿，不過洞口原本鋪了背包套和一層枯葉薄土，在這些雜物緩衝下刺得不深。別看得太清楚會比較有勇氣。她掙扎爬出洞外，別過頭，握住冰爪用力扯下，感覺有液體流進鞋裡，就像雨天忘記打綁腿的後果，只是這雨是溫熱的。小腿發麻刺痛，但還動得了，要緊的是她只有這雙鞋。楓急忙解開鞋帶，連脫帶扯拔掉鞋襪，讓血直接流到地面，再抓下頸上的毛巾按住傷口。

這下可好，她的褲子破了三個洞。

不，更要緊的是洞窟主人在報復成功後，居然不做任何表示，繼續呼呼大睡。

「喂！」

楓瘸著腳撲向石窟前，伸手搖晃他，卻撲了空。鼓起的露宿袋裡是一大叢被砍下的箭竹。經岳不在裡頭，睡袋也不見蹤影。石窟裡是空的，只有露宿袋和營地上方的防水外帳被留在這裡。

他逃走了。

楓愣在原地。該怎麼辦？

「總、總之，先止血。」

毛巾已半濕，她卸下背包，用發顫的手拆下登山鞋的鞋帶，在傷口上方綑緊，然後拔出放在背包側袋裡的水壺洗手，旋開瓶蓋後卻不慎潑得滿地。

楓趴倒在地，把手擱在泥水上。

片刻後，她努力重新起身。

「然後、然後……清點裝備……」她告訴自己，這是讓她回復鎮定的方法。

解開防水套鋪在地上。顫抖著把背包倒空，將裡頭的東西重新裝填。清點一次顯然不夠，當一切收拾完畢，她又疑心方才清點時看到的東西，究竟是真的在背包裡，還是數日來收拾同樣幾件裝備所造成的既視感？於是再重複一遍。

再重複一遍。

收拾到第五遍，終於覺得夠了。解開腿上的鞋帶，血流已緩。

現在她能冷靜觀察四周。她意識到頂上的外帳是重新綁上的，雖然洗過，看得出多了幾處刮痕和破洞，一些地方留有泥漬。看樣子，他是用外帳搬運挖出的泥沙。至於是用什麼器具挖的則想不透，大概是用碗。

如果她的目的是喚醒意志力，搞不好已經成功了。他用一只不鏽鋼碗掘出一個大洞，只為了惡作劇。這件無聊事，正因其無聊和無目的性，可是相當耗費意志力的。當然意志力能持續多久是另一回事，但至少目前看似不必擔心他。

問題是她自己。該怎麼辦，一個人下山嗎？

就算要下山，也不是今天。她受夠了，先回到營地好好休息。反正糧食還有剩，有時間慢慢考慮。楓回收此地的可用之物，將坑洞裡滿是泥土的背包套、石窟裡的露宿袋和天頂外帳收進背包，瘸著腳緩慢往回走。

回到營地，等著她的是另一副異樣光景。

在她平日躺臥之處，用石板掩蓋的地底倉庫旁邊，隆起一小團土丘，有泥土被翻起的痕跡。仔細檢視，地面被挖出一條細長管道。

楓連忙掀起雨布，搬開板岩，顧不得脫下手套，急用登山杖掘開鬆軟土壤。一對紅褐色黃鼠狼飛竄而出，她吃驚往後彈跳，黃鼠狼順勢鑽入草叢。

她慌忙檢視其中，包裝袋被咬穿，白米混合豬油散落土中，柴魚片受潮癱軟如腐葉土。應該是豬油氣味吸引牠們來的，白米只是順帶遭殃。這下豬油和柴魚片都不能用了，楓把白米和著泥土一同舀起，放回米袋中。

剛才太過吃驚，忘記該扁牠們一頓。

挫敗和恐慌，同時疲倦至極。

經岳一個人下山了，她的食物被打翻一地。現在可好了……就算只有她一個人，也要撐到最後嗎？還是就這麼放棄、下山去，反正她的目標物已經逃走了？

草叢裡傳來窸窣聲。

楓迅速轉過頭來，從地上抓起一塊大石，瞄準晃動的草叢。

然後她放棄。

何必如此，黃鼠狼只是吃飯而已，這原本就是牠們的領域。

「……明、明天再想。我可以明天再想……」

明天再變得積極上進就好，今天就到此為止、先睡一覺。她努力如此說服自己，再一次清點裝備，將剩餘食物紮緊，收入背包，空著肚子爬進睡袋。

4.

依舊細雨連綿。楓在黑暗中睜眼，發覺已睡了整整兩天。沒什麼好驚訝，她曾短暫醒來數次，卻只是強迫自己重新閉上眼。就這麼睡下去，省得吃那些難吃的乾糧也不錯，兩週下來她受夠白米澆醬油了。

或箭竹筍、懸鉤子、冷杉茶、虎杖芽、雪山翻白草。缺乏調味時吃這些東西就只是吃草。說到吃草，這還不是頭一遭，只是那些草當時被擺在亮晶晶的玻璃盤裡，標以高價，在生機飲食店待售。

與志在改造人類的佳嵐成為朋友後，楓常被拖去學校附近的生機飲食店。那裡供應的五穀飯是其他餐廳的兩倍，美中不足的是，店主會逼客人吃掉附餐水果的果皮。又記性極佳，若有剩餘，下回再去用餐時便擺出一副臭臉，飯量也減少許多。楓頗不情願的在那吃過香蕉皮、柳丁皮和西瓜皮，其中以西瓜皮綠色部分最為霹靂。

佳嵐倒是一聲不哼的把果皮全吞了。

「好吃嗎？」

「怎麼會好吃？我都可以體會牛的心情了。我只是在餵我體內的菌落，保持牠們各部族間生態平衡。」

當佳嵐大口吞下果皮、生菜，或其他顯然她不喜歡但有必要攝取之物時都會這麼說。她解釋起哺乳動物體內共生菌的效用。

所有哺乳動物都不具備將纖維素分解產生養分的能力，需仰賴與細菌共生，故草食動物有三到四個胃，作為發酵槽飼養細菌。雜食動物的人類體內也有大量細菌生息，自成生態系。目前雖無法明確解釋細菌帶來的益處，只是當牠們狀況異常，壞處顯而易見，許多腸道疾病肇因於壞菌大量孳生。

因此人類本身雖不能消化纖維素，卻要多吃蔬菜水果或發酵食品補充益菌，不是因這些食物直接對身體有益。我們在餵養菌落，維持體內生態平衡，因牠們的健康就是我們的。

佳嵐相信，熊貓分解竹子的關鍵，便在於特殊的腸道共生菌。她的最終目的，是找到這細菌後，研發出優酪乳般的飲料，讓人喝下後便得到消化竹子的能力。為此，首先她要與牠們友善共處。

「所以說，如果有人對你說那句老話『你以為世界以你為中心運轉嗎？』這時你該問『哪個世界？』如果是體內世界，我們確實都是自己宇宙裡的神。」

據說，人體內不全然黑暗。如以細胞大小的微觀角度觀看腸道，將可見各菌群放出的生物電流微光點點，撩亂如繁星。

所有個體是一座座微生物的小宇宙。當他們重病甚至死去時，對體內芸芸眾生而言如同天地迸裂，毀天滅地的大災難。

「那還真對不起牠們。」楓說。「聽起來牠們身不由己。如果我們忘了餵，牠們就倒楣了。」

「這是共生菌有趣的地方：其實很難判斷哪些是牠們的需求，哪些是我們。單就構造而言，我們理當不會對蔬菜有興趣，但我們還會想吃菜不是嗎？那既是牠們發出的訊號，也是我們的。可以說，牠們就是我們。」

因此她不是隻身在荒野，而是身負整個宇宙的重責大任。

感覺自己像滿覆彩燈的聖誕樹，只是忘了插電。

她想苦笑，面部肌肉卻不聽使喚，凍得發麻了。

她掙扎起身。

必須生火、燒水、煮飯。

得忍耐吞下難吃的伙食。這不光是為自己，也為點亮溫熱體內宇宙中所有星辰。

她戴上頭燈生火。時間還是凌晨，遠天似隱隱有光，或許黎明已近。林下無風，潮濕木柴冒出的濃煙燻得她咳嗽不止，兩眼刺痛，好不容易生起火來。楓一面努力避開煙霧，拿出那袋被打翻過的白米，就著火光挑揀出裡頭的砂石。

沒有豬油和柴魚片的伙食更加單調，楓煮了有土味的白稀飯囫圇吞下，同時吞下維他命錠。

是時候決定下山，或開始貨真價實的野外求生了。

若要求生，根據前人記錄，往下行直至和平南溪為止，這座上源谷地將不再有水。如往南去，陶塞溪流域多斷崖崩壁。若向北去，翻越稜線後是闊闊庫溪流域。那是一片不受國家公園管制的原始林，也是原住民的傳統獵場。

楓決定在天完全亮後，先爬上稜線觀望。

腿傷隱隱作痛，但不妨礙行動。她重煮白飯捏成飯糰，收拾裝備後小事休息。當天光照亮林間各個角落，撲滅火源後上路，在水源地短暫停留，裝滿一個五公升水袋。

抓對方向後，沿著陡峭的碎石山溝往上攀。

她挑中的是條在腳下崩落不已的道路，進兩步退一步。碎石坡結束後，換成圓柏與杜鵑構成的迷陣橫阻眼前。楓不假思索以最近距離筆直穿越，灌叢中不時可見一攤攤橢圓小球組成的山羊糞。

硬闖一陣子，她不禁懊悔。不該跟灌叢硬碰硬，它們可是抵抗千年山風的本地住民，如今深陷細密枝條構成的羅網中。退回與前進同樣費時耗力，只得繼續向前。

灌叢盡頭赫見通往馬比杉山的山徑。

她在這文明痕跡前停步，稜線到了。

正午時分，稜線上些微飄雨，強勁谷風吹拂下雨絲被扯成幾近橫向，迎面襲來。許是連日降雨後餘下的破碎雨雲，散兵游勇後繼乏力。沒有穿雨衣的急迫性，楓壓低帽子遮住大半張臉。

山徑沿稜線而開，東西橫向貫穿。高點位於南湖東峰，途經奇岩聳立的陶塞峰後結於馬比杉山。此稜亦是宜蘭花蓮縣界兼國家公園邊界。西向望去，東峰方向積雲未退，眾山陰鬱尖銳。

南面的上源谷地是近日紮營之所，回首是剛才穿越的灌叢迷陣。邊緣受風面，許多圓柏僅存白骨似的枯枝。由此處可見這谷地不深，低點海拔約莫兩千九百公尺，森林稀疏放眼可穿，如溪流沿岸大小石礫顆顆分明的淺瀨。美則美矣，水清則無魚。繼續下行往和平南溪流域有望找到資源，但終歸是國家公園範圍內。

她轉向北側山谷，眩惑如俯瞰萬丈下一汪深水，水中青萍湧動藻荇交橫——覆滿墨綠森林的闊闊庫溪流域開展眼前。海拔兩千五百公尺之下、易起雲霧的豐饒之所，許多負盛名的物種生息於此區段。當然有蛇了，各式昆蟲爬蟲、惱人的螞蝗、具攻擊性的大型哺乳類。即便空氣冰涼如露，她仍感覺被陽光炙熱後自森林騰起的雲霧刺激鼻腔，滾燙嗆辣如芥末，彷彿是種警告。

楓只遲疑片刻，橫斷稜線上的山徑，往北走去。

七

1.

其實楓曉得問題在何處。實例如下：

場景：老家，老爸老媽剛吵完一架。依照慣例，這事由老媽的碎碎念開始，再由老爸掃下桌上或櫃子裡所有東西作結。楓從頭看到尾，她弟關在房間不出來。他名叫恩典，梅恩典，她覺得他確實不太走運。他們都不走運。

當老爸甩門離去，臭著臉的老媽來到楓面前。

「不會來勸架？就不會過來說點什麼嗎？看戲啊妳！妳到台北讀大學讀假的啊？」

「大學不是教這個的。」

「要把我活活氣死是不是，妳和妳爸都一樣，講一句頂十句，多大的人了都不會為家裡做點事，連勸架這基本的那什麼，社會技能？妳連這基本的技能都不會，怎麼生存？妳是大人了耶小姐！以後妳老公跟人吵架，還是在路上撞車，人家拿球棒下來，妳也站旁邊看？太太就是和事佬，妳這樣一愣一愣人家就連妳一起打！」

由於午餐時間即將到來，無視老媽的呼號，楓動手清理打碎的盤子、陶瓷擺飾碎片，洗米煮飯並檢視冰箱裡有哪些存貨。她拎起報紙包裹的碎片走下樓，在車庫遇見準備開車出門的老爸。

「我真受夠妳媽，連個屁大的事都管。告訴妳，我有天要離開，划著獨木舟，就這麼消失在海上。

等哪天被發現船上一具骷髏，你們就等著收屍。我要去環遊世界！車子房子通通留給你們，這些狗屁通通給你們，你們愛怎樣幹就去。跟妳媽不一樣，我不會管東管西，妳要讀什麼系，想去跳脫衣舞也不干我事。我什麼都不管，什麼都不要，我操他媽什麼都不要總行吧！」

楓努力想講出一點具體的反對理由。

「那恩典上大學的學費怎麼辦？」

超遜，她知道。

不料老爸還挺當真的，想了幾秒。

「我走之前會多買幾個保險。現在已經有兩個壽險，留給妳跟弟弟，然後我會搞得像意外。其實也不用怎麼弄，獨木舟反正划不了多遠，我受夠這堆鳥氣。只要妳不說，保險公司就不會發現，會讓你們倆後輩子不愁吃穿，這樣滿意了吧？」

有夠好萊塢式的規畫。

「我、我跟你去……」這既是勸阻，也是真心話。你去哪裡，我就跟著去，她在心底說。

「我也要划獨木舟去冒險。」

「妳？我帶個小孩？小孩子當然都是跟著他們的媽。」

楓回到樓上敲恩典的房門，叫他出來吃飯。

「如果答得出高山常見的十種鳥類是哪些，就聽妳的。」

「呃，朱紅酒鳥？」那時她剛進大學，對動植物尚不靈通。

「是酒紅朱雀。」

「至少對了四分之三。」

「不好笑。」

然後便是沉默。她知道緣由：原本是單純的阿里山一日遊，車子經過塔塔加，老爸一時興起帶他們直奔玉山主峰，打算來趟刺激的單天往返，才五歲的恩典哭個不停。東埔山莊有老爸認識的國家公園志工，老爸把恩典扔在那，說你要當奶娃的話就去求阿姨幫你弄個奶嘴吸，不必跟來了。

楓可以留下，但她選擇跟老爸一道，臨走前塞給恩典原本她打算拆來實驗凸透鏡生火、只能放大三倍的玩具望遠鏡。山莊裡有一本翻爛的樣品書《玉山飛羽》。類似狀況反覆發生，後來恩典用壓歲錢買了《台灣野鳥圖鑑》和賞鳥用十倍雙筒鏡。

她太晚跟他站到同一陣線，如今恩典的興趣更像反抗。他不太說話，但能模仿二十幾種山鳥叫聲，可以整天紋風不動在樹下監看鳥巢，野鳥圖鑑畫滿記號。在山中當她對他說話，他的眼神會倏然越過她，射往後方的樹叢。那時他的眼神銳利如鷹，獰猛澄澈，然而在山下面對人群，他目光飄忽如在夢中。

他那副模樣，成為其他學生欺負的標靶。

楓認為他該轉學，父母的建議則缺乏實際效益。

「那有屁用，會被欺負的人到哪裡都會被欺負。這是一種特質，什麼亞斯伯格症都是屁話，就是畏畏縮縮，就是娘嘛！重點是，要硬起來，否則到哪都一樣。」老爸說。

「人家欺負你，一定也有他們的理由，你該試著站在人家的角度想想。要媽去跟老師談？有什麼好談，這不是我們該做的。天父不是說了嗎？『賞罰在我』，上天自有公理。他們也都是有信仰的人，不會有什麼壞心眼，只是好玩而已，很快就會膩了。你們學校不是有宗教輔導室？他們煩你的時候，你就去那禱告啊。」老媽說。

恩典完全不想轉學，做錯事的人才該轉學。

某天，楓在電話上聽說他又請假躲在家裡。楓轉了五趟公車，風塵僕僕從台北來到那所私校。她找到那帶頭欺負恩典的男生，一言不發把他的桌椅和私人物品舉起來，遠遠扔到教室後頭。當警衛和老師趕到時，楓已把那堆東西砸得解體。

這事的後果，其一是讓她因破壞公物和在外毀損校譽，記過一支外加強制心理輔導，其二是恩典不得不轉學。這令他從此對楓說話不超過十個字，不過他在新學校適應得不錯。只是老媽說，家裡有一半人老往山上跑實在夠了，他若想讀自然相關科系，就得考上公務員。

從那時起，他的房門難有打開之時。後來他對鳥類失去興趣。

現在她每個月匯錢回家，供恩典繼續參加無止境的補習考試，不過他們之間總隔著門板，即便她已能正確回答關於鳥類的諸般問題。

此外，桌椅事件後她自己麻煩更大。初聞她得病時，老媽並不相信。

「生的女兒多少斤兩當媽的會不知道？沒奶沒屁股，誰要對妳怎樣。」

「這跟奶或屁股有什麼關係？」

老媽把她所知的原因通通抬出來：「沒人對妳性騷擾，沒人強姦妳，爸媽都活著，也沒讓妳流落街頭，憑什麼生病！」

「我覺得還蠻明顯的。」

老媽不同意。

「現在年輕人就流行這套啦！以為這樣可以有什麼特別，我告訴妳什麼叫特別，叫做有價值：

靠的是努力，找個好工作，找個人結婚！我在妳這年紀都拿錢回家了，妳還要妳媽操心，動不動這病那病，浪費社會資源。妳就是那個啦，新聞在講的爛草莓！」

講到這地步，楓只能悶聲不響上樓回房，換衣出門。

舊時療法相信，只消覓得原因即可釋放出被壓抑的情感，一切症狀便能不藥而癒。楓知道許多事情錯不在己，然而情況未曾好轉。何況這只是一般等級，沒有離家、燒炭、毆打或性暴力。如老媽所言，如果要比較邪惡，世上有更多更巨大的殘酷，憑什麼她不能忍受？

於是她意識到回首無益，徒然使人化作鹽柱。她需要指南針，需要光源照亮晦暗難行的林間路，指出接下來該怎麼做、往何處去。

2.

昨日在天色還亮時，楓以盡可能降低海拔高度為目標，努力往山谷疾奔。這項目的已經達成，她在針闊葉混合林內，只是也沒有剩餘體力尋找水源了。她在乾燥的林地內緊急紮營，靠水袋儲備度過，不敢開伙。

如今總算在山坳裡找到嘗起來有苔味的細流。她在那泉邊，雙手捧水漱洗。

在這水源附近，她覓得平地做紮營準備。頭頂上狹葉櫟巨木遮天，落得地表滿是殼斗。林蔭下植物相對稀疏，清理起來不太費力，揮動山刀後，熟悉的香氣四溢，白花八角。可惜台灣的野生八角均不能食用，否則這滷味氣息令人食指大動。

她選擇繼續待下，說不上主因為何。次要理由則可以有很多：雖機率微乎其微，只要經岳有萬分之一可能還在山裡，她就不能丟下他不管，畢竟她起的頭。也或許被他一語道中，真正想考驗求生技術的是她。說不定她比自己估量的更加心理扭曲，對受盡磨難的生活樂在其中。

又或者是她的老派性格使然。儘管手段上不排除採取極端，她的價值觀相當古典，堪稱過時，推崇那掛劍的、在漲水橋下癡癡相待的，雖說她也覺得後者應多點變通。水來水裡等，火來火裡候，水裡來火裡去固然不成問題，總要達到目的才是。約定未果身先死，絕對是程序錯誤，不應有任何形式的半途而廢。她習慣看到凡事有結局，無論好壞。

為此，首先須活著抵達終點線。

清理後的營地更可明顯看見地貌起伏。稱不上完全理想，不過在崎嶇山坡地上已算條件不錯。楓確定紮營在此，心中構思細部規畫。

隨之而來的工作是找尋燃料和食糧。林下有些朽木，數量不足以燃燒整夜。為避免迷路，每到新地點紮營，楓便以營地為中心，朝向四方各直線前進一百公尺以探索環境。

林中有一小片崩塌地，許是連日降雨所致。有新近倒下的樹木，枝椏被附生植物層層包裹。新鮮樹木派不上用場，楓踩踏樹體，尋找枯死部位，同時撕下易燃的白綠色松蘿。當她搬動木頭時，底下土堆赫然滾出一隻死鼴鼠。肢體尚柔軟，看來是倒楣被崩落的土石樹木擊中，楓將牠裝入袋中。

能捉到活的動物當然最好，但在沒得選擇之下，也不妨挑戰新鮮屍體。楓斟酌過去學到的技術有哪些可用：單憑一己之力，或難以對付大型動物，但她架過霧網和自動照相機、捉過這類小型哺乳類。

只是他們當時可悠閒了。先選定可能出現的地點，預先在附近撒下番薯片或花生等誘餌。捕捉器預放在野外一段時間，用土壤枯葉擦洗一番去除人類氣味。以上準備步驟都完成後，才開始架設陷阱。

當時他們的目標，是在不驚擾動物的前提下做研究，而她現在想的完全反其道而行：如何快狠準捉住獵物，並且殺掉。

還真沒學過。

至少可以從收集做起。楓搜尋土堆中是否還有其他動物，在落葉和腐植質裡掘出米白色的幼蟲。她對昆蟲一竅不通，總稱其為雞母蟲。她猛力掘土，幾乎是滿懷殺意的搜尋更多。投資報酬率不算高，但稍有收穫，她順手撕下旁邊的葉片包裹蠕蟲們。如何吃牠們將會是一大考驗，不過暫且把這問題擱下。

繼續前行。有一綠蜥蜴在岩石上，曬著被枝條篩落的稀疏陽光。爬蟲類，鳥的祖先，換句話說，勉強稱得上雞的遠親，比剛才她找到的一切都更像食物。

來到闊闊庫溪流域便不受國家公園管束，還有什麼理由不動手？

楓躡手躡腳從後方接近，猛然捉住尾巴。蜥蜴激烈掙扎，由翠綠轉為全黑。她聽過這類變色動物的知識，親眼看到仍悚然心驚。心慌意亂中她抓起地上石頭，猛力往蜥蜴頭部砸去。

她盡量不正眼看那頭破血流的屍體，用樹葉包起、收進袋中。

如此一來，蛋白質來源大致確保，儘管量不足以充飢。

楓轉為採集植物。以她貧瘠的民俗植物學，只曉得屈指可數的食物來源。生存大事，總不能全部賭在少數特定種類上，她決定放手發揮本能。雖說如今味蕾用於感受美食，但那本是人類用以判別可食與否的工具。酸味灼傷黏膜，苦澀是植物鹼，甜味來自糖分或分解後的澱粉，高能量來源的脂肪和蛋白質的滋味令人欲罷不能。只要避開已知的有毒植物如毛茛類，就算倒楣吃錯，應該也不會致命。不要長期採食同一種也是規矩，以免毒性大量累積。

總之，先採集到能填滿半個背包的份量再說。楓小心判別方向，確認自己是沿直線行進，鑽進樹叢。

回到營地，待辦事項同樣多如牛毛。

首先是整地。既然打算久待，營地整建也須慎重其事。前幾日大雨的教訓，令她學會要在營地周圍挖掘排水溝，把挖起的土石回填低窪處，再把地面踏平。

其次是建屋。背靠巨木的住居在感覺上最為安全，實際上亦如是。據說原住民在荒野中過夜，會採背倚巨樹面對營火之姿，以防野生動物自前方接近。能在樹上伏擊的只有雲豹，然無人知曉牠是否絕種，能遭豹吻都算三生有幸。黑熊雖能爬樹，倒不必擔心牠悄無聲息從樹上輕盈躍下。

實際操作則不見得一切理想。狹葉櫟巨木盤根錯節，沒辦法在太靠近主幹的地方紮營，楓在兩樹間的空地搭建樹屋。美其名為樹屋，實則用雜木搭起烤架似的單斜頂遮蔽物，屋頂拉上防水布，再用帶葉子的枝條覆蓋。建屋時還得留意風向，否則在營火生起後，住屋搞不好會變成煙燻房。

搭屋須用新鮮木頭，楓在林間尋得大量粗細適中的木薑子屬小喬木，鋸斷、將主幹和可用的枝條拖回營地。工程浩大，眼看即將黃昏才完成骨架，不過她有的是時間。其餘工作留待日後，楓把外帳綁到支架上，暫時有了遮蔽。

天色漸暗，楓著手準備晚餐。

首先是鼴鼠屍體，剖腹掏除內臟，丟進燒得正旺的火堆。隨意丟棄肉塊會引來肉食動物，黃鼠狼頂多只是煩且有跳蚤罷了，她可不想引蛇同居。

處理動物屍體並吃掉，這也不是頭一遭。她還記得那隻山羌，雖印象有些模糊，似乎讓登山社眾人大受驚嚇，隊長氣得半死，其餘就忘了。在症狀最嚴重的大學時代，所有事物都如火車外飛逝的景象。

做成美味料理是另一回事。她用削尖木棒串刺鼴鼠，連皮火烤。野生動物須完全煮熟，否則會有寄生蟲問題。毛皮迅速焦黑炭化，當火焰烘烤到肌肉層，鐵鏽般的腥臭味四溢，連她都不禁掩鼻。

這下她曉得錯過什麼步驟了：放血。

血液在動物死後不久凝結，撿來的屍體當然失去放血機會。去皮後小口啃兩下，她便把鼴鼠擱著。

下一道是烤蜥蜴，她喜歡把值得期待的食物放在中段。基本上味道就像年底大掃除清冰箱時，在冷凍庫後方找到存放整年後走味的雞胸肉。現在這卻已是人間美味，缺點是只夠塞牙縫。

吃過兩道料理後體力稍有回復，估計比較耐得住驚嚇，第三道是恐怖食材雞母蟲。

令昆蟲變美味的料理法，是裹粉油炸。當然辦不到，她用細樹枝將蠕動的雞母蟲插成一串、放到火上。距離有些難以掌握，細枝瞬間引燃，楓慌忙將串燒摔打在石塊上。燒掉樹枝事小，連這點微不足道的蛋白質都被火焰吞噬就虧了。

沒有沙拉油，乾煎只怕毀了鈦合金鍋子。短暫思索後，楓走到狹葉櫟前，撕下樹幹上的潮濕青苔，層層包裹在蟲串外，再放回火上，青苔冒出大量白煙。半蒸半烤，果然解決了著火問題。

最後就剩壯起膽子、閉眼吞下，不過楓覺得有必要了解一下食物。她仔細咀嚼頭一隻，味道就像沾了泥土的朽木。當然，牠們正是吃腐土和朽木的動物。她把剩下的雞母蟲囫圇吞下。

在已有東西墊胃之下，壓軸的是或許含有植物鹼、絕對充滿粗硬纖維質的各式植物。楓把裝滿水的鍋子吊到火堆上方。

採來的植物，有些已有委頓之色，她在平坦石塊上努力將它們分類，清水沖洗後陸續進鍋川燙。她要記住哪些吃起來尚可，以便日後繼續採集。

前方草叢忽然窸窣有聲，楓警戒抬頭，一手按在山刀上。隱約瞥見骨碌碌的一對小圓眼，從草葉間的黑暗裡，毫無畏懼地回望。

楓做了平常絕不會做的事：把烤鼴鼠往草叢扔。

餵食野生動物的問題，首先在人類的食物往往調味過度，有損動物健康。其次是就算食物本身沒問題，與野生動物頻繁接觸，多以衝突收場。人類會對經常接觸之物產生情感，未經馴化的動物則否。餵食不會建立人與動物的良好關係，只會令動物認定這是可取得資源的管道。一旦不能如願，便動用武力搶奪。

道理歸道理，有個伴也好。在剛踏入野外時，楓還得時時留意經岳的動靜，如今迎來真正的孤寂之夜。就算最後會被反咬一口，或演變成人獸大戰，她實在懶得多想了。

現在山裡只剩她，獨自一人。

總有些好事之人，特別是野外經驗不足者，喜愛將山區描述成靈異地帶：密封的食物不明減少，轉身找不到本在身後的裝備；霧中遇人指路，卻故意指往相反方向；熱心人主動提議要幫你拍照，轉過臉露出沒有五官的光滑蛋頭……。好事者喜歡由各式細節，如裝備、人數等，將這些事件跟山難死者扯上關係，暗示山中乃是陰陽交會之地，亡魂徘徊之所。

就楓所見，愛山者多半擁有澆不熄的熱情和鐵打意志。那他們死後便是英靈了，如流星燃盡留下石質的堅毅之核。很難想像英靈們會偷吃真空包裝的生香腸、扮成蛋頭人、竊取裝備，或搞些害人迷路的把戲。除非他們受夠在死後仍被說三道四，被叫成英靈或其他更了不起的東西，好比南澳古道上的泰雅姑娘，所以開些玩笑聊作報復。

又或與英靈無關。逝者已逝，捉弄人的是其他不可名狀之物，某種瀰漫天地間的龐然意念，或可稱為鬼神。楓倒覺得，說不定有此意念存在，只是在她想像中，那是更為壯大、無可抵擋之物，不會以作弄人為樂。

至於那些性喜愚人的低層次意念，活人的能量理當比它們更強，搞不好大喝一聲，就能令其煙消雲散。

她也並非從小便天不怕地不怕，只是經驗累積久後，發覺山中具體的事物更令人煩惱：在飛鼠尖嘯而鵂鶹呼咻的三更半夜，獨自點亮一枚頭燈站在戶外廁所前，以為是形狀花俏的木製門把，結果卻是幾乎跟臉一樣大的蛾；或開門後發覺糞坑已滿溢至地表，或俯身時頭燈滑落底下深淵。或在暗夜，腹痛如絞，仍奮力拖著不鏽鋼鏟踉蹌獨行，小心避開營區與水源地，斜風細雨中好不容易掘出深於二十公分、合乎環境衛生的貓穴，裡頭卻赫見前人留下的新鮮衛生紙團及其他……。這種時刻，就算旁邊忽然飄出什麼無腳之物，不識好歹問說要不要吃雞腿或大餅、小姐幫妳拍張照好嗎之類，她也有絕對信心，能在羞憤加持下，一鏟把對方砸回老家。

草叢晃動。不曉得那動物是受驚逃走，或正在飽餐一頓。

3.

在遷居中高海拔後，楓逐漸養成有定律的日常生活。

早上蒐集柴火和食物，繼續探查環境。既然每天都要生火，為求方便，她大量囤積燃料，找到搬得動的倒木便盡量運回，如今已有一人高的廢木堆。日光爬升到樹梢最頂的中午時分，是轉換活動方式的信號。無論行進到何處，此時她會往營地方向折返，沿路砍下新鮮枝葉以維修家屋。幾天下來屋頂雖已搭好，不過樹枝葉片構成的屋頂需要經常更換。

白米被打翻後，已剩不到一週份量，醬油和豬油則全數用盡。她把一天份的白米層層包裹、封好，埋進營地底下作為緊急用糧。現在她每兩天才動用一餐量的米煮稀飯，其餘就靠蒐集。野生植物的纖維粗硬，使人腹瀉，蛋白質食物三、四天才能找到一回。捕捉昆蟲雖相對容易，但可食部分少得可憐，多數時間毫無斬獲，只能餓著肚子入睡。

以及一連數個晚上，當楓在營火邊煮食，抬眼總會見到草叢晃動。那不明小動物在附近徘徊。如果她手頭僥倖有食物殘渣，皮、內臟、骨頭、難吃的昆蟲，便往草叢裡丟去。隔天早上檢查時，殘渣總是不見蹤影。

是先前那一隻，或每次都是不同個體？她寧可認為是同一隻，認定牠記得這地方了。

「不敢過來嗎？」

楓想著，該怎麼稱呼才好。

「——亞伯！」最後她這麼說。她決定以後丟東西給牠吃之前都要先叫名字，好令牠習慣。

「喂，亞伯，你若肯過來火邊的話，就會像《與狼共舞》呢。不懂我在說什麼對吧。」

以此地海拔而言，不會是生存於中低海拔的鼬獾或白鼻心。棕簑貓、石虎和麝香貓不與人親近，黃鼠狼應該更放肆，大剌剌衝出來把所有食物拖走。楓略感振奮的想著：以這體型和性格而論，搞不好是珍貴的黃喉貂。她看過自動相機的照片、排遺、食痕，就是不曾親眼見識活物。

語言之累，智慧果的詛咒。擁有語言的人類永遠需要聽眾，希望話語能傳達彼方，故會有理查・帕克，或是馬克的 NASA 日誌，甚至是威爾森也好。反之則不成立，他們不需要我們。託這詛咒之福，威爾森恐怕是電影史上戲分最重的排球了。

比起對排球說話，她要算不錯的。楓安慰自己：至少亞伯是生物，儘管神出鬼沒，而且她還不曉得牠是什麼。

再過一個禮拜，某日楓一如往常地採集植物。她已掌握大致的原則：蕁麻科的赤車、水麻、苧麻和冷水麻等，口感如菜瓜布，但吃過沒有特別不適，而且數量龐大採之不竭。殼斗科果實需要極大耐心，且回報甚少，但可確定無毒，現在又是結果期，適合作為晚間營火旁的消遣。菊科大家族，林蔭下的黃苑、馬藍、各類蒲公英、款冬嫩葉等等，姑且不論味道，口感還算差強人意。

現下她感興趣的是渾身是刺的薊類，有著如牛蒡般的地下根。要毫髮無傷挖出相當困難，通常挖到地下十五公分左右便會折斷。這倒激起挑戰欲。她用登山杖挖掘到第五株，發覺一個簡單卻易被忽視的步驟：如果先將地面上多刺、礙事的本體砍除，剩下的工作會輕鬆許多。

有時風向改變，可聽見谷底水聲隆隆。溪流，同義詞是青蛙、魚、溪蝦、毛蟹，光想便覺得充滿吸引力。

只是若要到有這些動物生息的流域，不光是要下到溪邊，更須降至海拔兩千以下，並找到適合牠們棲息的深水。她還不打算長距離移動。近日常感下腹部沉重不適，不曉得是哪種食物導致。眼看著主根的大部分都露出土面，楓放下登山杖，抓住主根開始施力，想用拔蘿蔔的方式解決。不料主根再度迸斷，同時感到腿間熱流淌下。

熟悉的感覺使她愕然吃驚。四下無人，她拉開褲頭檢查，結果正如所料。

「……該死！」

楓咒罵著，頹然跪倒在地：「混帳！媽的！真該死！」

詛咒詞彙不足，這點也令人氣結。

虧得她上山前還複習過結繩、搭草屋、野炊等技術。幾乎所有求生書都出自男性之手，他們鉅細靡遺考量各類突發狀況，羅列身體各處不同程度受傷的應急處置法，唯獨沒料到這種可能性。

生理期。

她得立刻放棄手邊的挖掘工作，趕緊想辦法對應了。

唯一慶幸的是沒有會主動獵食人類的大型動物，否則生理期簡直像對掠食者發出邀請函。血腥味令掠食者認定獵物受傷、虛弱、有可趁之機，在阿拉斯加發生過幾起棕熊襲擊事件，就是嗅到血味的棕熊闖進露營區，把生理期的女性拖出去吃掉。至少在台灣無此顧慮。

麻煩則不可避免。

楓聽過多種不同做法，用布、棉花或乾草製作衛生帶，但首先這表示得犧牲一條毛巾做材料，而眼下毛巾相當貴重。其次，不管再先進的衛生棉都無法保證不外漏，自製的當然更糟。這將大幅影響行動力。

有些雨林部落的做法是索性放棄行動。搭建專用的茅草小屋，屋內堆起混合木炭碎屑的乾草堆，再讓部落女性——由於生理週期會相互影響，通常就是全部可生育的女性——躺在草堆上。木炭可以殺菌去味，草堆躺起來舒適，因這些民族多半不穿衣服。待到所有人生理期結束後，一把火燒掉小屋。

最好她還有餘力再建一棟新屋子。

出血量還不大，她將毛巾割成兩塊，其中之一備用，另一半橫過胯下，再用扁帶繞過腰際綁住毛巾兩端，做成簡易丁字褲。幸好沒有人會撞見這種醜態。帶著羞憤之心，她在外頭又套上雨褲。

如此勉強可以行動，楓開始收集草堆的代用品。

現在開始曬乾草顯然來不及，新鮮芒草的芒刺又十分扎人，她決定取用森林中層、被雨水沖洗過的細枝樹葉，在屋裡堆起中等大小的葉子堆。

最後人再躺上去，把睡袋攤平當成棉被蓋在身上。

枝條在背脊下有些扎人，楓翻來覆去將底下細枝均勻堆放，終於找到還能忍受的狀態。想到接下來三天左右都得躺在這裡，便感鬱悶無比，她趴在屋裡用手枕在下巴底。

眼看穿越樹縫照在地表的光斑隨時間推移。

直至消失。

楓起身想要生火，立刻感到溫熱血液流下大腿，她趕緊趴回原位。

「知道了啦，我投降可以吧！媽的！」

除了叫罵，當真無計可施。

白天裡楓起來替換毛巾，把使用過的毛巾拿到水源地清洗晾曬。多數時間她都在昏睡，偶爾會在醒來時煮沸少許飲用水。只要火堆大小控制得宜，以囤積下來的柴薪生火暫時不成問題，但食物沒有庫存。

白米即將耗盡，她現在每天頂多在燒水時丟一把米煮成米湯。飢餓、疼痛和行動不便令人灰心喪志，使她原本便談不上品質的睡眠更加惡化，夢魘不斷。

最危險的莫過於無所事事導致意志衰退。夜晚她想集中精神，思緒卻不聽使喚，專門掘出記憶中聽聞的各類恐怖。白影子和小飛俠雨衣的無臉人，平日令她一笑置之的那些靈異事件，如今每到夜裡便彷若千斤壓頂，令她寒毛直豎渾身僵冷，只能把睡袋拉高蓋過頭頂，不聽不看地度過。

有窸窣聲響把她拉回現實。

聲音很近，有什麼東西正踩著細碎步伐在營地裡悠轉。

是亞伯。

她拉下睡袋，睜大眼努力在黑暗中搜尋，果然在營地邊緣的樹叢找到一團小黑影，正兀自忙碌著。

「亞伯。」

她呼喚。黑影動作停止。

「今天也沒東西給你，抱歉啊。」

那小黑影仍停留原地。畢竟牠不懂人話，可能誤以為仍有希望。

「——亞伯。」

她從小屋裡伸出手。

黑影無動於衷，但也未有離去之兆。

她仍舊伸手等待著，再度落入昏沉睡眠中。

4.

八十七。

三千。

三十五。

這些數字莫名其妙浮現腦海中。

周遭景色漸趨清晰，楓想起來了：地點在大會議室。

「慕溪，木蜥？木頭上有蜥蜴？她名字真怪。」年輕男老師說，好像楓只有三歲，不會發覺他們正談論她。

「還好吧。」

跟他對話的是個高中女生，一副小大人的表情，在這場合顯得相當突兀。有誰會料到求職面試時，審查員裡頭會夾雜著小女生？無視楓的驚訝，對話兀自前進。

「有沒有人說妳名字很怪？妳爸媽喜歡溯溪？」

老爸的嗜好確實跟溯溪相去不遠，不過楓解釋，她的名字來自詩篇：我心切慕祢，如鹿切慕溪水。

「是喔。」男老師說，又轉頭：「我隨便問一下，她居然認真起來了，還如鹿切慕溪水哩。」

「認真不是很好嗎？」

「所以妳名字意思是鹿囉？簡直是為我們動物研究室而取的啊。」男老師估量著如何稱呼她：「對吧，斑比？不過，不管在哪一行，實力都是一切。妳學過植物辨識？我們這次的調查區域在海拔兩千公尺左右，妳就說個三十種分布在海拔兩千的植物吧，給妳一分半，意思是每個名字有三秒鐘可想，計時開始！」

說著砰然敲打桌子。

楓的腦中一片空白。高中女生在筆記本上塗塗抹抹，楓注意到她的自動鉛筆頂上有著米色的塑膠小熊。

方才在走廊上等待時，成排應試者個個低頭看手機或資料，楓一個人眼望著走廊發愣。走廊彼端，那身材嬌小、長髮長裙、戴眼鏡的高中小女生正走出廁所，不斷用手背抹著眼淚。

「沒事吧？」當她經過面前，楓問。

「什麼？」突然被叫住，小女生明顯嚇了一跳。「什麼東西沒事？」

「呃……」要指出一個人看起來好像在哭讓楓覺得很困窘，她改為付諸行動，掏出面紙。

「喔？不用，辦公室裡有。」小女生打量楓幾眼，面露嘲諷之色：「而且這不關妳的事，小朋友。」說著大方走進辦公室。

妳才是小朋友。楓暗自想著，大概是某個老師的小孩。

男老師敲擊桌面：「時間到！根據從前的記錄，這一帶有八十七種植物。妳講不到三十種，不到五十趴，要怎麼辦？嗯？」

儘管不抱希望，出乎意料的她以候補身分補上。頭一天踏進研究室，當天那哭喪臉的高中女生居然負責接待，向她遞出名片：「歡迎加入，小朋友。妳歸我管。」

美國某校生物學博士，計畫協同主持人，谷晴，名片說。

學姊。

剛開始楓根本不喜歡學姊。

學姊帶她認識環境。大門上方的公用時鐘比實際時間快半小時，研究室所有的電腦也調到同樣時間。就像時區，他們所有人踏進此地，便將手錶調成公用時間。

轉角的櫃子上擺有成排洗髮精和沐浴乳。研究室禁止人員過夜，更不會要求熬夜加班，但規矩阻擋不了人的求知欲。如果有人想徹夜等待研究結果出爐，我們不會阻止，懂意思吧？學姊說：這可是出於個人意志，責任自負。

公用的橢圓會議桌在正中央，兩側是助理和研究生的位子。桌上擺著玻璃箱，一隻黃金鼠在木屑堆裡鑽動。

「公有財，室鼠。」學姊說：「叫拖拖。」

「多多？很可愛啊。」

「是『拖拖』。拖拖拉拉，本來是一對的，前陣子拉拉死了。」

「……喔。」

「用意是提醒大家重視效率，引以為戒。」

她們來到一扇關著的門前。面試時那男老師的位子在裡面，同時也是各種器材的倉庫。他和儀器的房間。

研究室深處的門同樣緊閉，老師的房間。

最後來到窗前的特大座位。滿山滿谷的米色小熊玩偶、吊飾、月曆。椅子上有著熊型絨毛椅套，椅背上方是填充玩偶的頭部，扶手處是熊手臂。當人坐在椅子上時，看來就像坐在熊的懷抱裡，十足安心感。

「我的位子。」學姊說。

研究室的主人是老師，實際上一切由學長姊打理。只在簽公文時才會跟老師打照面，故楓的印象始終停留在一雙充滿皺褶的大手。面試時的男老師雖然在大學部兼課，原來也還是老師的博士生。

楓很快弄懂這裡的結構：理論上，已取得學位的學姊應該在最頂端，但她出身外部，於是本該排第二的學長反而嗓門特大。然而與其說學長較能掌握住狀況，不如說他把握的是透過自身傾斜稜鏡望去的扭曲世界。基本上，他的職責在管理硬體設備，但他顯然視人員為設備的延伸，僵如器械的無機物。

學長的指導，開口便像翻開數學習題：

「今年的案子沒做到三千萬。我們過去六年向來都超過三千萬，你們到底還要不要工作？你們以為這麼多的助理、設備是靠什麼在養的啊？拿出拚勁來啊！激發出你們性格中的狼性，全力拚啊！」

同事告訴楓，學長和中國學者進行合同研究才回來不久，對自家年輕人抱持恨鐵不成鋼的心態。他對楓同樣嚴苛：

「妳以為這樣寫是對的嗎？」

「是。」

「是嗎？妳確定？」

「嗯……大概？」

「到底有幾成把握？妳自己都不知道的話，也不要用妳了。給我個數字。」

「呃，百分之八十。」

「那算什麼？要到百分之一百二十！」

「那就百分之一百二十。」

「這算什麼，這什麼語氣？連妳自己都不信。」

話題又回到學長老掛在嘴上的狼性。

「講的時候要自信滿滿，要瞪我知道嗎，拿出潛藏的狼性。台灣的年輕人只會說，我將來要開一間咖啡店，打從心態就輸了。人家大陸的年輕人，為的可是要活下去，不擇手段也要贏，你們這樣軟綿綿，搞什麼海外度假打工，其實就是廉價外勞，跟菲律賓一樣嘛！我們要競爭，要凶、殘、狠、暴，有咬死對手的覺悟！別人問起就大聲回答，別人若不問，就搶著鬧著吸引他注意。那些害羞、講話彆彆扭扭的，就一輩子當魯蛇好了！」

楓不敢告訴學長，短期內她沒有變身狼人的打算，咖啡店也實在不關她的事。既然開不了口，結果便是躲躲藏藏。除去匯報進度時不得不打照面以外，平日只要在走廊上遠遠看到學長，楓便立刻閃身進女廁或樓梯間。那些辦不到的要求，只讓她覺得自己像次等品或假貨。

假貨類：假沙梨。假石松。非豆蘭。類雀稗。賽赤楠。擬紫蘇草。偽苦苣苔。

與之相反，真貨反應則大不相同。學姊採正攻法：要排除非難，就比別人多努力十倍。年底，他們在印刷廠等待廠商製作樣本，恰逢印刷業旺季，遲遲輪不到他們。其餘助理、研究生、工讀生逐一藉故散去，而學姊打算待到最後。

「今天我老公放假在家帶小孩，我可以待到校樣出來。」

「聽說學姊的老公還很會做家事。」打算離開的研究生說：「說那是興趣，多棒。」

「真是好男人！」其他人附和。

「呵，興趣。」學姊冷笑：「男人做家事、帶孩子可以是休假時的興趣，對當媽的來說可是每一天啊。」

楓留下來。剩下她們兩人，楓用方才得到的新情報當話題：

「所以學姊有小孩？但妳這麼年輕。」

「沒什麼奇怪的吧。二十二歲大學畢業，二十四歲拿到碩士並準備托福ＧＲＥ申請美國的博士班，二十七歲拿到博士回台灣並懷孕，隔年生產後找到工作，做兩年了，現在小孩子兩歲，對吧？」

「喔……」

「這時候剛好工作的事步上正軌，明年就可以懷第二胎。年齡太近的兄弟姊妹容易吵架，也不要差三歲的，國高中的時候家裡兩個考生很累。差四歲以上的好，但越晚生卵子品質越差，而且過了三十五歲多半要剖腹產。我不要剖腹，會留疤，所以接下來要抓緊時間造人。」

「真、真有效率，每年都有新的進展……」

「是吧？一分一秒都不浪費。」學姊面有得意之色：「妳也是，別以為還年輕就漫不經心，特別是女生還要生小孩，不計畫一下到時想生都生不出來。」

楓發覺學姊講話也可以是數學習題。

所以學長姊基本上是同一類人，認定實力是一切，要做的只是證明自己更勝一籌，硬碰硬。換句話說，就像猜拳時雙方同出石頭，然後比賽誰的石頭更大。

沒有人想到可以出布。

她們在印刷廠待到半夜三點，總算看到初稿，然後一同搭計程車回學校。此後學姊打破自己訂的規矩，教導楓各種東西，好比省錢祕訣的校園藍波養成術，可能是誤以為她很上進。雖然當晚楓留下的原因很單純，只是不懂得找藉口罷了。學姊本人也沒閒著，經常加班到最後。這幾件事原理相同，都是吃得苦中苦方為人上人。

還有其他獨家理論，例如上班時一定要穿裙子。

「出野外都會搞得髒兮兮，天天穿同一套衣服，所以我的規矩是在山下一定要用心打扮。」

當學姊看到楓嚴密監測每日睡眠時間、查詢公式以計算睡眠品質，以及搜尋助眠的各種偏方時，她說：

「千萬別這麼做好嗎，小朋友。」

「怎樣？」

「妳太積極了。要克服失眠，首先就是不能在意。」

學姊教育楓：「別說去記錄每天睡多長，連想都不該去想。妳必須對能睡著這事徹底絕望。」

「我以為病人應保持積極正面的想法。」

「妳不能當那是病。要當那是影子，黏在妳身上，是自然現象。然後等著。」

「等多久？」楓頹喪地問：「要多少時間？」

「喔，這正是不可說的部分！妳要放棄尋找解決之道。把它想成變聲期，某天就變了，而且恐怕後半輩子都如此。一旦妳徹底放棄，哪天回過神來，會忽然發覺已經沒事了。」

「這不是互相矛盾嗎？」

「世界本來就充滿矛盾。等妳體會了才是真的成年，否則到老死都只是小鬼。」學姊說：「妳必須絕望，放棄找答案，然後在無數睡不著的晚上，永不懈怠地等待。」

還有一種人，似乎超越所有分類或界線，猜拳時出布的傢伙。

當夏天到來，楓跟著學姊到山上，調查坍方後久未使用的林道周遭野生動物的恢復狀況。兩人住在路邊工寮，每半個月研究室的人會上山補給。某天當她們收工回營，發覺營地人聲喧譁。偶爾會有登山客或自行車隊前來挑戰，這回卻同樣是研究隊。學姊前往招呼，從眾人寒暄的隻字片語中，楓得知那是來自他校的黑熊調查隊。

不管是什麼隊伍都與她無關。楓拿起水袋打算前往水源地，忽有人影橫阻，揮手舞腳大叫大嚷，好像她們之間隔著一座山谷。

「哇喔好久不見！妳都沒變耶！妳現在在哪裡？」

楓打心底佩服這種精力，她沒好氣回答：「……在妳面前。」

佳嵐大笑。

「妳還是這麼搞笑，明明知道我的意思！我是說，妳做、什、麼、工、作？還在念書？住在哪裡？調查什麼？待幾天了？最近山上天氣怎樣？」

帥呆了，像空手奪白刃。

佳嵐總是正面接招，然後用更多的話把楓淹沒。她說她在屏東讀碩士，研究室的計畫是中南部山區黑熊調查，恰巧來此，不過他們不會在每個地點久待。同時，她也用隊伍收集到的資料兼做個人研究，黑熊腸內菌。

「我在哪聽過這話。」

「妳當然聽過，熊貓腸內菌研究，我一直就只談這件事啊。台灣沒有野生熊貓，我就從類似的做起。妳要是在野外看到黑熊大便，好帶的話幫我撿回來！」

「妳為什麼沒在台北讀研究所？」

就楓所知，北部大學的畢業生不常放棄名校光環到外縣市，除非原本就是當地人。學生都會盡量留在首善之都，非要離開的則往國外去，少有人遠赴國境之南。

「不是很簡單嗎？北部沒有黑熊研究室啊。」

「多數人寧可改題目也要留在台北吧。」

「為什麼？」

佳嵐瞪大眼，打從心底疑惑。

「……很好。」她鬆了口氣。

楓並非完全理解佳嵐的想法，但知道她向來跟「多數人」不一樣。很高興見舊友一如既往。

稍晚又有該隊伍的成員陸續抵達，其中一人據稱奉老師之命帶好料來加菜。車子還沒停妥，隊員已將之團團包圍。

「接下來的日子很辛苦，這是老師要請大家的。」

眾人高聲歡呼。

「還有甜點喔！但林道太顛了我沒有想到，把它放在後座，結果變這樣。」說著打開蓋子，露出爛泥似的一團東西，一半在盒內，另一半黏在蓋子上：「怎麼辦？要怎麼吃？」

「——讚啦！在野外還能吃到提拉米蘇，五星級！」

眾人一擁而上。

「叉子呢，這有附叉子吧，在哪裡？」

「文明人，最好你找到叉子的時候還會有剩！」

一群人螞蟻似的聚攏到碎成渣的提拉米蘇前，徒手挖掘起來。

「快來！我幫妳搶了一塊！」佳嵐大喊。

楓瞧著那團漿糊。哪談得上什麼塊不塊。

「可、可我不是你們隊的。」

「沒關係！」

「謝妳啦，但我就不……」

「快吃了我才能把手空出來！」說著手指直搗她嘴裡，又鑽回人群裡。

楓回到學姊身邊，繼續準備晚餐。

「妳朋友？」

「是啊。」

「Crazy。」學姊評。

狹小工寮暫時變得熱鬧非凡。幾乎每晚，那隊伍都生營火，當隊員陸續就寢，楓還在林道上到處走動，她向對方領隊表示願負起最後澆滅營火之責。此後他們會在睡前將營火交給她，而楓得到在深夜獨享營火的特權。

她獨坐火邊，抬頭從樹縫間望見山脈的黑色剪影。銀河明亮，半夜爬起來上廁所的佳嵐來到火邊。

「妳居然還沒睡。」

「歹勢，人老了啊。」

「不會啊，這只代表一件事：妳很有野性。」佳嵐在火邊坐下。

這是生物本能的一部分，佳嵐開始碎念。直立人出現並成為食物鏈上最高層，也不過近一萬年前的事，還不足以刷去累積在基因裡數億年的記憶。那記憶告誡著夜晚的危險，是日行性哺乳類淪為獵物的時間。半睡不醒雖痛苦，卻是自然狀態。

「失眠呈現的是人與自然的連結。」最後如此結論。

楓完全不能同意。

「妳去連結看看啊！連個幾年，看還說不說得出這話。」

「那來些助眠活動，數羊？沒用？妳還玩那個嗎，我到你們系上修課時，妳玩的植物名字遊戲。」

「玩啊。」

「但我忘得快光啦。我們分工，我負責題目，妳想內容。」

她們湊出以下組合——

時差：麥門冬／土半夏。千日紅／忽地笑。萬代蘭／暫花蘭。

對立：六月雪。三腳剪。葉長花。雞角么。小白頭翁。

不明疊字：豬殃殃。香科科。山丹丹。朵朵香。婆婆納。孛孛櫟。

具體而抽象：燈豎朽。哈哼花。稻搓菜。三角咪。枯里珍。華他卡藤。深柱夢草。敏感合萌。紫花竊衣。單葉拿身草。

「這些題目太莫名了吧！」

「那換個正經、典雅，而且有意義的。」佳嵐說：「……宋詞詞牌。」

「好樣的。」她抱怨著，卻仍配合：「莫名到一個極致！」

宋詞詞牌：望江南。番婆怨。落新婦。隨軍茶。降真香。劉寄奴。陌上草。滿山紅。倒提壺。雨久花。

她們鬼扯一陣，火勢漸弱，兩人開始發抖。楓提議該去加件衣服，佳嵐大力反對。

「多浪費，妳知道現在山下幾度？屏東三十四，台北更熱三十七，因為有熱島效應。有天然冷氣可吹是享受，想想妳在平地要發個抖需要多少電。」

「我沒事幹嘛發抖？」楓反駁這謬論。

「有益健康！我們都該趁有機會時多運用身體的各種機能，否則它們都會逐漸退化。」

不發抖、不冒汗、不受傷、不感受，生活在溫濕控制得宜、安全無虞的文明環境，微血管收縮神經元銳減，一切皆往核心收縮退化。失去供血的遠端細胞開始壞死，身體周緣部分脫落，未來我們將不再擁有表皮或手腳。不過別擔心，室內有滾輪椅，打掃靠機器或來自第三世界的女傭，出外有各類代步工具的年代，要手腳做什麼？最終人類將演化成沒有五官的大肉丸，裡頭剩下心臟跟腦袋。

「妳忘記他要有眼睛。」楓打岔。「還要至少一根食指，不然怎麼用電腦。」

「這簡單：螢幕是靠電流驅動的。當我們使用眼睛，視神經感受到光影顏色，再將影像轉化為脈衝，即一種電流，回傳給腦部。既然兩邊都是電流，幹嘛那麼麻煩，直接把螢幕電流接到大腦不就好了！其他感官同樣道理。最後就把這大肉丸插滿電線，浸在肉湯一樣的培養液，靠擴散作用吸收養分。」

「聽起來像地獄。不過比起妳要做的基因工程，不曉得哪個更糟。」

「完全不一樣好不好！在我的理想世界人類可是很忙的，各種感官都會用上，很耗體能的。」

「忙什麼？」

「砍竹子下來吃。」

「——肉丸竹筍湯。」楓用顫音總結上述對話。「這些想像只代表一件事：妳餓了。」

佳嵐大笑，久久不已。

歪斜乖離的時光相當短暫，猶如忽地笑的花期，夏天結束後楓回到研究室，仍受石頭比大小的價值觀支配。成為碩士生後，情況亦未改善。名義上她的指導者是老師，但實際上每日相處的學長姊，即所謂小老闆，他們的影響更深。

研究室外漆黑的走廊盡頭，有通往室外樓梯的安全門。某天楓突發奇想，到外頭透透氣。打開後赫然發覺已有先客，有一鬚髮斑白的男子在下方的樓梯轉角吸菸。

悠閒的透氣顯然不可能了，但她仍好奇從樓梯看出去的視野，故多逗留幾分鐘在欄杆周圍悠晃。此時，吸菸男子緩慢爬上來。

「那案子十之八九確定標得到了，研究室大家是怎麼說的？妳有什麼看法？」男子忽然向她搭話。

楓正疑心這個不認識的人，為何對此知之甚詳，莫非是別間研究室來的包打聽？男子將食指上的菸湊近嘴邊，深吸一口。

充滿皺紋的大手，楓赫然意識到那是「老師」。

立正站好。

「我看不到投資報酬率，很可能變成白工。」保險起見，楓祭出學長式標準答覆。

「妳的講法好像商人。」老師緩緩露出微笑：「績效不是一切，如果沒有理想，又何必待在學界，到業界工作就好啦，那裡滿滿都是效率。業界不做的，那些投注時間精力卻可能沒有報酬的，正是我們的工作啊。」

需要這番提點的想來另有其人。於是某天，當學長又講起狼人的話題，楓把老師的想法大略轉述了。

「那也只是他這麼想，難道整個學界都跟他一樣？老師那輩人，位子已經坐妥，當然愛怎麼講都可以，我們有做白日夢的本錢嗎？」學長的答覆依舊氣勢洶洶：「如今的趨勢是交給市場機制、自由競爭。實際上案子是我們在做，進度是我們在追，沒績效不能交代，要被開除的還不是我們。告訴妳啦，斑比！」

學長指著玻璃箱裡，在滾輪上奮力疾奔、實際上卻沒跑向任何地方的拖拖：

「這黃金鼠，是我上面那屆畢業時送老師的。不是送給研究室，是要送老師，拖拖拉拉，這樣妳懂嗎？不光是我們這行，無論哪個領域都一樣。重視實力積累，競爭、打倒對手，就是現在的世界。」

夏天到來，楓再度跟學姊上山。某天傍晚她們收工時，見天際被彩霞暈染得血紅——颱風雲。颱風貌似發展極快，半夜即開始飄雨。她們與山下的通訊方式是衛星電話，但那訊號只在林道的某一特定轉角，還得往上爬到制高點，故每週僅定時聯絡一回。雖想詢問天候狀況，既然已經出現紅雲也開始下雨，狀況便顯而易見了。

提起颱風，一般多想到下山避險，但在風雨中隨意移動反而更容易出事，故出門聯絡這步也省了。她們就在工寮，封閉門窗，貼上交叉膠帶，靜候颱風通過。唯一擔心的只有先前架好的自動照相機。

閒來無事，兩人忽然想知道一個月份的存糧可以疊多高，於是全部排開玩疊疊樂。結論是能塞滿整面牆直至天花板。

「充滿食物的小屋。」學姊讚嘆。

「登山客夢寐以求的景象。」楓說。

平常她們總在清晨開始活動，晚上還要整理資料，經常睡眠不足，這下子整天只能在雨聲中呼呼大睡，到第二天已腰痠背痛。楓裹著睡袋在床板上做伸展操，學姊拿過她的山刀把玩。

悠閒無比的時刻，忽然傳來疑似敲門聲響，兩人面面相覷。

「大概有樹枝掉下來。」楓說。

「掉下來的樹枝哪會一直敲，是有人在敲門吧。」學姊判斷。

「很多鬼故事都這樣開場，風雨中有人敲門。」

「妳還算科學家嗎？」

楓只得爬出睡袋應門，霎時間兩個濕透的鬼影子，趺趺撞撞倒進屋內。

「辛苦辛苦，這種天氣來爬山啊？」學姊招呼道。

「谷老師，我們是來接妳們下山的。」

仔細一瞧，竟是打過幾次照面的人，山腳下派出所的何組長及替代役男。兩人穿著簡單的深藍色雨衣雨褲，底下是普通的棉製便服，早已濕透，頭髮也滴著水。組長腳上是雨鞋，役男穿軟膠鞋，皆滿是泥濘。

「好端端的為什麼要下山？」

「上面的人說為避免生事，颱風一旦登陸山區就要淨空，否則出事的話媒體又要大作文章。」

「但我們在這躲得很好，存糧也還有一個月。」

「老師，這是上面交代的，是規定。跟我們走吧。」

學姊妥協，條件是至少等到隔天天亮。其實毋須多此一提，這兩人明顯無力繼續行動，她們把補給隊使用的備用睡袋借給兩人。楓燒水準備煮飯，濕透的兩人湊在爐邊瑟瑟發抖。

「跟我們一起吃飯嗎？」

「太好了！有熱的！我不知道要出來一整天，沒帶吃的。」替代役男打開背包給楓看。裡面只有一罐礦泉水，一個用保鮮膜包裹、啃了一半的饅頭。

「又冰又硬，根本啃不下。」

「你穿拖鞋上山？」楓提出一直抱持的疑問。

「啊哈哈。」役男顫抖著乾笑：「我想說雨天鞋子會進水，乾脆穿原本就有洞的鞋子，要濕就讓它濕。」

得追加兩人份的食物。趁著到外頭洗米洗菜的空檔，楓悄聲詢問：「不能勸他們一起待在這裡等颱風過嗎？反正食物夠。看那裝備有跟沒有一樣，風雨中走動太危險了。」

「那也不是他們的錯。反正人家怎麼說，我們照做就是。」學姊說。

「哪有這種道理！」

學姊只是掃她一眼：「小朋友，歡迎來到大人的世界。」

兩人飯後倒頭不省人事，似乎累癱了，鼾聲大作。楓和學姊在鼾聲陪襯下收拾裝備，將所需物品封入防水袋、收進背包，同時把備用的繩子、扁帶、扣環等結繩工具帶上。由於沒有專門的搜救隊，山上有事，就靠民間救難隊、消防隊、警察、替代役組成的混合軍打理。這些人不見得都有登山經驗，若非很行就是很不行，而眼前兩人較似後者，楓惴惴不安。

當然也有真正老手兼差當搜救隊員的，那些人經驗老到滿腹奇聞。楓說起一則奇事。

有人在濃霧天裡跌落斷崖，打無線電回山莊求救。直升機無法出動，只能靠人力搜尋。在等待救難隊抵達過程中，受難者雖一直保持聯繫，無奈沒有定位系統，始終找不到人，而無線電彼端漸漸沒了聲響。直至數日後霧散，才赫見受難者其實就倒臥在山莊正對面的崖下。當搜救隊伍終於抵達該地，屍體已爬滿蒼蠅。眾人怕得不敢靠近，領頭的老志工於是一個人上前，拿出筷子充當線香插往地上，對死者祝禱曰：某某人，現在我們搜救隊來帶你回家了，請你好好跟我們走。語畢，那死者竟從眼耳口鼻流出血來。

據說人類感官中，以聽覺最能持續。睡眠中聽到的內容會在無意識中發揮影響力，甚至死後聽覺也是最後喪失作用。

風雨陣陣拍打工寮，聲似浪濤，不絕於耳。

「我也聽過類似的故事。」學姊說。

後悔的蘇丹——

從前從前，有個性格暴烈的蘇丹，不僅對臣民非常嚴苛，對自己的妻兒也不例外。蘇丹想要兒子，生出公主的王妃全都連同孩子被扔進大牢。後來終於有妃子生下王子，長成為獅子般勇武的少年，憑匕首便能跟野獸搏鬥。蘇丹非常欣喜，但他此時已然衰老，來不及等王子成年便死了。由於他一生不曾好好聽人說話，疏於使用的聽覺在死後仍持續留存。他躺在棺木裡，聽到臣民大肆慶祝他的死，非常難過，但更讓他傷心的是王子，那獅子般的少年。只有王子真心哭泣，而蘇丹這才曉得「王子」竟然是公主。公主對遺體泣訴：「我扮成男孩不是為躲避牢獄之災，只是想讓父親高興，因為他總是那麼憤怒。我學擊劍、跟野獸搏鬥，全都為了他。因為不管別人怎麼說，我都愛他。」公主的眼淚像雨點落在他臉上，死去的蘇丹也在內心默默流淚。他想伸手碰觸公主的臉頰，卻再也辦不到。

「……這是床邊故事？」

「對啊。」

「講給妳兒子聽？」

「是啊，怎樣？」

「我以為一般都念童話。」

「小朋友，跟他講森林裡有糖果屋很好嗎？」學姊說：「我爬山十幾年從沒碰過。這故事告訴他：努力不會被認可、愛無法傳達、忍耐沒有回報。這樣他從小就有抗體，可以對付世界的愚蠢和殘酷。」

隔天早晨啟程。楓本來打算開路，但組長堅持走在最前頭，依序是學姊、楓和最後的替代役。這讓楓必須不時回頭等待掉隊的役男，而組長則在前方的濕滑林道上不停滑跤。

同時，組長告知即將遭遇的問題：其實昨天便有記者來到派出所。颱風天有人員在山區滯留，也是被記者調查出來的。既是研究團隊，只要願意配合採訪，也不致太過刁難。大綱都已擬妥，她們只須照本演出。

「簡單說，只是要妳們感謝員警辛勞，颱風天還特地出勤救援，說妳們不會再犯，將來都會配合政策下山避難。最後再嚴正告誡民眾不要知法犯法，在颱風天登山，否則後果自負。大家都不想惹事，就拜託妳們配合一下，否則事情鬧大，上面的人不高興，以後妳們也有很多不方便。」

說著他們來到溪流前。原本那只是流經路中央的小山澗，如今已暴漲成溪，滔滔猛猛。

楓期望這水勢能令組長斷念，解說道：「一般都等水退了再過，沒有人會在暴漲的時候過溪的。」

「不行，今天一定要下山。」組長堅持：「記者在等著啊。水沒有很深，我們來的時候只到小腿而已，過得去啦。」

「氣溫很低，最好不要弄濕。」

「組長說要過，那就過吧。」學姊說：「只是水蠻急的，拉個繩子做確保。」

「這麼誇張！直接過就好，昨天我們才走過啊。要不我先走，小姐們會怕吧。」

豈止小姐們，暴虎馮河者吾不與也，楓想回說連孔子都知道害怕，轉頭見學姊的嚴厲眼神。

「不行，讓她先過。」學姊說，拿出做記號用的彩色膠帶給那替代役：「小朋友，綑好你的鞋。」

她們倆沿河搜尋，直至覓得兩岸皆有可做確保點的物體。此岸是突出的岩塊，對岸則相中一株粗壯石櫟。楓滿心不願地將確保繩綁上身，走到前頭當攻擊手，學姊在岸上教導兩人幫忙拉繩。她用基本的鐘擺橫渡法，往斜前方下游涉渡，發覺中央水位已深及大腿，水勢湍急只能勉強站立，慶幸有遵照標準程序。上到對岸，她把繩頭用扁帶固定在樹幹。

接著依序是組長和替代役通過，兩人扶著主繩走走停停。輪到役男時，許是溪底石塊滾動，他滑跤跌進溪裡。楓趕緊扣上安全繩，下水將他扶起。

「不要停在河中央，快點過來！」

水花拍擊之下，楓對他大喊。

「我光腳啊！鞋子被沖掉了，怎麼走路！」

水流把役男的膠鞋沖開，幸而膠帶還勉強黏在腳上。兩人在河中七手八腳的要把那膠鞋塞回腳底，卻抵抗不了水流沖刷，楓索性硬扯著他往前走。

「別管了快走！」

糊里糊塗把人扯到淺水處穿鞋，役男雙腳又是刮傷又是烏青，但總算搞定兩個生手。

全隊平安過溪後，楓走到前頭開路。組長不再有異議，後頭是瘸腳的役男，學姊殿後押隊。

抵達時已是傍晚時分，全員渾身濕透。派出所裡，穿黑色羽絨衣戴墨鏡、腳踏名牌運動鞋、十足文明相的記者，手裡搓著暖暖包，正一面跟員警泡茶一面高聲閒聊。看到落水狗般的眾人，記者面露欣喜之色：

「總算下來了！都等妳們兩天了。先別換衣服，這樣正好，先來回答幾個問題。」

見楓毫不客氣的白眼，又補充道：「我也是不得已，颱風天誰要出動到這種深山，只是上面的人想要這種報導嘛。」

「是啊，我知道，颱風天大家辛苦了。」學姊介入打圓場：「大家都是不得已，為了工作嘛。」

「老師真是明白人。」

採訪開始——

「妳們失蹤獲救，現在心情一定很激動吧？」

「我們沒有失蹤，一直待在研究站，也就是工寮裡。」

「妳們失聯獲救，現在心情一定很激動吧？」

「多數山區本來就沒信號，我們跟山下沒事不聯絡，也算不上失聯。」

「為什麼偏偏選在颱風天上山？」

「這是誤會，我們半個月前上山時還是好天氣。」

「妳不知道會有颱風來？」

「是的，很遺憾，我也想預知半個月後的天氣，但辦得到的話中央氣象局長就該換我當。」

「妳沒看新聞嗎？」

「山上沒水沒電，也收不到訊號。」

「因為颱風，山中沒水沒電沒訊號，兩個弱女子孤立無援。」

「那個，不好意思，跟颱風沒關係，原本就是這樣。」

「眼看颱風已經來了，為什麼不快點離開？」

「颱風最高時速五十公里，而很遺憾的，就連巴西國家隊足球員跑起來也才四十。我也想跑比它快，可惜我不是中華女足的。」

「這三天是怎麼度過的？」

「每天吃飽沒事。原本存糧就有一個月，而且是以每天勞動的食量估計，這下量太多，除了煮飯以外又沒別的事可做，只好每天想能變什麼花樣，我還用山刀挑戰胡蘿蔔雕花……」

「兩個人合吃一包泡麵，每天只吃一餐啊，真是克難。」

「我說吃得好到不行……」

「那水呢？妳剛才說山上沒水沒電。」

「是的，平常我們都到水源地取水。」

「那颱風天就沒辦法去囉？受困三天沒水喝，真不容易。」

「你可能忘了，但外面正下大雨呢……」

「妳們一定很害怕吧？」

「如剛才所言，我們每天吃飽撐著，真要說有什麼問題，就是不能收資料的日子實在很無……」

「這樣啊，靠著想見家人一面的想法度過難關。」

「哈囉？有人在嗎？聽得見我說話嗎？」

「下山時應該很驚險吧，對特地趕去救妳們的何組長和替代役的同學有沒有什麼想說的？」

「很感謝他們冒風雨上山，但說實在不該勉強。做調查待野外的天數長，遇上颱風是很普通的，這時候應該就地尋找掩護，不要輕易走動……」

「妳差點被溪流捲走滅頂，好在有組長和替代役男拉妳一把？真是英雄救美、有驚無險啊。妳覺得該不該立法禁止民眾在颱風天登山，違者重罰？」

「何止登山？那些出海的、下田的、買菜的、出門被樹砸到的，不都造成警消困擾？他們為何要那麼衰，不好好控管自己的運氣？追根究柢，為什麼要有颱風？我覺得應立法禁止颱風登陸，嚴格禁止！違者重刑伺候，戳瞎它的颱風眼！」

「妳們對自己消耗社會資源的行為，有沒有要向社會大眾道歉？」

「去死啦！」

以學姊的性格推算，楓在腦中搬演如此的惡辣小劇場。實際上卻是：

「非常感謝何組長和替代役的同學，在大風大雨中冒生命危險來救我們，這次調查有許多安排不周的地方，我會好好反省，也會在研究室召開檢討會改進。」

學姊對相機鏡頭深深鞠躬，按照記者指示與組長四手相握，面帶感激笑容。記者露出滿意之色：

「標題這麼定：上山調查兩女受困，警察役男英勇救美。」

見記者轉往訪問組長和替代役男，楓於是走出屋外透氣。傍晚雨勢已緩，雲霧略散，群山輪廓隱約可見。

楓發覺關於學姊，這個近兩年夏天她幾乎時刻共處的對象，仍有許多未知。

隔天清早便是爽快的大晴天，僅能從滿地落葉和明顯變明亮的林間窺知昨夜風雨的威力。記者被前來接送的車子載下山，學姊和楓也整裝上路。

「既然颱風跟記者都走了，我們也可以回去了吧？」

「回哪裡？」組長問。

「研究站。調查才做一半，飯也才吃到一半。」學姊說。

沒有理由反對，派出所同意放行。她們再度踏上滿地濕潤落葉的回頭路。

「聽起來大家的頂頭上司都不好對付。」走在路上，楓說。

「什麼？」

「就是『上面的人』。」

「妳傻啊，哪有什麼上面。」學姊說。「那只是種說話方式。人到了一定年紀，不知怎的突然自信萎縮，覺得提意見時需要加點修飾，這就是『上面的人』。」

5.

如果人非具備狼性不可，她唯一能接受的方式是到荒野當真正的狼。

於是她隻身在荒野。

半夜倏然睜眼，營火早已熄滅。惟見一雙炯炯有神的圓眼，反射銀紅色微光，亞伯在營地邊緣專心致志注視她。楓試著翻身看看狀況，出血已停止。

總算結束了。

她輕手輕腳起身，一面留意對方動靜，同時努力不要四目相對。在動物界，眼神交會代表挑釁或威嚇。她盡量表現得友好，雙手垂放身側明顯處，緩慢朝牠走去。

她現在渾身血味，隨便靠近動物並不妥當，但她對亞伯充滿好奇。

亞伯轉身往林內走，未流露出任何緊張跡象，沒有突然疾奔或豎耳，毛髮披垂，看來輕鬆自在。

她在牠身後五公尺處走得顛簸，猶豫要不要開頭燈，擔心牠受燈光驚嚇。

在黑暗樹林深處，亞伯停步，等待般回望。

她把頭燈收進口袋裡，撥開樹叢，筆直朝亞伯前進。

倏然間，她感受到來自後方的強烈視線。猛回首，但見曲折枝椏後方，有一物正大放光明，流光滔滔傾瀉貫破黑暗，迸落一地銀白。她在明暗斑駁的林間跌跌撞撞跑起來，直到某個不受遮蔽的樹縫，得以望見那光源的實體。

萬里無雲。

眾星黯淡，而寒月孤懸。

八

1.

天色漸亮時，楓正與糊里糊塗的噩夢糾纏。儘管在夢中持續注視數小時，清醒後仍記得的部分卻如此之少，只剩風暴過後的情感殘絮，迷茫如徘徊曠野。這回的夢境餘韻卻隨天亮益發具體，轉為臭烘烘的鼻息往臉上猛噴，哺乳動物的腥騷味。

即便如此，楓打定主意要睡覺，只是別過臉去。這不夠強烈的反抗令對方得寸進尺，開始用長舌頭胡亂舔她。

「——煩啦。」忍不住出聲抗議。

長舌頭繼續舔滿全臉。

「就說很煩啦！別這樣！」

楓跳起來，奔到早已熄滅的火堆旁，拿起鍋子和鋼碗互擊發出巨響，一面大喊：「走開！」見效果有限，又撿起燒剩的殘枝、黑炭扔去。營地裡的兩頭水鹿，總算踏著小步悻悻然離去。這下她完全清醒。

牠們是為鹽分而來。為獲取鹽分，水鹿可以無懼於人，群聚在山莊附近舔食人尿，甚至緊追流汗的登山客不放。她當然知道自己有多好聞了，只是味道竟濃厚到吸引水鹿，還是小有打擊。

楓決定沖個久違的澡，而且要熱水澡，把所有囤積的木柴投入。生理期加斷食導致耗弱，現在她應盡量保持力氣，燒水看似自找麻煩，但十來度低溫中冰水當頭澆下，光想就連心都涼透，更別提回溫要耗費多少能量。她該做些有益精神健康之舉。

問題在只有一把鈦合金小鍋，一次只能燒一瓢水，絕對不切實際。

她決定先到水源看看狀況。

從岩縫湧出的泉水經過綠苔滴流到砂質壤土，形成數個淺水小坑。她挑中離源頭較遠的，用登山杖和鍋蓋將它挖大。水中砂土逐漸沉澱，她觀察水流速度。坑中積水雖會逐漸流失，但來自源頭的水亦緩慢注入，可維持一定水位。她捲起衣袖繼續施工，把水坑挖掘成洗手檯大小的水槽，並在源頭堆幾塊石頭控制注入水量。

從砂中挖出的石塊，挑選約莫拳頭大小、易搬運者單獨成堆，再從四周撿來大小相仿的石塊加入。

石堆完成後，楓回營地搬來換洗衣物和柴薪，木柴圍繞石堆擺放。生火費去不少時間，不過前置作業總算完成。當營火燒得旺、火中石頭炙得泛紅，她用粗木棒把石頭掃進水坑，發出炒菜鍋似的滋滋聲，大量蒸氣騰起。

她試過水溫，再多掃幾塊石頭下水，快手快腳脫去衣物，舀水往身上澆。熱水量不足以悠閒洗澡，不過至少沖過全身，洗去惱人的血漬汗味。她將待洗衣物浸入恢復冰冷的水坑中洗滌。

方才作為水勺的鈦合金鍋，如今恢復原本用途，楓在尚未燒盡的火堆上煮水，就近在水源地覓食，胡亂將嫩葉扔入鍋中川燙。為了燒洗澡水她翻過那麼多石頭，卻沒見到比蒼蠅大的昆蟲。是時候擴大覓食範圍，往更低海拔探索了。

此地正確海拔不明，估計低於兩千五。要下到水生生物豐沛的水域，至少須降五百公尺，降得越多，找到資源的機率更大。若以體力良好、輕裝不趕路的速度估計，人一天行走八小時，垂降一千多公尺不成問題，水平距離則是十三、四公里，多數中級山的單攻行程皆如此安排。

目前體力不濟，外加還要覓食跟尋找過夜地點，姑且把腳程估為平常的一半，花兩三天來回的小旅行。

做出決定後，楓重新燒水放涼、裝填水壺，將生理期間置於小屋的枝葉堆燒卻，用箭竹紮成的掃把清掃營地，收拾家當進背包。她的外帳被綁做屋頂的基底，一時拿不下來，只帶上原本屬於經岳那塊。其餘派不上用場的裝備，經岳的露宿袋、冰爪、多餘的水袋、空瓦斯罐和爐頭，把它們全部密封在大塑膠袋裡，用繩子紮緊袋口。

這些道具並非食物，不會立刻被動物盜取，但若是被隨意搬動也是麻煩。常見的儲物方式是吊樹上或埋地底。挖洞太耗力氣，楓在營地附近找到枝葉茂密的合適樹木，便拿出繩索。手持繩頭，繩尾綁粗樹枝，用力拋過她看中的枝椏。繩尾落地後，將粗樹枝取下、改綁上那袋裝備，拉到樹上。最後把繩頭綁在樹幹，周圍用灌木高草掩飾。大功告成。

澆滅火堆，在陽光溫暖的中午時分上路。

楓沿著水源地所在的山溝下行，不時用山刀在樹幹上劃記號。除她以外，越往下行，水鹿磨角痕跡亦發增加，不少林木樹皮破損。

地上滾落一枚顯然是人造物的小小金屬球。楓停步查看，恐怕是土製獵槍的彈丸。

此地是獵場一事，多半無誤，雖然她的眼力難以斷定近來是否有人出入。既是獵場，或許能撿到久未使用的獵具，甚至未取走的獵物。楓沒殺過比老鼠牛蛙更大的活物，不過飢餓讓人渴求蛋白質食物到發狂。若非她曉得無法憑蠻力硬碰硬，今早水鹿闖進營地時，本該是絕佳機會。

如今的狩獵是為祭祀、賺外快或興趣，獵人久久巡視一次相當正常。山中遍置陷阱卻無人回收、忘記設在何處的比比皆是，被捕獲的動物徒然死去腐朽，就像當年那隻山羌。與其如此，不如讓獵具獵物都發揮原本功用，楓完全不因打算拿走它們而良心不安。談獵物或許是奢望，她專注留意是否有腳吊子或捕獸夾。

至於環境保護問題，此地最易捉的應是水鹿或山羌。其中水鹿雖為保育類，近年來跟獼猴一樣有過度繁殖傾向，山區林木因水鹿磨角或剝皮而大批死去。向來有研究者主張適度撲殺，楓並不擔心破壞生態平衡。

那就剩下怎麼捉、如何殺的問題。

如果能讓動物困於陷阱中，即便無法一刀斃命，衝上去捅幾刀，讓牠失血而死倒是可行，需要的只是勇氣。當然也可任由牠衰竭至死，但漫長的等死過程將使動物跟人都難受。

無論如何，所有問題都可待捕獲再考慮。

翻找一陣子後，楓在樹叢發現吊子陷阱的鋼絲圈。她不熟悉運作方式，但聽說過登山客徒手誤觸獸夾。據說夾力驚人傷可及骨，且故事主角遇上的機關生鏽拆不下來，只能連人帶夾下山求援，顯然對付陷阱小心為上。她先用木棒試探一番。

毫無反應，許是早已鬆脫。她將鋼絲從樹枝解下，收進背包。

楓在周遭展開搜索，陸續又發現三十多個鋼絲吊子。有些仍有作用，以木棒觸動地表，旋即迅速彈起收攏。她從前調查的山區沒這麼多陷阱，不免驚奇。獵人出獵一趟約可布下吊子和獸夾各兩百，以比例而言，三十來個不算多，親眼見到還是覺得過頭了，不禁興起一股破壞欲。楓撿拾粗細適中的樹枝，沿途觸動陷阱，一路下行。

她自忖沒有體力和記憶力巡視百來個陷阱。獸夾笨重，外加那恐怖故事帶來不良印象，便以吊子為目標。她收集十來個鋼絲圈，沿路看下來，約略也可掌握設置原理，就差實際演練一番。

擺放地點也是一大學問。此地堪稱布下天羅地網，但所有陷阱空空如也，顯然她該到別處碰運氣。

山溝轉彎，那自營地旁流淌而過的涓流聲勢漸長，已是頗像樣的野溪。楓跟著繞過山脊，赫然發現中陷阱的動物：一隻竹雞被吊住脖子，身體已癱軟無力，被拎起時也只虛弱抖動幾下。

她發覺自己漏掉小型動物中陷阱的可能，在內心的清單又補上：竹雞、深山竹雞、黃鼠狼、黃喉貂、帝雉、藍腹鷴……。

後面幾種，她衷心希望不要中標。她可不想拿瀕臨絕種或有臭味的動物開刀，雖說不幸碰上也只能照吃不誤。為確保竹雞確實死透兼放血，楓決定砍掉頭部，深呼吸後下刀。這樣的經驗若有幸多來幾次，一定可以練到連深呼吸都免。

何況她只同情了竹雞幾分鐘，內心迅速漲滿獲得肉類的狂喜。提著一隻無頭死鳥，腳步輕快如飛，她決定非要學會吊子陷阱不可。

她沿溪而行，遇容易下切的地點則下去看看溪況，不過有獨行俠的教訓，她相當注意不要陷入進退不得的峽谷地形。

溪水在暮色下膠黑如墨，她趕忙抓緊最後的天光，在溪邊高地理出露宿營地。碎石灘上散布漂流木，狀似乾燥，得來全不費工夫，她樂得把它們拖進營地。雖得到竹雞這一優良蛋白質，也不過夠吃兩、三口。溪邊密生與人同高的箭竹，她就近收集箭筍，在溪邊處理晚餐。

半夜她被濤聲吵醒，聽見大浪由遠處洶湧而來，在頭頂上方樹海迸裂成嘈嘈切切千萬朵碎花。雨點疏疏落落降下。

早晨到來時，雨仍未歇。空氣潮濕，生火加倍困難，楓收拾裝備，將外帳底下沒淋濕的木片一併裝入背包，作為下次引火時的材料。

天色既明，她到溪邊朝深水處打水漂。見毫無動靜，不似有魚，便繼續下行。沿途採集可食植物，待收集足夠一次開伙。

沿著束穗山的稜脈繼續下行，是高度兩千左右的敷島山，海拔再低就要做好被螞蝗攻擊的心理準備。翻越這稜脊，北面山谷的大濁水北溪流域，乃是人文遺跡豐富之地，有比亞毫、舊金洋等部落舊址，以及湮沒於荒草中的南澳古道末段。

相較之下，此處便是徹頭徹尾的野地了。走在雨裡，四周景物如水墨畫般黯然渲著毛邊，頗有蒼涼蕭瑟之感，這時唱歌會是提振精神的好辦法。溪谷中多為乳白色的巨石，楓試著哼幾段旋律，回音效果相當不錯。

在她返家協助老爸復健期間，他們幾乎每天去走郊山，並在終點的觀音廟唱卡拉OK，可讓她增加不少拿手歌。老爸的口味是熱血澎湃型，例如——

長江長千里，黃河水不停
江山依舊，人事已非，只剩古月照今塵
莫負古聖賢，效歷朝英雄

再造一個輝煌的漢疆和唐土

每當老爸用衰敗的破鑼嗓唱到慷慨激昂的最後部分都讓她想笑，沒半點輝煌。至於她喜歡的歌，那可驚人了——

我是雲，汝就是，汝就是彼座山
顧著汝，驚汝受風寒
我畫目眉汝斟酌看，逐筆攏是海枯石爛

「喂——」
流水聲中似乎夾雜呼喚，打斷她用蹩腳台語演唱的浪漫情歌。
楓愣在原地。
「喂——」她試探著回應。
「喂——！在這裡，這裡——」
聲音更清晰了。
她循聲匆忙往下游趕去。
視野在攀過岩石後豁然開闊，日夜嘈雜不已的水聲驟然歇止，霎時間難以調適而些微耳鳴。溪流在此轉彎，開展為平緩水域，細雨紛飛中顯出某種深邃又隱約可見細微折光的奇異雲母綠。碎石灘上零星倒著幾截枯木，地上有生火痕跡，散置鍋碗等什物。

痕跡彼端，數塊乳白巨岩形成遮蔽處，地上鋪有雨布，一個不認識的雨衣鬍子男坐在陰影裡。

大驚之餘，楓轉身要逃，鬍子男說話了，用她朋友的聲音，虛弱且帶著苦笑：「還真的是妳。那台語真不像樣，我還以為幻聽，但我連幻聽都不該聽見那麼破的台語。」

定睛細瞧，那雨衣倒挺眼熟，她朋友則完全不是印象中那樣，雖然她也說不上具體而言他該生做怎樣。

「沒、沒辦法，我家沒在講。」

陌生臉孔令楓緊張，但應該錯不了。在重大場面顧左右而言他，就是經岳。

「妳家外省人？」

「我爺爺是客家人。」

「好吧，不怪妳，那妳會客家話？」

「不會。」

「那果然還是該怪妳。」

「我認為該怪政策，但我們可以之後再討論。你沒事吧？」

「有事。」

她鬆一口氣。他們可以普通的交談，經岳目前在月球亮面。

「你在這多久了？」

「我也不知道，但是會找到這裡來，妳也亂給它神通廣大一把的嘛哈哈哈……」他說，幾近語無倫次。

他的臉色蒼白如漂流木，頭髮結塊垂在臉上，兩頰凹陷，顯然餓得比她慘。沒穿運動鞋，屈著左腳抱於胸前，右腳伸直擱在地上，小腿至腳都用衣服包裹。

「想看嗎？」

經岳解開那堆衣物，露出底下腫脹變形的小腿，腳踝四周是酒紅色。

「在溪裡跌的。大概什麼地方斷了，一動就喀喀響。」

「可以摸看看嗎？」

「妳想看我變成孟克《吶喊》的話。」

楓努力在腦中搜尋可用的知識：「是不是該找東西夾起來？」

她在溪邊搜尋輕而堅硬的材料。如有木板或類似物自然理想，可惜只找得到木棍。一支嫌少，兩支似乎太重，經岳身邊躺著先端變形的登山杖，她將那拆解，取出尚未變形的中段。

「看來你走得很賣力。」

他咧嘴而笑：「挖洞挖彎的。妳有掉下去嗎？」

楓想了幾秒，才會意他指的是上源谷地營地裡的陷阱。

「有啦，那招夠狠。」

「哈哈！那就不枉費我放棄露宿袋和外帳，挖到登山杖都彎了，還有點扭到手。」

「辛苦你了。」

「可不是？那是我這陣子做過最大的東西。」他斂起笑容：「為什麼準備冰爪，妳以為我們撐得到雪季？」

「我沒想太多。」

「事實證明更需要溯溪鞋。」

由於失去外帳和露宿袋等基本配備，打從開始經岳就放棄兩千以上的中高海拔，直接往溪谷低地移動。他不認得懸鉤子和箭竹筍以外的可食植物，也不曉得溪的哪個區段有生物，只能沿溪一路往下，邊走邊找。不像楓到處活動探查，他到達定點後多數時間在昏睡，每天喝米湯配箭筍。沒有露宿袋，他把背包倒空、睡袋塞進裡頭，勉強裹住半身，剩下一半用背包套和雨衣纏起。

這幾日他戴上蛙鏡觀察水下，發覺有溪蟹及一些小而無特徵的魚。他試過用箭竹和衣服做網子撈捕，成效不彰，後來想到可以設置魚籠：偶爾可見溪邊居民用這方法抓魚，將石頭排列成Ｖ字型阻擋水流，尖端留下開口讓水通過，竹編魚籠架設開口處。

如何編魚籠的問題暫且擱下，他光腳下水搬石頭，計畫先製造擺放地點。溪水冰冷刺骨，四肢僵硬不聽使喚，下水不久即滑跤，後足脛受重擊，他慌忙扔下工作狼狽爬回營地。昨天的事。

他不曉得如此傷勢是輕或重。表皮擦破但不嚴重，原本想著或許只是扭傷，沒多久腳踝腫起脹成紅色，移到某個角度還會發出聲音，讓他察覺情勢不妙。傷處益發疼痛，到今天變得寸步難移。不能收集柴火，甚至難以靠近溪邊。沒有糧食，他接雨水飲用，聽到人聲時，還以為自己的靈魂終於脫離肉體。

「沒聽說有人死於腳骨折的。前面大的骨頭沒問題？」

楓不敢隨意碰觸傷患，改摸自己的腳踝研究構造。經岳點頭，說那折斷或碎裂的部分在後方。

「如果骨頭沒刺出來，好像也不用開刀，去醫院應該也只是打石膏、開止痛藥就放人回家了。」

「所以我不用太擔心對吧。」

「應該是。這裡有魚？」楓說，這情報令她兩眼放光。另外她也想到：「你怎麼沒逃？想下山的話早可以走了。」

「怎麼說……好不容易爬這麼遠，想想也蠻可惜的。」

經岳斟酌著，最後坦言：「我也不知道。也沒什麼好多想，現狀就是：健康人一枚；無法行動的跛腳人一枚；糧食不足。」

她同意。

楓對這營地頗有疑慮。能避雨的天然岩縫固然方便，問題是離溪太近，雨又不停。當她忙上忙下四處走動，經岳像是終於放鬆似的陷入昏睡。

這下全憑她做主。她往上找到最近的高地，將兩地間最短路徑清理一番。倘若不幸溪水暴漲，她得把經岳拖去避難。光想就覺得重責大任，令她胃部沉重如吞下滿腹礫石。

工作到一段落，她不得不走回營地確認經岳到底是睡著或死著，正好碰上他意識清醒，雙眼圓瞪。

「妳有骨折過嗎？有沒有聽說多久能復原？擱著不動就會好嗎？」

「當然，否則原始人怎麼辦，雨林部落不就滿是瘸子？這一定可以自癒，只是需要時間。」楓語氣堅定，其實她也不知道，純粹想增添傷患信心。

「時間，媽的又是這個鳥。」他說，見她表情，連忙又補一句：「不是針對妳，只是為何世上那麼多事都需要時間？要等多久，妳覺得呢？」

楓無語，安慰人實在不是她的強項。

「反正，等等看吧。」只能這麼說。

雨勢越晚越強，營火難以生起，冷風刺骨卻沒有熱水可飲。她將收集來的食物就地攤在雨布上。

「就當吃沙拉。」

他搖頭，勉強起身跟她一塊嚼幾片葉子。

「若活著下山，我這輩子再也不吃沙拉。」

低溫中嚼食冷葉子，顯然對提升熱量沒有太大幫助，徒然讓五臟六腑跟著發冷，楓也停止進食。見經岳又陷入昏睡，她開始盤算今後計畫。她得回山腰營地拿儲備物資，特別是埋藏地下的緊急用白米。儘管只有一天份，杯水車薪，總比什麼都沒有好，眼下已證明餵傷患吃葉子沒什麼幫助。就算今晚上漲的溪水不會淹到營地，不保證每次都這麼幸運。他們得移動，需要全副裝備應付條件較差的營地。

隔天清晨，雨停天亮。她努力振作精神，在乾燥地面上清出一塊可供生火的空地。周圍用石塊圍起，架上兩枝粗木棍以便放置鍋子。又到附近撿拾枯木，所有木頭都還淌著水。

她將較大者排放岩石上，雖烏雲罩頂，楓還是略抱希望，期待來點陽光將它們曬乾，較細者圍在火堆周圍，打算用火焰烘乾。從背包裡拿出下雨前收集的引火材料。

生火搞得濃煙四溢，且因風向關係全部灌入營地。她身後的經岳狂咳起身。

「抱歉啊。」

「腳痛到根本分不清是睡著還是昏倒。」他嘆氣。「做點事分散注意力也好。」

他咬牙苦撐，勉力爬來旁邊幫忙生火。

事情依舊不順。雖點燃細枝，火勢不足以轉移到枯木上，眼看即將熄滅，楓把她那份地圖投進火裡。經岳也要照做，楓制止了。

「至少留一張吧。」

幸好營火已被點起，楓煮起箭竹筍草葉湯。

見他雖虛弱但無大礙，她敘述昨晚的計畫，問他能否獨自撐過一天。

「這陣子我一個人不都撐過來了。」經岳說。「倒是妳，在陌生山區亂闖，碰上危險的機率更高，自己多留意。」

楓於是整理裝備，動身上溯。

雨後溪谷濕滑難行，溪水混濁夾雜砂石呈乳白色，許多原先的踏腳處如今埋沒水中。前進困難，她索性高繞離開水邊。這一繞，固然免除滑跤栽進溪裡的危險，在爛泥裡打滾又是另一番折騰。楓只能安慰自己，煩歸煩，玩泥巴至少稱得上安全遊戲。

走了大半個早上，天色不見好轉。雨雲密布，遠處沉悶雷鳴如埋在棉堆裡的響鑼。

她正憂心天氣，抬頭忽見前方樹叢深處有動靜。昏暗林下，一星昏黃亮光乍現。

那光絕非任何她見過的自然物。楓悚然僵直，感到全身上下所有毛髮豎立，呼吸彷彿靜止。莫非真讓她遇上那巨大意念，山中之神？

對方也發現她，略微停頓後毅然踏草而來。

居然是人。戴頭燈且背長竿——後來楓才曉得是獵槍——的老人。

2.

那老人緩步走來，身形高大，右眼白濁如烹煮過的魚眼，身穿普通棉衫和運動褲，腳踏深藍雨鞋，頭戴某團體所贈的褪色鴨舌帽，印字已模糊，帽簷上是舊式的燈泡型頭燈，長竿之外的裝備只有個小背包，彷彿只是去趟巷口提款機似的裝束，一派輕鬆。若非外行人，就是身懷絕技自信滿滿的老手。

鑑於一般登山客無法輕易到達此地，楓判斷是後者，不由得倒退幾步。

「喔，是女人！」老人朗聲說，精神好到令她意外。「好幾天沒看到女人！小姐來這裡爬山嗎？」

「……你早。」姑且先用登山客慣用的方式打招呼。

「早！妳走哪裡，這裡沒有路啊。」

「嗯，探勘。」楓說，掩不住心虛。

「探勘，一個人？沒有隊友？」

說著上下打量，盡是狐疑神色。

「妳來幾天了，看起來很累啊？」

楓快招架不住，覺得最好說實話，或至少編個更貼近事實的謊言：「其實這是個活動，野外求生。」

「野外求生？」

「就是，不是有那種電視節目嗎，一個人在山上找東西吃，看能撐幾天。跟那一樣。」

「電視節目。」老人四下張望。「怎麼沒有攝影機？」

「啊……那個，不會有攝影機，這是我們自己辦的，是私人活動啦。附近就我一個人。」要是被發現除她之外，還有個不願下山的骨折傷患，只會更招人懷疑。

「你住附近？」楓受不了了，決定以問題對付問題。

老人點頭。「我就住山下，來打飛鼠。」說著把長竿拿到前面。

楓發覺那是獵槍，她頭一次看到真槍。

「這樣打得到？」

「傍晚或清晨，在山上隨便走一走都會遇到。好多飛鼠，打都打不完。」

老人放下背包打開，露出裡頭的塑膠袋，袋中一堆毛團。老人迅速合攏背包，楓無暇看仔細，但瞄到茶色與白色的毛皮，猜是白面鼯鼠。

「這麼容易！」

她生平從未像現在，覺得自己非常需要一把槍。

「有沒有吃過飛鼠？」

「沒有。」

大概她面有飢色，因為老人接著問：「要不要吃看看？」

「咦？不用謝謝。」事出突然，楓反射性拒絕，胡亂搪塞個理由：「我那個……不敢吃飛鼠。」

明明她只差沒把登山鞋的牛皮都割下來吃了。

「那吃不吃山豬肉？山豬肉、山羌肉，都放在獵寮，離這裡很近，要不要來吃飯？妳這麼瘦，看起來都沒吃飽。」

「你在這有獵寮？」

楓連忙跟上老人的腳步。「所以這附近的陷阱是你的嗎？你可不可以……可不可以教我一些打獵的技巧？」

老人彎腰，拾起地上掉落的一束新鮮枝條。

「飛鼠在樹上吃葉子掉的。到處都是，看就知道這裡有飛鼠。」

向前多走幾步。

「山羌的腳印。還很新，剛才有山羌在這裡。聽到我們講話跑走了。」

「你看得出來？」楓仔細觀察，只見地上一灘爛泥。

老人放慢速度前行，楓緊跟著，離開原本的行進方向。

遇到合適的下切點，老人下到溪谷。此段溪流成為伏流，不聞水聲，滿地灰白砂礫，他橫越谷地過到對岸，往注入溪流的另一源頭，朝穗山方向走去，與楓的山腰營地夾溪谷相對。怪不得她下山時沒發現有獵寮，也不見其他大規模的人類活動痕跡。

沿途，老人不時指著一片在她看來分毫無損的自然風景，敘述著哪時哪刻曾有山豬打滾、山羌過夜、黑熊磨爪……。最後這項令她毛骨悚然，慶幸她跟經岳都沒撞見。

大概看不慣楓的駑鈍，老人走到旁邊。

「就在那，草都倒向同方向看到沒？要站過來一點。」

說著攙上她的腰，往自己方向拉近。

楓仍看不出所以然，正思索著，發覺老人的手在背包與她的背之間狹縫穿來摸去。

趕緊彈開站到一旁去。

「不對，從那邊看不到，是這裡。」又把她拉了回來。

「看樣子一時很難學會。」她搖頭走開作放棄貌，發覺有點古怪。

「那這個呢？」

老人往前走，到另一個滿是落葉、據稱有痕跡之處。

「前幾天有兩頭鹿在這裡。腳印很深，公鹿壓母鹿，在交配。看得到嗎？」

楓在心中一本正經估算：雄鹿在春天長出鹿茸，夏天犄角漸熟，在下半年成為可用於搶地盤爭母鹿的硬角，繁殖期大約是現在沒錯。只是她不曉得這情報對打獵有何助益，莫非是趁牠們情欲昏頭、被荷爾蒙支配時，特別好捕捉？

老人接下來的發言對解惑毫無助益。

「還是看不到？就在這裡，這麼清楚啊。妳到這裡來。」

他執意要讓楓看到地上痕跡。

「背包放下。妳扮母鹿，我做給妳看。」

說著半強迫的揪住她手臂，拖著她大力按往那一地落葉去。楓雖餓得昏頭脹腦，也知眼前情況不妙。她不直接反抗，只是借力滾向地面，趁勢掙開他的手，在三公尺外起身成半跪姿。

「我看還是算了吧。」她尷尬笑著，拍掉身上落葉。

當然整件事沒有任何部分好笑，只因她情緒緊繃，控制不住臉部肌肉。遇此情況，女性的反應之所以怪里怪氣，通常是因兩種想法：其一，他可能是不小心，要是誤會就糗了。結果是她們會一再確認，直到事情反覆發生過好幾遍，畢竟：其二，這事怎麼會發生，我可不是絕世美女或電影明星啊。

老人不再試圖制服她，好像沒發生任何事似的繼續往前走。楓拿起背包，手微微顫抖，保持距離跟在後頭。

話說回來，在這荒山野嶺又能期待遇到誰。厭倦人世的隱居英雄伸出無私援手？好比說，逃離環山部落的浪子麻沁？那是哪個年代的事。若他真存在且活著，可都成了活化石。

當英雄老到尊嚴意志潰散殆盡，徒留枯朽肉體一副，恐怕與此相去不遠。

「快到了，往這走。」老人說，轉個彎，身影沒入林中。

楓遲疑幾秒，仍舊追上前去。

學姊錯了，森林裡確實有糖果屋，她想。

即便危險性顯而易見，人們還是會被吸引。畢竟那是糖果屋啊。

那獵寮建在山澗旁的森林邊緣，被與人同高開紫花的烏頭、山艾和芒草簇擁著，旁邊開闢野草叢生的長條菜圃，幾支瘦蔥被圍困得一籌莫展。屋子是木頭骨架鑲鐵皮，有些歪斜，形似公車亭，三面牆圍著中央生火處，該是第四面牆處頂上收著捲起的防水布，是廣告用的厚帆布回收製成。鐵皮顏色各異，像從不同地方割來似的，破損處再用廣告帆布堵上。那些布亦是東一塊西一塊的鑲嵌畫，山腳城市便以七拼八湊之姿被組裝入山：左一句正統藍軍戰將，右一句紅珊瑚貓眼石；上聯「薯」道難、純手工堅持天然，下聯卻接到森呼吸、大露台電梯別墅。話說回來，森呼吸一詞在此倒是挺到位。

即便是拼裝工寮，在此地已算得上高級住宅，至少比楓的簡易樹屋穩固，她到處張望以效法生活技巧。入口處堆滿新舊程度不一的裝水寶特瓶，地面上鋪著雨布，散置外套、睡袋之類過夜道具，角落裡放置鍋碗、一袋木炭、酒瓶、竹簍等雜物，柱子上掛著鐵夾和鋼絲圈，還有一截茶色毛尾巴，許是鹿尾。房屋對角線拉上曬衣繩，除衣服外還吊著幾袋調味料。

老人搬開角落諸多雜物，露出底下一塊大石。石下是鐵皮，蓋住下方埋入土中的大塑膠桶，從桶中起出白米、罐頭、高麗菜乾等物，這景象令楓猛嚥口水。老人將大石搬到屋中央當椅子，汽化爐擺設於座位前。也不洗米，所有材料扔進鍋中、倒入寶特瓶水便端到火上。

楓上前幫忙，老人搖頭拂開她的手。

「坐著。」他說。

又轉身從地下儲藏處拿出一個大玻璃罐，遞給她。裡頭是米色或褐色的醃漬物。

「醃山豬肉。打開聞聞看？」

酸腐的發酵氣味衝得她別開頭去，老人被這景象逗樂了。

「這要怎麼吃？」

「就這樣吃，生吃。」

「這生的？不是煮熟再醃的？」

「生的。以前沒有冰箱，打到獵物就切一切用小米醃起來。現在還有放鹽，以前鹽很貴，就醃小米。」

雜煮粥煮滾。細雨再度落下，老人要楓放下入口處的防水布，某候選人「祝您一路平安，旅途愉快」的大字當頭罩下。

布幕下則遠非平安，亦談不上愉快。楓狼吞虎嚥，老人吃得極慢，最後放下筷子，手擺到她腿上。那手逐漸上移，她沒閃避，甚至稍微轉個方向讓他上下摸個通通透透，只求別妨礙她吃飯。生醃肉的滋味難以下嚥，她盡量不咀嚼直接吞下。不管味道再嚇人，只要知道可食，其他事情又有何懼，至少好過她平日裡提心吊膽嘗百草。

「再一碗？」

楓點頭，老人再度填滿她的碗，也重新把手放上她的大腿，如是反覆再三。

原來所謂鹹豬手是這麼回事。這下碗裡鹹豬肉，腿上鹹豬手，恰好湊成一對，楓一面吃一面想。

整鍋粥被吃得鍋底朝天，楓主動要求洗鍋。老人沒有反對，她將那堆鍋碗拎到水邊。細水甚緩，她把吃完也舔過的不鏽鋼碗放到流水下等待注滿，把那大鍋和湯勺上的米粒舔個乾淨，同時感受到來自後方的強烈視線。雖不曉得對方抱持何種春光無限的想像，不過她在乎的只有一件事。

楓把洗好的餐具提回獵寮。

「我要走了。」她說。

「這麼快。還有飛鼠，不吃過再走？」

「我要走了。」

「那妳走吧。」老人倒不堅持。

楓轉身拿背包，感覺有隻手摸上屁股，慢條斯理擰上一把。

「想吃飯可以再來。」

她掀開布幕走出獵寮。

起先緩步走在來時路，緊接著快走起來，最後拔足奔跑。截至方才被強壓下的恐懼一口氣湧現，外加殘留口中生醃肉的酸腐味，楓感到一陣反胃，連忙伸手摀嘴。好不容易吞下的食物，她可沒有嘔吐的本錢。

現在該往哪去？

如果老人真有自稱的那麼厲害，從草葉彎曲程度，便能判斷動物體型及前進方向，絕對可以追蹤她的去向。顯然她不該回到任一個營地。

胡亂狂奔一陣子，她覺得相當疲憊。一方面恐怕也是太久沒吃飽，霎時間血液全往胃部集中。她就近找了棵好爬的樹木，上樹後伏在枝葉與蕨類的掩護中假寐。

再度睜眼時，天色昏暗。看樣子不單是雨雲匯聚之故，已近傍晚，林間漾著泛紅的奇異微光。

楓坐在樹上，斜倚樹幹盤算下一步。該照原定計畫，回山腰營地嗎？或者就在附近森林中緊急紮營？無論如何，都該趁完全天暗之前行動，不該在此多逗留。

理智上雖明白，四肢卻癱軟無力，半點不想動。她也不曉得自己為何如此猶豫不決，該不會是那頓怪異午餐被加什麼料，才讓她像中了化骨綿掌般武功全廢。

想到中午的事，不由得一陣冷顫。幸虧她全身而退，或許嚴格說來算不上全身，不過天下沒有白吃的午餐，她是否用古老方式達到銀貨兩訖？在這凡事沒有標價的野地，一切難以拿捏，這樣是吃虧抑或占到好處？

正思索間，草叢裡傳來窸窣聲。楓擔心是老人循跡而來，趕緊伏低。她完全沒有對策，也許只能抱著樹硬是賴在上頭不走。有本事他就跟著上樹，把她拖下去吧。

聲音逐漸逼近，不似人走動。有某種小東西，踩著細碎步伐通過。

楓好奇探頭。草叢中鑽動的那身形有些熟悉，似乎是黃鼠狼之類小型哺乳類。小動物察覺她在樹上，仰頭往上聞聞嗅嗅，銀紅色圓眼毫無畏懼回望，與她四目相對。

竟是亞伯。

這大大違反她對野生動物的理解。或許她與亞伯稱得上關係良好，但不管怎麼說，她都不算馴化了對方，牠沒理由跟著她打轉。她還無法解釋，那天晚上亞伯領她走到林中的奇妙舉動，然而有個伴確實高興，她迅速下樹。

「你怎麼在這裡？」

亞伯沒有開口回話，當然了。

如同那奇妙夜晚，亞伯往前走一段距離，停下回望。她趕緊揹上背包、緊跟在後，彷彿受到蠱惑。亞伯在密林中走走停停，楓跟著在灌木叢中胡亂鑽過。灌叢逐漸稀疏，魚血般暗紅天光從黑雲底下滲出，天際線在上方豁然開朗。她在森林邊緣，置身與人同高的紫色烏頭花叢間。

楓一陣錯愕，居然回到了獵寮前。

這什麼意思？亞伯是那老人的寵物，是被派來找她的？

然而亞伯沒有要進獵寮的跡象，與楓保持一段距離，仍是自顧自徘徊。布幕和午間一樣放下，裡頭沒有透出光線，周遭亦無動靜，不似有人。

忽然她覺得似乎理解亞伯的意圖。

「你餓了嗎？」她問。

亞伯沒有回應，一雙晶亮圓眼瞪著她，令她想到那對鑽進營地底下把存糧袋啃破的黃鼠狼。狡詐機警，適於生存的投機者眼睛。

「我知道哪裡有食物。」

楓又靠近一些，壯起膽子掀起布幕一角。

獵寮內空無一人。傍晚和清晨是動物活躍時間，老人許是出發狩獵，屋內收拾得整整齊齊。楓搬開石塊、打開埋在地下的食物儲藏桶，快手快腳將裡頭的東西掏出。有米袋、裝油寶特瓶、似乎是菜乾的一大袋不明物，還有三罐醃肉，她稍作猶豫後拿走兩罐。地上有整包木炭，她將這一切塞進背包，掩上鐵皮蓋，以最快速度飛奔往溪谷。

偷東西逃走，搞不好那老人也有本事追跡而來。

但管他的！

雨斷斷續續飄落，楓越過乾涸的伏流區，順著早上剛走過的路徑狂奔下行，不時滑倒在地，撞得兩腿滿是烏青，也不敢稍作停留。不知何時，當她猛然想起，回頭已不見亞伯蹤影。

她在樹叢下搜尋，擔心是否把亞伯留在獵寮附近了，不過從這一切看來，亞伯似乎挺有能耐。

她戴上頭燈繼續趕路。

總算在天色全黑時趕回經岳的營地，遠遠就看見豆子大小的營火。經岳在岩石下，在風中十分珍惜的用兩掌護住那點生日蠟燭似的火焰，模樣十分滑稽，只是楓現在笑不出來。她壓低聲音招呼，把他嚇一大跳。

「這麼快！妳不是說明天才回得來？」

「把火弄大一點，煮晚餐了。」

她放下背包，把木炭扔給經岳去生火，然後翻出白米和那袋菜乾，發覺裡頭是豆輪、金針、香菇等乾貨。她隨便抓一把，扔進鍋裡。

「這不是妳的庫存吧？哪來這麼多好東西。」

「撿到的。」

「我真想知道要怎樣撿才撿得到啊。」

「再說，快點生火。隨便煮了吃一吃，我們要走了。」

「去哪？」

「找別的營地。」

「為什麼？」

她只是快速撈出一碗米扔進鍋中，拎起鍋子到溪邊，淘洗加水。煮飯時，經岳仍對她投以疑問視線，她裝作沒看見，沒多久他的注意力便完全被食物吸引。他們專心吃飯，兩人都悶不吭聲，心境卻大不相同。楓十分確定經岳餓過這段日子，如今眼中腦中只有食物，其他一切都可以不顧，就像她今天中午一樣。她則一方面要盡可能令體力回復，一方面因接下來的計畫而心事重重。

「你體重多少？」她忽然丟出一句。

「原本六十七。」他忙從飯碗中抬頭。「現在應該減很多了。」

「嘖。」

就算他減成半個人，她也扛不動。倘若他突然發作，或即便只是坐倒在地不願前進，她就莫可奈何。

「嘿，別再想了。」他略微嚴厲的指責。「好不容易有飯吃，心懷感激都來不及，妳那什麼臉。不管接下來路多難走，吃飯時間只想著食物不行嗎？對胃也比較好。」

她一怔。他現在倒蠻正常的，很像從前當隊長時會說的話。

「行。」

也許她可以對他目前的穩定度多點信心。

他們吃完也收拾完畢，楓撲熄營火，撿走還能使用的木炭，再澆上溪水做確保。用不著費事隱藏在此逗留的痕跡，營地周圍尿味濃厚。理所應當，經岳根本走不到遠處上廁所，藏都藏不住。

重點是不要讓人發覺他們之後的去向。楓講述計畫：他們將移動往上方的山坡找營地，沿途注意盡量不要留下人跡。兩副裝備外加傷患一人，她打算分批搬動，每趟前進十幾二十公尺左右。

「脫離溪谷差不多只要走個二十公尺，咬牙一下就到了。我看妳昨天已經清了一條路。」經岳點頭。「妳顧慮的有道理，的確該搬到水淹不到的地方。」

她不置可否。

他們兩人都穿上全副雨衣，打亮頭燈。楓背起自己的裝備，走上昨天清理出的避難路，再回頭背經岳的背包。走沒兩步，背帶驟然斷裂，重心改變拖得她跌倒在地。

「……喂！」她語帶責難。

「別怪我，是妳割的啊。」

「為什麼不綁牢點。」

她把背帶重新結妥，繼續向前，最後再回來扶人。能用的登山杖剩一支，她讓給傷患。他仍走得不穩，太久不曾走路，也不曉得如何避開受傷位置，還沒步出營地便大聲喊停。楓讓他休息一陣，重新挑戰兩人三腳。

兩人磕磕絆絆出了溪谷，移動到楓昨天相中的高地。光是這段不到二十公尺的路，似乎已耗盡他所有體力。

「在這紮營？」

「再走。」

楓喘過氣後背起自己的裝備，走進伸手不見五指的漆黑樹林，重複上述步驟。雨勢增強，頭燈照射下如萬千銀色飛蟲亂舞，力道強大，撞到臉上使人睜眼困難。

「夠了吧，再怎麼說溪水都不會淹到這。」

「不行，完全不夠遠！」

裝備實在太重，楓只好掏出那幾罐玻璃瓶裝的醃肉藏在枯倒木下，胡亂抓過地上的落葉和泥土掩蓋。經岳看她慌亂失措，滿臉狐疑。

「說真的，這到底怎麼來的？」

「就說撿到的。」

「騙鬼！妳偷的嗎，所以才這麼緊張？妳遇到人了？」

「別多問了！」

「我們不是應該就地找掩護？妳也累了啊。」他皺眉質疑她的判斷，不甘不願地配合行動。「這麼大風雨，是不是颱風啊？」

到頭來，楓也有些不堪負荷。當他們前進到第五趟，楓走回來要扶經岳前進時，見他臉朝下倒在地上。

「喂！」

「竟然睡著了。」他苦笑著爬起。雖然穿著雨衣，他幾乎濕透，楓的手腳也被滲入的雨水打濕。

「別睡，要是滾進水窪裡會嗆死好不好。」

「哈哈……」

這趟走得格外艱難，楓想這大概是最後一輪了。看來她是費事走這遭，總共也才移動一百多公尺，根本算不上有逃，然而做都做了，也只能專心對付眼前問題。

總算顛簸走到她架好的外帳下，經岳發抖到牙齒打顫格格有聲。雨水斜向打來，綁在上方的外帳無法防禦，楓乾脆把它解下來，當頭罩在兩人身上，周邊用放倒的大背包壓住。

她匆忙翻找可用物品，有還算乾的備用衣物，她示意經岳脫掉雨衣外套，把他胡亂擦幾把，迅速用衣服和睡袋捲起來，自己也照做，捲上睡袋和露宿袋，最後重新將雨衣外套披到頭上。睡袋一旦弄濕便難以完全曬乾，保暖效果也會因填充物結塊而下降，但她顧不得這麼多。眼前狀況相當不利，兩人把所有裝備用上卻仍抖個不停，害怕得偎成一團。

純粹的恐懼。楓想，她並不怕死，幾度挑戰極限的經岳想來也不怕，但面對絕對強大的自然力時，還是會感到無以名狀的恐懼。

經岳臉色蒼白如紙，整個人看來也跟紙剪的一樣脆弱，扭頭對她慘笑：「要、要是這樣還不能保暖，搞不好我們會有機會用上那、那傳說中的，身體接觸取暖法。」

「你有力氣開玩笑是很好。」楓說，語音同樣發顫：「不過相信你也在初級救傷就學過，那需要複數的健康人體，否則只會搞得兩個人都失溫。我想不出上哪找多的人體。」

其實她算是知道。值得信賴的健康人體，或許條件該這麼設定。

「那、那真是好佳在，我可不想脫呢。在朋友面前脫光太沒尊嚴了。」

「我更不想吧！你以為我會想試？」

「因為妳看、起來就是不、不放棄任何希望的樣子……」

「我是不放棄希望沒錯，但也不想放棄尊嚴啊。」

「那、那敢情好。先說好，就、就算失溫快死了也不准脫我，知道嗎？」

「不會啦！」

楓想起第一次聽到這方法是國中時。她難得跟老爸上山，結果被雨淋成落湯雞。楓學老爸的做法，也是她一直以來相信唯一一種弄乾濕衣服的方法：把濕衣服穿在身上蒸乾。她正在發育，覺得穿胸罩很糗。學校裡總有那種混蛋，會從白色制服上衣的背面分辨出穿胸罩的女孩，然後隔著上衣揪住肩帶往那女生背上一彈，一面大嚷：「奶罩耶！是奶罩！某某人穿奶罩來上學！」她可禁不起這種羞辱。

於是這下子，她貼膚穿著濕透的排汗衣，隻身站在空氣流通的山莊門口，自認為是在晾衣服，連人帶衣。有個穿得像米其林輪胎人的陌生大叔湊上來，告誡她失溫帶來的危險。

「要是妳一直穿著濕衣服在這吹風，結果變成失溫就麻煩了。幸好今天山莊人多，還來得及救妳。知道怎麼做嗎？」

「生火？」

「等生完都來不及啦！」大叔大笑：「最快的是怎樣妳知道嗎？就把妳剝得光溜溜，然後找兩個壯漢，像薯叔這樣的，灌幾口燒酒，同樣脫個精光，像夾心餅乾一樣把妳夾中間，夾一個晚上就救回來了。包準讓妳熱得渾身發燙氣喘吁吁！」

「穿衛生衣不行嗎？」楓極力想在這番話中捍衛自身權益。

「哎喲，這時候還害羞什麼，快速回溫靠的是摩擦生熱，皮膚對皮膚才能摩擦，隔著衣服怎麼摩？要不妳看，我隔著濕衣服這樣摩妳的手臂，妳舒服嗎？越摩越冷對吧？然後把衣服掀起來後這樣摩，妳看，這樣舒服吧？」

她悻悻然走開，也不知這狀況是哪裡令人不快。她那時不懂：雖然她還是小孩，該有的一樣不少，那人盯著她像瞅著羽毛初豐的小母雞。

現在可不一樣。

「所以說，要是叔叔這樣的壯漢失溫了，就找幾個體重過百乳房下垂的老母，灌幾碗薑母湯，然後把你夾在她們慈愛的三層肉之間，夾過一個熱得流油的晚上，也就救回來囉。」

她應該這樣回，然後迅速逃之夭夭。她的反應總是慢上好幾年。

經岳還在呢喃：「然後妳也不准脫，知道嗎？就、就讓他們見識看看什麼叫人的尊嚴，寧、寧死不屈，知道嗎？威、威武不能移……」

「他們是誰啊？你說的話越來越奇怪，還是別說了，保留體力。」

「別、別擔心。」

他似乎憶起過去的隊長威嚴，反過來安慰她：「就算我們都不脫，等到天亮，一定會沒事。只要天亮……」

狂風襲來，外帳劈啪作響，眼看就要被吹翻，她連忙揪緊了角落處往地面上伏低。視野一下子變窄，楓只看到自己的橘紅雨衣，經岳那暗青陰沉猶如天色的雨衣，父親的雨衣，底下因恐懼而緊緊抓握的兩隻手，此外便是無邊黑暗。霎時間，此地不再像山野。大浪拍岸，墨綠色海水正一寸寸從足踝漫上來，漲潮時段的海濱。他們受困孤島，渺小無助。

九

1.

徹夜風雨彷彿要把整座森林掀得根柢朝天似的。

對於如何度過山中險惡長夜，楓算得上經驗老到，然而昨晚在難熬程度上仍可擠進前幾名，特別是身邊還有人要照顧。當天光穿透外帳而來，楓與倦意奮鬥，強撐起身。她以為雨還沒停，探出頭後，發覺只是溪流傳來的隆隆激響，遂抖落積水，趕緊檢查經岳是否還活著。

外觀看來並無大礙，只是昏睡，她用自己身上剝下來的禦寒衣物，把他裹成大粽子。

做好簡單準備後，楓拿起水袋到下方溪流取水。被風雨颳落的新鮮枝葉散落滿地，踩起來柔軟如毯。偶爾仍有雨絲飄落，天色陰霾，林底卻因樹冠疏開，反倒顯得比平日明亮。

回頭觀察他們的緊急紮營地，昨晚她以為那是巨木環繞的隱蔽處，如今天亮，才發覺其中一棵根本是被火燒過的枯立木。因這枯木，林冠空了一塊，底下溪谷清晰可見。反之從溪谷望去，該處動靜同樣一覽無遺，足見判斷失誤。水邊固然不宜久留，但在黑暗中一逕往上爬實在意義不大。

她找到昨晚埋藏的醃肉，帶回營地後立刻開始生火的前置作業。既然有木炭，需要的是薄木片或乾草等引火材。她相中那枯立木，用山刀削去樹皮後，底下木質部分仍然乾燥。質地堅硬，費足勁才削下數條長片，她把木片暫擱在背包套上。

接著清理地面。地上滿是殼斗科落葉，不易腐化的革質葉子層層堆積，飽含雨水。就算把所有葉子撥開，底下泥土依然潮濕，找不到乾燥處擺放引火材。

楓思忖片刻，拿起登山杖掘地，挖出一個深約十來公分的凹洞，然後把刨下的乾木片架在凹洞上，如同設置吊子陷阱的踩腳處。長度合宜的木片數量不夠，有些則太薄，她回到枯木處補充。如此反覆數次，總算鋪出一小塊乾燥平面。再把木炭放置其上，木炭堆中心放入削木片時厚度不夠的刨花。

點火。

楓的引火技術不佳，但每日鍛鍊下來有些長進，如今縮短了三分之一時間。她生火並煮好稀飯，這才把經岳搖醒。

他臉上的雨還沒停，隔很久才開口，語帶忿恨。

「……妳嚇到我了。」

「怎樣？」

「妳到底在發什麼瘋？急急忙忙想去哪裡，在逃什麼勁？」

「沒逃啊。我現在不是在這？」

「昨晚可不是這樣。」

「抱歉，抱歉。」楓說，笨手笨腳去拍他的背。「我改變主意了。」

他們沉默地吃飯。見情況沒有變化，她放他獨自去生悶氣，開始收拾裝備，出發到附近森林探勘。

在上游處，她找到較適合紮營的平坦地，折回來跟經岳討論。他一聲不吭，只是開始收東西。姑且把這當作同意，她先來著手搬運裝備，最後回來扶人，順手在路上砍下一枝木棍當手杖。

比起昨晚，他們掌握更多兩人三腳的訣竅，不過依舊困難重重，不時要停下休息。在難捱的沉默中，經岳開口說話：

「妳不在的時候，我比較振作。」

「這是拐彎叫我滾遠點？」

「意思是妳太行，根本沒有什麼威脅得了妳，只要妳自己不抓狂。」

「是嗎。」

果真如此，那她為何還會覺得超出掌控、難以挽救的事物如此之多。

「讓人覺得火大。」他說

他們來到她相中的營地，楓拔起山刀要整地，被經岳制止：「夠了。」

「地面這麼雜，怎麼紮營。」

「我自己想辦法。」

「想辦法。」楓說：「你現在連路都走不了。」

「我說啊，妳讓人火大就是這樣。」經岳說：「我會照妳的意思待在這裡，不過接下來就是我的事。妳得去忙自己的。各自求生，原本就這麼說定。」

「啊？」

「不管做多爛，那也是我自己的事。」

「是沒錯，但既然你受傷了，只能先把規則擱下。」

「受傷當然也包含在規則內！只要不到生死關頭，妳就不該插手，受傷算什麼。」

他們僵持不下，最後楓提議：「那麼最低限：至少由我去取水。你自己下溪的話，可能整天就只幹這麼一件事。」

他又沉默，楓把這視為勉強退讓。

他們兩人把食物平分，外帳還給了經岳，楓再度出發尋找營地。

周遭地勢大致平緩，不過她想多拉開一些距離也好，遂在腳程二十分鐘左右，幾近平地邊緣之處搭建遮蔽所。滿地被吹落的枝條省去不少找材料的麻煩，只要從地上撿現成的。她的外帳還在山腰營地，先用雨布當屋頂。

每天她會藉取水時看看經岳的狀況。頭幾日，他的營地沒有任何明顯的建設性改變，只是把外帳掛上了。幸而天氣不像之前那麼惡劣，她也不再對他的營地表示任何意見。

雖有先前的意見衝突，比起剛入山時他的情緒算得上穩定。有時楓提著水袋，遠遠見他在營地裡，仰望著樹頂發愣或流眼淚，便又無聲退進森林裡。無論如何，至少骨折處的傷勢沒有惡化，算是好事。

當雨不再飄下，經岳開始長時間昏睡不醒。她依稀記得週期性的嗜睡或失眠也是症狀之一，猜測應該不用擔心，何況嗜睡對目前的情況有益：少活動便少進食。

雖從獵寮得到食物，也僅是讓兩人每天能吃一頓像樣的飯，談不上溫飽，仍需依賴採集植物、搜尋昆蟲湊合。風雨後森林明顯受損，許多果實被搖落、葉片被風捲走，採集變得更困難，楓估計手頭糧食勉強可撐一週，最終仍須回山腰營地取米和其他裝備。也得繼續尋找食物來源，她可不想冒險回獵寮再偷一次。

勞頓過這一陣子，她覺得可以理解，除了雨林部落或完全不能耕作的地區以外，為何世界各地的人類幾乎都會發展農業。靠天吃飯實在太不穩當。

「你有好點子嗎？」

夜晚在營地，楓在火邊一面練習吊子陷阱，一面向黑暗裡發問。如何拿捏小木枝的卡榫，是整個陷阱的設置重點，也最考驗經驗。卡太深則陷阱形同廢物，反之卡太淺，一陣風就讓陷阱有反應。

「——爆難的！」

楓扔下鋼圈和卡榫，做出無奈手勢，坐到火邊的石塊上。

這一串獨角戲的觀眾，是蹲踞在陰影裡的亞伯。

某天傍晚，當楓生火煮食，亞伯又現身了。如此親近人類的動物相當古怪，楓懷疑牠可能被豢養過，也許是在她身上看見某種與從前主人相近的特質。

亞伯的戒心尚未完全解除，始終保持五公尺左右距離，楓仍弄不清牠的真面目。只是出現頻率高了，現在她可以把牠的輪廓看得更清楚：比原本估計的更大，跟土狗差不多大小。

以狗而言，亞伯的個性未免太難親近，不過楓也常在郊山見到被專程運到野外丟棄、被毒打或被灌毒後倖存的狗。那些狗呈半野化狀態，在山中成群結隊，有的全身癩痢或斷腿跛行，卻不見得不自在，彷彿終能忘卻三萬多年來與人類的牽絆。

或許亞伯是牠們的一員。

「開玩笑的。我知道這不關你的事，我會自己想。」楓說，把先前吃醃肉餘下的殘渣往牠身邊拋去。雖說醃肉可生食，出於習慣她還是把它們烤過一遍，這下多出許多燒焦的硬皮和筋腱。

亞伯迅速轉身，追著那些殘渣消失在草叢裡。

即將屆滿一週期限，夜晚溪澗邊應有的蛙鳴逐漸恢復，楓戴上頭燈往水邊碰運氣。她只帶一份備用電池，原本打算唯有緊急狀況才開頭燈，不過仔細想來，缺乏食物正是緊急。

沒走多遠，便有某種小東西不疾不徐彈過腳邊。她對兩棲爬蟲類不甚了解，不過常見的勉強認得：盤古蟾蜍。

這些傢伙仗著自己有毒，行動起來優哉游哉。楓輕易把牠拎起，審慎考慮後放棄了，扔回草叢裡。蟾蜍毒素在頸部和皮膚，適當處理後的腿肉似乎可食，問題是她不知什麼叫適當。

蟾蜍出現令她擔心起亞伯，有時會有狗攻擊蟾蜍而中毒，不過亞伯沒有現身。也許擔心是多餘，亞伯在這裡混得比她久，應該能分辨什麼動物躲開為妙。

在兩棲類出沒地點，可能還有別的機會，她繼續搜尋。

終於她找到期盼的目標物：草叢裡有條中等大小皮帶粗細的蛇，正捲住一不明獵物，多半已經氣絕。只見牠倆纏繞成一紅黑斑斕的大球。

她不知對方來歷，不過從排除法來看，既然不是六大毒蛇中任一種，無毒的機率就很高，便不容錯過。如果那被捲住的獵物是青蛙之類更好，一石二鳥。

話雖如此，面對不知底細的長蟲，主動出擊仍須勇氣。楓左手握登山杖，右手持山刀，看準頭的位置慢慢接近，同時感到呼吸轉急。不料她在此時絆了一下，沒能擊中，急著要收手，蛇卻已受到驚擾，從身體後段的洩殖孔噴出乳黃液體。腥臭味猛烈襲來，楓連忙往後跳開。

幸好那液體不似攻擊她，全數灑往蛇身上。脫糞後的蛇也不逃，只是捲得更緊，把頭埋藏進身下。

這招看似滑稽的逃避大法，用在此刻卻是絕妙。蛇頭不見蹤影，令楓失去攻擊目標。若要覓得頭部，非得伸手翻找、摸到那身臭糞不可。當然可以用登山杖，但就算避得了一時，剝皮時仍要弄得滿手，而她沒有肥皂。整晚帶著這味道可不會令人食欲大振。

楓在那團大球四周踱步，發覺已很難把這蛇看作正經食物，不得不忿忿離去。

她決定好啟程時間，先在前晚通知經岳。此行沿途有水，她只留一個水袋在手邊，其餘通通裝滿運到經岳的營地。他仍處於半昏睡狀態，對她描述行程、規畫在哪些地點獲取食物之類不置可否，或根本有聽沒有懂。

最後只淡淡回一句：「希望妳這回能順利走到目的地。」

看樣子至少表示他聽懂了。

楓在清晨啟程，穿上全套雨衣隔絕樹叢中的露水。在森林底層費勁開道大半天後，她決定下溪谷。反正這路不是頭一次走，對於何時應該避開峽谷地形改採高繞，已有相當程度的把握。

蟲鳥盡皆沉默的正午時分，白光眩眼，滾燙溪石將空氣炙熱，令前方景物扭曲變形。在這片晃動的歪斜風景中，楓看到亞伯蹲踞在岩石下的陰影裡，彷彿等待此刻已久。

她毫不意外。

「一起走嗎？」

亞伯既不回應，也沒有要離開的意思，一如既往。

「走吧。」楓說。

他們上路。

2.

算來從山腰遷移到溪谷也不過十來天，感覺卻已過了許久。外加前陣子風雨使林相變貌，當初做的標記難以尋覓。

毫無把握之下，楓只能一逕往上爬，同時做好可能得多花幾天才能找回營地的心理準備。想到可能要再搭一次緊急避難所，令人有些乏力，不過既然無法拿到營地的庫存，當務之急是湊出今晚的晚餐。她沿途收集可食植物，亞伯遠遠跟在後頭。楓鑽入成片綿延的多刺灌叢迷陣。這種外表顆顆晶瑩剔透、滋味卻酸澀無比的漿果，在連日不曾吃飽之下扔進胃裡，恐要掀起大風大浪，不過她受夠樸淡無味的飲食，只想緊抓任何味道強烈的東西。煮熟後也許會好一點。

當她從灌叢間抬頭，赫見眼前樹幹上有先前劃上的路標。

精神為之一振。

自從來到山裡，許多看似微不足道的小事都令她滿懷感激。楓揹起裝備，迅速沿記號方向前進。運氣不錯，在下午順利回到山腰營地。地表、屋頂甚至屋內都滿是枯枝落葉，她拿起半解體的竹紮掃帚整理環境，可做燃料者獨自成堆。掘出緊急用白米，以及蒐集今晚要用的木柴，不過這事不太費勁。她帶了夠煮一頓飯的木炭，林下多的是風雨掃下的枝條。

待一切準備就緒，天色也暗了。

離開此地之前，她得把屋頂底層的外帳拆了，帶到最近更常使用的溪谷營地，她躺在小屋裡想。

然而更迫切的仍是糧荒。現在她已踏遍山腰與溪谷，兩處食物來源均不穩定。如有獵槍，也許情況會大大改觀，但她連怎麼裝子彈都不知道。

楓轉頭望著火堆。營火即將熄滅，只剩隱隱橘光。

隔著火堆，亞伯在黑暗裡，兩隻圓眼瞪得老大，看來可有精神了。被馴養的狗跟隨人類作息而成為日行性，回歸山林的亞伯恐怕是夜行動物。夜晚是小型動物出沒時間，對狩獵者而言較為有利。

「你知道上哪找食物嗎？」

既然有同伴，最近她的新習慣是對亞伯說話。儘管她很清楚這麼做只是變相的自言自語罷了。

亞伯卻有行動。牠轉身往森林走去。

「這又是要去哪？」

她掀開睡袋，匆忙套上鞋子，緊追在後。

亞伯走在前頭開路。說來好笑，牠挑的路徑就像人會選擇的。如果只是牠自個要過，大可不必費事東拐西繞，一頭往灌木底下撞進去也就得了。牠好像明白即便自己過得去，楓也無法跟上，走得拐彎抹角。

這點倒挺有靈性，她暗自思忖。

只是這是要往哪裡去？他們一人一獸，朝向西邊一個勁往上爬。

這方向她可認得了。

「真的假的啊……」

然而一個模糊想法也逐漸成形：確實有理。往那裡去，絕對可以找到取用不盡的優良資源。

轉眼她便站在稜線上，離目的地只剩半個鐘頭腳程。她驀然想著，聽說那些被魔神仔牽走的人，最終被發現的地點通常與失蹤處相隔遙遠，且是以正常腳程計算下絕對無法抵達之所。魔神仔似乎能牽著人在一夜間翻山越嶺，滴汗不費。

對此她毫無畏懼。他們行動起來自由自在，如風如露，飄搖著便已翩然降臨此地。從東峰延伸出的稜線上，她低頭俯瞰夜色中闃黑無光的上圈谷。天頂繁星璀璨，纖細眉月輕巧飄浮夜空。忽有銀紅色巨大火流星曳著光屑四射的尾芒出現，煙火般赫赫有聲，經久不落，將四周映照得如白晝般明亮。彷彿與之呼應，群星鼓譟，石質圈谷內迴盪既似電波雜訊、又似蟲鳴的嘈嘈私語。她任它們議論紛紛，眼睛只管盯著底下山稜的瘦脊：越過分隔上下圈谷的劍背山稜，目前視野死角，便是此番行程的目的地。不用看她也能清楚掌握那建物的輪廓，熟稔如見自己手腳。

下圈谷的南湖山莊。

然後她便醒了。

依舊在山腰營地，楓探頭出遮蔽所，見天色微亮。霧氣潮濕濃重，亞伯在樹叢底下打盹。

「真的假的啊……」她喃喃叨念著。

念歸念，楓自己也知道，這正是目前的最佳解答。

登山常會遭遇出乎預期的天候狀況，使得行程必須彈性調整，所有隊伍都會額外準備一至兩天的預備糧和燃料。當行程順遂，部分隊伍貪圖方便，會把多餘糧食留在山莊。美其名給後人使用，實則派上用場的機會少之又少，因多數隊伍的糧食只會多帶不敢少備。結果是山莊內囤積的食物越來越多，甚至需要出動志工清除。此舉害處甚多，占據本就狹小的山莊空間不說，還容易散發異味，吸引野生動物，不過也是由來已久的現象。

除此之外，還有一種或可期待的資源。在這類登山大熱門路線，有許多商業隊伍，號稱參加者不用背裝備，從煮飯到鋪床都由嚮導包辦。這些嚮導本事再大，也不可能將全隊所需物資一次扛上山。多僱些人手是一種方法，另一種則是將裝備、睡袋和糧食預藏山莊附近。此舉違反國家公園法，只是公園處沒有多餘人力查緝，更遑論還要把查獲之物背下山。他們藏的東西五花八門，基本裝備自不在話下，連全套廚具、壓力鍋、桶裝瓦斯甚至柴油發電機都扛上來，當然最多的是懶得背下山的垃圾。

既是違規，被拿走也沒什麼好抱怨，她大概估算得出下圈谷有幾處可能的藏放點。如果山莊沒有斬獲，就把這些地點都巡過一趟。

方向大致底定，楓收拾裝備準備上路，同時在心中規畫路線。最大難關是翻上東峰稜線。依照記錄，附近應有連接東峰稜線與東穗山的步道。該步道沿途並未經過任何名山，鮮有人行，只怕路跡難覓。若以最短距離直攻東峰，山頂下是整面碎石崩壁，她不敢妄加挑戰。

還有一個另類選擇，是過溪到對面山頭，沿稜線可以走到南湖東北峰，再從北峰下碎石坡，乃是環型東穗山步道的另外半邊。這是最為平緩的路徑，只是繞了遠路，而且下碎石坡那段路毫無遮蔽，走起來相當顯眼。要是山莊有人在，她的一舉一動絕對一覽無遺。

排除上述幾種選擇，楓採取保守做法：遵照來時路，往上源谷地前進。

那場夢裡她最惋惜的是魔神仔的腳力。無論哪條路線，高低差至少一千公尺，絕非可以滴汗不流。

這趟路程，相當於從雲稜山莊走到南湖圈谷，外加探路。她啟程晚了，不過圈谷是較有把握的環境，不太擔心摸黑，最壞打算頂多在經岳的舊營地多過一宿。

將近一個月前，她下來此地時曾順手砍出幾條路，但當時為了找水東拐西繞，恐怕派不上多大用場。眼下只能憑感覺。

先是在兩側箭竹叢聳立、布滿青苔的褐色石流中一路踩滑著上行，總算濕氣減退、光線增加，抬眼望去林中針葉樹增加了。接近中午時出了森林界線，陽光射破雲霧，天氣大好，她聞到熟悉的寒原氣息，混合著日光曬熱的石頭和高山植物的辛辣味。

最後一段路，是埋在矮盤灌叢間一個又一個假山頭。谷風呼嘯，總算翻上東峰與馬比杉之間的稜線。

豔陽下稜線的風勢強勁，她找到一處灌叢環繞的避風處，吃起作為午餐的白飯糰。左手拿飯糰，右手也沒閒著，胡亂翻找可食的嫩葉。雖非不能入口，生食仍令楓不敢完全放心。誰知道早上有沒有山羊在這撒過尿？還是點到為止就好。

找路的緊張感褪去，頓時睡意湧現。飯後，楓用帽子遮臉躺臥在灌叢下小睡，虻和毛茸茸的熊蜂同來陰影中尋求遮蔽，在耳邊嗡嗡作響。

照理應趁天色還亮快快趕路，特別是鞍部下那條乾溪溝，散亂的奇岩巨石顛簸難行，不過想睡則睡從來都是她的登山主張。精神不濟導致判斷失準，對她而言比走夜路更危險。何況她更擔心的是該如何不引人注目的接近南湖山莊。圈谷裡地勢平坦，缺乏遮蔽，但求睡醒後可以看見山區被夏日午後常見的對流雲霧籠罩。

只是事與願違。當楓睜開眼，陽光已然傾斜，仍一派快晴。

楓走出遮蔽處眺望四方，推測應是午後三、四點之間。

當她決定下闊闊庫溪時，亦曾在這稜線上張望。彼時天色陰霾、視野不開，如今則是別種風貌——西向可見白色岩石頂的東南峰，垂直聳立的岩峰陶塞，和夕照下金光耀眼的東峰板岩大斜面。再往後是南湖主峰，雖山形巨大，由此看到的是布滿乾蝕溝的背面，逆光下並不搶眼。反倒是南面的中央尖山形勢大好，尖銳雄偉。更後方可見險峻之勢毫不遜色的奇萊連峰，沿稜線左去是孤絕漫長的奇萊東稜，高點落在磐石山和太魯閣大山。回首來時路，闊闊庫溪流域被密林覆蓋，同樣鋪滿墨綠絨毯的三角錐是束穗山。

取道稜線以距離而言最短，然高低起伏劇烈。她依照傳統走法，先下到上源谷地底部，尋得乾溪溝裡國家公園開闢的路徑。目前日落時間約六點出頭，若在森林底下那是沒戲，不過這一路越走越往山頂去，沒有遮蔽物，至少多爭取到半小時的天光。

意思是兩個半小時內，得翻上主東鞍部。

輕裝綽綽有餘，重裝則勉勉強強。至少希望在天色還亮時，走出枯河床的亂石堆與倒木密布的難行地區。楓咬緊牙關，全速衝刺。

抵達鞍部時天色已暗，夜風沁涼，繁星逐一點亮。楓大口喘氣，不敢多事休息，先關掉頭燈到下圈谷邊緣觀察。如山莊附近有人活動跡象，就取道避人耳目的上圈谷。

南湖山莊的位置在黑暗中難以辨認，想來是並未透出燈光之故。多數山屋沒有供電，靠各隊伍的頭燈或瓦斯燈不足以照亮整棟建物，入夜後一片黑暗相當正常，不過南湖山莊有太陽能照明。

谷底也不似有人戴頭燈到處走動的跡象。

楓鬆了口氣，重新打開頭燈。下圈谷路跡明顯，堪稱高海拔山區路徑中的四線道，如在月圓之夜，她甚至不必開燈。

夜空隱隱透著寶藍色，西邊聖稜線一帶天際仍有些微亮光。

遠遠望見山莊門上亮著黃燈。

楓迅速遮住頭燈並尋找掩蔽，隱身灌叢後方。仔細一想，躲躲藏藏更顯可疑，遂又回到路上。她不記得有這樣的設備，但仔細觀察四周，依然不似有人活動，或許只是定時照明。黃光也是汽車霧燈的顏色，最能穿透起霧的暗夜，應是自動亮起的山莊指示燈。

放大膽子靠近，確定無人。

山屋位在被戲稱為最高海拔足球場的下圈谷底。在走過各式艱難的破碎地形後，大片平坦空地誘發人的奔跑欲，楓小跑著衝過去。

早期南湖山屋是兩棟鐵皮搭成的舊工寮，不過經重建後，目前是獨棟鋼骨結構的雙斜頂建築，強度足以抵擋颱風侵襲。只是周圍沒有遮蔽，加上材質關係，山風吹拂下牆壁隆隆有聲。屋子前半是寢室，沿牆壁兩側搭起雙層大通鋪，後方隔間是廚房。美其名為廚房，裡頭可沒有瓦斯爐或廚具，只是一間有調理檯的空房。水源位在屋後幾十公尺處，南湖溪上游活水在此湧出，往下又恢復成伏流。

屋內空無一人。楓打開照明，大通鋪底下散置塑膠袋、用過的暖暖包、食品外包裝等垃圾，她往廚房走去。

曬衣繩橫過室內，繩上吊著數個塑膠袋，裡頭似乎是調味料和白米、麵條。角落裡堆置著垃圾，已散發酸腐味，底下蜿蜒淌出褐色汁液。調理檯上橫七豎八躺著塑膠袋包裝的各類雜物。這些物品被堆進角落，好讓後來的隊伍有地方烹調，然而米粒、麵條屑、乾燥食物或調理包掉出的碎片仍散布各處。檯子中央擱著已乾癟卻仍未發霉的蘋果。

這片可能會令公園志工吐血三升的光景，在楓看來如進寶山。天色已晚，她決定明天再仔細挖寶，先解決晚餐。

她在那堆雜物中翻找出容易處理的食材：鮪魚罐頭、麵筋和肉燥麵泡麵，及一個塌陷得有點達利風格的葡萄柚。如此搭配不倫不類，營養面也大有問題，但在餓過近一個月的人眼中只有豪華兩字。

迅速取水回山屋。她沒料錯，不僅是食物，床底下搜出兩罐沒開封的瓦斯和半瓶去漬油。她手邊只有瓦斯爐頭，但去漬油仍是便利道具，特別是雨天生火時。她把它們擺在顯眼處準備帶走。動手燒水。

偌大山莊裡就她一人，點亮所有太陽能照明，狼吞虎嚥吃泡麵。屋外谷風呼嘯，拍打牆面。原以為獨自在空蕩蕩的山屋裡會睡不安穩，許是吃飽喝足的關係，睡袋蒙頭便不省人事。

早晨她在高亢鳥鳴中睜眼。行動迅速如茶色松鼠的金翼白眉，性格大膽擅於投機，可撿到食物殘渣的山莊附近數量特多。眾鳥啼聲此起彼落，對似睡非睡的人而言，簡直響得震天動地，楓只能鑽出睡袋。

以常見的登山行程推算，除非緊急，多數隊伍不會住在審馬陣山屋。從雲稜山莊出發，抵達圈谷最快也是午後，至少有半天左右可確保圈谷是無人狀態。

囫圇吞過早飯，楓獨行至空曠的圈谷中央。南湖主峰的碎石山壁反響甚佳，走路都似有回音。陽光尚未照射到谷底，唯主峰頂上和遠方聖稜線一抹燦紅。她動手整理廚房裡的雜物，找到作為主食的白米、麵條、泡麵、麵線，此外還有花瓜、肉醬、肉鬆等罐頭，康寶濃湯、營養口糧、香腸、臘肉、高麗菜、小黃瓜、洋蔥、花生米、用剩的寶礦力粉、芭樂乾等副食。另外還撿到小塊肥皂和一件深藍排汗衣。

她估量著將主東鞍部作為中繼點，今天先把所有物品都運過去。部分可以長期存放者如罐頭，暫時藏在鞍部，下次再取，以減少回山莊被人發覺的風險。

楓倒空背包、改裝食物，裝不下的用手提，分數趟把存糧和瓦斯罐運到了主東鞍部上，塞進岩石底下被圓柏覆蓋的不起眼石縫。少有隊伍在此長作停留，應該不必擔心被發覺，至於會不會有黃鼠狼攪局則要碰運氣了。

此時陽光已把谷底的露水全部蒸乾，她將睡袋攤開曝曬於灌叢上。自從那風雨夜，她的睡袋一直難以乾透，先前的幾個營地又都是潮濕的森林底層。時間尚早，她到水源地，用那塊多半是拿來洗碗的肥皂，洗澡洗頭兼洗衣。

直到午後，仍沒有隊伍抵達。

她坐在谷底連人帶衣曝曬，眼見陽光推移，逐漸挪出谷地，最後又剩下聖稜線方向一片橙黃。

第二晚睡不太安穩。雖然天已全黑，也不過晚上七、八點，還不能完全排除有隊伍摸黑前來的可能性，令她提心吊膽。廚房不時有小動物跑動，突然撞倒東西發出聲響。海拔的威力逐漸顯露，此地已有三千四百多公尺，依照氣溫公式計算，比她的山腰營地低了六度左右，雙腳僵冷得難以入眠。

楓決定只要天色微亮，立刻啟程折返。

3.

「常聽人說：如果你有勇氣搞自殺，為何沒有勇氣面對你碰上的問題？說出這句話的人想必不太懂自殺，至少推動我行動的從來不是勇氣。我每次準備的時候，都只覺得興高采烈。」

經岳說，那就像家裡有台敲不爛、沒有開關、不曉得插頭在哪的超合金堅固音響，不斷播放詛咒的話，癱瘓意志，讓你相信自己真的就是它講的廢柴人渣。你對不起身邊所有人，辜負一切期待和機會。你想讓它住嘴，困獸般在房子裡瞎轉，卻無計可施，最後放火燒房子，只希望它靜下來。這也是為什麼他在張羅燒炭用具時如此來勁，甚至要寫進臉書吹噓一番。他真的很久不曾這麼有行動力，積極想做一件事了。

「我想到的不是死或消失，只想到我終於可以得到安靜。我贏了，它閉嘴了。雖然認真算起來，這或許不算贏，只是跟它同歸於盡了。」

楓撥弄火堆。水開了，她把麵條投進鍋裡。

相隔四天後，楓回到溪谷營地，見到的是精神鐘擺再度回歸穩定狀態的經岳。這幾日他只開伙過兩次，直接從水袋喝水，其餘時間都在昏睡。

如此暴睡十天後，他重新回歸失眠狀態，每到夜晚便焦慮不安。與其說他擔心的是失眠本身，不如說是失眠導致的意識渙散。

他在她取水來營地時主動尋求幫助，希望打發掉等待睡眠降臨的漫長時光。最好有工作能讓他分心。

楓則認為傷患最好靜養。傷後兩週，原本深紫紅色發脹的右腿稍有消腫，不過本人的感覺沒有太大變化，聲稱光是躺著對精神健康毫無幫助。

結果就是每晚的火邊談話。

趁他神智清明，楓覺得或許適合問一個危險的問題，也是為了今後的規畫：「你想下山嗎？」

搖頭。

「至少等能自由走動了再說，我可不想叫直升機。」

「你能下定決心，這樣很好。」

「什麼話，我那時候沒逃，就已經是下定決心了。海底雞的味道。」

「鮪魚紫菜麵。」楓道出今晚菜色。

「好懷念啊。」說著潸然淚下。

楓清點過收穫。只要不求吃到飽，和先前一樣配合採集，糧食大約可維持一個月。還有跟這同等份量的糧食藏在主東鞍部。自從拿過一次之後，她對前景感到樂觀。山莊裡多的是登山客留下的多餘糧食、燃料、無主衣物、被遺忘的毛巾等資源。或許這與當初棄絕文明的本意不符，不過要待長期已經不成問題。

一週後，楓回主東鞍部取剩下的糧食。見圈谷沒有人活動跡象，又回到山莊搜刮。九月底，大部分學校已開學，暫時也沒有長假。下個旺季要等到十月連假，接下來則是十月底到十一月的紅榨槭、巒大花楸等紅葉與紅果植物的季節。她大可好好享受這段空窗期，獨自坐擁整座圈谷和山莊。

日復一日在山裡跑動讓她腳力越來越好，人有適應環境的本領，登聖母峰的人會先在基地營住上一陣子，靜待血液中紅血球增加。

顯然她的身體機能已能適應此地，估計之後往返營地和圈谷可能用不著一整天。如此甚好，因為她正有長期生活的打算。除了食物來源，日用品也須確保。為維持鞋子壽命，楓先改穿山莊裡撿來的拖鞋，同時也試著用木片、紙板、泡棉睡墊自製腳墊，偶爾嘗試光腳在碎石上行走。她的腳底逐漸對凹凸不平的地面麻木，長出繭來。或許不用多久，她便可不再倚賴登山鞋。

她也從山莊拿走登山客留下的衣物。生理期問題曾把她整慘，不過現在有了足夠的布料。登山的刷毛保暖衣外加防水布，拿來製作衛生墊效果絕佳，觸感又好。距離上次痛苦而折騰的生理期已有好一段時間，可能是營養不足之故，生理期的間距拉長，不過還算穩定。這樣倒好，她可沒有體力經常失血。

又過去十來天，腳傷大致恢復的經岳開始在營地附近走動，楓首度在白天見到他。這段時間以來，她見到的經岳不是在夜晚的營火邊，就是裹著睡袋躺臥在昏暗的遮蔽處。

「我還以為看到了魯賓遜。」

「妳又知魯賓遜長啥樣，妳跟他很熟？」

「不熟。」

「但我懂，妳只是想說看到了蓬頭垢面的大鬍子。」

「是指打理起生活很熟練的樣子。」

他面有得色。將近一個月來動彈不得大概終於讓他吃不消，他開始到處找事做，更動了柴堆、生火區和裝備擺放的位置，使它們在動線上更為合理。楓意外發現他在家務上比她能幹，而且比較講究。

幾天後，他把她胡亂拼裝成的遮蔽處分解了重新組裝，說是他從躺到裡頭開始，就一直很介意屋頂左右高低不一。

再隔一陣子，他拄著拐杖下到溪邊梳洗。

達成較長距離移動令他信心大增。他開始自己取水，同時以緩慢進度將石頭運回營地。原本只是在地上挖出淺坑的生火區，如今逐漸成為有模有樣的大型石灶，旁邊附上石頭和木柴組合成的長凳。

與此同時，楓考量的除了食物還是食物。

這事的好處是她不再像在城裡到處打雜工時那般，總是思考自己為何淪落至此。她不再思考自己是誰，不再思考與實際生存無關的問題。雖然生活持續匱乏，但意識清明五感敏銳，越來越能體察森林中任何細微變化。她覺得自己的感官彷彿化作菌絲體，無聲無息潛伏地底、穿透林間各處。

十至十一月的紅葉季節，圈谷暫時是去不得了。能把握的剩下十一月下旬至十二月上半，十二月中旬以後只要遇上寒流便可能降雪。她探索周遭環境，已能把握可食植物、果實、獸徑、展望點的位置。抱著姑且一試的心態，她開始在獸徑上布置吊子陷阱。

所有求生教學，都預期野外生活只是短暫的過渡狀態，是遇難。求生者終究要回到文明社會，故他們有時會建議不飲不食、不捨晝夜行進，只求早日度過眼前難關，把荒野甩在身後。

她則相反，求長遠之計，否則她完全知道該怎麼下山，也曉得以台灣的山況而言，只要走對方向，回歸文明社會花不了兩天。但她不打算下山。即便文明近到貼往臉上來，也會死守在最後一吋野地裡，她是自願的遇難者。

某日傍晚，當楓拎著收穫回到營地，赫然發覺有來客。經岳在營地裡，對她製作的各種設施品頭論足。他頭一次走到這裡。看來困苦的野地生活不只對她有好處，他看上去也比當初見到的時候穩定多了。

今天的營火晚會開在她的地盤上。一如既往，她把吃剩的骨頭和皮扔往樹叢去。

「這是幹嘛？」

「給亞伯的。」

「那是啥？」

「常跟在我附近撿東西吃的小東西。大概是黃喉貂，還是野狗，我也沒仔細看過，夜行性的嘛。」

「亞伯是啥。」

「我第一隻寵物的名字，叫亞伯拉罕。」

「好吧。」

「很早以前死了。」

「我是說，妳知道這是國家公園。」

「已經不是了。」

「好吧，但還是有野生動物保護法，這個亞伯不是妳的寵物。」

「我沒有要把牠帶下山。」

「妳不應該餵牠。」

「就算我不給牠，埋在土裡牠還不是會去挖。」

「隨牠去啊！但妳不該讓牠直接從妳手上得到，讓牠覺得跟著妳有好處。」

楓豁然站起。

「你該走了。」她指著黑暗的樹林說。

「認真的？」

她維持原姿勢。

經岳一拐一拐離去。

「幹嘛突然生氣啊。」

隔天傍晚，當楓結束採集，赫見經岳又在她的營地裡，已把柴堆打理好準備生火。

「回來啦。」他說。

她悶聲不吭放下裝備。

「妳都採哪些植物？」

「幹嘛，說了你就懂？」

「說看看嘛。」

他是來求和的。楓心中仍存芥蒂，不過有興致學習新事物是好現象，兩相權衡之下，她還是比較希望朋友健康，姑且退一步。楓把收穫在塑膠背包套上排開。

「這大圓葉子是……」

竟想不起來。

「這叫……」

經岳仍在等待下文。她心一橫：反正名字對他無關緊要。

「總之，潮濕的林蔭下有很多，葉子可以吃，不過纖維很粗而且有毛，盡量挑嫩的摘。」

「大圓葉子。」經岳點頭。

「再來是這有斑的尖葉子。」光講特徵或許更有助於他記憶，楓繼續陳述，拿起下一種植物。

她細細估量自己的所有知識。她仍記得何種植物的哪些部位可食、記得它們的生長地點和繁茂的季節，記得不同海拔鳥類的外型和鳴聲，曉得哪個河段有魚蝦。當然，否則這段日子她怎麼撐下來的。

只是名字。

那所有她如數家珍、玩組合遊戲時在舌尖靈巧轉動，陳年數珠般溫潤滑亮，一切的名字和文字。是打從什麼時候忘記的？

但記不得又如何。她轉念一想：大不了就是變得跟動物、跟亞伯一樣，除覓食以外再也不思不想。

我就要變成亞伯了。這麼想著，她反而釋然了。

終於有一天，楓在採集開始前，依照往例不抱期望地巡視吊子陷阱，遠遠便察覺異樣。有某種東西在前方活動，無暇遮掩。她小心接近，感受到胸口心臟劇烈鼓動。

是水鹿。

沒有犄角的褐色母鹿，被吊子纏住左前腳。四周已被牠踏平一塊，足見當初中陷阱時可能也曾奮力掙扎。現在這鹿不躲不藏，與她見過那些警覺的野生動物皆不同，卻也不像放棄，只是平靜無反應而已。

牠端坐在地，碩大黑眼望向她。

楓又上前幾步。那鹿沒有起身，僅是腹部起伏加劇，顯然還是會緊張。她不是沒見過長角的大公鹿，但沒機會這麼長時間靠近端詳，總覺得這頭比從前看過的都大，即便絕非事實。吊子應該還穩固，暫時不用擔心牠掙脫，楓退回樹林中。

現在怎麼辦？

她猶豫著，不曉得這樣的刺激對經岳而言是好是壞，最後仍選擇叫上他一道。經岳在營地裡，沉默聽完她敘述情況。

「——很大嗎？」過了半晌他說。

「很大。」

「用石頭砸呢？」

「感覺會弄得頭破血流。我想盡量維持完整性，別讓牠死得太難看。」

「那就先敲昏了吧。先敲昏，再……再看是割脖子還是刺心臟。」經岳拄著登山杖起身。

楓走在前頭，他們沿途尋找跟球棒差不多的粗木棍，一路走到陷阱處。鹿仍坐在地上，安詳看著他們的一舉一動。經岳舉起木棍，又放下了往回走，楓趕緊跟在後。他到一棵距離那鹿十公尺左右的粗樹幹後方，頹然坐倒。

「如果你想收手也沒關係。」

「我是緊張。」他苦笑：「但沒打算收手。牠死了就能換我們活著，就有食物，道理我懂。」

「我沒要用道理逼你。」

「我知道，我知道。」他忙道：「是我自己不想別過臉去，假裝不知那怎麼來的，只是給我點時間。」

「好。」

他們繼續坐在樹後，楓撥弄著眼前的草莖，直到他拄著登山杖，一手扶著樹幹緩緩起身。「可以了。」他說。

他們重新回到陷阱前，鹿似乎也察覺到不同於先前的對峙氣氛，試著起身。鹿是會叫的，但牠一聲不吭，不閃躲不掙扎，場面沒有絲毫火氣。

「牠真漂亮。」他讚嘆。

「是啊。」

「——南無！」他低聲叨念。

楓筆直上前，往鹿頭一棍敲下。那鹿挨了一擊後腳步不穩，卻仍站著，慢條斯理的搖頭晃腦，定定望著她。經岳走過來，對準同一處補上一棍。鹿倒在地上不再動彈，玄潭似的一汪大眼仍睜著，她戳幾下毫無反應。

經岳丟下木棍，趴在地上開始哭。

「你還好嗎？」

他舉起一隻手以示回應。於是她隨他去發作，抬起鹿的前腳露出胸膛，拔出山刀、捅進心口。

完畢後楓把刀子拔出、擱在一旁，跟著坐倒在地。褐紅血液無聲湧出，同樣不慍不火，緩緩匯成一道細流，涓涓滲入泥土落葉之間。放血需要一些時間，她伸手撫摸那鹿，從頭頂到耳朵。毛皮油亮，兩耳仍溫熱有彈性。

「——謝謝你。」她對鹿說。

楓著手開膛除去內臟。心肺之外的內臟不太出血，她小心不要劃破腹內薄膜，以免臟器四散。經岳擦乾眼淚坐起，在她身後看著。

「你不會昏倒吧。」

「開玩笑，傳統市場可是我的地盤。妳會切，我會煮，我還等著妳開口問內臟怎麼料理呢。」

她想一下，確實如此，不禁失笑：「抱歉，大廚。」

「在這沒冰箱的地方，妳打算怎麼辦？」

「怎麼辦。」她吁口氣：「有得忙了。」

要挖一個大洞，掩埋內臟和其他不要的部分。剝皮扛到河邊清洗、將肉切成合適大小、搭建煙燻架、收集夠多柴薪以便數日連續燻製、要看顧火堆、要鞣皮……待辦事項多到讓人頭暈目眩。唯手上鹿血溫熱，在已有秋意的冷涼空氣中，令她感到至少雙手還活絡。

這讓她想起在辦所有事之前——

「我想謝過山神。」

對於如何表達感謝、敬畏，及獲得生命之喜悅，楓聽過許多不同做法：育空地區的印地安人，會把獵物的氣管和肺掛在高枝上，相信山風吹拂下動物靈魂得以重新呼吸，披上血肉回歸荒野。日本獵師將獵物心臟獻祭，畫上三刀插在分岔的枝椏間。說來諷刺，她在書本電視上看過各種異地風俗，卻不知如何敬拜這山的神靈。

禮多人不怪，此理或許對山神也通用。她決定把所知方法全部用上，但願神明能就此原諒她的無知。

楓在滑溜的內臟堆中挑揀出目標物，找到一叢還搆得到的枝椏，置於其上，然後雙手合十。

「感謝山神。謝謝祢給我們一頭漂亮的鹿，還有其他很多東西。」

原以為說這話會很彆扭，真正開口後倒也還好，想來是祝禱內容出於本心之故：「讓我們到今天還活著。」

「——謝山神。」經岳附和。

4.

她感受到緩慢而明確的變化。

先是不知不覺中，伸手撥開垂落眼前髮絲的機會增加，這才發覺髮長已觸及肩膀。接著留意到蟲鳴蛙鼓盡皆停歇，朽木中再也挖不到幼蟲。林底透亮，地面因落葉堆積變得鬆軟。有一度林鳥劇增，頭頂上方羽翼紛雜、聲如織錦，她知那是山鳥由提早轉寒的山頂降遷至此，恰與此地尚未離去的隊伍匯流。

再隔一陣子，當大多數山鳥遷往更低處，森林便靜寂無聲。

某個空氣澄明的早晨，楓在睡袋裡猛然睜眼，忽覺靈光閃現。夢中似有千萬銀鈴在雲端嘩然而笑，迸落紛紛，大氣中瀰漫非比尋常的氛圍。

空氣冰冷刺痛皮膚，楓連早晨例行的生火工作都顧不得，披上外套，匆匆下切溪谷、趕往對岸，沿途颯然拂落箭竹葉緣的細霜。對岸有個展望良好的制高點，可從樹冠缺口仰望南湖山系。只見稜線上初雪靄靄。

十

1.

南湖山區降雪量僅次於雪山，積雪最厚超過一公尺，冬季除雪訓隊伍之外少有人行。連最富執念、無畏各種惡地的攝影者也多止步於審馬陣山，拍攝倒映在薄冰池面上的夕照南湖後便心滿意足。山區冰封，除谷風呼嘯外再無聲息。

楓把視線從遠山移回近處。

中海拔林下無雪，不似高海拔非黑即白的二色風景，因有常綠闊葉樹而多添幾許顏色，卻仍幽深陰暗。只是她腳前有鮮豔突兀的東西散亂一地。

有人倒臥在此。

楓淡淡俯視那遇難者。是個年輕男生，多半又是大學生，趴倒在地不省人事，臉上戴著運動用墨鏡，看不清長相。外掛冰斧的大背包仍緊綁身上，繩索和雙杖滾落不遠處，雪地裝備一應俱全。周圍不聞人煙，看來不像有伴同行。只要檢查炊具是全套或與人分攤，馬上能斷定。

可能是從南湖圈谷走環型步道下來，打算撈束穗這小山頭，或從四季林道進來。也可能是繞了大遠路，從金洋或南澳入山，然後從上方不知何處摔下來，滾落至此。無論取道何處，皆非登山客踩熟的正規路線。

雪季獨行探勘，有夠狂的，大概就跟她差不多瘋，不過此人渾身名牌貨，跟她恐怕不是同一路數。

倒不是指這人可能技術很高。人在山裡一身名牌，多數情況若非有錢，就是小心翼翼的生手；前者為時髦，後者為保命。經驗告訴她，最該提防的，是帶著一、兩件保養良好的過氣舊貨的。那顯示漫長的登山經歷與執拗不化，好比她老爸與山刀，或那獵人與他的舊款頭燈。

亞伯走出藏身的陰影。牠對人不感興趣，兀自嗅聞滾落在樹蔭下的裝備。楓當然明白意思，亞伯關心的就是她關心的。

「別急。」她說。

這段日子過得還算不錯，不須貪圖他人裝備，但有資源她也不打算放過，畢竟誰知接下來生活會變得如何。只是物主負傷在眼前，和拿山莊裡無人認領物品或偷取獵人藏貨不同，總有種恃強凌弱的理虧。

楓無聲靠近那人，把手指探往鼻下，還有氣息。

即便現在時候未到，只要他繼續躺下去，在低溫下也是遲早問題。楓小心摘掉墨鏡，那人鼻梁和眼眶還留有鏡架敲出的瘀痕，臉頰擦傷。手臂並未變形，她慢條斯理擰過幾把，確認手骨沒斷。右膝些微腫脹，整隻腳無法伸直，許是扭傷或脫臼，她小心把人翻過來。

那人低哼一聲。

楓把腰部扣環鬆開，抓住肩帶把背包卸下，那人皺起眉頭，似乎有些許知覺。楓拉起雙臂要往樹下拖去，他忽然哀叫。

她迅速停下查看，卻看不出所以然。伸手輕按胸口，那人皺眉咧嘴的狀甚痛苦，可能肋骨有傷。這可麻煩了，不能搬動。

她索性拿過雙杖和背包套，同時砍下幾叢枝葉，在人上方搭起簡易雨棚。那人稍微恢復意識，雙眼勉力撐開一條縫，迷迷濛濛衝著她笑。楓毫不理會，把他的頭巾拉下來蓋住眼睛。

「這是，幹嘛……？」那人啞著嗓子說。

她無視提問，繼續忙碌，翻出禦寒衣物蓋在人身上，把背包收拾了，拎到可擋小雨的茂密灌叢下。

看樣子短時間內死不了，可以慢慢考慮如何應對。楓頭也不回踏上來時路，亞伯跟在後。他們暫時無暇繼續搭理那人，每天都有很多事要忙。

已是中午，楓到溪邊清洗收穫。竹雞和藪鳥各一中了陷阱，她拔完羽毛、清除內臟後，帶往經岳的營地。儘管言明各自求生，面對捕獲動物這種大事，他們養成分工合作的默契。

經岳的腳傷已完全復原，如今行動自如，專責烹煮和收集煙燻所需柴薪。雖然時不時仍會情緒低落，不過大致維持一定程度生活能力。前些日子她捕到山羌給他燻製，搞得連日來林內煙霧瀰漫。

見楓帶來新的獵物，他面露笑容。她評估狀況，思忖著如果他還算穩定，或許傷患的事可以跟他商量。

「上回那批妳有什麼感想？」

「很好吃。」

「不是啦。」經岳一副孺子不可教的表情。「我說過，有用芒草纏起來做記號的那批是用針葉樹燻的。另外那批沒纏的，是用一般雜木去燻的。妳沒覺得不一樣？」

楓聳肩。

「偶爾也應該交換一下工作。每次都讓妳打獵做粗活，好像不公平。」

「你的工夫都進化到這地步，不交給你才真沒道理。」

她看著烤架上羅列得整齊有序的肉片。他試驗調味和刀法、烤架高度、木料對口味的影響，埋首在細瑣家務中，這方面她實在缺乏研究。

「你不覺得這事很瑣碎？我是指，不知道樂趣在哪。」

「我也覺得妳的植物們很瑣碎，可見人天生能從瑣碎得到樂趣。」

「我那是為了生活。」

「我也是。所以結論是：生活即瑣碎。我們發明出越來越多方便器具，去除瑣碎、節省時間。這些多出來的時間真不知是要幹嘛。雖然人人都能說得出口：這是讓你拿去做真正想做的事——換言之，就是過更好的生活，但生活本身，明明都給『節省』掉了。」

他瞇起眼思考片刻。

「就像去釣魚，卻不斷把釣到的魚扔回水裡，只為騰出小冰櫃的空間給還沒釣到的、也許更大的魚，結果整天下來冰櫃裡什麼也沒有。我們是用生活本身，去交換可能只存在於理想中的、更好的生活。」

他說，這解釋了他不愛蒐集山頭、翻新記錄，也對攝影、草花或大自然不特別鑽研，卻還是登山的理由。學生時沒有多想，現在或許說得清了。在山下的現代化生活中，有各種因素令他無法拒絕方便，好比不能不用電器製品，但他偶爾仍想過著瑣屑、衣食坐臥都要親自動手，半點都不方便的生活。

楓現在不太有心情理會長篇大論，不甚專注地聽，只留意聲調。那聲調顯示，目前他思緒清晰、安詳平靜。

就是太平靜了，她決定不告訴他。何必用個陌生人打破得來不易的現狀。

至於她自己該怎麼做，這裡不比平地，冬季山區裡沒人擁有隨地施捨同情的本錢，何況她還有人要顧。

就當不知道那回事，反正只要靜待三到四天便會自動解決，屆時不過是死個陌生人。世上某處有不認識的人大把大把死去，這種事天天都在發生，有什麼好介意的？

楓低頭瞥見自己的背包。她在溪邊曾卸背包拿東西，如今不確定是否所有裝備仍在其位。她匆匆打開清點，有些手抖。

經岳見狀插嘴：「這又在忙什麼？妳是抓到什麼大傢伙？」

他說，上回她這樣毛毛躁躁坐立不安，是在捉到山羌之後。

「我抓到的不都帶來了。」

「妳打獵真的不會危險？」

「沒問題，我又不是一個人。」

「妳的亞伯還在？」

她點頭。

「那現在呢？在這裡嗎？」

「不在。」

經岳似乎鬆了口氣：「我也覺得好像沒看到。」

「我最近覺得亞伯搞不好是山豬，牠變得好大。」見他皺起眉頭，她趕緊補上：「牠不危險啦。」

「是嗎？」他仍舊打量她幾眼：「好吧，妳說的算。」

楓收斂心神，努力遏止想一再收拾家當的衝動。看樣子儘管她認為自己不該在意，那遇難者突如其來出現，還是帶來不小衝擊。她決定傍晚時分再去一趟。她沒力氣施救，但至少可以讓他的最後旅程舒適些。

她提早完成今日所需一切準備，在夕陽西斜、樹影斑駁之際，再度趕赴該處。上午回程時，她曾沿途做記號，不敢過於明目張膽，頂多折彎幾處樹枝、挪動幾塊石頭程度。依她的看法，與自然打交道乃是後果自負的活動，沒有理由主動出手相助，不過她也曉得此事看在一般人眼裡叫見死不救，因此最好是能撇得一乾二淨。

如今那些若有似無的路標，判讀起來有些困難。只是走沒幾步路，她便完全可以確定前行方向，因為林中傳來說話聲。

經岳的聲音。

「……頭不痛，呼吸也沒事的話應該沒大礙，我去找些樹枝固定你的腳。我的營地離這不遠。」

她的頭可痛了，且覺得呼吸困難。

從樹後，她看見經岳蹲在那傷患身邊，水壺握在傷患手裡，楓架設的簡易遮雨棚被卸下放在一旁。楓觀察片刻，見四周沒有其他人，走出藏身的樹叢。

經岳揚起臉，見來者是預料中人，毫不驚訝地揮手招呼：

「妳看，這居然有個人！」

他向她介紹大學三年級的林士峰，獨自從四季林道進來探勘上南湖的路。已走了兩天平安無事，今天凌晨趕路時卻從稜線上踩空跌下來，手腳都受傷，且感到胸前悶痛。

「這是我隊友。」他如此介紹楓。

林士峰從地面上定定望向她，微弱舉起一隻手：「——妳好。」

楓不吭聲，站定原地不動。經岳估量她的反應。

「所以妳來過了。我看妳中午有點怪，在附近搜了一下。要不是被我找到，妳是不打算說的吧？」

「是又怎樣。」

他依舊平靜，但板起臉來：「妳不要老是，遇到事情都一個人擅自決定。」

楓看向經岳，又看向地上的人。後者被緊張情緒感染，也在偷偷窺伺兩人表情。

「借一步說話。」她說。

2.

他們走離傷患所在地十幾公尺遠，一路上兩人心事重重，多半都在估算要如何說服對方。雖早知彼此在價值觀上頗有差距，但在這四境無人的野地裡，沒機會互踩底線，幾個月來倒相安無事。不料憑空冒出個人來，立刻打破他們的微妙平衡。

經岳的想法很單純，認為只要有能力，任誰都該對傷者伸出援手，而楓正覺得他在精神面技術面都沒能力。他該把自己顧好，光是這道課題就夠他忙了。

楓則認為，登山客若遇事不能自行解決導致命喪山中，其實沒什麼好怨的，甚至該說是死得其所。人力有限，應把力氣花在值得幫的人、值得交的朋友。至於其他，管他們去死。

見他仍不覺悟，楓再加碼撂狠話：「先說好，我不蹚這渾水，對付你一個已經夠忙的了。要救你自己動手。」

經岳瞪大眼睛，似乎頗感困擾，但仍下定決心：「我確實沒有妳行，但就算這樣還是得救。」

「那就奉勸你最好把他看緊了，日夜看著。可別哪天早上醒來發現他不在營地裡，被狗還是什麼動物拖出去吃掉。」

「妳想暗示什麼？妳打算讓亞伯把他幹掉？」

「我是說別把他扔給我。你若要丟下他去收集食物、去求救，老天保佑最好你回來時他還有氣在。就算他要死了，也別肖想我會去急救。」

經岳本來臉色陰鬱，面對一連串不斷升級的惡言惡語，卻笑了：「好像渡河問題。」

「什麼？」

他解釋，就是那有名的數學問題：一個人帶著狼、羊和白菜過河。會划船的只有人，一次只能帶一物，而狼和羊、羊和白菜不能獨處，試問最有效率的過渡方式？

「意思是我是狼？」

「至少不像羊或白菜。」

事實證明他們果然無法說服彼此，而且她越威嚇，他似乎就越感到好笑。最後她不禁無奈。

「算了，隨便你。」

楓說到做到，轉身走回自己營地，把傷患和經岳丟在林子裡。她整理起晚上生火用的柴薪，同時悶想著他絕對辦不到。倒也不是他的問題。任誰想在這寒冬山野靠一己之力救另一人，絕不可行。合兩人之力尚有可能，但她和經岳算不上兩個人，因他隨時可能倒下。與其冒險，她寧可冷眼旁觀，靜待他自食惡果。屆時他會知道她是對的。

她一方面可以奮不顧身地搶救，另一方面也能旁觀他掙扎，不覺得兩者牴觸。就像那道渡河問題：會思考的人、凶狠的狼、貪吃的羊和無力抵抗的白菜，可以是同一生命的不同面向。若她可以是狼，也可以是羊和白菜，而那人也未必真想平安過渡。領著一票布萊梅樂隊似的古怪成員，他簡直活得不耐煩了。

如果以為人的願望只有單一面向，可小看了人。她明確知道，自己所思如生機勃勃的擁擠水塘。有高於水上明顯可見的挺水植物，蓮葉田田吸引視線，讓人以為那就是全部；然池裡尚有隨波漂流如萍、驚鴻一現的浮水植物，有沉水植物潛藏於下，盤枝錯葉自成一方世界。她既想幫助他展現友誼義氣，也想看他失敗以證明自己的正確性。最終會採何種行動，端看哪種想法比較強烈，有時甚至是憑藉機緣湊巧。

這也不是頭一遭。

還在山下時，楓注意到經岳狀況異常已有半年多之久，每回總是認真想著，如果他又出現在網路上嚷死嚷活，就要採取行動，卻遲無後續。原因之一是找不到適當時機。她新取得的打工已穩定持續一陣，雖沒什麼值得堅持，短期內也不似會出亂子，堪稱雞肋狀態。唯一的不滿是她在速食店，同事是一大票高中大學生，青春理想耀眼生輝，連考試壓力在他們身上都有光澤。她這把雞肋，就像榨完雞精剩下的風乾雞渣那麼老。

不過也不只她，毋須自怨自艾。桃莉羊死後，生物科技未再有過舉世矚目的重大進展，沒有成為解救一切的萬能之鑰。改名的系所沒有讓他們的學生更好過，大批無職碩博士重回國高中時代待過的補習街，這次是準備考公務員。

在預言失準、夢想潰散的新年裡，值夜班的楓為了清垃圾，走到速食餐廳後門的暗巷。恰巧午夜時分，她仰頭在被燈火染成紫灰色的夜空搜尋。位處下風，從那位置看不到一〇一煙火，卻可見煙火冒出的濃煙和陣陣閃光。

一切盡在遠方天際，光煙無聲，她忽然覺得他做得很對。

她想拉舊友一把的想法是真的，但在那瞬間，她的贊同也是誠心誠意，甚至覺得真該參一腳。久未聯絡，她不認識如今的經岳，但至少他不會再認為當年她搞的一切莫名其妙，因為他攪出來的混沌也夠厲害了。

然這時手機響起，來電者不明。接通後是個明亮的女聲：

「新年快樂！妳猜猜是誰？是我啦，我啦！認得我吧？妳現在在哪？」

妳是不知道，這種開場白只會讓人覺得是詐騙？楓把質疑吞下，因為她還真猜得出是誰。會用如此雀躍語氣搭話的只有一人。

「……台北。」

「妳在幹嘛，跨年晚會？」

「哪有那麼好命，工作啦。」其實只是打工，她說不出口。「妳呢？」

「我在成都。真巧，我也在工作喔！」

「成都是指那個成都嗎？在四川？難道妳還在做那個？」

「熊貓腸內菌，當然了！現在就是從實驗室打的電話。」

所以拯救全球飢民不僅僅是空口白話，佳嵐是認真打算藉由把全人類變成熊貓來解決糧食危機。

「這裡一堆事都神煩的，網路巨難用，查資料上咕狗上臉書都得翻牆，折騰死大活人。噢不過這話不能隨便說！否則待會有人要找我喝茶了。」

「妳說妳在鋸什麼？」

「啊，這是他們的話。用我們的話叫查水表啦。」

「什麼？我從剛一直沒聽懂。妳水表被鋸了所以有人要請妳喝茶？那算道歉嗎？」

佳嵐大笑：「好久不見妳了都還老樣子吶，講話真逗！」

妳的措辭可變了不少，楓在心底捏把冷汗。

她們沒來得及多聊，頂多十來分鐘互報近況，卻足夠把她從冬天的台北街頭拉回同樣低溫的夏季高山，在營火前，或在山路上。每回有此人消息，總聽聞她又去到更遠的地方，然後笑吟吟回首、扯她一把。

她想起學生時代，這兩人都曾拉過她一把，無論有心或無意。他們這些人，不知為何總能適時出現，把她像從急流裡截下、打撈上岸。雖不見得總截得很完善，已足以令她欽佩：為何他們有那麼多用不完的善意？為何不會膽怯？他們知道自己在對抗什麼嗎？

她當時決斷的勇氣，既是來自佳嵐，也是他愚勇的回響。經岳多管閒事的習性固然蠢，卻也在某一點上閃閃發亮，而這模樣她可認得了：心無雜念、專注於助人抵抗無以名狀之物，跟從前一模一樣。一旦有具體的阻力，他似乎就能在抵抗中越發頑強，越顯得神智清明。

楓戴上頭燈，將糧食柴薪用扁帶打包，過夜用具塞進背包，裝備上身。

看她又回來，經岳露出打從心底驚訝的表情。在還有些許陽光時，他試圖扶著林士峰前往營地，但不管怎麼攙扶傷患總是喊痛。眼見天色漸黑，他不得不準備就近找平坦處準備過夜。他幾乎是空手來此，身上只帶水壺和瑞士刀。才剛清理出生火區域，向士峰借頭燈準備回營地拿裝備，楓便現身了，冷著臉開口：

「我想了一下，如果讓你死於救人，有違我的目的。」

楓把今晚所需柴火、水袋、糧食都拿來了。雖然經岳仍要回營地拿自己的睡袋，還是替他省下不少工夫。

「太感謝了！」

他當然曉得這一退讓是有限度的，就像他自己也不肯退多少一樣。果然她開始劃清界線：「你要幫他是你家的事，我只是來盯著你以防危險。」

「那就夠了，謝天謝地。」

「以及隨時說服你把他扔了。」

「暫時沒這打算。」

「還有時間，咱們走著瞧。」

「結果……你們是爬哪裡的？」士峰好不容易插上話，囁嚅道：「還是這裡的居民？」

儘管經岳態度和善，或許是日常生活中無緣見識如此茂密鬍子，特別是看不到全臉之故，看得出士峰對兩人同等懷疑。雖然經岳把握了士峰的基本資訊，聽起來方才也不曾互相探問更多。

他們倆可疑，這點自然不在話下。男的長髮大鬍子，登山服和運動鞋破破爛爛；女的用草莖束起頭髮，排汗衣外披著某種動物毛皮，用腰間扁帶簡單固定，腳上是羊毛襪，以及皮革、營繩拼湊成的自製涼鞋。兩人都很久沒洗澡，渾身野味逼人。一切擺明他們並非普通登山客，比較像逃進山中的通緝犯、躲債的、自我主張強烈的遊民，或某種自然教派的狂熱信徒。

楓別開臉，懶得多解釋。

「可以算居民……？我們在做求生訓練。」經岳回答。

「求生，這是什麼電視節目，還是社團？都不是？不然是為什麼……？」

要是把真正理由說出來，那可好極了，他會認定自己跟兩個瘋子在野外，說不定會想抵抗或逃走，搞得更麻煩。經岳還在發愣，顯然他剛恢復不久腦筋轉速有限，楓擋下問題。

「為了測試求生技術，就像雪訓或嚮導測驗一樣，行嗎？還有，解救突然冒出來的傷患可不在評量範圍內。」

意謂他們仍是登山客，不是危險人物，純粹對技術的執迷有點走火入魔。

這類登山狂人的本領常是貨真價實的，士峰看來鬆了口氣：「我打斷你們的活動了嗎？」

「對。」

「對不起，我不是有意……」

「知道就好。」

「別講了，別講了。」經岳阻止她繼續向傷者施壓：「來煮晚餐吧。」

經岳使出渾身解數要照顧人，將原本省吃儉用之下、兩三餐份量的白米，悉數倒進鍋中，令楓暗自嘆氣。只是效果不彰，士峰不太有胃口，說連呼吸都隱隱作痛，右手也只能勉強舉起，吃沒幾口便擱下筷子。經岳叫他多休息，便躺進睡袋睡了。剩下兩個清醒人，三兩下把所有食物掃乾淨。

經岳從營地拿來自己的過夜用具。看士峰已經閉上眼，他們低聲討論目前情勢。

如果肋骨刺傷肺部，他不可能只有胸口痛，還會呼吸困難。看來目前骨折不嚴重，但沒人能判斷再拖下去會不會惡化。以他們的糧食不可能多養一人，至於派人求救，楓沒有意願，經岳也不敢獨自陪伴傷患，畢竟那隨時可能變得血沫亂噴、像擠到盡頭的甜辣醬。他看過那種車禍現場，要是近距離發生，絕對會讓他瘋掉。不只他，那足以變成任何人的夢魘。故就算他們角色對調仍不可行，他不想讓那發生在朋友身上，無論機率有多低。

「反正我們都不是沒瘋過。」楓悄聲回應：「你得承認，把他丟下真的是最快的辦法。」

「妳的判斷，當然總是很合理。只是在一片剛死過人的林子裡，我恐怕沒辦法若無其事繼續生活。」

只有盡速下山一途，所有人一起，經岳說。一旦開始搬運，傷勢可能加重，因此要做就要快速解決。倘若半路上他變成甜辣醬，合兩人之力或許還有些搞頭。

楓嘆氣，不甘不願的跟他討論路線。

首先沿溪下行恐怕絕不可行。這一路多是大瀑布和峭壁，他們沒有溯溪配備。若取士峰的來時路，往北越過束穗山和大濁水北溪，從四季林道出去，由於少了林道的接駁車，路程要多一天，且路跡不明，也不知他入山時有沒有沿途做標記。最後選項是回圈谷求援，海鷗直升機可直接降落，但海拔超過三千，問題在冰雪。無論哪條，皆困難重重。

這問題把他們難倒，雙雙陷入沉默。接著因沉默時間太長，糊里糊塗便昏睡過去。自從遇上傷患，這天實在發生太多事。

當楓醒來，天色已大亮。火堆燒得通紅，許是添過新柴，傳來液體煮滾的沸騰聲。經岳居然是最早醒的，正在煮早餐。他轉頭看她。

他沒戴蛙鏡，面色黝黑，鬍鬚隱去半張臉，頭髮蓬亂，當真是首如飛蓬，眼神卻像暴雨後重新沉澱的溪水般清澈。與大學時代那領隊表情相似，卻在鬚髮映襯下，眼中彷若有光。

她便知他已下決斷。

「去圈谷吧。」他說。

楓點頭附議。

那也是她最熟悉的路線。同樣是無法駕馭的猛獸，認識的總比不認識的好，雖說沒人知道實際上哪一頭更大。她曉得，其實沒有所謂最佳或最正確的選擇。當一切塵埃落定，登山社團或搜救隊大可開檢討會，指出何處決策錯誤、判圖失準，可以有更好的方式解決云云。

但在那當下，有的只是選擇而已。

3.

他們告訴士峰要回圈谷叫直升機，他一臉要死的表情。

「我爬那麼久的山從沒叫過直升機。以後上山會被人指指點點，說這就是爬到要叫直升機的那個，我豈不是一輩子沒臉爬山？人家會覺得我軟腳，還不如死了算了。」

「好啊，省事。」楓說。

「有骨氣，現在多的是淋點雨就吵著要直升機的紙糊人。」經岳說，略過關於死活的話題。他告訴士峰甜辣醬等諸般考量，已不是說賭氣話要面子的時候。

大概是甜辣醬的比喻夠逼真，最後士峰黯然投降：「……那直升機要怎麼叫？」

「怎麼叫。」經岳看向楓：「這要問圈內人了。」

楓瞪他一眼。

他們沒有衛星電話，只能仰賴士峰的手機。求救電話，須在有任一家電信業者訊號涵蓋處撥打。在這附近，那地點是下圈谷的南湖溪斷崖前，穩定度要視天氣而定；再來是稜線上；最保險的是各頂峰，南湖東峰是最近的。若天氣晴朗，從嘉義水上機場起飛的海鷗一小時內能抵達。故合理行程是在路過東峰岔路時，派個人上去打電話，再前往圈谷。

她自己走不成問題，就是雪季前走慣的山莊搜刮行，拖著這兩人卻是未知數。必須清點裝備、計算食物和燃料。

士峰動彈不得，由他們解開裝備檢視。他帶的幾乎都是乾糧，能量棒、蔬菜片、維他命錠、即溶蛋白質飲料、咖啡。她知道有些人上山會過著類似飢餓三十的生活，減少負重兼減肥，但看起來又不像。士峰蒼白一笑：「我在練肌肉，要禁止澱粉食物。」

楓板起臉，懶得多搭理這人，以及他腦內不明所以的小宇宙。

「年輕真好，好多名堂。」經岳則笑說。

沒有主食和可做行動糧的糖分，這內容對他們幫助不大。經岳要把已製成或製作中的燻肉全部帶上，楓負責白米和麵條。

至於燃料，若爬升到雪線上，便須融雪為水，比平常更耗燃料，一天就要一罐小瓶高山瓦斯。經岳的早已耗盡，她從山莊拿的剩半瓶。士峰力求裝備簡化，喝生水吃乾糧唯晚餐開伙，只帶一瓶，且很敢做的不帶備份。

總計一瓶半。意思是一旦踏足雪地，最好在一天半之內搞定。

傷患不能負重，可想而知，經岳放棄自己那個肩帶斷掉的背包，改背士峰的。所有裝備能收則已，其餘外掛，多半掛到楓身上，經岳則減少負重以便讓傷者攀附。他們騰不出手攙扶，只能讓他自己好自為之，一手抓登山杖，一手攀著經岳跛行。

楓從士峰的裝備裡，翻出排汗上衣、襯衫、保暖褲等衣物，纏繞在他胸口做緩衝與固定，令他看來像套著小型游泳圈。她把多半派不上用場又沉重的冰斧扔了。

待一切商議完畢，他們各自回營地收拾。

楓回到營地，先愣過好一陣子，才機械式的把所有用具裝進背包，最後扯下遮蔽所屋頂覆蓋的枝葉，拔下底層的防水外帳帶走。

她心知應該要做得更多：要推倒小屋，把爐灶所有石頭送回原位、掩埋灰燼，讓此地恢復自然景觀，卻半點不想動手。此去是回歸，回到文明社會，卻覺得像逃難，被狀況所逼而離開故里。以及亞伯。

亞伯怎麼辦？她有想過當此事了結，或許該負起責任帶牠下山，但馴化過程應是循序漸進，如今一切措手不及。

她思考紊亂理不出頭緒，最後也只能背包上肩，擱下所有事，前往士峰所在的會合地點。兩人早在那裡等著了。

這一上路，比她原本估計的更像難民。外掛裝備在背包外左搖右擺，重心不穩，讓她覺得自己像非法超載還爆胎的小發財。後頭的經岳也舉步維艱，一隻手臂還被士峰抓著。士峰本想逞強，堅持不靠外力，獨自拄著登山杖一跛一跛前進，走沒十幾公尺，就發現速度太慢根本行不通。

他們不敢期望頭一天能走多遠。早上出發得晚，故以天黑前走到山腰營地為目標，現在只怕要花兩天完成。

原本這也不是太大難題，她也習慣緊急紮營了。既然有此打算，便沿途物色平地。只是下午開始天色不佳，轉眼間霧氣吞沒森林。楓在前面領路，轉頭不見人影，倒回去找尋，發覺兩人都已不支。已不是平地與否的問題，他們就地在樹幹間架起外帳，啃乾糧過夜。

隔天一早仍雲霧蔽天，濃厚霧氣甚至凝結成霧雨滴落。出發不了多久，那雨轉成鹽粒大小、沾上身瞬間化水的冰晶，隨強勁山風迎面襲來。

兩千多公尺的山區不易成雪，多半從山頂被風吹來，不會持續太久，但雨雪齊下的天氣教人吃不消。昏天暗地中，他們總算摸到山腰營地，不知究竟是真的天黑，或僅是烏雲密布的午後。久未使用的營地被枯枝落葉淹沒，楓隨便清出一塊地方下裝備。

他們凍得鼻子雙手通紅，節省燃料等等的打算都只能擱下。楓點起瓦斯煮熱水，一人一杯捧在掌心。

「你上山前氣象怎麼說？」經岳抖著問。

「他們說這週都好天氣，沒有冷氣團要南下、沒有鋒面，什麼都沒有。」

楓曉得他們想從官方保證裡換取一絲希望，不過現實和烏雲都擺在眼前。

「怎樣，明天是要繼續上去還是撤退？」她問。

「能退到哪去。」經岳苦著臉。

「我們哪有力氣扶著人重爬一遍。」

若山區持續起霧，直升機恐怕難以靠近，楓認為沒必要冒險繼續往上。就算到得了圈谷，燃料不足在雪地裡等待，誰曉得先降臨的是失溫還是天晴。

她自覺分析得合情合理，建議原地等天晴，或甚至撤回前一個營地，畢竟越往低處越暖和。雖然才過兩天，流不停的鼻水已經讓她煩透，好像流一輩子了。

經岳忽然跳起來。

「說東說西，反正妳的重點就是不想下山，也不讓任何人離開！」

他突然情緒斷線，踢翻幾樣裝備後往營地外走去，被地上樹枝絆了一跤，加倍惱怒的把它踢飛老遠。

楓愣住，轉頭看旁邊的士峰眼睛瞪得更大。

有人比她驚訝，倒是蠻新鮮，這陣子她已習慣獨自面對他抓狂了。這使她迅速恢復冷靜，拿出士峰那堆堪稱非典型行動糧的乾糧，順手抄起側袋裡的水壺，快步出營地。

離營地十幾公尺遠處，經岳蹲著，正面對樹叢乾嘔。

久不曾到高海拔、低溫、劇烈運動、壓力都會造成反射性嘔吐，沒有太大危害。楓來到他身後，思忖他需要的是安慰、補充電解質，還是被多捅一刀。她選擇最後一項。

「你累，我也很累。告訴你，最快的解決辦法就是把他推下山溝。」

人一旦疲倦，便容易忘記初衷。此時捅一刀令他痛得跳腳，雖然激烈，保證有效。

「反正已經摔過一次，追加一回也不過跟原本差不多，只是物歸原處罷了，你又不肯聽。」

「妳那建議能聽嗎？」

「不然別討論了我直接動手？」

他沒有回過臉，只是猛烈搖頭：「絕對不行！」

「既然你都下定決心，那就別想了，也別他媽的猜我怎麼想行不行？」楓說。「反正我又勸不動你。」

他不吭聲。

「你再坐一下，吃東西補充體力，然後就動手做事去，別逼我再跟你打一架。」楓把糧食水壺扔到他旁邊：「你想當好人，那就當到底，待會想個理由跟那羊還是白菜的解釋去。好好先生突然發飆，一定嚇死他。」

經岳總算露出一絲苦笑：「……留點口德。」

他還能笑，表示多少恢復鎮定了。楓回頭往營地走去。

同時，她心裡想著：有些事隨爭執越辯越明。

經岳的穩定度持續增加，目標即將達成。雖然她不贊同現在下山，希望等狀況完全穩定，但他最終總要下山的，毋庸置疑。仔細想來，她對如何處置他想法明確，卻沒為自己做打算。

此時她驀然覺得，他說的或許正有道理：她大可不下山。送他們去圈谷後，她可以獨自回來，只要她想。

這選項不是突然蹦出來，似乎早已預見。她也並非全然事先知曉，只是如水往低處流般理所應當，朝那不知是白光四溢，又或是開裂如黑洞大口似的結局，施施然走去。

經岳回營地時情緒已平復，二人裝作沒看到他發脾氣，不過楓感覺得出士峰懷有戒心，講話更加提心吊膽，害怕他再度抓狂。

重新討論後，他們兩人各退一步，決定再往前推一個營地，到上源谷地的石窟等天晴。

同時士峰說他氣喘。他自稱從沒犯過高山症，擔心是傷勢在搬運過程中惡化。高山症發症與否與身體狀態大有關係，不是他說了算，不過他們也不能判定，只能盡速把人弄下山。

山腰營地久未使用，不如溪谷中的營地囤有木柴。沒有人有餘力撿柴，楓把遮蔽所拆下當柴燒，心想不知這是否類似於破釜沉舟，但她沒什麼悲壯感，只為辛苦蓋的屋子惋惜。濕木頭澆上去漬油後瞬間引燃，濃煙四溢，她把樹上的裝備全部取下，裡頭有兩人的冰爪。

她不時留意營地外黑暗的樹林。亞伯沒出現。

不是海拔問題，之前牠曾一路跟到圈谷，或許是很多生人在的緣故。他們這樣趕路，亞伯不知能否追上，而她不知自己是否希望牠追來。

隔天他們在霧中啟程。林子裡每隔一段距離還能碰上樹幹，多少能掌握空間感。當樹木漸疏、地面不時出現薄雪，最終積雪覆蓋地表後，就真是天地兩茫茫，舉目一片白、不知身處何方了。

憑藉腳下坡度變化，楓曉得應是上了稜線。風勢一如既往的強勁，水氣夾雜粉雪，海浪般自身邊滔滔流過，他們奮力蹲低、掙扎前進。偶爾可在雲裡霧間與矮盤灌叢乍遇，對方渾身結滿霧淞垂冰，看來不是挺好過。這點他們也一樣。應該要停下來穿冰爪，但沒人開口，不想在風雪中停下腳步。雖言明不幫忙，到這地步，楓也實在受不了後頭兩人三腳的龜速，走過去攙住士峰空出來的手往前拖。總算越過稜線下坡，走進冷杉林了。

以楓的腳程，從來不須在上源谷地停留，因而經岳的石洞舊營地半點物資不存，也沒有經過多少加工。高海拔資源貧乏，本就沒什麼好收集，在國家公園內她也不想大肆破壞。

積雪稀稀落落，林下卻也沒有更溫暖。冷杉林稀疏擋不住風，筆直高聳的樹身隨風晃動不休，四周是無盡濃霧。

他們在石洞前架起外帳，先融雪喝了冷杉樹枝熱水，楓雖不信這水的營養性，但增添點味道比較容易下嚥。接著讓傷患裹上睡袋、躺進狹小石洞。面對這唯一的床位，士峰本來似乎想說些客套話，楓一把將他按進去。沒人想應付多餘的禮節，何不省點力氣。

剩下兩人，搬了石頭坐在洞口，面面相覷。

楓重新印證了雪地的麻煩及危險，卻不覺得有什麼高興，因為今晚可想而知，是不用睡了。經岳的狀況更艱難，他的運動鞋不防水，進入雪地時便已濕透，如今只能使用古典的解決法：換上乾襪子並套上塑膠袋，再套回濕鞋。

寒冷、倦怠，除上廁所外沒人想走出外帳遮擋範圍。風挾帶雪和霧一波波打在帳上，似乎永無間斷。他們商議接下來的行動，低溫下開口，兩人都像噴火龍吐著白煙。如果雪繼續下，就撤退回山腰；若天氣轉晴，楓說，最有效率的做法是清晨上東峰求救，在中午前把人移到圈谷，因為海鷗不易在山區多雲的午後起飛。冬季或可例外，但上午終歸天氣較佳。如果半夜放晴，他們就算連夜摸黑也要趕路。

「好像從前還有傻勁的日子，會為了在山頂看日出，半夜三點出門，邊爬邊睡。」經岳苦笑，樣子狼狽，心情上倒平穩。

楓卻無法給他一個共感的微笑。她現在知道自己可以不下山，反倒害怕起霧散。選擇的時刻逼近了。

當天就吃一頓飯，楓把所有能下鍋的配料——維他命、咖啡，以及不易煮透的白米除外——都加進去。沒人有異議，他們需要高熱量抵禦嚴寒。

飯後，楓和經岳背靠背坐著。兩人不時起身活動筋骨，想要促使體溫上升。最後真的忍耐不住，楓點燃瓦斯，兩人把手煨在那小小火焰旁取暖。燃料的事已無人提及，總之要熬過今夜。

她以為這又會是寒冷森林中又一個無眠之夜，不料迷迷糊糊聽著風扯外帳的聲音，居然還是睡著片刻。

夢中是如她冀求的晴朗月夜。營火熊熊，將煙霧和火星送上夜空，她在闊闊庫溪谷營地裡。亞伯蜷在陰影下，看來又大上一圈，雙目炯炯，身形如豹。她對此毫無疑懼，只是高興。

「你在這裡！我等好久，路上也一直在找。」她說：「我一直等你追來。」

這下一切完滿。有營火、她和亞伯。

然而一面添柴烤火，她內心有些浮動，恍惚記得某處有工作未完。左顧右盼，但見無邊黑夜，沒什麼不尋常。

終於她還是按捺不住，站起來對亞伯說：「你在營地看著，我很快回來。」

但亞伯從不聽她命令，逕自轉身走出去。

這不是第一次發生，每回她總依循亞伯引導，可是這次狀況不同，她有別的問題需要處理，只能焦急出聲攔阻：「等等！」

亞伯頓了頓，停下來，狀似等待。她會意到是在等她選擇。

哪邊優先？是那連想都想不起來的任務，還是亞伯？

「我、我跟你去……」

話雖出口，不知為何覺得言不由衷。她加強語氣複述：「你去哪裡，我就跟著去。」

只是她舉步維艱，像中吊子，被那不明所以的任務牢牢套住腳無法脫身。她抬眼向亞伯求援，卻在眼神交會瞬間明瞭：牠不會相助。

如水往低處去、圓柏被風雪雕成旗狀，以及那頭鹿的平靜。有岩鷚自山頂振翅飛起，落葉般被風刮去，卻看不出有何違願之處，只順勢乘風而下。倘若奮盡全力仍不足以相抗，也許就該接受、並釋懷了。

看透她不能、也不會追來，亞伯續往森林深處走去，身影未隨距離拉遠而變小，反而越來越大。

忽有豁然開朗之感。

「原來，是你啊……」

在黑暗霧林盡頭，亞伯龐然而立。如今牠不須偽裝，舒展肢體，身形益發巨大，滿覆瘤狀物和肉刺的粗壯頸項高聳探入樹冠層。嘴縫間吐出多排森森細齒，鬆垮的皮膚褶縫展平，露出底下無數虹彩複眼。牠自彼處灼灼瞪視，那群小眼睛如千潭映月，反射流光。

她從未見過任何形象可與之比擬，且奇妙的是：牠像極那些被她吃掉的動物，鼴鼠、蜥蜴、幼蟲、竹雞、藪鳥、水鹿、山羌……。一個有鱗有角的生物，怎可能同時跟那麼多物種相像，還多是些溫血動物？她思考其中有違常理之處，不禁嘴角含笑。

於是她感覺亞伯也笑了，藍橘色火舌亂竄般的笑，充滿能量、明晃晃且形狀飄搖不定，噴濺出金色群蝶紛飛亂舞，但相當和善。

然後牠頭也不回走了。

她知道留不住，只能瞪大眼睛注視，但願把那背影看明白，清晰到在眼底烙出印子。

忽然有人猛烈搖她，將她硬生生從夢境剝離，掉回寒冷刺骨的積雪山間。她差點沒反手把對方掐住。

「霧散了！」經岳在漆黑的夢境邊緣中嚷著，語氣激動。

楓睜眼，迷濛向四周張望一圈，總算定焦到他身上，吐出的話前言不對後語：「……亞伯走了。」

他愣一下，沒料到她會突發此語。思忖片刻後，他說：「就算牠還跟著，妳也不能帶牠走。這裡是國家公園境內了。」

經岳起身，楓發覺可清楚看見他的身形，以及地上幢幢樹影。黑暗不再像固體般無法穿透，有光線自樹間灑落。

月在東峰之上，天空澄澈清朗，夜霧停止翻湧，青灰色雲海退至遠方山谷靜靜蟄伏。

「該上路了。妳看！月亮出來了。」

4.

「上路，你認真的？」

雖說放晴，周圍仍一片黑，看樣子離天亮還很久。夢裡的營火已完全熄滅，現在楓感到全身像浸在冰水裡，顫抖不已，牙齒格格作響，不想移動分毫。她意識混濁，非常想睡，覺得就算睡死雪堆裡都無所謂了。

「非常認真。昨晚不是討論過了。」

楓抖著，咧嘴一笑：「誰鳥你。」她要睡覺。

經岳把蜷成一團的楓硬拽起來，往帳外的雪地扔去。突如其來的舉動令她措手不及，臉朝下撲倒在冰冷新雪上，不禁大怒起身：

「媽的幹嘛啦！」

「醒了沒？醒了就給我站起來！」他大聲命令，幾乎吼著說：「再不走所有人都會凍死在這！」

楓這才注意到經岳也抖得厲害，也詫異他居然比自己神智清明。她差點就凍昏頭了。

經岳把瓦斯爐點著煮雪，讓她守著，又去挖睡在石洞裡的士峰。他倒聽話，不吭不響乖乖爬出來，經岳胡亂將睡袋雨布都塞進背包。楓看著那半鍋雪逐漸融化，明明無風，瓦斯的火焰卻搖曳不穩，嘆息般嘶了一聲熄滅。

水還來不及滾。

只能每人各抿一口溫水暖暖臉，匆匆收拾爐具啟程。

路沿乾溪溝而闢，頗多巨岩，積雪厚度不足以穿冰爪，他們邊走邊打滑。月光無法透進谷中所有角落，頭燈又只能照亮前方幾公尺，行進速度緩慢，但持續走著，身上總算暖和起來。

這麼一來稍微有點胃口。在一處空曠雪原，他們在圓柏白木間下背包，啃肉乾穿冰爪。黎明似乎近了些，天空在晦暗中隱約透著紫色。

冰爪原理一如釘鞋，靠鋼齒釘進冰面止滑，齒數越多、分布越平均，抓地力越佳，不過楓帶的是輕便型，全部聚集在鞋子正中央。如何著地才能讓鞋底鋼齒咬進雪裡，他們著實費了番力氣適應。邊走邊研究，兩人是越走越清醒，但傷患狀況似乎不妙。

當楓不知第幾次回頭，見士峰已不是攀著經岳，根本整個人倒在他身上。經岳背著裝備又拖人，面無血色，看來隨時都會倒下。

她知道不能繼續如此，很快他們都會倒在她身上，好像她是荒野裡無所不能的山精或地母。當然不是，連野生動物都會在自己的棲地掛掉，飛鼠被倒木壓扁，獼猴跌下樹，長鬃山羊在雪地跌跤、留下長長滑痕後摔個頭破血流。

楓忽然笑起來，經岳一臉古怪盯著瞧。

「我只是想到，我們走在雪地裡。」

「是啊，不然冰爪是穿好玩的？」經岳大口喘氣，舉起登山杖敲掉在冰爪上越聚越大的雪塊。

「還這麼重。」

「那就沒有再扶著人走的道理。」她環視四周確認位置：「陶塞山屋的舊址應該就在上面。來幫我。」

她讓士峰原地等待，他呢喃著不知有什麼意見，緊抓她的背包帶不放，但她放下背包。接著翻出有線鋸的瑞士刀、鹿皮和繩子，踏雪上行來到冷杉和箭竹環繞的山屋遺址，經岳過了一陣子終於走到。

這地點不上不下，幾乎不會有隊伍過夜，原本用意是作為迷路時的緊急避難所，但乏人問津。如今形跡無存，只剩廢木板、鋁條、鋁片和鐵皮散亂一地。楓抓起鋁條惦過重量，還可接受，便拖出長度相近的兩長兩短，在地上排成井字。

經岳恍然大悟：「這是要造我想的那個嗎？」

楓痛恨反問句，所以回答：「不是，我沒有要造飛機。」

「妳怎知我想的不是高鐵？」

「……你真的要搬出魚的話題？現在？」

「……是我不好，可以停了。用這做雪橇滑得動？」

「不知道，沒試過。」

即便如此，新奇想法似乎令他精神一振。他們砍下幾根樹枝補充橫向強度，用結繩固定各處，中間綁上鹿皮供人躺臥，最後在左右兩股繫上扁帶。完成後，他們先在雪上試拉，發覺因雪橇太長，無法總是順著行進方向前行。理想的方式是一人在前面拉，另一個在後面控制方向。

他們拖著巨大作品，浩浩蕩蕩鏗鏘作響著回集合地點。士峰雖疲憊，卻也不禁詫笑：「你們要把我放那上面？我不會被甩下來？」

「不會啦，我們會小心。」經岳說。

「你躺上去就知道。」楓說。

他心有疑慮，卻跟經岳一樣，抵擋不住對新東西的好奇，兩下便同意乘坐這拼裝雪橇。為防止擅傷和骨折惡化，他們用睡袋跟禦寒衣物將士峰層層裹起，綑得像活人木乃伊，這才放上雪橇、綁牢。

直到東峰鞍部為止，全是上坡。用雪橇拖行傷患或許省力，或許完全沒有，但確有轉移注意力之效，大概就像一面上坡一面疊石塔。楓和經岳輪流換到前面拖行，為避開顛簸的溪底巨石陣，盡是撿兩側陡峭的積雪邊坡繞行，居然不覺疲倦。

仰躺雪橇上任他們宰割的士峰，雖體力耗盡，精神倒不錯，多數時候還算清醒。當他們拖來拉去，想讓雪橇繞開最後一群裸岩，並攀上東峰鞍部的平整雪坡時，聽他在雪橇上輕聲說：「天亮了。」

他們這才發覺天亮，關掉頭燈。天色已從暗紫轉為靛青色，東天霞光浮動，旭日似乎隨時可能升起。

「誰去打電話？」經岳問，補充道：「妳好像該休息一下。」

「你還能走的話就去吧。」

這時他們這群人裡，最穩定的好像竟是他了。

電子用品在雪地常常不靈光。經岳問過密碼，把手機塞進胸前內側口袋加溫，便匆匆趕路，沿著光滑板岩兀自一路攀升。

餘下兩人，楓找了塊無雪的大石坐下來，凍得似乎會黏住屁股，但她反正不打算起來。眼見下山之事就要成為現實，她需要坐下、緩口氣。

與此同時，動彈不得的士峰顫抖著提問。

「真收得到訊號？天氣會不會再轉壞？要、要是直升機不能來，怎麼辦？」

這一路他不是沒有疑惑，但向來不太敢提問，更不會一次問一串。即便被綑在禦寒衣物堆裡，無法活動想必令他渾身僵冷。看樣子現在換他凍到發暈，開始說胡話。

楓想著，卻不怎麼擔心。朝陽即將升起，日光會穿透高山的稀薄空氣，熱辣辣掃遍大地，雪地反光也能促進升溫。屆時這片無遮蔽的雪域，就會變成上下火齊備的烤箱，令他們須轉而擔心雪盲、鼻子耳朵灼得焦黑欲落的問題。

「是不是應該保持意識清醒？」

「想睡也可以啊。」

楓其實在說自己。半夜趕路、紮雪橇又拖雪橇，如今疲憊感全部湧現，她只勉強撐開一絲眼縫。說來這群人裡，只有她沒墨鏡蛙鏡。為保護雙目，倒真該閉上眼。

有了名正言順的理由，頓時感到睡意更濃了。

「說不定會醒不過來，應、應該來說點什麼，對，交流一下，不然妳也很無聊，對吧？」

士峰還在囉嗦，楓覺得他根本是害怕沉默。唯一值得慶幸的是他沒要求她講故事，自己拚命找話，希望引起反響。換過幾個話題，楓毫不客氣的打盹。期間士峰一直滔滔不絕，不時反問「妳覺得呢？」若非她睏到手抬不起來，真想把他一掌打昏。

直到士峰說起山岳與災難電影：

「……那麼多攀登世界級高峰的電影，只在一部出現台灣隊伍，還是遇到意外跌死的。全球有十四座八千公尺以上高山，目前共有三十二個人完攀過，其中卻沒有台灣人……」

她忽的清醒起來，沒頭沒尾的，居然還聽懂他指什麼，冷語道：「怎樣，人跟山之間的問題還不夠忙，還要把國家扯進來？幹嘛把所有運動變成奧運、為國爭光不可？」

雖是譏諷，能引起些反應，他看來相當高興，陸續又丟出許多電影情節：從具體的聖母峰諸般山難、K2殺人峰傳說、夾在科羅拉多峽谷裡的人、日本長野的山岳救難隊、山小屋主人的故事，到事實與想像各半的諸般自然災害：雪崩、地震、火山爆發、冰河期來臨……。楓暗自覺得滑稽：這逆轉版的一千零一夜，究竟是為防止誰睡著？

「真要說起來，這些導演真的喜歡山？為什麼都要拍山最恐怖的一面，好像無論誰上山立刻就會遇到山難。是有那麼常發生喔……」

楓瞄他一眼，不知他這樣裝呆是希望她怎麼接：「也還蠻常的。」

她想起老爸眉飛色舞描述的那些血淋淋意外。即便如此，登山客依舊前仆後繼的上山。是對自己有信心，還是覺得反正不會輪到我？

「有愛啊。」士峰說。

那是愛嗎？她著實認真思考起來。

「那、那就要提一下，最有拍出愛的電影是《龍捲風》。海倫・杭特追風，是因為還是小女孩的時候，親眼看她爸爸被捲走……」

「還以為你要說什麼。」楓冷笑：「有愛是指小女孩的戀父情結很打動你？」

「不，不是……」士峰顫抖著結巴道：

「藍天……男女主角最後不是被捲進龍捲風裡？海倫・杭特抬頭，忽然發現周遭是龍捲風，全是混亂和垃圾，牛啊房子的碎片，雨一直下，但頭頂上方是藍的。藍天，他們看到龍捲風眼。沒有人能活著看到，讓我覺得……哇塞！那種，不冒生命危險絕對看不到，只屬於你一個人的風景。看過以後，一切都很不一樣……」

他露出凍僵而討好的笑：「聽、聽說妳爬很久的山，沒看過那樣的嗎？沒、沒有那種經驗……？」

「我是看過很多罕見景色。」

「那麼……？」

「要是人有那麼容易改變就好。」楓說。

經岳踏著碎冰從岩面上下來的時候，臉上掛著如釋重負的笑。

「他們說天氣不錯，順利的話早上就會派飛機到圈谷。」

兩個男生都一副鬆口氣的模樣。積雪在此有些零落，雪橇走得磕磕絆絆，但接下來都是平緩的碎石坡，也不可能迷路，南湖主峰巨大山體就在眼前。陽光普照，天色湛藍。

經岳說，接下來總算可以放心慢慢走。仔細想來，他還不曾見過雪季的圈谷風光。

「好像走在明信片裡喔。」他說。

士峰雖被綑著，臉上亦是雀躍之色。至於楓，她說開路踩雪踩得累了，要求換到後面扶雪橇。她也的確放下心了，他現在看起來很堅定。

那麼接下來，就剩如何找到適當時機，神不知鬼不覺的脫隊。雖說想從這麼小的隊伍不著痕跡消失，恐怕只有隱身斗篷才辦得到。

沿途，楓期待著一座矮丘、一個轉角、一叢和人同高的積雪圓柏，然而放眼望去，鞍部的緩坡上還真是毫無遮蔽，漫步走著也來到圈谷邊緣。

由此下切，便是通往山莊的路徑。

許是主峰投下的巨大陰影，導致積雪不易融化，這片偶有寒原植物點綴、長約三百公尺左右的陡坡，如今是平整無瑕的雪坡，一直延伸到矮盤灌叢生長處。那些灌叢也多被雪覆蓋，只露出零星頂端。

坡面下方，一群色彩鮮豔的小點正奮力前行，剛出灌叢區不遠。原本的之字路連同路樁被埋得不見蹤影，只見那列五色螞蟻用細密足跡在雪上織出筆直小徑。

這時間點上坡，想來是輕裝前往主、東峰的隊伍。要是跟他們打照面，便再也無法回頭，非下山不可。

楓飛快想著該用什麼理由搪塞，經岳已扯開嗓門大嚷：

「喂——！」

山區是少數幾處對陌生人呼喊，而能得到他們善意回應的地方。底下那群人揮手回應：「喂——」

「幫幫我們——！」經岳繼續喊道：「有人受傷了！」

「救命啊——！」士峰也跟著喊。

那群人停止行進，聚在一塊商量什麼，然後其中有幾人放下裝備，小跑著上坡。

「等著——！等著，馬上來——！」那些小點呼喊。

他們大可等在原地，但兩個男生迫不及待要跟底下會合。原地打轉一會，經岳忽然發覺：「雪橇不就是要用在這？」

「對！把我推下去吧！」士峰應道。只要滑行到那些人所在之處，就能請他們幫忙把傷患一路拖去圈谷底。

楓在心裡暗自焦急。一旦會合，她就難以找到空檔獨自脫逃，不可能在雪地上來去不留足跡。最大難關是，她根本推卻不了山友盛情。可想而知，不只對傷患，看到衣衫襤褸的他們倆，山友們會有多吃驚，並會多熱情的端湯傳菜，把這兩個看來比傷患更落魄的遇難者餵飽弄暖、塞進山莊，一路打點直到送上直升機。她絕對無力跟這麼多人相抗，無法抵擋熱騰騰飯菜的引誘，只能隨波逐流。

這實在不是攤牌的好時機，但她只剩現在。得告訴他們她不下去了。

楓正要開口叫住把雪橇往下推的經岳，不料那雪橇慢吞吞滑了一、兩公尺，停在原地。

「是怎樣，結果果然不行？」經岳說：「底下不平？」

楓走上前，從後面試著推幾把：「太輕。玩滑草車的時候，有些人單獨滑就是不會動，要多點重量。」

「那太好了。」經岳把裝備卸下，放上雪橇。「少背一段路。」

他轉頭看向楓，後者卻沒有照做，依舊背著背包，直挺挺站在原地。

「一個背包有幾斤重？得加個人上去。」楓說：「你上去。」

經岳愉快的表情消失，瞪著她打量，神色嚴肅。

「幹嘛？」她說，禁不住心虛，補充道：「我才不搭那個。我用走的，隨後就到。」

但他聽了，只是連連搖頭。

楓在心底捏把冷汗。他發現什麼了嗎？例如說，在他逐漸被推回穩定軌道的同時，他的朋友越來越像野人，好像他們在山裡身分掉換？她自忖沒露出破綻，所言一切合理，只是他越理智，她就越張牙舞爪。他是否由此窺知她的盤算？

「那個……其實誰來都可以啦。」士峰不懂他們在拉鋸什麼，只想打圓場，從雪橇上爬起來騰位子：「想搭的人搭就好。」

「不行！」經岳說，語氣堅定：「妳上去，妳跟士峰一起去。」

經岳走近，半強迫的拉住楓的背包帶，把她扯著拖著，硬是領到雪橇前。

如果她奮力抵抗，絕對掙脫得了。眼前這兩人或病或殘，都不是她的對手，之所以不甘不願還是被拖上雪橇，一定是心中困惑之故。她期望有什麼徵兆或啟示來總括這整件事，即便顯示一切非常失敗也好，怎麼可以就這麼順水推舟地了結？

猛一回神，經岳已把原本用來固定住士峰的扁帶重新纏好、綑住背包，也讓她有抓握的地方。

「抓好。」他把扁帶交到她手裡。

「我幹嘛回去！」楓怒氣沖沖做最後掙扎：「又沒有什麼好事。從來沒有。」

「妳怎知道以後不會有？」

「以後是什麼時候？還要等多久？」楓徒然問道，覺得這話似曾相識。不止一次她問起，或被人問起。

「我也……不知。可能沒那麼快，不是今天明天，說不定也不是今年明年。可能要很久。」經岳語塞，找不到話來說服，卻不肯退讓，按住肩膀不讓她起身。到頭來，他乾脆不想理由了：「走吧，跟我們一起走。」

「但我……！」

楓才開口，被他猛力一推，重量恰到好處的雪橇往下急速俯衝。

短短三百多公尺距離，滑行只須一瞬，卻彷彿時間拉長，所有細節像在慢鏡頭下纖毫畢現：她看到兩側飛濺起的雪屑，感受冰粒敲打在裸露的臉頰上，聽到好像是自己的聲音在驚詫大叫，聲波撞擊在主峰的石壁上回音裊裊，而重力加速度扯得她不得不向後仰躺，正對一碧萬頃的藍天。

藍天。

看過以後，一切都能不一樣。她能心存期待嗎？就這一次。

遠遠她瞥見那群不認識的山友色彩繽紛的雪地服裝，一張張驚詫的笑臉逐漸放大，多半是訝異於這雪橇，他們之中有人伸手指向天空。

遠處似乎傳來直升機螺旋槳的轉動聲。

謝幕

〈溯洄行〉裡包含我對同輩人身上諸現象的關心，及對形式的愛好。有些問題或尚未得到解答，但既然時間已推移，如今我不見得會採同樣策略面對。除更正幾處錯誤以外，我讓它停在它的時間裡。

〈火山〉初稿朗讀於二〇〇六年台大戲劇系主辦之劇創工作坊，當時要求是可在一盞茶時間內演完的短劇。鑑於與下篇有共通點，具承先啟後之效，我將它置於此處。副標題「間狂言」取漢字字面涵意，不局限於作為戲劇術語時的正確定義。

〈待月記〉中構成主幹的思想，主要受以下兩書啟發：芭芭拉・奈特森赫洛維茲與凱瑟琳・鮑爾斯《共病時代》（臉譜，二〇一三）、詹戈帝塔《媒體上身》（貓頭鷹，二〇一一）。路線與沿途狀況，參考台大登山社・陳文翔編《南湖記事——宜蘭大濁水溪流域探查足跡》（玉山社，一九九九）、陳龍佳〈完溯闊闊庫溪登南湖〉（《台灣山岳》第七十九期，二〇〇八）。動植物分布缺乏直接資料，故參照地理位置相近的諸調查：楊遠波《太魯閣國家公園陶塞溪流域植物資源基礎調查》（太管處，二〇〇六）、廖俊奎等〈太魯閣國家公園陶塞溪流域維管束植物物種調查〉（《國家公園學報》第十八卷第十一期）、陳怡君《陶塞溪流域中大型哺乳動物族群監測模式研究——含梅園、竹村農地復育後野生動物族群評估》（太管處，二〇〇八），廣域狀況參照呂勝由《綠：太魯閣國家公園植物資源》（內政部營建署員工消費合作社太魯閣分社，一九九三）。

食用植物資訊，參考台灣植物同好會《台灣野生食用植物圖錄》（玉山社，二〇〇九），求生與登山技術，參考黃士俊《登山安全手冊》（雪管處，二〇〇八）、服部文祥《サバイバル登山入門》（《求生登山入門》。デコ，二〇一四）、ベア・グリルス《究極のサバイバルテクニック》（貝爾・吉羅斯《究極求生術》。朝日新聞，二〇一四）。關於泰雅姑娘沙韻傳說，可延伸參看荊子馨《成為「日本人」：殖民地台灣與認同政治》（麥田，二〇〇六），對此事來龍去脈及背後的意識型態操弄，有詳盡而精闢的分析。

蘇丹的故事，改寫自拉菲克．沙米《大馬士革之夜》（玉山社，二〇〇二）。獅子公主與昏聵老父的形象，我最早的閱讀經驗來自《李爾王》：在塑造李爾最愛的么女柯蒂莉亞時，有兩種常見的導演法。其一是多數人看到「小公主」一詞時會聯想到的，楚楚可憐的嬌弱少女、老父的掌上明珠。其二是從字源：柯蒂（「心」）、莉亞（「獅子」的變化型），獅子心的女孩。頑固、拙於辭令（是以會對想聽奉承的老父講出「我對您的愛恰如其分，此外便無話可說」這種殺風景的話），但威風凜凜，在劇末率軍親上戰場救父，某部分就像李爾自己，故得他偏愛。我借鏡其二的詮釋，並喜於在不同脈絡下的文本中與相似人物重逢。

本作雖參考求生書籍與前人經驗，仍是受想像力大幅潤飾的產物，在事實與修辭效果的取捨之間，有時更看重後者，故不宜作為規畫路線時的參考。野外活動須跟隨經驗者的指引，並遵守環境保護相關法令。

本書含有若干偏頗言論，不見得完全等同作者立場，留待閱讀者的慧眼明辨。

感謝提供專業知識和經驗的登山前輩、各方先進，謝謝你們耐心解答我提出的諸般假設性問題，令我獲益匪淺。感謝協助收集資料的友人，謝謝你們藉此與我同在，使我獲得莫大力量。感謝家人持續不斷的鼓勵，期待有天與你們重遊山野。當我身在異地，思念故鄉山林而不得時，黃美秀《黑熊手記：我與台灣黑熊的故事》（商周，二〇〇三）最能喚我憶起野外生活的孤寂、艱辛與質樸美好。

INK PUBLISHING 文學叢書 534

待月記

作　　者　柳丹秋
總 編 輯　初安民
責任編輯　林家鵬
美術編輯　陳淑美
校　　對　呂佳真　柳丹秋　林家鵬

發 行 人　張書銘
出　　版　INK 印刻文學生活雜誌出版有限公司
新北市中和區建一路249號8樓
電話：02-22281626
傳真：02-22281598
e-mail:ink.book@msa.hinet.net
網　　址　舒讀網 http://www.sudu.cc

法律顧問　巨鼎博達法律事務所
施竣中律師
總 代 理　成陽出版股份有限公司
電話：03-3589000（代表號）
傳真：03-3556521
郵政劃撥　19785090 印刻文學生活雜誌出版有限公司
印　　刷　海王印刷事業股份有限公司

港澳總經銷　泛華發行代理有限公司
地　　址　香港新界將軍澳工業邨駿昌街7號2樓
電　　話　852-2798-2220
傳　　真　852-2796-5471
網　　址　www.gccd.com.hk

出版日期　2017年 5 月 初版
ISBN　978-986-387-138-5

定價　420元

本書獲 文化部 MINISTRY OF CULTURE 贊助出版

國家圖書館出版品預行編目(CIP)資料

待月記／柳丹秋. --初版. --新北市中和區：
INK印刻文學, 2017. 5　面；
14.8 × 21公分. --（文學叢書；534）
ISBN 978-986-387-138-5 (平裝)

857.63　　105022751

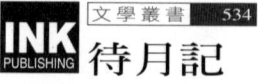